Ludwig Ganghofer

Der Klosterjäger

Ludwig Ganghofer

Der Klosterjäger

Unveränderter Nachdruck der Originalausgabe von 1917.

1. Auflage 2022 | ISBN: 978-3-36844-355-9

Verlag: Outlook Verlag GmbH, Zeilweg 44, 60439 Frankfurt, Deutschland
Vertretungsberechtigt: E. Roepke, Zeilweg 44, 60439 Frankfurt, Deutschland
Druck: Books on Demand GmbH, In de Tarpen 42, 22848 Norderstedt, Deutschland

Der Klosterjäger

Der Klosterjäger

Roman

aus dem 14. Jahrhundert

von

Ludwig Ganghofer

Vollständige Originalausgabe

661000 Gesamtauflage aller Ausgaben

Verlag von Th. Knaur Nachf.
Berlin

Alle Rechte, insbesondere das der Übersetzung, vorbehalten
Copyright 1917 by Adolf Bonz & Comp., Stuttgart
Druck von Hallberg & Büchting, Leipzig. Printed in Germany

Dem Angedenken meines
heimgegangenen Kindes

Sie stieg hernieder auf die Erde,
Wie von der Sonne fällt ein Strahl . . .
Und schwand hinweg von dieser Erde,
Wie er verglüht im dunklen Tal.

Der Blume gleich im Frühlingshage,
An Leib und Seele sonder Fehl,
War sie die Freude meiner Tage,
Mein Sorgentrost und mein Juwel.

Kein Wölklein, das sich nicht zerteilte
Vor ihrem sonnigen Gesicht,
Und wo sie ging und wo sie weilte,
Da war die Wärme, war das Licht.

Sie lächelte: man mußte lieben.
Ein Blick: und sie gewann ein Herz . . .
Und ach, was ist von ihr geblieben?
Ein kleines Grab, ein großer Schmerz.

L. G.

Erstes Kapitel

Frühling im Bergwald! Er kennt die Blumen
nicht, die der Lenz über die Wiesen des Tales
streut, kennt nicht die linden Lüfte, die spielend
durch blühende Hecken streichen, und nicht das
liebliche Gezwitscher der heimgekehrten Schwalben,
die unter gastlichem Dach ihre Nester bauen. Früh=
ling im Bergwald! Das ist Brausen und Sausen,
Toben und Donnern, Sturm und Tod. Über dem
Bergwald liegt der Winter wie ein grauenhafter
Riese, und der Frühling, der ihn scheuchen will,
muß kommen als ein gewaltiger Held, muß töten
und zerstören, bevor er bauen kann und neues Leben
wecken aus eisigem Schlaf.

Hoch in den steilen Felsen krachen ohne Unterlaß
die stürzenden Lawinen, über die Halden fährt der
stürmende Föhn mit dumpfem Sausen, mit seinem
heißen Atem schnaubt er über den schwindenden
Schnee, im Walde packt er die alten mächtigen
Fichten und rüttelt sie, daß sie erbeben in ihrem
Mark. Und was sie tragen an morschem Gezweig,
das bricht er ab von ihnen und führt es davon in
jagendem Wirbel. Ein Rieseln und Gurgeln, im=

7

mer und überall; auf jedem Hange bildet sich ein
springender Bach, über alle Felsen plätschern die
Wasser, zu denen der Schnee zerschmolzen, alle
Wurzeln umspülen sie und sammeln sich zum toben-
den Gießbach, der den Bergwald säubert von allem
Unrat, jeden kranken, schwachen Baum zerschmet-
tert und nur bestehen läßt, was stark ist und gesund. Die Felsklötze, die der Winterfrost von der
Steinwand sprengte, kommen ins Wandern, wenn
der Schnee zerrinnt; sie stürzen und sausen nieder
durch den Bergwald in dröhnenden Sprüngen, mit
Krachen und Schmettern, und wo sie im Sturz die
Erde treffen, da pflügen sie den Grund, damit der
überwinterte Same, den der Lenzwind ausweht, im
Boden die frische Narbe fände.

In diesem Rauschen und Brausen, inmitten dieses Frühlingskampfes gegen den Winter, wandert
ein einsamer Mensch.

Rüstigen Ganges, mit halblauter Stimme ein
Lied singend, schreitet er über den vom Schnee schon
halb entblößten Almenhang: eine schlanke, knochen-
feste Gestalt; ein junges Antlitz mit blitzenden
Augen und einem lachenden Mund, den der Flaum
des blonden Bartes umkräuselt. In eisenbeschlage-
nen Bundschuhen stecken die nackten Füße; Strümpfe
aus ungegerbtem Rehfell, die Haare nach innen
gewendet, umschließen die Waden; aus der kurzen,
verwitterten Lederhose ragen die nackten Knie hervor, die aus braunem Erz gegossen scheinen. Ein

8

grobes Hemd und ein aus zottigem Loden geschnittenes Wams umhüllen den straffen Körper. Über dem krausen Blondhaar trägt er die pelzverbrämte Lederkappe mit der Adlerfeder, am Gürtel ein kurzes Weidmesser und den kleinen Bolzenköcher, hinter dem Rücken die plumpe Armbrust mit fingerdicker Sehne, und in den Händen führt er das lange ‚Griesbeil': den mit scharfem Stachel und eisernem Haken versehenen Bergstock. Es ist Haymo, der Klosterjäger, der dem Propste Heinrich von Berchtesgaden die Hirsche, Gemsen und Steinböcke hütet.

Vor Wochen schon, da der Schnee noch tief lag und im Marsche kaum zu überwinden war, hatte Haymo die Jägerhütte bezogen, hoch über dem grünen Königssee, in einem weiten Felstal, dem die roten Marmorwände, die es rings umschließen, den Namen gaben: ‚In der Röt'.

Vom Morgen bis zum Abend, täglich, machte Haymo seinen Hegergang; das war für ihn eine harte Zeit; er durfte keine Stunde rasten, mußte die Augen offen halten den ganzen langen Tag. Der strenge Winter hat das Wild vertraut und zahm gemacht, und die Raubschützen haben leichte Arbeit; in großen Rudeln ziehen die Hirsche schon früh am Abend auf die offenen Almen und erst am späten Morgen wieder zu Holz; die Gemsen stehen tief im Bergwald, und sogar die scheuen Steinböcke trieb der Winter aus ihren unwegsamen Felsrevieren in die Nähe der verlassenen Almhütten.

9

Da galt es, unermüdlich Wache zu halten, denn gerade dieses seltene, edelste Wild war von den Raubschützen am meisten bedroht.

Ein ‚Stainpokh‘ ist wie eine wandelnde Apotheke; die gerippten Hörner, die Hornschalen der Läufe, das getrocknete Blut, das im Volksmund ‚Schweißbluh‘ genannt wurde, und besonders die ‚Herzkhreizl‘, jene kleinen knochenähnlichen Gebilde, die im Herzen des erlegten Tieres gefunden werden, alles an ihm ist wunderbare, heilsam wirkende Arznei, die von Herren und Bauern mit teurem Gelde bezahlt wird. Wohl standen schwere Strafen auf der Erlegung solch eines Wildes: Kerker und Peitsche, Verlust der rechten Hand, sogar der Tod — doch der hohe Gewinn verlockte zum Raub, und so kam es, daß Haymo schon in der ersten Woche seiner Hegezeit den Abgang zweier Steinböcke vermerken mußte. Als unwiderlegbare Zeugen des geschehenen Raubes hatte er im Schnee die Schweißfährten der erlegten Tiere und die Fußspuren des Räubers gefunden, die sich im tieferen, schneefreien Bergwald verloren. Als zu Ende der Woche ein Laufbube des Klosters dem Jäger frischen Mundvorrat gebracht hatte, schickte Haymo mit dem Buben diese schlimme Nachricht hinunter ins Tal, in banger Sorge, wie Propst Heinrich, der an seinem Weidgehege und besonders an dem edlen Steinwild eine ritterliche Freude hatte, diese Botschaft aufnehmen würde.

Und die ganze folgende Woche gönnte Haymo sich keine Ruhe mehr, in der Nacht kaum einen kurzen Schlaf, und es war ihm nicht zu verdenken, daß ein zornflammendes Wort von seinen Lippen fuhr, sooft er in seinem öden Bergrevier die Fährte eines menschlichen Fußes spürte. Nur eine Gesundheit, so eisern wie die seine, konnte diese aufreibenden Strapazen überdauern. Wenn er nach tagelangem Marsche heimkehrte in seine Blockhütte, lag ihm die bleierne Müdigkeit in allen Gliedern; er brauchte sich nur auf sein Lager zu werfen, und es fiel über seine jungen Augen ein traumloser, fester Schlaf, der ihn erquickte, obwohl er nur wenige Stunden währte.

Haymo hatte sich, um in diesem schweren Schlummer das erste Grau des Morgens nicht zu verschlafen, einen Wecker erfunden. Er band sich mit einer Lederschnur einen schweren Stein an den Arm und legte, wenn er sich auf die Wolfsdecke streckte, dieses Steinstück so lose auf die Holzkante seines Lagers, daß es bei der leisesten Erschütterung zu Boden fiel. Sooft dann Haymo im Schlummer sich bewegte, weckte ihn der fallende Stein. Lag in der Hütte, wenn er erwachte, noch die finstere Nacht, dann richtete Haymo den Wecker wieder und schlummerte weiter. Doch wenn er sah, daß draußen vor dem kleinen Fenster die Sterne zu erblassen begannen, sprang er auf, wusch sich am rinnenden Quell, dessen eiskaltes Wasser vor der

Hütte gurgelte, nahm sein karges Frühmahl ein
und wanderte hinaus in den vom Föhn durch-
schütterten Frühlingsmorgen.

Noch waren die Nächte kalt, und es währte
immer eine Weile, bis Haymo das Frösteln aus
seinen Gliedern brachte. Der rasche Gang auf be-
schwerlichem Wege machte sein Blut lebendig,
frische Röte färbte wieder seine jungen Wangen,
und seine Augen blitzten hell wie Wasser, in das
die Sonne scheint.

Je wilder ihn die Frühlingsstürme umrauschten,
desto freier und wohler wurde ihm zumut. Und
wenn sich der Morgen, an dem er das zu Holze
ziehende Wild nicht stören und scheuchen durfte,
zum vollen Tage wandelte, sang der Jäger, um der
in seinem Innern treibenden Lebenskraft einen Ausweg zu schaffen, mit hallender Stimme ein Lied in
den Frühlingsbraus und der steigenden Sonne entgegen, die mit ihrem funkelnden Gold die schneebedeckten Kuppen der Berge überschmolz. Doch
wenn die Sorge, die ihn seit Tagen bedrückte, wieder sein Herz beschlich, wurde er schweigsam, stieg
lautlos empor von Höhe zu Höhe und schickte die
spähenden Augen in die Runde.

Da hatte er nun wieder einen schweren Tag
hinter sich. Auf dem Heimweg zur Hütte begann
er die Ermüdung hart zu spüren; in diesem toben-
den Sturm, in diesem Schnee und rinnenden Ge-
wässer war es kein Marsch zu nennen, den er ge-

macht, vielmehr ein Kampf um jeden Schritt.
Wohl dämmerte schon der Abend, aber solange noch
ein Schimmer von Licht über den Halden schwebte,
durfte er nicht an die Heimkehr in seine Hütte den=
ken. Auf hoher Bergrippe wollte er den Anbruch
der Nacht erwarten.

Als er die Höhe betrat, winkte ihm, scharf ab=
gehoben vom rotglühenden Abendhimmel, ein mäch=
tiges Kreuz entgegen; ein Dächlein war darüber=
gespannt, in den Querhölzern staken die Nägel,
aber das Bild des gekreuzigten Erlösers fehlte; die
frommen Almbauern hatten es im Herbste vom
Kreuz genommen, damit es nicht leiden möchte von
der Unbill des Winters, von Schneedruck und
Lawinen.

Haymo zog die Kappe und sprach ein Gebet.
Dann ließ er sich zu Füßen des Kreuzes nieder,
lehnte sich an den Stamm, verschlang die Hände
hinter dem Nacken und blickte still umher mit müden
Augen, die sich schon dem Schlummer entgegen=
sehnten. In kurzen Stößen, bald sich dämpfend,
bald wieder aufbrausend mit verstärkter Macht,
sauste der Föhn über ihn weg.

Gegen die steilen Felswände zog sich ein mehr
als hundertjähriger, von Stürmen und Lawinen
stark gelichteter Lärchenwald empor, dem die Nähe
des Kreuzes seinen Namen gegeben; er hieß der
‚Kreuzwald‘. An manchem Morgen war Haymo
schon zu diesem Wald hinaufgestiegen, um den

erſten Balzruf des Auerhahns zu erlauſchen. Aber
der ſtolze, einſiedleriſche Vogel, dieſer gefiederte
Liebesſänger der Berge, mochte den Frühlings=
morgen noch zu froſtig finden, um den Sang ſeiner
heißen Liebe zu beginnen. Zur Linken der Kreuz=
höhe breitete ſich das weite Felstal, an deſſen jen=
ſeitiger Grenze, von einzeln ſtehenden Fichten über=
ſchattet, die Blockhütte des Jägers ſtand und da=
neben das größere Balkenhaus, in welchem Herr
Heinrich und der Kloſtervogt zu nächtigen pflegten,
wenn ſie pirſchen kamen. Und dieſem Tal zu Füßen
dehnte ſich der mächtige Bergwald, der das vom
Schnee ſchon völlig entblößte Almenland umſchloß
und ſich niederſenkte in die Tiefe, in welcher der
See gebettet lag.

Haymo konnte den See nicht gewahren, auch
nicht das weite Kloſterland im Tal. Die tiefer
liegenden Bergrücken wehrten ſeinem Auge den
Niederblick. Aber ringsumher in weiter Runde bot
ſich ihm ein Bild von wundervoller Schönheit.
Übergoſſen von der roten Glut der ſinkenden Sonne,
ragten die gewaltigen Schneeberge empor über das
dunkle Meer der Wälder: dem Jäger zur Linken
die wilden Tauern, die beiden Rieſenzacken des
Watzmann und die Schrofen der Watzmann=Kin⸗
der, zur Rechten der ſtolze, unwegſame Göhl, und
in der Ferne, von bläulichem Schattenduft um=
woben, ſtiegen die ſcharfgezahnten Lattenwände und
die plumpen Maſſen des Untersberges in den gold⸗

14

durchleuchteten Abendhimmel. Wenn auch der Föhn mit Brausen alle Lüfte füllte, so trübte doch kein Wölklein den frühlingsklaren Himmel; um die Zinnen der Berge flatterte keine Nebelflocke, und ohne Dunst und Schleier lag das tiefere Geländ.

Unter langen Atemzügen hob sich Haymos Brust; bei dem stillen Schauen, mitten in Sturm und Wehen, befiel es ihn wie träumender Halbschlummer. Dann jäh erwachte er und fuhr betroffen auf, beinahe berührt von abergläubischem Schreck.

Ein junges Mädchen stand vor ihm, mit großen, staunenden Augen.

Er hatte den Hall ihres Schrittes nicht vernommen, hatte sie nicht emportauchen sehen über den Rand der Höhe. Sie stand vor ihm wie aus den Lüften getreten. In ihrem zarten Wuchs, mit dem blassen, fein geschnittenen Gesicht und mit den tiefen Rätselaugen, umflattert von den schwarzen Strähnen des gelösten Haars, und in dem dünnen roten Rock, den der Sturmwind peitschte, war sie einer jener Elfen zu vergleichen, die in den Tiefen der Berge hausen und zuweilen an das Licht der Erde steigen, um ein Menschenkind zu beglücken mit ihren Gaben.

Und sie trug auch ein Körbchen in der kleinen Hand. Was es wohl bergen mochte? Funkelndes Geschmeide, Perlen, edle Steine?

Haymo fühlte, wie ein leiser Schauer ihn durchrann. Nun aber mußte er lächeln. Denn des Mäd-

chens plumpe Schuhe und die ärmlichen Lappen des
Gewandes hatten wenig Elfenhaftes. Haymo erhob
sich. „Dirn! Was willst du hier?"

Sie schwieg und betrachtete ihn noch immer mit
einem halb scheuen, halb traulichen Blick.

„Dirn! Woher kommst du?"

„Von dort!" sagte sie mit einer leisen, weichen
Stimme und deutete nach der steilen Schneehalde,
die sich hoch über dem Wald gegen die starre Felswand emporzog.

„Von dort?" wiederholte Haymo und überflog
mit ungläubigem Blick die zarte Gestalt des Mädchens. Dort oben war es ein mühsames und gefähr-
liches Gehen. Ein falscher Tritt auf dem von Tau-
wasser und Föhnwind glattgewaschenen Schnee,
und es ging bergab in sausender Fahrt. Wohin?
Das blutige Bild, das Haymo auf diese stumme
Frage vor seinen Augen auftauchen sah, weckte ein
bedrückendes Gefühl in seiner Brust, und er sagte:
„Dirn! Das war ein böser Weg. Sei froh, daß du
heil zurück bist."

Sie schüttelte den Kopf und lachte — ein hell
klingendes Kinderlachen.

„Aber was hast du nur da droben gesucht?"

„Schneerosen", sagte sie und lüftete den Deckel
an ihrem Körbchen, das zur Hälfte angefüllt war
mit jenen zarten, weißen Blüten, die so schön und
auch so kalt sind wie ein Wintermorgen. Dann

16

wieder blickte das Mädchen lächelnd zu dem Jäger auf. „Es war eine rechte Plag! Seit dem Morgen bin ich auf den Füßen und hab doch kaum so viele Blumen gefunden, daß sie reichen für ein kleines Kränzl. Wir sind schon spät im Jahr, die meisten Stöck haben schon verblüht."

„Für wen gehören die Rosen?"

„Für das Grab unseres lieben Herrn. Über= morgen ist Karfreitag."

Eine Weile schwiegen die beiden. Haymo blickte zu dem leeren Kreuz empor; dann wieder sah er in die Augen des Mädchens und fragte: „Wer bist du?"

„Ich bin die Gittli¹)! Und du?"

„Der Klosterjäger."

„Der neue?"

„Ja! Und wo bist du zu Hause, Dirn?"

„Drunten im Klosterdorf."

Haymo erschrak. „Aber Dirn! Wie willst du den Heimweg finden? Heut noch? Das ist ein Weg, den du nit wanderst in fünf Stunden. Und es wird eine finstere Nacht."

„Ich weiß eine Sennhütt, von hier eine halbe Stund, dort will ich nächten."

„Du wirst frieren. Die Nacht wird kalt."

„Frieren?" lachte sie. „Das Heu macht warm!"

---

¹) Brigitte.

Und da sie sich schon zum Gehen wenden wollte, nahm sie rasch ein paar Schneerosen aus dem Körbchen und schob sie zwischen die beiden eisernen Nägel, die im Fußbalken des Kreuzes staken. Einen stummen Gruß nickte sie dem Jäger noch zu, dann fing sie mit der Hand das flatternde Haar, wand es um den Hals und huschte davon. Ein paar Schritte nur, und sie war in die Senkung des Tales hinuntergetaucht.

Haymo stand und wartete; es währte lang; dann sah er sie weit drüben im Steintal zwischen den Büschen wieder zum Vorschein kommen; ihr Rotrock schimmerte noch hell aus dem sinkenden Dunkel. Nun blieb sie stehen und schaute zurück; so glaubte Haymo. Aber es dämmerte schon zu sehr, als daß er auf die weite Strecke ihr Tun noch hätte genau unterscheiden können. Jetzt war sie schon so klein wie ein roter Käfer in dunklem Buschwerk, und nun verschwand sie.

Noch immer spähte Haymo den Weg entlang, den sie gegangen. Dann atmete er tief, und sein Blick fiel auf die weißschimmernden Blüten am Kreuz.

Schneerose! Du echte Blume der Berge! Nicht minder schön und lieblich als die rotglühende Almenrose des Sommers, und noch geheimnisvoller als der Samtstern des Edelweiß. Schneerose! Wenn der Winter seinen weißen Mantel über alle Berge wirft, wenn alles Blühen erstirbt und alles

Wachstum entschlummert, dann regt sich die keimende Kraft in den tief gesenkten Wurzeln dieser einzigen Pflanze, als wäre sie bestellt zur Hüterin des Lebens, damit es nicht ganz erlösche in der toten Zeit zwischen Herbst und Frühling. In frostiger Öde sprossen ihre Blätter, und zwischen Schnee und Eis entfalten sich ihre weißen Blüten. Und wandert zur Winterszeit der Tod durch die verschneiten Hochlandstäler und berührt er ein unschuldig Kind mit seiner kalten Hand, dann klimmt die weinende Mutter empor zu den schimmernden Schneehalden und windet ihrem entschlafenen Liebling die weißen Rosen zum Kranz, als Sinnbild des ewigen Lebens.

Schneerose! Das ist Leben und Tod zugleich! Denn die Wurzeln dieser Pflanze bergen einen geheimnisvollen Saft, der kranke Herzen gesunden läßt und bleiche Wangen wieder färbt. Für jenen aber, der diese Arznei zu gierig genießt, wird sie zum tödlich wirkenden Gifte.

> „Zwei Tröpflen machen rot,
> Zehn Tropfen machen tot!"

So sagt der Volksmund — und während das sinkende Dunkel den weißen Rosenschimmer am Kreuze zu verschleiern begann, murmelte Haymo diesen Spruch vor sich hin, als überkäme ihn die Ahnung, daß die Zeit nicht fern wäre, in der ihm ‚zwei Tröpflen' nötig würden.

Über allen Bergen war der rote Schein erloschen; ein grauvioletter Duft ließ Himmel und
Erde ineinanderschwimmen. Zu Haymos Häupten
dunkelte schon die Nacht; nur fern im Westen zog
sich über den Horizont noch ein grünlichgelber Licht-
streif, in den der gezackte Grat der Lattenwand sich
schwarz hineinzeichnete.

Der Bergwald und die Gießbäche rauschten,
dumpf sauste der Föhn, und unruhig fingen die erwachenden Sterne zu funkeln an.

Zweites Kapitel

Eine Stunde hatte Haymo in der Nacht zu
wandern, um seine Hütte zu erreichen. Als er dem
Blockhaus näher kam, gewahrte er staunend, daß
durch die halboffene Tür der rötliche Schein eines
Herdfeuers leuchtete. Wer war zu Gast gekommen? Er beschleunigte den Schritt und trat in das
Blockhaus.

Ein kleiner Raum. Die Balkenmauern des Hauses waren auch die Wände der Stube; mit dürrem
Moos waren die Ritzen zwischen den Balken ver-
stopft. Neben der Tür durchbrach ein winziges
Fenster die Blockwand. Der niedere, aus Felsbrocken roh gemauerte Feuerherd nahm fast den

vierten Teil des Raumes ein; an der Wand neben
dem Herde stand das plump gezimmerte Bett, an=
gefüllt mit Heu, darüber eine Wolfsdecke, ein
Kissen aus Rehfell und ein großes, rauhhaariges
Stück Loden; rings um die freien Wände lief eine
Balkenbank, und in der Ecke neben dem Fenster
stand der klotzige Tisch. An der Wand noch ein
kleiner Schrein zur Aufbewahrung des Mund=
vorrates, über dem Herd zwei gekreuzte Stangen
zum Trocknen der durchnäßten Kleider, neben der
Tür zwei Holzzapfen für die Armbrust und das
Wehrgehäng, ein Brett mit mancherlei Geschirr,
und in der Ecke über dem Tisch ein Kreuz, dessen
welker Blumenschmuck ebenso gebräunt war wie
alles Gebälk; denn der Rauch des Herdfeuers hatte
immer ein langes Weilen in der Stube, bis er
durch die Ritzen der Blockwand und des Daches
seinen Weg ins Freie fand.

Vor dem Herd, auf dem ein knisterndes Feuer
flackerte, stand, mit der dampfenden Pfanne be=
schäftigt, der Laufbube des Klosters, ein etwa fünf=
zehnjähriger Bursch, hager, mit einem verschmitzten,
stulpnasigen Gesicht, die braunen Haare kurz ge=
schoren; er war mit einem rauhhaarigen Wams
bekleidet, das in Schnitt und Länge fast einer Kutte
glich.

Als Haymo unter die Tür trat, grüßte ihn der
Bub mit einem Kopfnicken und einem blinzelnden
Blick. Vom Heubett erhob sich eine rundliche Ge=

ſtalt, ein Mönch in der weißen Brudertracht der
Auguſtiner, das wohlgenährte Bäuchl umſchlungen
von breitem Ledergurt; die genagelten Bundſchuhe,
die ſchon am Feuer zum Trocknen ſtanden, hatte
er durch Strohpantoffeln erſetzt. Er trat auf
Haymo zu, die Fäuſte in die Hüften geſtemmt;
ſeine kleinen Augen zwinkerten, der Mund bewegte
ſich kauend, und über der knopfigen Naſe und den
kugeligen Backen lag eine Purpurglut, wie ſie der
Widerſchein des Herdfeuers allein nicht erzeugen
konnte.

„Willkommen, ehrwürdiger Pater!" grüßte
Haymo und zog die Kappe.

Walti, der Laufbub, kicherte zu dieſem Gruß;
der Mönch aber lachte: „Alſo du biſt der Haymo,
unſer neuer Jäger?"

„Ja!"

„Glaub ich nit! Du? Was? Du willſt ein
Jäger ſein? Ui jei¹)! Mit dir hat Herr Heinrich
was Schönes aufgegabelt. Ein Jäger muß Augen
haben! Verſtehſt du? Aber du haſt Augen wie
eine Blindmaus. Sonſt täfſt du mich nit für einen
Pater halten."

Und Walti, den fettglänzenden Eiſenlöffel
ſchwingend, ſchrie dem Jäger ins Ohr, als hätte er
einen Tauben vor ſich: „Das iſt ja nur der Frater
Severin, unſer Gärtner!"

---

¹) Dialektiſche Verſtümmelung des Ausrufes: „O Jeſus!"

O Spott des Namens! Severinus, das heißt
zu deutsch der ‚Strenge‘, der ‚Ernsthafte‘ — und
dieses Gesicht dazu und dieses Bäuchl, das vor
Lachen wackelte, daß Frater Severin sich auf die
Holzbank niederlassen mußte, um Atem zu finden!

„So? So? Ihr seid ein Frater?“ sagte Haymo,
sein Wehrgehäng von den Hüften schnallend.
„Nun, dann seid mir doppelt willkommen!“ Lä=
chelnd streckte er seine Rechte hin.

Severin faßte sie mit der einen Hand, wäh=
rend er die andere drohend erhob: „Du! Du!
Wenn ich das dem Dekan verrate, daß dir ein
Pater die halbe und ein Frater die doppelte Freud
macht, dann setzt es was!“ Er wollte weiter=
sprechen; doch aus der Pfanne, die über dem Feuer
hing, stieg plötzlich ein zischender Dampf. „Walti,
du Rabenvieh!“ rief der Bruder erschrocken und
sprang zum Herd. „Richtig! Läßt der Kerl uns
das Futter anbrennen, als wär’s eine Seel, die der
Teufel schmort! Her mit dem Löffel!“ Er riß
dem Buben den eisernen Zinken aus der Hand und
begann die rauchende Speise mit einem Eifer durch=
einanderzustoßen, daß ihm die Schweißtropfen über
die dicken Backen rannen.

Haymo sah ihm eine Weile zu, dann nahm er
die Armbrust von der Schulter und rieb mit einem
Lederlappen die von der feuchten Luft erweichte
Sehne so lange, bis sie warm und trocken wurde.
Als er die Waffe über den Holznagel hängte,

23

trug Frater Severin die dampfende Pfanne zum
Tisch.

„So, ihr Knospen, her zum Futter!"

Sie reihten sich um den Tisch, dem das Herd=
feuer genügende Helle gab, sprachen ein kurzes Ge=
bet, und Frater Severins Schmunzelgesicht wurde
ernst für eine Minute. Kaum aber hatte er das
Amen von den Lippen, da war sein Löffel der erste
in der Schüssel.

Einige Bissen hatten sie gegessen, da legte Seve=
rin den Löffel nieder und hielt den beiden anderen
die Hände fest. „Halt! Wir haben das Beste
vergessen. Walti! Her mit der Güte Gottes!"

Der Bub sprang auf und holte flink aus dem
Zwerchsack eine bauchige Tonflasche. Bedächtig
löste Frater Severin den Rindenpfropf und schob
dem Jäger die Flasche hin. „Sollst den ersten
Schluck haben. Klosterbier!" Er schnalzte mit der
Zunge.

Haymo tat einen langen Zug. „Ja, Frater, da
merkt man die Güte Gottes!"

Walti kicherte. Und Frater Severin lachte.
„Hörst du, was er gesagt hat? Güte Gottes!" Er
gab dem Buben einen Puff in die Seite und ver=
tiefte sich in die Flasche. Dann wieder zu Haymo
gewendet, lachte er: „Ich will dir's verraten!
Weißt du, ich bin kein böser Mensch. Wenn ich
in meinem Chorstuhl knie, dann schlag ich an meine

24

Brust und spüre, daß ich ein armer Sünder bin. Aber in Garten, Keller und Küche, da redet man auch gern wieder von irdischen Dingen. Dem Pater Dekan gefällt das nit. Drum haben wir uns eine Sprach erfunden, weißt du: ein fester Brotlaib, der heißt bei uns ‚eine gute Seel‘, solch ein Krug, das ist ‚die Güte Gottes‘, und eine alte Flasche, das ist ‚des Himmels höchste Gnad‘. Und weißt du, was ‚die wahre Andacht‘ ist? Eine gebackene Forelle! Und ‚das Labsal der Betrübten‘? Ein gesulzter Hecht! Ui jei! Du solltest den Pater Dekan sehen, wie zufrieden er lächelt, wenn er uns von so frommen Dingen reden hört. Wenn ich etwa sag: ‚Heut wurde mir des Himmels höchste Gnade zuteil!‘ Oder: ‚Ach, wie bin ich erfüllt von wahrer Andacht!‘ “

So plauderten sie weiter, ließen die Flasche kreisen und taten sich gütlich an ihrem bescheidenen Mahl. Als Walti den Tisch räumte, sagte Frater Severin zu Haymo: „Neugierig bist du aber gar nit. Fragst nit einmal, weshalb wir gekommen sind!“

„Ich freu mich, daß ihr da seid!“

„Du sollst morgen hinunter ins Kloster und deiner Christenpflicht genügen.“

„Das tät ich gern. Wer aber hütet, bis ich wiederkomm, meine Gemsen und Steinböck?“

„Ich!“

„Ihr?“ lachte Haymo.

25

„Ja, ich, was fagſt du?" jammerte Frater Severin. „Herr Heinrich meint, der faule Winter hätt mir zu wohl angeſchlagen. Nun ſoll ich mir ein paar gute Pfündlen aus der Kutt laufen. Das wird eine böſe Sache!" In banger Sorge befühlte er den Umfang ſeines Gurtes. „Aber du, du kannſt dich auch freuen, wenn du morgen hinunter= kommſt. Neulich, als der Walti mit deiner Bot= ſchaft kam, da gab es ein Donnerwetter, ui jei! Weißt du, Herr Heinrich iſt ein frommer, guter Mann, aber wenn es ſich um verlorene Seelen und Steinböck handelt, kann er ſchelten wie ein Türk! Weißt du, was er ſagte? Er ſagte: ‚Zwei Böck in einer Woche? Wenn das ſo fortgeht, ſteck ich den Burſchen unter die Kloſterknechte und ſchick einen anderen, der wachſamere Augen hat und ſich beſſer verſteht auf die Hut des Gewildes.‘ Ja, das ſagte er."

Haymo erblaßte. Das hatte ihn ins Herz ge= troffen. Er hing am Weidwerk und an den ſchönen, freien Bergen wie ein Blatt am Baum, das welken und ſterben muß, wenn es der Wind vom Aſte reißt. Er brachte kein Wort hervor; nur die Fäuſte ſtieß er auf den Tiſch und biß die Lippen übereinander.

Als Frater Severin gewahrte, was er angerich= tet hatte, ſtreichelte er dem Jäger die zitternde Fauſt und ſagte begütigend: „Nun, nun, ſo ſchlimm wird's nit gleich werden. Herrn Heinrich brauchſt du nit fürchten. Komm du morgen nur hinunter, schau ihm frei ins Aug, und alles ist gut! Und wenn Herr Schluttemann, der Klostervogt, ein Hagelwetter losläßt, so nimm es nit ernst und schüttel den Pelz! Weißt du, der speit halt Feuer, weil ihm Frau Cäcilia gehörig einheizt. In seiner Vogtstub hängt ein Bild. Hast du es gesehen? Der heilige Georg, der den Drachen ersticht! Ich mein', da sollt eher ein Bildnis hängen: der Drache, der den heiligen Georg ersticht, aber nit mit der Lanze, sondern mit einer Blutwurst!"

Er wollte weitersprechen. Aber vom Herde klang die Stimme des Buben: „Frater Severin!"

„He?"

„Wißt Ihr, wen ich heut gesehen hab in aller Gottesfrüh?"

„Wen?"

„Den Schwarzen! Drunten am See, unter einer Feicht hat er gesessen und hat an einem Netz ge= flickt, als wär er nit der Pater Fischmeister, son= dern ein höriger Knecht. Und wie ich vorüber= gegangen, hat er Augen auf mich gemacht wie Feuer, richtig zum Fürchten! Das ist einer!"

„Das ist freilich einer!" wiederholte Frater Severin. Und um den Jäger von seinen trüben Gedanken loszureißen, fragte er: „Hast du ihn nie gesehen, drunten am See?"

Haymo schüttelte den Kopf.

27

„Heuer um die Weihnachtszeit haben sie uns den hergeschickt aus Passau. Warum? Ich weiß es nit! So was erfährt ja unsereiner nie. Er soll aus fürstlichem Geblüt sein. Aber da drinnen —" er pochte auf seine Brust, „da muß es finster ausschauen bei dem! Ganze Tage lang ist er im verschneiten Klostergarten auf und ab gewandert wie ein Gespenst. Und jetzt im Frühjahr, da haben sie ihn zum Pater Fischmeister gemacht und an den See geschickt. Drunten, weißt du, wo es heraufgeht über den Wildbach, in dem öden Winkel zwischen Felsen und See, da haust er in seiner Klause. Könnt es so gut haben in seiner Chorherrenstub! Und hockt da heraußen in der Wüstenei! Mutterseelenallein! Freilich, umsonst heißt er nit Pater Desertus, der ‚Einsam'! Meinst du, er duldet einen Knecht in seiner Näh? Draußen im Seedorf müssen sie sitzen und dürfen nur kommen, wenn er sie ruft mit seiner Glocke."

Haymo hörte nur mit halbem Ohr. Als Frater Severin das merkte, rüttelte er den Jäger am Arm. „Aber so red doch ein Wort! Das ist langweilig, so stumm zu hocken wie ein Räupl im Kohl. Komm! Trink einen Schluck! Und dann erzähl! Wo bist du denn eigentlich her?"

„Aus Sankt Benedikt Buren."

„Wo Herr Heinrich vor Wochen zu Gast war?"

„Ja. Er fand Gefallen an mir und nahm mich mit."

„Da hat er recht gehabt. Ich hätt es auch so gemacht. Sind deine Eltern Klosterleut?"

Haymo senkte den Kopf. „Mein Vater war ein freier Mann, ein Falkner; bei einem bösen Wetter hat ihn der Blitz erschlagen, und meine Mutter ist darüber gestorben aus Gram."

„Armer Teufel!" murmelte Frater Severin und wollte des Jägers Hand fassen.

Haymo erhob sich und verließ die Stube. Draußen umfing ihn die Nacht. Lange stand er an den Stamm einer Fichte gelehnt, die unter dem stoßenden Föhn erzitterte bis in die Wurzeln. Er blickte empor zu den Sternen. Aber er sah ihr Funkeln und Leuchten nicht; die Bilder der Vergangenheit, traurig und froh, zogen an seinen Augen vorüber; die stürmische Nacht, da man den Vater brachte als einen stillen Mann; der Morgen, an dem man die Mutter tot auf ihrem Lager fand; der schöne Abend, da ein Klosterknecht den zehnjährigen Buben zum Pater Wildmeister in das Jachental brachte; die erste Bergfahrt, der erste Schuß auf die Scheibe und der erste in das Herz eines jagdbaren Hirsches; und dann die schönen Jahre hoch oben im freien Revier der Berge mit ihren Jägersorgen und Jägerfreuden — bis zu diesem letzten Abend, an dem das Mädchen mit den Schneerosen so plötzlich vor seinen Augen stand, selbst einer Schneerose vergleichbar, schlank wie eine Elfe.

„Gittli?"

29

Sein Blick bohrte sich in die Nacht. Aber dort unten, wo der rauschende Bergwald den Almenhang und jene Hütte umschloß, in der das Mädchen Schutz für die Nacht gesucht, dort unten war Finsternis.

Schlief sie schon? Und fror sie nicht im Schlummer? Sennhütten sind nur gebaut für den warmen Sommer: handbreite Lücken klaffen in den rohgefügten Balkenwänden, und es fährt der Sturm hindurch, zudringlich und kalt. Da wäre der Schläferin ein wärmendes Fell, eine schützende Decke willkommen.

Haymo sprang in die Hütte. Das Feuer auf dem Herd war fast erloschen; nur eine dünne Flamme schlug noch aus den zerfallenden Kohlen. Im Herdwinkel hatte Walti sich auf die warmen Steine gestreckt, und im Heubett schnarchte Frater Severin auf dem Wolfsfell und hielt die Lodendecke bis übers Kinn gezogen. Was der gute Frater wohl sagen möchte, wenn Haymo ihn weckte und zu ihm spräche: „Gib das Fell her und die Decke, die kleine Gittli friert!"

Haymo, leis, um die beiden anderen nicht zu wecken, ließ sich auf den Herdrand nieder. Da sah er, daß der Laufbub die Augen noch offen hatte. „Walti!" sprach er ihn flüsternd an. „Gelt, du kennst alle Leut im Klosterdorf?"

„Ja!" gähnte der Bub.

30

„Kennst du eine junge Dirn mit Namen Gittli?"

„Wohl. Das ist die Müllerstochter am Seebach drunt, ein festes Weibsbild mit blonden Zöpfen, dick wie mein Arm."

„Die mein' ich nit. Eine andere."

„Halt! Ja! Die Krämerdirn? Haymo, die hat Moos und kriegt ein Haus. Aber schielen tut sie, und einen Buckel hat sie auch. Pfui Teufel!"

„Die mein' ich auch nit. Eine andere."

„Eine andere? Gittli? Ich weiß keine mehr."

„Besinn dich!"

„Wie soll sie denn ausschauen?"

Haymo neigte sich über den Herd; seine Augen leuchteten, und von seinen Wangen widerstrahlte die Glut der Kohlen: „Schlank und fein wie ein junges Lärchenstämml, flink wie ein Reh, ein Gesicht, so weiß wie die Schneerosen, und Augen so schön und so tief wie der See."

Walti glotzte den Jäger an und schüttelte den Kopf. „Nein, die kenn ich nit. So eine gibt's gar nit bei uns im Dorf. Die müßt man draußen in der Salzburg suchen oder im reichen Hall, in den Herrenhäusern." Er ließ sich gähnend zurücksinken in den Winkel, richtete sich aber gleich wieder auf. „Halt! Eine fällt mir noch ein. Ja, die heißt auch Gittli. Aber das ist noch gar keine Dirn. Die ist mit mir in die Klosterschul gegangen. Ein klebe-

31

res[1]) Ding. Hat Augen wie eine Wildkatz und
Haar, so schwarz wie des Teufels Großmutter.
Die kannst du nit meinen."

Haymo lächelte. „Nein, die mein' ich freilich
nit! Wer ist denn ihr Vater?"

„Sie hat keinen. Bei ihrem Bruder haust sie.
Das ist einer! Dem geh ich aus dem Weg. Neu=
lich, wie die Glock zum Essen läutet, hab ich sein
Kindl umgerannt. Da hat er mir die Ohren schier
aus dem Kopf gerissen. Der Teufel, der ungute!
Ist ein Auswärtiger. Vor zehn Jahren ist er zu
uns gekommen, weiß nit, woher. Drunten im
Salzhaus ist er Sudmann, und sein Haus ist ein
Klosterlehen. Jaaa!" Laut gähnend drehte sich
Walti auf die Seite.

Haymo saß gegen die Blockwand gelehnt, flocht
die Hände um das aufgezogene Knie und träumte
mit offenen Augen.

Auf dem Herd erlosch die Glut, Frater Severin
schnarchte, und draußen stürmte der Föhn um das
kleine Balkenhaus, daß es zitterte in allen Fugen.

Drittes Kapitel

Es war nach den schweren Mühen des Tages
keine bequeme Rast, die Haymo auf dem Herd=
rand hielt. Dennoch schlief er fest. Nach stillen

---

[1]) schwächlich, unscheinbar.

Stunden weckte ihn ein Windstoß, der gegen die Hütte fuhr, als wollte er sie wegtragen in die Lüfte. Auch Walti erwachte; sogar Frater Severin stellte das Schnarchen ein und warf sich auf die Seite.

Haymo verließ die Hütte, um sich an der Quelle zu waschen; der Stand der Sterne zeigte die zweite Morgenstunde. Als er zurückkehrte, hatte Walti ein Feuer entzündet. Frater Severin schnurrte schon wieder im Schlaf wie die Säge in einer dürren Zirbe.

Heute brauchte Haymo kein Frühmahl, denn er mußte nüchtern bleiben für den Tisch des Herrn. Er schnallte das Wehrgehäng um die Hüfte, warf die Armbrust hinter den Rücken und drückte die Kappe über das krause Gelock. Aus dem Schreine nahm er eine ältere Armbrust hervor und einen Bolzenköcher und reichte beides dem Buben, dessen Augen aufblitzten, als er nach der Waffe griff.

„Kannst du schießen?"

„Auf hundert Gäng treff ich wohl einen Baum!" sprudelte es über Waltis Lippen.

„Gut! Laß den Frater schlafen! Du aber geh, wann der Morgen graut, und übernimm die Hut!"

„Welchen Weg soll ich machen?"

„Hinüber zur Kreuzhöh, dann hinauf durch den Wald bis unter die Wänd und immer an den Wänden fort. Aber nimm dich in acht vor den

3 K.-Jäger

Lahnen[1]) und spring nit talwärts, wenn du sie
rollen hörst über dir, sondern drück dich an die
Wand! Und wenn du einen Steinbock siehst oder
ein Rudel Gemsen, dann scheuch mir das Wild
nit! Hörst du? Und wenn dir einer begegnet, der
nichts hier oben zu schaffen hat, dann zeig, daß du
ein richtiger Bub bist, und ruf ihn an! Es ist
Klostergut, das du hütest."

Walti nickte nur; sein Gesicht brannte, und
fester schlossen sich seine Hände um die Armbrust.

„Und nun behüt dich Gott! Und grüß mir den
Frater Severin!"

Draußen lag noch die Nacht mit ihrem Sturm
und ihren Sternen. Rüstigen Ganges folgte Haymo
durch das rauhe Steinfeld dem talwärts führen=
den Jägersteig. Nach einer Stunde erreichte er den
rauschenden Almenwald. Durch die Finsternis, die
ihn zwischen den Bäumen umgab, wanderte er so
sicher dahin, als wär es heller Tag. Manchmal
hörte er flüchtendes Hochwild brechen.

Nun teilte sich der Weg; der eine Pfad führte
über die bewaldeten Wände steil hinunter zum
See, der andere quer durch den Wald, auf einem
Umweg bei den Sennhütten vorüber und dann
nach weiten Windungen beim Seedorf in das
Klostertal.

Bei den Sennhütten vorüber? Haymo fühlte,

―――――――――
[1]) Lawinen.

wie es ihn zog und zog. Er hätte gerne gewußt, ob Gittli die stürmische Nacht auch fahrlos über= standen. Um sich loszureißen, mußte er des Zweckes denken, der ihn heute hinunterrief ins Kloster.

In doppelter Eile folgte er dem immer ab= schüssiger werdenden Pfad. Die Sterne erblaßten, immer lichter wurde der Himmel, und über den Spitzen der Berge erwachte das Frührot. Ein rosiger Schimmer erfüllte den weiten Felsenkessel, in dessen Tiefe der See mit weißen Wellen schwankte. Als Haymo das steile Ufer erreichte, wurde drüben über dem See, in der Bartholo= mäusklause, der Morgensegen geläutet. Er zog die Kappe und sprach ein Gebet. Dann stieß er den Einbaum, der zwischen wirrem Gestrüpp an das Ufer gezogen lag, in das Wasser, sprang mit raschem Satz in das schwankende Fahrzeug und griff zum Ruder. Wohl hatte der wehende Föhn zwischen den tief gesenkten Felswänden nur halbe Macht, Haymo mußte aber doch seine ganze Kraft zusammennehmen, um bei den häufigen Wirbel= winden, die ihn überfielen, den plumpen Kahn in gerader Fahrt zu halten.

Es war heller Tag geworden, als er nahe dem Seedorf in einer vor dem Sturme geschützten Bucht den Einbaum wieder ans Land zog. Zwischen den rauschenden Fichten stieg er den sanft geneigten Waldweg empor. Nun verhielt er betroffen den Schritt. Vor ihm auf einem moosigen Steine saß ein Mönch. Netzwerk und Angelschnüre lagen zu seinen Füßen; er hielt die Arme auf die Knie gestützt und das Antlitz in den Händen vergraben. Die weiße Kapuze war zurückgesunken und enthüllte ein edel geformtes Haupt mit kurzgeschorenem, tiefschwarzem Haar; dicht und lang quoll der schwarze Bart unter den Händen hervor bis auf die Brust.

In Haymo erwachte die Erinnerung. Dieser Mönch vor ihm, das war wohl der ‚Schwarze‘, von welchem Walti geplaudert hatte, der neue ‚Pater Fischmeister‘, den ‚sie von Passau hergeschickt‘, und von welchem Frater Severin erzählt hatte, daß er ganze Tage lang stumm und einsam im beschneiten Klostergarten auf und nieder gewandert wäre ‚wie ein Gespenst‘?

Einen Schritt trat Haymo näher, sein eisenbeschlagener Schuh streifte an eine Felsplatte, und da richtete der Mönch sich auf. Diese stolze, edle Gestalt hätte eher in den Harnisch gepaßt als in die Kutte; das Gesicht aber, das der schwarze Bart umrahmte, war bleich wie Schnee; Gram und Seelenpein hatten die Züge verschärft und tiefe Furchen in die weiße Stirn gegraben; um die schmalen Lippen zuckte der Schmerz, und die tiefliegenden Augen brannten wie Feuer — das waren Augen, die lange die Wohltat der Tränen nicht mehr kannten. Haymo fühlte sein Herz berührt vom Anblick dieses Priesters; er zog verwirrt die

36

Kappe und stammelte: „Hochwürdiger Vater! Was fehlt Euch? Seid Ihr krank?"

Der Mönch wandte sich wortlos ab, hob die Fischnetze und Angelschnüre auf seinen Arm und wollte gehen.

Haymo vertrat ihm den Weg. „Ich bitt Euch, redet ein Wort zu mir! Vielleicht kann ich Euch was zulieb tun? Sagt mir, was bedrückt Euch?"

„Das Leben!" glitt es leise von den Lippen des Mönches, als hätte er dieses Wort für sich allein gesprochen, nicht aber als Antwort auf die herzliche Frage des Jägers. Dann neigte er das Haupt — es war ein Gruß und eine Abweisung zugleich — und ging zu dem Pfade hinüber, der von den Bergen herunterführte gegen das Seedorf.

Betroffen blickte Haymo ihm nach; nun hob er lauschend den Kopf; eine klingende Stimme tönte von einer höheren Stelle des Pfades durch den Wald. Haymo erkannte die Stimme, und heiß schoß ihm das Blut in die Wangen. Jetzt sah er auch zwischen den Bäumen schon das rote Röckl schimmern. Gittli war es. Und sie sang:

„Auf steiler Höh,
Tief unterm Schnee,
Da blüht ein Blüml grün und weiß.
Es gräbt in Stein
Die Wurzen ein
Und streckt sein Köpfl aus dem Eis,
Schneeweiß!

37

Die Winterszeit,
Wenn's eist und schneit,
Das ist sein Lenz auf weißer Halb.
Doch bringt der Föhn
Den Frühling schön,
Dann siecht es hin und welket balb,
Schneekalt!

Im Herzen tief
Ein Blüml schlief,
Gar lieblich und an Schönheit reich;
Es blühte rot,
Da kam der Tod
Und trug's hinunter in sein Reich,
Schneebleich!"

Wie Lerchengesang hob Gittlis Stimme sich
über den wehenden Sturm und das dumpfe Rau=
schen des Waldes. Und als sie die letzte Strophe
gesungen hatte, sah Haymo, wie Gittli auf dem
schmalen Pfad erschrocken stehenblieb, den scheuen
Blick auf den Pater Fischmeister gerichtet. Dieser
stand vor ihr, mit erstarrtem Gesicht und mit
Augen so voll Entsetzen, als wäre das Mädchen
vor ihm nicht das lieblichste Bild des Lebens, son=
dern ein dem dunkelsten Schoß der Erde entstiege=
nes Gespenst. Die Knie drohten ihm zu brechen,
Netze und Schnüre fielen von seinem Arm, tau=
melnd griff er nach einer Stütze, und von seinen

38

zuckenden Lippen klang es mit heiserem Laut: „Wer bist du?"

„Ich bin die Gittli", stammelte das Mädchen mit versagender Stimme.

„Wer ist dein Vater?"

„Mein Vater ist tot, und meine Mutter auch. Ich hause bei meinem Bruder, der heißt Wolfrat und ist Sudmann im Salzhaus des Klosters."

Das hatte Gittli scheu hervorgestottert, wie ein Kind die Litanei in der Schule stammelt, wenn der Kaplan die Haselrute schwingt. Nun stand sie schweigend, das Körbchen mit den Schneerosen an ihren jungen Busen drückend, ein Bild, so hold, daß Haymo von diesem Anblick sein Herz zum Springen schwellen fühlte. Es zuckte in seinen Fäusten, und es war ihm, als müßt' er auf den unheimlichen Wegelagerer losstürzen und ihm zuschreien: Was willst du von dem Kind? Laß das Kind in Ruh! Oder du hast es mit mir zu tun!

In wachsender Verstörtheit war der Blick des Mönches auf das Mädchen gerichtet. Röte und Blässe wechselten auf seinen Zügen, seine Augen waren wie zwei Flammen, heiß und verzehrend. „Wer gab dir dieses Gesicht?" so brach es fast wie ein Schrei von seinen Lippen; nun streckte er die Arme, als wollte er das Mädchen umschlingen — und da wich Gittli erbleichend vor ihm zurück; einen Augenblick stand sie ratlos, dann schwang sie

39

sich mit einem herzhaften Sprung über den steilen Rand des Pfades auf den moosigen Waldboden und flog mit flatterndem Rock an Haymo vorüber, um zwischen den Bäumen zu verschwinden.

Wie man lange nach der dunklen Stelle des Himmels starrt, an der ein fallender Stern erloschen ist, so starrte Haymo in den Waldschatten, in dem die Gestalt des Mädchens sich verloren hatte. Langsam wandte er das Gesicht und blickte wieder zum Pfad hinauf. Dort oben stand noch immer der Mönch mit gestreckten Armen, als wollte er die Luft umschlingen, in der das Mädchen geatmet. Jetzt kam ein Zittern über ihn, seine Arme fielen, stöhnend sank er auf einen Stein und bedeckte das Gesicht mit den Händen.

Haymo wußte nicht, wie ihm geschah. Er hätte gern diesem Priester gezürnt, und dennoch fühlte er, wie das Mitleid sein Herz gefangennahm. Eine Weile noch stand er wie gebannt; dann schlich er davon, und je weiter er sich entfernte, desto rascher wurde sein Schritt.

Vielleicht gelang es ihm noch, das Mädchen einzuholen? In seinem Geleit wäre Gittli sicher und hätte einen gefahrlosen Heimweg. Er begann zu laufen. Was war das? Diese zornige Stimme, die von der offenen Seelände durch die Lichtung der Bäume klang? War das nicht Gittlis Stimme? Ja! Und nun verstand er auch ihre Worte: „So laßt mich doch! Was wollt ihr von mir? Was

40

hab ich euch denn getan? So laßt mich doch in
Ruh!"

Haymo hatte den Waldsaum erreicht; draußen
lag eine breite Wiese, halb überspült von dem wei=
ßen Sand, den der schäumende See über das Ufer
warf; an Stangen hingen Fischnetze zum Trocknen
aufgespannt; unter weitästigen, im Föhnwind rau=
schenden Ulmen, zu Füßen eines Hügels, standen die
beiden Hütten der dem Kloster hörigen Fischer=
knechte. Zwei der struppigen, an Gesicht und Klei=
dung derb verwitterten Gesellen hatten inmitten
der Wiese das Mädchen mit einem Stück Netz
umfangen, und der eine lachte: „Hilft dir nichts!
Wer so ein feines Fischl im Garn hat, der hält es
fest."

„Aber so laßt mich doch, laßt mich!" flehte
Gittli und suchte sich dem Netz zu entwinden.

„Zappel nur!" lachte der andere. „Weißt du,
was einem Ferch geschieht, wenn er ins Netz ge=
gangen ist? Wir geben ihm eins auf den Schnabel!"

Gittli kreischte, und während sie mit dem einen
Arm ihr Körbchen in die Höhe hielt, schlug sie mit
dem andern zornig um sich.

„Geh, hab keine Sorg!" tröstete der jüngere der
beiden Knechte. „Wir machen's bei dir nit gar zu
grob! Komm her, wirst sehen, es tut nit weh!" Er
faßte mit derber Hand ihr Kinn und wollte sie
küssen. Da flog er unsanft zur Seite. Haymo hatte
ihn beim Kragen gepackt, und der Griff hatte aus=

41

gegeben. Ein Dutzend Schritte von der Stelle saß
der Bursch im Gras und machte ein dummes Ge=
sicht. Dem anderen versetzte Haymo mit dem Berg=
stock eins über die Hand, daß er das Netz gut=
willig fallen ließ. Gittli, die sich so plötzlich be=
freit sah, warf dem Jäger einen dankbaren Blick
zu, streifte hurtig das Netz von den Füßen und
huschte kichernd davon.

Der ins Gras Gesetzte hatte sich inzwischen er=
hoben. Mit kirschrotem Gesicht kam er auf den
Jäger zugestürmt.

Haymo machte eine Faust und hob sie ein wenig.
„Komm nur!" sagte er lächelnd.

Da war der Zorn des Burschen verraucht. Und
der andere, der noch immer seine Hand rieb,
brummte: „So ein Wildling! Gleich zuhauen! Da
schau, ganz blau sind alle Finger!" Und scheltend
ging er dem Ufer zu und steckte die Hand ins kalte
Wasser.

Lachend schulterte Haymo den Bergstock und
folgte der Straße. Er wäre gern rascher gegangen;
aber das wollte er den beiden Gesellen nicht zuliebe
tun; die hätten ihm sonst wohl nachgerufen:
„Schau, wie er sich tummelt, daß er davonkommt!"
Als er um die Ecke lenkte und den Blicken der bei=
den entschwand, beschleunigte er seinen Gang; aber
von Gittli war nichts mehr zu sehen und zu hören.

Auf schmaler, von den Rädern der Bauern=
karren übel zerrissener Straße schritt Haymo durch

42

das frühlingsblühende Tal. Wenn auch droben auf den Bergen der Lenz noch eine harte, zähe Schlacht gegen den Winter schlug, so hatte doch im Tal der Frühling sich schon häuslich eingerichtet. Auf den Wiesen lag es schon wie grüner Samt, in dem sich die zahllos blühenden Primeln aus= nahmen wie goldene Stickerei. Veilchenduft wehte aus den Hecken, in denen die kleinen Meisen zwit= scherten. Aus den Zweigen der Fichten spitzten schon die jungen Triebe, und über den Buchen und Ahornbäumen lag's von den sprossenden Blättchen wie ein lichtgrüner Schimmer. Die wilde Kraft des Föhns, der droben auf den Bergen allen Grund der Felsen zittern machte und die donnern= den Lawinen löste, war hier im Tal verwandelt in ein frisches Wehen, das in alle Büsche griff, in alle Wipfel der Bäume, als wollt' es ihnen sagen: Nur frisch, nur munter! Jetzt nach dem Winterschlaf kein Gähnen mehr! Jetzt heißt es wachsen, treiben, blühen, Früchte tragen und für Samen sorgen! Die schöne Zeit ist kurz. Und eh ihr euch's verseht, ist wieder der Winter da. Mun= ter! Munter!

Jetzt stieg die Morgensonne hinter den Bergen empor, Wald und Feld überspinnend mit ihrem Gold. Ein Funkeln und Leuchten überall. Sogar der Schatten, den Haymo auf die Straße warf, war Schimmer und Farbe.

Blaue Rauchsäulen stiegen aus den hölzernen

Bauernhäusern, die zerstreut lagen zwischen kleinen Gehölzen, zwischen Wiesen und brachen Feldern; in den umhegten Gärten weidete das Vieh mit läutenden Glocken, und in steinigem Bette rauschte die dem See entströmende Ache ihr eintöniges Lied.

Die Straße begann zu steigen; nun trat sie unter den Bäumen hervor, und Haymo sah zu oberst auf der sonnigen Höhe des Weges das Mädchen schreiten.

„Gittli! Gittli!" rief er mit hallender Stimme.

Sie hörte ihn, blieb stehen, wandte das Gesicht, schwang wie zum Gruß ihr Körbchen und lief davon, in der Senkung der Straße verschwindend.

Haymo seufzte zuerst, dann lachte er und wanderte weiter. Eine halbe Stunde noch, und er hatte das Klosterdorf erreicht. An beiden Ufern der Ache reihte sich Haus an Haus, und von der Höhe nieder winkte der schlanke Münsterturm und der mächtige, weit ausgedehnte Bau des Stiftes, mit hundert funkelnden Fenstern. Haymo überschritt auf hölzerner Brücke die Ache und gelangte zu einem riesigen Holzgebäude. Es war das Salzhaus, die Goldschmiede des Klosters, welche die Dukaten in so schöner Menge lieferte, daß in kaum zweihundert Jahren die arme Martinsklause zu Berchtesgaden das reichste Kloster weit und breit geworden war. Alle Fürsten zankten sich um die Hoheitsrechte über die reiche Propstei, und die Erzbischöfe von Salzburg machten scheele Augen.

44

In langer Reihe standen die Frachtwagen und Saumpferde aus aller Herren Länder vor dem Salzhaus, und ein Frater in geschürzter Kutte verzeichnete auf einem Täfelchen jeden Sack, der von den Knechten zum Verladen herbeigetragen wurde. Auf einem Seilzug, der über die Ache gespannt war, kamen die in Rollen laufenden Kufen mit dem Rohsalz knarrend einhergezogen. Dort drüben lag der Salzberg Tuval, in dessen Schachten das Steinsalz von den Klosterknappen gefördert wurde. Dann kam es in die Pochmühle, aus der Mühle in die Solwannen, und aus der gesättigten Sole wurde das reine Salz in mächtigen Pfannen wieder ausgekocht. Sogar in der Karwoche durften die Feuer nicht erlöschen. Wie fleißig der Sud betrieben wurde, das verriet der weiße Dampf, der in dichten Wolken aus allen Luken des Daches, aus jedem Tor und allen Fenstern des Sudhauses qualmte.

Da drinnen in der brütenden Hitze mochte kein gutes Weilen sein; das meinte Haymo dem Sudmann anzusehen, der triefend von Schweiß aus einem der Tore trat, um frische Luft zu schöpfen; er war nur mit einer blauen Leinenhose bekleidet, Oberkörper und Arme waren nackt und von der Hitze gerötet wie ein Krebs, der aus dem siedenden Wasser auf die Tafel kommt. Eine schwere Gestalt, Muskeln und Arme wie aus Kupfer gegossen, ein Stiernacken, ein klobiger Schädel mit

45

kurzgeschnittenem, rötlichbraunem Haar; der struppige Bart hatte die Wangen fast bis zu den Augen überwachsen; dadurch bekam das Gesicht einen finsteren Ausdruck, der durch den verdrossenen Blick der grauen Augen noch verschärft wurde.

„Wolfrat!" rief eine herrische Stimme im Innern des Salzhauses, und der Sudmann verschwand im Tor.

Wolfrat? — Dieser Mensch sollte Gittlis Bruder sein? Haymo schüttelte den Kopf; er stellte die beiden im Geiste nebeneinander. Das waren zwei Geschwister, von denen eins zum andern paßte, wie der Eichbaum zur Heckenrose, wie der Bär zum Reh, oder — der Volksmund pflegt zu sagen: wie die Faust aufs Auge!

Viertes Kapitel

Als Haymo durch die Pforte des Klostergartens trat, scholl vom Kirchplatz herab ein lautes Knattern und Gepolter. Das waren die hölzernen ‚Ratschen', die zur Messe riefen; während der Passionstage dürfen die Glocken nicht geläutet werden; ihre klingenden Seelen, so geht die Sage, ziehen nach Rom, um vom Heiligen Vater gesegnet zu werden, und erst in der Osternacht kehren sie zurück in ihre

ehernen Leiber, um schwebenden Schalles die Auf=
erstehung des Erlösers zu verkünden.

Über Felsstufen und gewundene Wege stieg
Haymo den Hang des Hügels empor, auf dessen
Kuppe das Kloster stand; das ganze Gehänge, einst
mit Felsklötzen besät und von wirrem Gestrüpp
überwuchert, war in einen freundlichen Garten
verwandelt, mit zahlreichen Blumenbeeten, Baum=
gruppen und säuberlich gehaltenen Pfaden. Wohl
war der Garten um diese frühe Jahreszeit noch
arm an Grün und Blüten. Aber was mußte das
im Sommer für eine Pracht und Freude sein!
Frater Severin, der Gärtner, verstand seine Kunst;
das mußte auch der Neid bekennen.

Auf schwankendem Steg überschritt Haymo den
tiefen Hirschgraben, in dem ein Rudel Hochwild
friedlich äste. Die Tiere sahen elend und verküm=
mert aus; ein Hirsch, auf dessen Haupt schon das
neue Geweih zu sprossen begann, war bis zum
Rande des Grabens emporgestiegen und drückte die
Stirn gegen das hölzerne Gitter; er sah durch die
Lücken der Stäbe in der Ferne den freien Berg=
wald blauen: Haymo wandte sich ab, bewegt von
Erbarmen; es dünkte ihn ein hartes Unrecht, solch
ein edles Tier gefangenzuhalten in traurigem Ker=
ker, nur zu müßiger Augenweide.

Als der Jäger an der Klosterpforte den Ham=
mer rührte, sagte ihm der Pförtner, daß Haymo
nach der Messe in der Amtsstube des Klostervogtes

47

sich einzufinden hätte; doch sollte er neben Dienst und Pflicht auch seines irdischen Leibes gedenken und den Umweg über die Küche nicht scheuen. „Freu dich, Junge, heut ist großer Fasttag!" flüsterte der Pförtner und schmunzelte.

Haymo gab die Armbrust und den Bergstock in Verwahrung und schritt über den weiten Klosterhof dem Münster zu, durch dessen offenes Tor der Weihrauch duftete und die brennenden Kerzen flimmerten. Stehend, die Kappe zwischen den verschlungenen Händen, hörte er die Messe. Im Beichtstuhl hatte er ein schweres Viertelstündchen; er besann und besann sich, aber es fiel ihm keine Sünde ein, die er begangen hätte. Das ganze Jahr hindurch mit sich allein auf den Bergen und im Wald, nichts anderes im Herzen als die stille Freude an der schönen Gotteswelt, nichts anders im Sinn als die Jägersorgen, die der Morgen weckte und der Schlaf vergessen machte, wie soll man da zu einer Sünde kommen? Kein Gebet, kein Glaube macht die Menschen frömmer als die Einsamkeit des rauschenden Waldes, als die freie Himmelsnähe auf den Gipfeln der Berge. Aber sündigen muß doch der Mensch! Wozu wäre sonst die Beichte da? Haymo sann und sann. Der Pater im Beichtstuhl wurde ungeduldig. Und Haymo, dem der Angstschweiß auf die Stirne trat, stotterte: „Hochwürdiger Vater, ich bitt Euch, habt nur ein Weilchen Geduld, es wird mir gewiß noch eine Sünd ein-

fallen!" Und richtig — der heiße Zorn, der ihm
über die Lippen fuhr, sooft er droben in seinem
Revier die verdächtige Spur eines Menschen fand
— das war doch Sünde! Und der Wunsch, daß er
Flügel haben möchte, um die entflohenen Raub=
schützen verfolgen und fassen zu können? Wieder
eine Sünde! Denn dieser Wunsch war so viel
wie ein versteckter Zweifel an der Weisheit Gottes,
der die Menschen nun einmal o h n e Flügel er=
schaffen hatte. Haymo atmete erleichtert auf; der
Anfang war gemacht, und da ging es prächtig
weiter, so daß er schließlich ein ganz gewichtiges
Päckl Sünden zusammenbrachte. Der Pater lächelte,
als er diesem schwer beladenen Beichtkind die Ab=
solution erteilte; Haymo aber war völlig zerknirscht
und hielt die kleine Buße, die er zu beten bekam,
für unverdiente Milde. In tiefer Andacht genoß
er den Leib des Herrn und verließ die Kirche.

Der Pförtner, der ihm das Tor des Stiftes
öffnete, zwinkerte ihm freundlich zu und sagte:
„Geh nur! In der Küch wissen sie schon, daß du
kommst!"

Haymos eisenbeschlagene Schuhe klapperten auf
den Steinfliesen des langen Korridors, den er zu
durchschreiten hatte. Durch die hohen Bogenfenster
fiel das goldene Sonnenlicht und machte die Far=
ben der frommen Bildnisse leuchten, mit denen die
weißen Wände geziert waren. Aus einer Türe
hörte er summende Stimmen, dazu ein lautes Klap=

4 K.=Jäger   49

pern und Klirren. Er öffnete und betrat die Klosterküche. Feuchte Hitze umfing ihn, und angenehme
Düfte quollen ihm entgegen. Ein großmächtiger
Raum mit sechs hohen und breiten Fenstern; die
Wände schneeweiß getüncht, der Boden mit roten,
spiegelblanken Marmorplatten belegt. Überall weiß-
gescheuerte Tische, Kasten, Schreine und Truhen;
alle Wände funkelten von kupfernen Pfannen und
zinnernen Schüsseln; an den Fensterpfeilern hingen
die aus Blech getriebenen Kuchenformen in Gestalt
von Sternen, Herzen, Blumen und allerlei Getier.
In der Mitte des Raumes stand der riesige Herd,
dessen Inneres, nach den vielen Kupfertüren zu
schließen, ein wahres Labyrinth von Feuerhöhlen
und Bratröhren enthalten mußte; die Platte des
Herdes war dicht bestellt mit dampfenden Pfannen
und Kesseln, und über offenem Kohlenfeuer wurde
an langem Spieß ein Seeferch gebraten, der wohl
an die dreißig Pfund wiegen mochte.

Und welch ein emsiges Leben in diesem Dampf
und Duft! Rings um den Herd und um die Zu-
richttische standen und gingen die Küchenbrüder,
mit nackten Armen, mit blauen Schürzen über den
Kutten, jeder betraut mit einem hochwichtigen Amt.
Hier wurden Hechte, Forellen und Saiblinge gereinigt, dort walkte einer mit derben Fäusten an
einer ellenlangen Teigstulle, hier wurden Zwiebeln
geschnitten und Zitronenschalen gewürfelt, hier
schlug einer mit langer Birkenrute einen ganzen

50

See von Eiweiß zu schneeigem Schaum, dort
wurde Mehl abgewogen und Gewürz sortiert, und
zwischen den Brüdern tummelten sich die Lauf=
buben, Holz tragend, das Feuer schürend, die ge=
brauchten Kessel scheuernd und das zinnerne Ge=
schirr spülend. Hohe Stöße von Tellern wurden
durch einen Schalter hinausgeschoben, durch den
man das weite Refektorium mit seinen blütenweiß
gedeckten Tischen gewahrte. Und in diesem Klap=
pern, Klirren, Zischen und Brodeln ein ununter=
brochenes Rufen, Plaudern und Lachen. Und alle
Gesichter rotbrennend vor Hitze.

Die Fäuste in die Hüften gestemmt, mit ge=
bieterischer Ruhe, wie ein Feldherr, schritt Frater
Friedrich, der Küchenmeister, auf und nieder, alles
überblickend, alles überwachend. Breit lag ihm das
Doppelkinn auf der Brust, die kleinen Augen ver=
sanken fast in den Fettpolstern der Backen, und
bei seinem Umfang mochten fünfzehn Ellen Tuch
nicht ausreichen für die Kutte. Ja, das Fasten!
Das Fasten!

Als Haymo die Küche betrat, weckte sein Er=
scheinen einen lauten Aufruhr. „Der Jäger! Der
Jäger!" rief es auf allen Seiten, die Brüder
kamen auf ihn zu, die Laufbuben ließen fallen, was
sie in den Händen hatten, und rannten ihm ent=
gegen. Mit glotzender Neugier umstanden sie ihn;
der eine griff nach Haymos Weidmesser, der an=
dere streichelte die Armbrust, der dritte griff in den

Köcher und prüfte die Schärfe einer Bolzenspitze am Finger. Und so viele Fragen gab es auf einmal, daß der Jäger sie in einer Stunde nicht hätte beantworten können. Haymo wurde verlegen, ihm war zumut, wie der Wildtaube im Hühnersteig. Da kam der Frater Küchenmeister — herbeigegangen? — nein, herbeigerollt wie eine Tonne. „So? Bist du da? Hast du deine Seel gestärkt? Brav, mein Sohn, brav! Das ist Christenpflicht. Jetzt aber komm und stärke deinen Leib!" Er nahm den Jäger unter den Arm und führte ihn in eine kleine Stube, die neben der Küche lag und halb einer Mönchszelle, halb einer Speisekammer glich. Im Erker war säuberlich ein kleiner Tisch gedeckt, und neben dem Zinnteller stand eine Holzbitsche, bis zum Rande gefüllt mit schäumender ‚Güte Gottes‘.

Die beiden setzten sich, und ein Laufbube trug auf; Schüssel um Schüssel kam, und Haymo machte immer größere Augen. Er hatte noch nie im Leben so herrenmäßig — nein, das will zu wenig sagen — so klosterwürdig getafelt! Der Frater Küchenmeister schien den schmucken Jäger ins Herz geschlossen zu haben; er hatte die Arme breit über den Tisch gelegt und schaute dem Schmausenden mit zufriedenem Lächeln zu.

Da gab es zuerst eine Erbsensuppe mit gerösteten Schnitten, dann kamen Pastetchen, mit Forellenbacken gefüllt; es folgte ein gesottener

52

Hecht, der sich, wie der Frater scherzte, aus Freude
darüber, daß er gar so schön blau geraten, in den
eigenen Schwanz biß; er trug zwei grüne Rosmarin-
zweiglein in den Nasenlöchern und hatte absonder-
liche Augen: aus gelber Zitronenschale geschnitten
und in der Mitte ein Pfefferkorn; und rings um
den Rand des Tellers lag ein Kranz von Zwiebel-
scheiben, darin der geputzte Fisch so prächtig anzusehen war, daß Haymo erst nach langem Zureden
das Herz hatte, diese Pracht zu zerstören. Dann
folgten gedünstete Froschschenkel in köstlicher Tunke
mit gebackenen Krapfen. Und nun kam ein richtiger Braten. Ein Braten am Fasttag? Haymo
blickte verlegen auf den Frater. „Darf ich denn
das essen?"

Der Küchenmeister tätschelte die Hand des Jägers. „Iß nur, Bub! Glaubst du denn, ich möcht
deine frischgescheuerte Seel mit einer Sünd be-
flecken? Iß nur! Das ist Fastenspeis, wie Fisch
und Frosch!"

Zögernd kostete Haymo; aber gleich wieder legte
er die Gabel nieder und schob den Teller kopfschüttelnd von sich. „Nein, Herr, das ist Fleisch!"

„Freilich Fleisch", lachte der Frater, „aber
Fleisch von einem Biber!"

„Biber? Das ist doch ein Tier mit Haar und
Füßen?"

„Frißt aber Fische! Verstehst du? Das ist Philo-

53

sophie der Klosterküche: Biber, Otter und Wild-
ente, ob Pelz oder Federn, was Fische frißt, wird
wieder als Fisch gegessen. Und ganz mit Recht!
Denn die Nahrung macht das Wachstum und
bildet aus ihrem Stoff den Körper. Somit ver-
zehrst du in diesem Braten kein richtig Fleisch,
sondern ein Teilchen von jedem Hecht und Karpfen,
von jeder Grundel und Schleie, die der Biber
schmauste."

„So?" lächelte Haymo. „Dann aber, Frater
Küchenmeister, wundert mich eines."

„Was, mein Junge?"

„Daß Ihr am Fasttag nit auch eine Hirschkeule
auf die Tafel setzt."

In Entsetzen klatschte der Frater die Hände zusammen. „Haymo! Du gottverlorener Mensch!"

„Warum? Die Hirsche äsen Gras und Kräuter.
Also muß ihr Fleisch ein Gemüse sein, wie Kohl
und Rüben. Und das ist doch Fastenspeis."

Der Küchenmeister machte ein verdutztes Gesicht;
dann schlug er lachend die Hand auf den Tisch.
„Schade, schade, Haymo, daß du kein Klerikus geworden! In dir steckt ein Kirchenlicht. Und das
soll nit umsonst geleuchtet haben! Im nächsten
Kapitel mache ich den Vorschlag, daß man alles
Wildbret als Fastenspeis erklären soll." Nachdenklich schwieg er und schüttelte den Kopf. „Nein! Ich
tu's doch lieber nit. Am Ende drehen sie den

54

Spieß um und sagen: wie der Hirschbraten kein
Gemüse ist, so ist der Biberschwanz kein Fisch,
obgleich er Schuppen hat. Und Biberschwanz ess'
ich für mein Leben gern. Gib her ein Bröckl!" Und
aus dem ,Bröckl' wurde mit Kosten und Kosten
der halbe Braten. „Gelt, du? Das rutscht wie
Butter."

„Ja, Frater, ein feiner Braten! Der kommt
wohl von weither?"

„Von der Donau. Dort leben die Biber zu
Hunderten in ihren Wasserdörfern. Von Strau=
bing bis weit hinunter gegen Wels hat der Pas=
sauer Bischof das Jagdrecht. Mit dem letzten
Salzkarren hat er uns ein Dutzend geschickt, wickel=
fette Kerle!"

„Von Passau? Ist das von dorther, von wo
der neue Pater Fischmeister gekommen ist?"

„Warum fragst du?"

Haymo wurde rot. „Ich mein' nur so. Ich hab
ihn gesehen, heut früh am See."

Des Fraters Augen leuchteten. „Den soll der
liebe Gott unserm Kloster erhalten! So viel hat
noch keiner von See und Fisch verstanden wie der!
Hast du den Ferch draußen am Spieß gesehen?
Den hat er mit eigener Hand gefangen. Ich laß
aber auch nichts auf ihn kommen. Ich halt es mit
ihm. Da mögen sie im Kloster reden, was sie
wollen."

55

„Was reden sie von ihm?" fragte Haymo, wobei er sich alle Mühe gab, seine Spannung zu verbergen.

„Ach, dummes Zeug! Bevor er hinauszog in die Seeklause, haben sie ihn in der Nacht oft schreien hören in seiner Zell, daß es jedem, der es hörte, durch Mark und Bein ging. Und wenn sie dann zu ihm hineinrannten, fanden sie ihn am Boden, mit zerrauftem Haar und blutigen Fingernägeln. Nun sagen sie, daß der Teufel Macht hätte über ihn, weil furchtbare Sünden auf seinem Gewissen liegen. Und sie sagen, der Teufel käme in der Nacht und raufe mit ihm um seine Seele."

Haymo saß mit erblaßtem Gesicht und stammelte: „Soll das wahr sein können?"

„Glaub mir, Haymo, dem Teufel laufen die Seelen so scharenweis zu, daß er gemütlich warten kann, bis sie kommen. Der braucht sich nit zu raufen um das, was sein ist. Und bei einer Seel, die dem lieben Herrgott gehört, da hilft ihm auch das Raufen nichts."

„So?" Haymos Stimme klang seltsam gereizt; denn wieder sah er den Pater Fischmeister vor Gittli stehen, mit verlangend gestreckten Armen, mit brennenden Augen. „Ihr meint wohl, der Pater hätt so eine fromme Seel, die nirgends hin will, als nur hinauf in den Himmel?"

„Was weiß ich? Kein Mensch hat ein Guckloch vor dem Herzen, daß man hineinschauen könnt,

wie's aussieht drinnen. Auf jeder Pfanne liegt ein
Deckel. Nun errat's, was drinnen kocht! Mit der
Nase riecht man auch nit alles. Und wer immer
auf den Knien rutscht, ist noch lang kein Heiliger.
Es kann auch einer in den Himmel kommen, der
steife Beine hat. Und dann, was geht's mich an?
Er ist der beste Fischer. Das ist mir genug. Freilich, was Besonderes muß es schon gewesen sein,
was den ins Kloster verschlagen hat. Wenn ich
zurückdenke die zwanzig Jahr —"

„Ihr habt ihn gekannt?" fiel Haymo hastig ein.

„Gekannt? Nein! Aber gesehen hab ich ihn einmal. Und hab ihn auch nimmer vergessen. Es war
zu Regensburg. König Ludwig — jetzt ist er lange
schon Kaiser, und Gott mag ihn erhalten, denn er
ist ein guter Herr — der sollte damals zu Gast
kommen bei Bischof Adalbert. Und da holten sie
mich aus dem Kloster, damit ich das Mahl rüste.
Ja, mein Junge, ich hab allzeit was gegolten! Ein
Koch wie ich! — Lassen wir's, denn stolz sein ist
eine Sünd. Ich kam also, und ich sag dir, Wunder hab ich gewirkt, Wunder! Was ein Auerhahn
für ein Vieh ist, das weißt du doch?"

„Keine schönere Jagd, Frater!"

„Jagen? Meintwegen! Aber essen? Ich dank!
Was aber will ich machen? ‚Bruder Küchenmeister‘, sagte Herr Adalbert zu mir, ‚ich will dir
kund und zu wissen tun, daß Herrn Ludwigs Lieb-
lingsgericht der Auerhahn ist.‘ Auch ein Geschmack,

57

denk ich mir! Dazu gehört ein gut bayrischer Ma=
gen. Und Zähne! Die hat er freilich. Das haben
seine Feinde gespürt, mit denen er ins Beißen kam.
Also, ein Auerhahn! Ja, aber wie? Ich sag dir,
Haymo, die ganze Nacht hab ich kein Auge zugetan.
Und der liebe Gott hat mich erleuchtet. Ich habe
damals eine Beize erfunden — eine Beize! Und
der Auerhahn kam auf die Tafel. Und wie! But=
ter, Haymo, Butter!"

„Aber der Pater Fischmeister?" drängte Haymo.

„Ja, richtig! Es war ein wunderschöner Mai=
tag, als Herr Ludwig einzog im Hof der Bischofs=
burg. Alles glitzerte von Sonne. Der Himmel gut
bayrisch: blau mit silbernen Schäflen. Als sie
kamen — ich sag dir, Haymo, das war ein Glanz
und eine Pracht, von all dem funkelnden Gold und
Eisen! Vom Küchenfenster sah ich's mit an. Und
ein Jubel und eine Freud! Herr Ludwig ritt auf
einem schneeweißen Pferd."

„Die Krone auf dem Haupt und das Zepter in
der Hand?"

„Dummer Bub!" lachte der Frater. „Da kennst
du unsern Kaiser schlecht. Nein! Im schlichten
Jägerkleid, nit ärmer wohl, aber auch nit besser
als der Kittel, den du am Leib trägst. Sein Ge=
folg aber! Du, das schaute sich an, als wären die
Schatzkammern der Untersberger Zwerge lebendig
geworden. Und unter den Fürsten und Rittern war
einer —"

58

„Der Pater Fiſchmeiſter?"

„Erraten! Freilich, damals hieß er noch nit Pater Deſertus, ſondern Dietwald, Burggraf zu Falkenberg[1]."

„Ein Graf!" ſtaunte der Jäger.

„Haſt du ſchon den heiligen Georg auf ſeinem Roß geſehen?"

„Ja, auf dem Bild, das im Zimmer des Vogtes hängt."

„So ſah er aus. Stolz und ſchön! Unter dem blitzenden Helme ringelten ſich die ſchwarzen Locken hervor. Auf den Lippen ſproß ihm der erſte Flaum, ein lachendes Geſicht wie Milch und Blut, aber eine Geſtalt und Glieder, und eine Kraft! Sein Roß ſchnaufte nur ſo unter ihm! Und als wär's ein Birkenblatt, ſo trug er den ſchweren Schild, einen weißen Falk auf blauem Grund. Anderntages beim Turney, da brauchte er nur ſo zu machen —" der Frater Küchenmeiſter tippte den Zeigefinger auf Haymos Bruſt, „und die Herren Ritter purzelten in den Sand und ſtreckten alle viere in die Luft. Und die Weibsleut! Wie verrückt waren ſie. Die Augen guckten ſie ſich aus nach ihm. Er aber — — Was gibt's?"

Ein Laufburſch war in die Stube hereingeſtürmt; der Kloſtervogt hätte nach dem Jäger fragen laſſen.

---

[1] Falkenberg in Niederbayern an einem Nebenbach der Vils.

59

Erschrocken sprang Haymo auf; aber so rasch
kam er nicht zur Tür hinaus. Der Frater Küchen=
meister hatte noch allerlei Anliegen; er zählte dem
Jäger an den Fingern die würzigen Wald= und
Almenkräuter her, welche Haymo in die Küche
liefern sollte, sobald der Frühling sie erweckt hätte
zum Blühen. Auch die Bärenschinken wären auf=
geknappert bis auf den letzten Knochen. Ob nicht
Aussicht wäre auf neuen Vorrat? Nicht nur wegen
der Schinken. „Gesulzte Bärentatzen!" Der Fra=
ter verdrehte die Augen und schlug mit der Zunge
einen Triller.

„Vergangene Woch hab ich einen Bär gespürt,
hoch oben im Schnee", sagte Haymo, „doch die
Fährt hat sich im aperen¹) Wald verloren."

„Pack ihn, Haymo, pack ihn! Und noch eines!
Hat die Schneerose schon verblüht?"

Ein träumerisches Lächeln glitt über die Züge des
Jägers. „Ich hoff, noch lang nit!"

„Ich aber hoffe, bald!" Auf das behäbig freund=
liche Antlitz des Fraters legte sich ein wehmütiger
Schatten. „Weißt du, Haymo, das viele Kosten
von allen Schüsseln, das tut nit gut auf die Dauer.
Manchmal in der Nacht, da spür ich's hier, am
Herzen, daß ich meine, ich muß ersticken. Dafür
hilft die Wurzel der Schneerose, die Nieswurz.
Aber sie muß gegraben werden, wenn das letzte

---

¹) Schneefrei.

Stöckl verblüht hat. Dann ist ihr Saft am stärksten. Er macht das dicke Blut wieder flüssig und das schläfrige Herz wieder lebendig."

„Ja, Frater, Ihr sollt eine Wurz haben, an die noch kein Wurm gerührt hat. Aber seid vorsichtig! Ihr wißt:

Zwei Tröpflen machen rot,
Zehn Tropfen machen tot."

„Sei ohne Sorg!" lächelte der Frater und klopfte dem Jäger herzlich auf die Schulter. „Bist ein guter Bursch! Schick mir die Wurzel durch den Walti! Und komm nur wieder einmal! Für dich hab ich immer ein gutes Bröckl im Kasten. Aber jetzt mach weiter, sonst brummt der Vogt. Gelobt sei Jesus Christus!"

„Amen!"

Fünftes Kapitel

Durch lange Korridore, in denen die weißen Chorherren an dem Jäger vorüberwanderten, lautlos seinem Gruße dankend, und über eine steile Wendeltreppe gelangte Haymo in die Wartestube des Vogtes. Die Stube hatte noch ein zweites Treppenhaus und Tor gegen den Marktplatz, da-

61

mit die Bauern, die Weiber und Hörigen, die
Kaufleute und Kriegsknechte, die dem Vogt ein
Anliegen vorzutragen hatten, die klösterliche
Schwelle nicht überschreiten mußten.

Der einzige Schmuck des großen Raumes war
ein mächtiges Kreuz aus Untersberger Marmor
und ein rohes, grellbemaltes Schnitzwerk, den heiligen Augustinus darstellend. Auf den Steinbänken,
die sich rings um die Wände zogen, saß ein halbes
Dutzend Leute, zumeist Salzkäufer aus der Fremde.
Durch die geschlossene Tür der Vogtstube klang
eine zankende Stimme. Herr Anselmus Schluttemann, der Klostervogt, war wieder in übler Laune.
Das heißt, in solcher Laune war Herr Schluttemann jahraus, jahrein. Das machten aber nicht die
Geschäfte des Klosters. Gott bewahre! Herr
Schluttemann brachte diese Laune von Hause mit
herein in die Amtsstube. Wer mit Frau Cäcilia,
die der Vogt seine ‚gestrenge Hausehre‘ zu nennen
pflegte, nur einmal in seinem Leben zu schaffen
hatte, der begriff, daß Herr Schluttemann zum
mindesten fünf geschlagene Stunden im kühlen
Kellerstübl des Klosters sitzen mußte, um sein
Hauskreuz zu vergessen. Das geschah nur, wenn er
nach der zehnten Bitsche in eine Stimmung geriet, die ihn alles vergessen ließ, überhaupt alles,
und ganz besonders das Nachhausegehen. Pünkt-
lich mit sinkender Nacht schickte Frau Cäcilia die
Knechte. Mit dem Herrn Vogt war um diese späte

62

Stunde nicht mehr zu reden. Das heißt, Frau Cäcilia redete wohl. Anselmus aber hörte nicht. Doch was der folgende Morgen brachte, das war so Tag um Tag die Ursache zu Herrn Schluttemanns übler Laune. Zwischen dem Erwachen und der Morgensuppe war Frau Cäcilia unbesiegbar. Und so mußten es die Klosterbauern und Salzkäufer in der Amtsstube büßen, daß des Herrn Vogtes ‚gestrenge Hausehre‘ von Haaren einen ganzen Urwald, nicht auf dem edlen Haupte, wohl aber auf den Zähnen trug.

Kaum eine Stunde war vergangen, seit Herr Schluttemann im Sturmschritt — er selbst nannte diese Eile ‚lobesamen Diensteifer‘ — seinem häuslichen Herd entflohen war, um sich in die Amtsstube zu retten. Da war in seiner Laune noch die erste Ofenwärme. Die Tür zitterte vom Hall seiner Stimme wie der Resonanzboden einer Brummgeige.

Haymo lauschte diesem Stubengewitter, und ihm wurde unbehaglich zumut. Er hatte wohl ein reines Gewissen. Aber zwei gestohlene Steinböcke, und dazu die Laune des Herrn Vogts! Das konnte eine böse Viertelstunde absetzen. Er legte die Kappe auf die Bank und ließ sich nieder. Doch gleich wieder sprang er auf, freudig betroffen. Ihm gegenüber, schüchtern eingedrückt in einen Winkel, saß Gittli, das Körbchen mit den Schneerosen auf ihrem Schoß. Und wie schmuck sie sich aufgeputzt hatte! Das war wohl ihr Feiertagsgewand? Ein blauer

Rock mit grüner Borte, ein schwarzes Mieder,
ohne Silberschmuck, aber knapp und kleidsam. Wie
frischgefallener Schnee war das Linnen, das die
Arme und den Hals umschloß. Das schwarze Haar
war in zwei dicke Zöpfe geflochten und gleich einer
Krone um die Stirn gelegt. Dazu noch der im
Mieder steckende Primelnstrauß, der sie mit seinen
goldgelben Blüten lieblicher schmückte, als es irgend-
ein blitzendes Geschmeide vermocht hätte.

Haymo ging auf das Mädchen zu. „Grüß dich
Gott, Gittli!"

Sie nickte nur und sah lächelnd zu ihm auf.

„So gib mir doch deine Hand! Wir haben uns
ewig lang nit gesehen."

„Ewig lang? Ich weiß nimmer, war's heuer
oder voriges Jahr, oder gar erst heut in der Früh."
Sie legte ihre schmale Hand in seine braune Jäger-
faust.

„Wie hast du denn geschlafen heut nacht?"

„Wie ein Mankerl¹)! Aber beim Aufwachen,
du, da war's kalt! Ich hab mich schier kaum zu-
sammenklauben können aus dem Heu. Und dann
bin ich gelaufen wie ein Härml²), nur daß ich
wieder warm geworden bin. Ja, drunten erst, am
See —" Sie stockte. Ein halb ängstlicher, halb
sinnender Ausdruck war in ihren Zügen. „Gelt,
du hast ihn auch gesehen?" Sie blickte scheu um

---

¹) Murmeltier. ²) Wiesel.

64

sich, und ihre Stimme dämpfte sich zum Flüstern. „Den mit den Feueraugen? Ich bin völlig er= schrocken. Nein, ich fürcht mich nit so leicht. Aber der! Ich glaub, der kommt mir im Traum! Hast du ihn angeschaut? Gelt, ein Gesicht wie ein Ge= storbener!" Ein Gruseln flog über Gittlis Schul= tern.

„Dirn", sagte Haymo ernst, „wenn du von mir einen Rat hören willst, dann geh ihm aus dem Weg! Aber sorgen brauchst du dich nit! Da sei du ganz ruhig! Ich laß dir nichts geschehen."

Sie sah zu ihm auf. „Das weiß ich." Doch als sie den raschen Druck verspürte, mit dem er ihre Finger umschloß, befreite sie fast erschrocken ihre Hand.

Haymo wurde rot bis über die Stirn. Nach einer Weile fragte er: „Weswegen bist du denn da hergekommen?"

Sie saß verlegen, mit gesenkten Augen, und er= widerte leis: „Die Schneerosen will ich dem Klo= ster bringen. Und mit dem Vogt soll ich reden von meines Bruders wegen. Aber ich werd wohl noch lang verweilen müssen." Sie überflog mit einem Blick die Reihe der Wartenden. „Und ich sollt schon wieder daheim sein. Weißt, ich hab ein krankes Bäsl, und meine Schwährin ist siech und kann nit schaffen."

„Nein, Gittli, du darfst nimmer warten! Komm nur!" Er nahm sie bei der Hand, und obwohl sie

5 R.·Jäger 65

sich unter stammelnden Worten sträubte, zog er sie gegen die Tür der Vogtstube. „Leut!" rief er die Wartenden an. „Die Dirn da hat zwei Kranke daheim und kann nimmer warten. Gelt, ja? Sie darf zuerst hinein?"

Eine Antwort bekam er nicht. Aber nur deshalb, weil im gleichen Augenblick die Tür von innen aufgerissen wurde. Drinnen sah man einen Bauer stehen, der seinen Filzhut zwischen den Fingern drehte; und vor ihm, mit weitgespreizten Beinen, stand Herr Schluttemann, der Vogt, eine derbgedrungene Gestalt in einem Koller aus braunem Hirschleder, eine steife Krause um den Hals. Wie zwei Dolche stachen die Schnauzbartspitzen aus seinem dunkelroten Gesicht, und die borstigen Haupthaare starrten wirr durcheinander wie die Stoppeln eines Ährenfeldes, auf dem eine Herde geweidet hat. War das die Frisur, mit welcher Frau Cäcilia Herrn Schluttemann aus ihren Händen entlassen hatte?

„Wir sind fertig, Eggebauer, fertig miteinander!" schrie der Vogt und schüttelte den Kopf wie ein Roß, das nimmer ziehen will. „Du siehst, da warten die Leut. Ich habe noch mehr zu tun, als mit dir zu hecheln. Weiter! Weiter! Die Tür steht offen, und ich kann den Zug nicht leiden."

„Herr Vogt", stotterte der Bauer, „wenn ich den Acker schon nimmer haben soll, dann habt doch Erbarmen mit meinem armen Weib und —"

66

„Dein Weib hat die Krapfenkrankheit!" donnerte Herr Schluttemann. „Mit drei Ellen um den Bauch herum hab ich kein Erbarmen. Dein Weib soll die Schmalznudeln und den Met lassen, soll Schlappermilch essen und Schwarzbrot, dann braucht sie kein Bibergeil und kein Herzkreuzl vom Steinbock. Das sind medicamenta für andere Leute. Punktum!"

Der Eggebauer stand vor der Tür, er wußte nicht wie; es war ihm nur einen Augenblick so vorgekommen, als hätte ihn Herr Schluttemann beim Kragen gefaßt. Und während der Bauer wie ein begossener Pudel dem Ausgang zurollte, hatte der Vogt schon ein neues Opfer seiner Laune gefunden: den Jäger.

„Sooo?" grölte Herr Schluttemann und machte, denn er wollte höhnisch sein, eine tiefe Reverenz. „Belieben schon da zu sein?"

„Ja, Herr Vogt", sagte Haymo und schob das Mädchen, das an allen Gliedern zitterte und mit jedem Atemzug die Farbe wechselte, vor sich hin. „Aber da ist eine Dirn —"

„Natürlich!" Herr Schluttemann machte mit ausgebreiteten Armen eine noch tiefere Reverenz. „Seine fürstlich Gnaden von der Wildschur belieben sich in der Klosterküche festzupflanzen. Der Vogt kann warten. Natürlich! Da muß man erst Pastetlen speisen, Saibling und Forellen!"

„Nein, Herr Vogt", sagte Haymo, „es war Hecht und Biberschwanz. Aber da ist eine Dirn —"

Herr Schluttemann stutzte und richtete sich straff in die Höhe. „Biberschwanz?" wiederholte er, und sein ganzes Wesen war auf einen Streich verwandelt; im freundlichsten Ton der Neugier fragte er: „Heute gibt's Biberschwanz?"

„Ja, Herr Vogt! Aber da ist eine Dirn —"

„Dirn! Dirn!" Herr Schluttemann hatte sich wiedergefunden. Er schnaubte und zeigte das Weiße im Aug. Gittlis lieblicher Anblick rührte ihn nicht; er hatte in ihr ein Teilchen von jener Hälfte des menschlichen Geschlechtes vor sich, zu welcher Frau Cäcilia gehörte. Und das war Ursache genug für den Ton, in dem er Gittli anschnauzte: „Was will das Weibsbild?"

Gittli bewegte die Lippen, aber sie brachte keinen Laut aus der Kehle.

„Also? Wird's bald? Was will man?"

„So rede doch, Gittli!" mahnte Haymo. „Mußt dich nit fürchten! Der Herr Vogt ist ein lieber und guter Mann. Rede nur frisch weg!"

„Ich will — was — bringen —" stotterte das Mädchen.

„Bringen? Dem Kloster? Herein damit!" Ein Griff des Herrn Schluttemann, und Gittli stand im Zimmer des Vogtes. Sie wollte noch einen hilfesuchenden Blick zu Haymo zurückwerfen, aber hinter ihr war schon die Tür geschlossen. Scheu blickte sie um sich her. Ein großer Raum mit hohen Schränken an den Wänden. Zwischen den beiden Fenstern ein Bild: der heilige Georg, der den Drachen ersticht. In der Mitte ein Tisch mit Lehnstühlen.

In solch einen Stuhl hatte Herr Schluttemann sich geworfen und hielt nun die Hände verschlungen und die Beine gestreckt.

„Also! Was bringt man?"

Gittli näherte sich zögernd, nahm den Deckel von ihrem Körbchen und hielt es dem Klostervogte hin.

Herr Schluttemann guckte hinein und rollte die Augen, daß man zweimal das Weiße sah. Er hatte in dem Korb zum mindesten ein Dutzend frischer Eier vermutet oder einen Ballen Butter. „Dummes Zeug!" schnauzte er Gittli an, daß sie erschrocken zusammenfuhr und das Körbchen schier fallen ließ. „Was soll denn das? Soll ich mir das Gras vielleicht auf den Hut stecken?"

Gittlis Augen wurden feucht, und mit leiser, kaum noch vernehmlicher Stimme sagte sie: „Morgen ist Karfreitag!"

„Das weiß ich. Oder glaubt man, ich kenne den Kalender nicht?"

„Und das sind Schneerosen. Ich selber hab sie heruntergeholt von den Schneehalden in der Röt.

Und sie gehören für das Heilige Grab unseres lieben Herrn."

Herr Schluttemann dämpfte seine Entrüstung. „So? So? Das ist christlich!" brummte er. „Stell das Körbl nur auf den Tisch! Ich will es dem Bruder Mesner schicken. So! Und jetzt Gottes Dank! Und Gott befohlen!"

Er machte einen bezeichnenden Wink nach der Tür; Gittli aber rührte sich nicht; ihr Gesicht war kreideweiß vor Angst, und mit flehendem Blick suchte sie Herrn Schluttemanns Augen.

Der Vogt wurde stutzig; er drehte den Kopf auf die Seite und kam auf das Mädchen zugegangen, mit so drohenden Augen, daß Gittli scheu ein paar Schritte zurückwich. „Man will vielleicht noch etwas? Hoho! Ich merke schon! Das also ist die christliche Frömmigkeit? Heeh? Das Kraut da war nur ein Vorwand, um hereinzukommen?"

„Nein, nein, Herr Vogt!" stammelte Gittli mit versagender Stimme.

„Keine Widerred!" kam es wie ein Donnerkeil unter dem gesträubten Schnauzbart herausgefahren. „Was will man? Also? Wird's bald oder nicht?"

Gittli sah mit angstvollen Augen auf. Sie wollte sprechen, aber ehe sie noch das erste Wort herausbrachte, kamen ihr die Tränen, und schluchzend bedeckte sie mit den Händen das Gesicht.

„Natürlich! Natürlich! Jetzt wird geheult!" Herr Schluttemann durchmaß mit langen Schrit-

70

ten die Stube und hob die Arme gegen den Him=
mel. „Herr du mein Gott, du hast die Weibsleut
auch in deinem Zorn erschaffen! Heulen! Gleich
heulen! So machen sie's alle. Alle! Alle!" Ob er
wohl im stillen hinzufügte: nur Frau Cäcilia nicht?
Breitspurig blieb er vor Gittli stehen und stemmte
die Fäuste in die Hüften. „Also? Hat man bald
ausgeheult? Soll ich bald hören, was man will?"

„Ach, Herr Vogt", kam es unter Tränen und
Schluchzen heraus, „mein Bruder kann das
Lehent[1]) nit zahlen."

„Da haben wir's!" Schmetternd fiel die Faust
des Herrn Schluttemann auf die Tischplatte. „Der
saubere Bruder will nicht zahlen, und das feine
Schwesterlein stolziert herum, aufgeputzt wie ein
Burgfräulein."

Gittli warf einen erschrockenen Blick über ihre
Gestalt, mit zitternden Händen zerdrückte sie den
Primelnstrauß vor dem Mieder und stammelte in
Tränen: „Nein, nein, Herr Vogt! Ich bin doch
ein blutarmes Ding. Seht doch die Schuh an,
die hab ich mir selber genäht! Und das Röckl trag
ich vier Jahr schon, und die Borte da, die ist ja nur
angestückelt, und das Mieder hat mir die Egge=
bäuerin geschenkt, weil ihre Zenza drausgewachsen
ist. Und das Leinen hab ich mir selber gewaschen."

Die Augen des Herrn Schluttemann begannen

---

[1]) Pachtschilling für das Hauslehen.

71

verdächtig zu zwinkern. Das tat aber der Gewalt seiner Stimme keinen Eintrag: „Natürlich! Und da hat man wieder ein Pfund Seife verschmiert."

„Nein, nein, Herr Vogt, ich hab's bleichen lassen in der Sonn."

„Sooo? Natürlich! Die liebe, gute Sonne muß auch schon herhalten für die Eitelkeit der Weibsleut. Und ich, der Vogt, muß mich abgeben mit solchen dummen Geschichten. Warum ist dein Bruder nicht selber gekommen? Warum will er nicht zahlen?"

„Ach, Herr Vogt, mein Bruder muß ja von früh bis in die sinkende Nacht im Sudhaus stehen. Und er möcht doch zahlen, wenn er nur könnt. Aber er hat ein krankes Kind daheim, und sein Weib ist siech geworden, wie der Winter kam. Dreimal in der Woch muß die Schwährin Fleisch essen, und neulich haben wir Wein kaufen müssen, weil sie gar so schwach und elend ist."

„So? So?" knurrte Herr Sluttemann. „Und warum kommt man nicht zu mir und holt sich einen Armenzettel? Und warum geht man nicht zum Armenvater und holt sich Fleisch und Wein und kräftige Süpplen? Das Kloster hat's doch, und das Kloster gibt. Donnerwetter noch einmal! Warum nicht?"

„Ach, Herr Vogt!" Träne um Träne kollerte über Gittlis zuckende Wangen. „Ich hätt es ja

72

gern getan. Täf ich doch alles für die Schwährin
und das liebe Bäslein. Aber der Bruder will's
nit leiden. Er sagt immer, daß er ein Mensch ist,
der schaffen und verdienen kann. Und ein Kriegs=
mann ist er doch auch einmal gewesen. Und er
will's nit leiden, daß ich mich unter die Bettelleut
stell. Und er könnt's nit hören, wenn man uns
Hungerleider schimpft oder Schnappsäck."

„So? So? Natürlich! Not und Elend hint
und vorn! Aber stolz! Nur stolz! Und die Nase
hinauf in den Wind! Das wär mir das Richtige!
Warte nur, warte, ich will deinem Bruder den
Hochmut austreiben! Sag deinem Bruder: wenn
er nicht zahlt am Ostermontag, dann setzt es ein
Donnerwetter. Das Lehen laß ich ihm wegnehmen
und geb's einem andern. Ja, das tu ich! Gott soll
mich strafen!"

Gittli erblaßte, und ihre Knie drohten zu brechen.

Herr Schluttemann wetterte weiter: „Das wär
mir das Wahre! Nicht zahlen wollen! Natürlich!
Da käm dann einer um den andern, zuerst die
Lehensleut, und dann die Zinsbauern, und dann die
Salzkäufer. Und die frommen Patres und Fratres,
die auch leben müssen, könnten sich den Hals an
den Bindfaden hängen und Luft schnappen. Oho!"
Herr Schluttemann wollte der Tischplatte eins
versetzen mit der Faust, aber mitten im Schwung
hielt er inne; auch Gittli erschrak und fuhr mit der
Hand an die Kehle, als ginge ihr der Atem aus.

73

Die beiden hatten zu gleicher Zeit bemerkt, daß sie nicht mehr zu zweien in der Stube waren.

Vor ihnen stand die hohe Gestalt eines Priesters; über dem weißen Talar, dessen Skapulier mit violetter Stickerei umsäumt war, hing an goldener Kette ein funkelndes Kreuz, halb verschleiert durch die dünnen Strähnen des grauen Bartes; ein violettes Käpplein deckte den Scheitel; unter der knöchernen, hart modellierten Stirne ragten die buschigen Brauen hervor wie kleine Dächer über den Augen; aber das Gesicht hatte keinen finsteren Zug; es war männlich ernst und dennoch milde.

Herr Schluttemann verbeugte sich; denn dieser Priester vor ihm, das war Herr Heinrich von Inzing, der Propst zu Berchtesgaden.

„Reverendissime!“ sagte Herr Schluttemann und verbeugte sich abermals. „Kein Ende, Reverendissime, kein Ende mit Zorn und Ärger! Die Luft könnte einem ausgehen vor Gift und Galle! Da ist wieder so eine Dirn —“

„Ich habe selbst gehört!“ fiel Herr Heinrich ein, winkte den Vogt zu sich in die Fensternische und sagte in fließendem Latein: „Mich dünkt, Ihr seid zu rauh mit den Leuten, Herr Vogt. Seht das arme Ding nur an, es gibt keinen Tropfen Blut und zittert am ganzen Leibe.“

Das rote Gesicht des Herrn Schluttemann schwoll wie der Kamm eines gereizten Gockels,

„Bitte in aller Weisheit zu bedenken, Reverendissime", sagte er in einem Latein, bei dessen bedenk= lichem Klang Herr Heinrich nur mit Mühe ein Lächeln unterdrückte, „bitte zu bedenken, daß man den Leuten die Fuchtel zeigen muß. Sonst ist man verloren und betrogen alle Stund."

„Auch ich liebe die falsche Milde nicht. Aber auch Strenge muß geübt werden mit Maß und Ziel." Herr Heinrich musterte Gittli mit ruhigem Blick. Sie erbebte vor dem Glanz dieser Augen wie Espenlaub, duckte sich und zog den Kopf zwischen die Schultern, als möchte sie sich so klein machen wie ein Mäuschen. Herr Schluttemann wollte sprechen, der Propst aber winkte ihm zu schwei= gen und sagte, immer noch in lateinischer Sprache: „Der Bruder dieses Mädchens ist der Sudmann Wolfratus? Ich kenne den Mann, er hat ein furchtloses, mutiges Herz. Als wir das letztemal unter den Wänden des Watzmann jagten, holte er einen weidwunden Steinbock aus der schwindeln= den Wand herunter, die kein anderer zu betreten wagte. Forschet nach, Herr Vogt, ob das Mäd= chen die Wahrheit gesprochen hat! Trifft den Mann kein Verschulden, dann soll ihm das Lehent erlassen sein für dieses Jahr. Höret Ihr aber, daß dieser Wolfratus ein Säufer ist, oder ein Würfelspieler, dann büßet ihn mit aller Strenge! Und jetzt schicket das Mädchen heim und lasset den Jäger kommen." Herr Heinrich wandte sich zum

75

Fenster, von dem aus man einen herrlichen Blick genoß über Tal und Berge.

Zitternd und bangend war Gittli die ganze Zeit gestanden; der Klang der fremden Sprache hatte sie noch mehr verwirrt, noch ängstlicher gemacht; ihr furchtsam lauschendes Ohr hatte unter den ihr unverständlichen Lauten zweimal den Namen ihres Bruders aufgefangen, und nach den bärbeißigen Drohungen, die Herr Schluttemann ausgestoßen, glaubte nun das arme Ding nicht anders, als daß mit der lateinischen Zwiesprach ihres Bruders Schicksal und Strafe beredet worden und beschlossen wäre: zahlen, oder das Lehen verlieren und verjagt werden von Haus und Hof. Ihre Augen wurden heiß, aber sie konnte nicht mehr weinen; an ihrer Kehle würgte die Angst, und ihr war, als stünde sie versteinert am ganzen Leib und vermöchte keinen Finger mehr zu rühren. Sie wich auch keinen Schritt zurück, als Herr Schluttemann blasend, mit dunkelrotem Gesicht und rollenden Augen auf sie zugeschossen kam; nur ihre tränenfeuchten Lider öffneten sich noch weiter, und ihre Lippen zuckten.

„Marsch jetzt, fort mit dir!“ knurrte der Vogt, der sich trotz der Vermahnung, die ihm geworden, von seiner Würde nichts vergeben wollte. „Und sage deinem Bruder, wenn er nicht kommt am Ostermontag, dann schick ich die Knechte!“ Da sich Gittli noch immer nicht rührte, versetzte ihr Herr

76

Schluttemann einen gelinden, durchaus nicht ernst gemeinten Puff; sie zuckte aber doch zusammen, als wäre das Richtschwert über ihrem Scheitel geschwungen worden. Wortlos wandte sie sich und schlich zur Türe, Schritt um Schritt. Dieser Abschied währte Herrn Schluttemann zu lang, er faßte Gittli am Arm, schob sie hurtig vor sich her, und da die lateinische Lektion, die er empfangen, sein Wohlwollen für den Sudmann Wolfratus gerade nicht gemehrt hatte, so konnte er sich nicht enthalten, dem Mädchen noch ins Ohr zu brummen: „Und sag ihm nur, daß ich einstweilen meinen Stecken in Salzwasser legen will, damit er besser pfeift. Huitt!" Das war nun freilich wieder nicht gar so schreckhaft gemeint; denn in Wahrheit hatte Herr Schluttemann bis zur Stunde noch kein lebendiges Wesen geprügelt, nur Tote: nämlich die ,Schwarzreiter', die geräucherten Saiblinge, die geklopft werden mußten, bevor man ihnen die rauchgeschwärzte Haut vom rosigen Fleische zog.

Aber Gittli sah und hörte mit den Augen und Ohren eines Kindes, und was sie sah, war trostlose Finsternis. Noch ein Puff, und sie stand vor der Tür.

Haymo, der draußen gelauert hatte, wie der Teckel vor dem Dachsbau, trat ihr hastig entgegen. „Bist du schon fertig, Gittli? Und hast du —" Da sah er ihr verstörtes, tränennasses Gesicht und ihre kummervollen Augen. Das ging ihm

77

ins Herz wie ein Messerstich. „Gittli? Was ist dir?"

Sie schüttelte traurig den Kopf und entwand sich seinen Händen.

„Gittli!" stammelte er und wollte ihr nach=
eilen; aber da klang aus der Amtsstube die Stimme des Vogtes: „Haymo! Wo steckst du denn? Herr Heinrich wartet."

Sechstes Kapitel

Als Gittli ins Freie kam, tat ihr der helle Glanz der Sonne in den Augen weh. Und so müde war sie, so zerschlagen an allen Gliedern, daß sie sich eine Weile an die Mauer lehnen mußte. Dann raffte sie sich auf, trocknete das nasse Gesicht mit den Armen und floh wie ein gescheuchtes Reh über den Marktplatz, den Klosterberg hinunter und dem Sudhaus entgegen. Hier blieb sie stehen und besann sich. Nein! Weshalb es dem Bruder jetzt schon sagen? Sie wollte ihm den Kummer er=
sparen bis zum Abend; er erfuhr noch immer früh genug, was ihm drohte.

Über die Brücke eilte sie zu einem Karrenweg, der bachaufwärts am Ufer der rauschenden Ache hinführte. Nach kurzer Weile gelangte sie zu

einem umhegten Garten, in dessen Mitte, von
kümmerlichen Obstbäumen umgeben, ein kleines,
armseliges Haus stand. Zwei enge Stuben, ein
schmaler Raum, welcher Flur und Küche zugleich
war, und ein kleiner Schuppen — mehr hatte das
bemooste Schindeldach vor Sturm und Regen nicht
zu schützen. Das Haus mit dem Garten war
Klostergut, das Wolfrat Polzer, der Sudmann,
seit zehn Jahren zu Lehen hatte. Seine Heimat
war ein niederbayrisches Dorf; als fünfzehnjähriger
Bursche war er von Hause weggelaufen, der
eisernen Haube zuliebe. Das Kriegshandwerk hatte
ihn tüchtig umhergeworfen, von Burg zu Burg,
von Stadt zu Stadt. Zuletzt hatte er bei der
reisigen Schar des Erzbischofs von Salzburg gestanden und unter dem Heerbann Friedrichs des
Schönen die Schlacht bei Ampfing[1]) mitgeschla-
gen. Dann war er des Hauens und Stechens müde
geworden und in die Heimat zurückgekehrt. Einige
Jahre später hatte er in einer verheerenden Seuche,
die nach allem Brennen und Morden das Land
heimsuchte, den Vater und die Mutter an einem
Tag verloren; da führte ihm der Zufall einen
Salzkärrner in den Weg, der im Auftrag des
entlegenen Klosters gesunde und kräftige Leute für
das Salzwerk zu werben hatte. Wolfrat ließ sich
bereden, und auf dem Salzkarren traf er in Berchtesgaden ein; doch kam er nicht allein; er brachte

---

[1]) 28. September 1322.

79

die fünfjährige Schwester mit, und zumeist um
dieses Kindes willen geschah es, daß Wolfrat das
erste freie Lehen erhielt. Unter den Sacknäherinnen
des Salzhauses fand er ein verwaistes Mädchen,
das dem finsteren, verschlossenen Manne gut wurde;
er hatte sie einmal vor Mißhandlung geschützt,
als ihr ein fremder Fuhrmann das allzu schlag=
fertige Nein, das sie auf eine zudringliche Frage
zur Antwort gegeben, mit der Peitsche vergelten
wollte. Ein Jahr später wurden sie Mann und
Weib. Sie fingen zu dreien an, Wolfrat, Sepha
und Gittli, hielten fest zusammen und waren mit
ihrem kargen Los zufrieden; erst kam ein Knabe,
darauf ein Mädchen; und dann kamen Krankheit,
Sorge und Not. In diesen schlimmen Zeiten
wurde Gittli der gute Geist des kleinen Hauses;
ihr sanftes Wesen milderte den verdrossenen Groll
des Bruders, ihr herzlicher Frohsinn erheiterte das
kranke Weib, und bei ihren fünfzehn Jahren
schaffte sie wie eine Alte und betreute die beiden
Kleinen mit sorgender Liebe, so daß die Kinder fast
zärtlicher an ihr als an der Mutter hingen.
Von dem Gang, den sie ins Kloster getan,
brachte sie ein schweres Herz mit heim. Doch als
sie am geflochtenen Gartenhag das hölzerne Gatter
öffnete, wurde der große Kummer, der sie bedrückte,
gemildert und verdrängt durch die Sorge im klei=
nen. Forschend schaute sie umher; hier schien alles
in Ordnung; die sieben Hennen stolzierten über den

80

Rasen, scharrten glucksend in den Maulwurfs=
hügeln und schüttelten das Gefieder in der Sonne;
friedlich grasten die beiden Ziegen im Bogen um
die Bäume, an die sie mit langen Stricken ge=
bunden waren. Jetzt gewahrte Gittli im Gras
ein ploderndes Hemblein, aus dem zwei schlen=
kernde Beinchen hervorragten; ein fünfjähriger
blonder Bub lag bäuchlings auf den Rasen ge=
streckt und grub und wühlte mit beiden Händen
in der schwarzen Erde, als gält' es, einen Schatz
ans Tageslicht zu fördern.

„Aber Lippele", rief Gittli, „was machst du
denn da?"

„Mausi fangen!" flüsterte der kleine Maul=
wurfsjäger geheimnisvoll und wollte sein Graben
und Wühlen von neuem beginnen.

Gittli zankte: „Bist du denn gescheit? Da her=
liegen auf den kalten Boden! Gleich steh auf!"

Lippele erhob sich schmollend, und da schlug das
Mädchen entsetzt die Hände ineinander.

„Lippele! Aber, aber! Wie schaust du denn aus!
Da wird die Dittibas gleich weinen." Dittibas
— diesen Namen hatte der lallende Kindermund
erfunden, der es nicht fertigbrachte, ‚Base Gittli'
zu sagen.

Die Dittibas wird weinen! Das war für Lip=
pele die wirksamste aller Drohungen. Er verzog
den Schnabel zu einem Pfännlein, streckte die

Ärmchen mit gespreizten Fingern auseinander und schaute mit steifen Augen an sich hinunter. Dem langen Hembl, das sein ganzes Gewand war, hätte es der schärfste Blick nicht mehr angesehen, daß es die Dittibas am Morgen weiß und frisch aus der Truhe genommen hatte. Und diese Hände! Und ein Gesicht dazu, als hätte Lippele den Versuch gemacht, die Maus mit den Zähnen aus der Erde herauszubeißen.

„O mein, o mein Gott!" jammerte Gittli. Gelt? Jetzt schaust du! Jaaa! Und die Dittibas kann morgen wieder am Wasser stehen und Pfaidi[1] waschen! Gleich sagst du jetzt: was bist du für ein Bubi?"

„Suggibubi!" bekannte Lippele mit rühmenswerter Selbsterkenntnis, während seine Augen sich mit Tränen füllten.

„Gelt, ja!" pflichtete Gittli bei, faßte das Bürschl am Ellbogen und ging der offenen Haustür zu, so rasch, daß Lippele mit Hopsen und Stolpern kaum nachkommen konnte.

Es war eine ärmliche Stube, die sie betrat, mit dem dürftigsten, bäuerlichen Hausrat bestellt, aber alles sauber instand gehalten, Tisch und Bänke blank gescheuert. Hinter dem weißgetünchten Lehmofen stand das große Doppelbett, und in dem Winkel zwischen Bett und Mauer ruhte Sepha, das

---

[1] Hemdchen.

82

Weib des Sudmanns, in einem aus Weidenruten geflochtenen Lehnstuhl. Sie schien zu frieren, ein dickes Tuch war um ihre Schultern geschlungen und eine Lodendecke über den Schoß gebreitet. Das blonde Haar war gelöst und hing in dünnen, mattschimmernden Strähnen um das bleiche, verkümmerte Gesicht mit den krankhaft glänzenden Augen. An ihrer Haltung sah man die Schwäche; ganz zerfallen lag sie zwischen den Lehnen des Stuhles, den ihr Wolfrat an einem freien Tag geflochten hatte, weil ihr das Liegen so schlecht bekam.

Eine Kranke als Krankenwärterin! In den mit grober Leinwand bezogenen Kissen des Bettes lag ein dreijähriges Mädchen; mit üppigen Ringeln floß das goldblonde Haar um das kleine Gesicht, dessen Wangen in fieberhafter Röte brannten. Die dünnen, zitternden Finger spielten über der Bettdecke mit den schon halb verwelkten Primeln und Veilchen, welche Gittli dem Kinde gebracht hatte, bevor sie das Haus verlassen.

Und als das Mädchen nun die Tür öffnete, leuchteten die Augen des Kindes freudig auf. „Dittibas!" lispelte es und streckte die Ärmchen.

„Ja, mein Mimmidaßi, ich komm schon!" sagte Gittli mit zärtlichem Lächeln und Nicken. Sie stellte den kleinen Verbrecher, den sie gefangen herbeigeführt, mitten in die Stube. „Schau nur, Schwährin, wie das Bürschl wieder ausschaut!"

Über Sephas Züge flog ein mattes Lächeln.
Und als der kleine Schlingel gewahrte, daß sein
Aussehen die Mutter nicht schelten, sondern lachen
machte, schrie er jauchzend auf, als hätte er eine
stolze Heldentat zu verkünden: „Lippele Suggibubi, Suggibubi!" Und wie eine toll gewordene
Hummel surrte er tanzend durch die Stube.

Gittli hatte sich auf das Bett gesetzt; sie hielt
das Kind umfangen, das ihren Hals mit seinen
dünnen Ärmchen umklammerte; so umschlungen,
Wange an Wange gelehnt, wiegten sie sich hin
und her, und die Kleine sang dazu in schmeicheln-
den Lauten.

Durch das niedere Fenster fiel ein leuchtender
Sonnenstrahl, der in dem trüben Raume tausend
fliegende Stäubchen flimmern machte. Wollte nach
hartem Winter der Frühling nun auch Einkehr
halten unter diesem Dach? An der Zeit wär' es
gewesen!

Gittli machte sich an die Arbeit. In ihrer kleinen
Kammer vertauschte sie das ‚gute‘ Gewand mit
ihrem abgetragenen roten Röckl. Erst las sie drau-
ßen im Garten die den Hühnern ausgefallenen
Federn zusammen, damit das kranke Kind neue
Kurzweil hätte. Dann kam Lippele in die Kur.
Gittli kniete auf den Dielen, neben sich eine kleine
Holzwanne mit kaltem Bachwasser; mit einem
linnenen Lappen bearbeitete sie dem kleinen Bur-
schen Gesicht und Hände, daß ihm die Haut zu

glühen begann. Ließ er nur einen Muckser hören, dann hieß es gleich: „Schön brav sein, Lippele, oder die Dittibas tut weinen!"

Sepha schaute ihr eine Weile schweigend zu; dann fragte sie: „Hast du den Vogt daheim gefunden?"

„Ja, freilich."

„Ist er gut mit dir gewesen? Und hat er eine Freud gehabt mit den Röserln?"

„Das glaub ich!" sagte Gittli, während sie sich tief über die Wanne beugte, um den Lappen auszuwringen. „Ah, ah, hat er gesagt, die sind aber schön! Ja, du — so schöne hab ich schon bald nit gesehen, hat er gesagt. Komm her, Lippele!"

„So? So? Und was hast du sonst noch mit ihm geredt?"

„So halt, wie man redet, von allerhand, ja! Aber weißt du, gar lang hab ich mich nit verhalten dürfen. Du! Was da die Leut warten, eins am andern!"

Eine Weile war Stille. Dann sagte Sepha mit scheuem Klang in der Stimme: „Geh, sag mir's, Gittli!"

„Was denn?"

Sepha atmete schwer. „Sag mir's! Hat der Polzer das Lehent schon beisammen?"

„Aber freilich!" lachte Gittli, doch mit abgewandtem Gesicht, denn sie fühlte, daß sie rot wurde bis über die Stirn.

85

„Gott sei Dank!" Ein befreiender Seufzer löste sich aus Sephas Brust.

Lippeles Kur war beendigt. Er wurde noch in sein starrendes Lederhösl gesteckt, wie die Grille in ihr Häuschen. Und dann hieß es: „So, Lippele, brav, jetzt bist du wieder schön!" Er bekam einen Kuß, als Draufgabe noch einen Klaps, und sprang zur Tür hinaus, um die Verwandlung in den bei ihm natürlichen Suggizustand mit frischem Eifer zu beginnen.

Gittli trug die Wanne aus der Stube. Draußen blieb sie schwer atmend stehen und schüttelte in ratloser Sorge den Kopf.

Nun mußte sie die bescheidene Mahlzeit richten. Hinter dem Haus lag ein mächtiger Stoß dürren Holzes; den hatte Gittli während des Winters zusammengetragen; hier stand sie und zerbrach über dem Knie die morschen Äste; immer wieder ließ sie die Hände sinken und starrte vor sich hin. Wie sollte sie es dem Bruder sagen, wenn er heimkam nach Feierabend? Und wenn er es wußte — wo sollte er Hilfe finden? Da schoß ihr eine heiße Welle zum Herzen. Einen wußte sie. Der würde helfen, das hätte sie beschwören mögen. Haymo, der Klosterjäger! Weshalb ihr gerade dieser eine in den Sinn kam? Sie wußte keine Antwort auf diese Frage. Aber das Herz war ihr leicht geworden. Und wie glatt und einfach dieser Weg war! Ein einziges Wort zu Haymo, und Haymo

86

sprach ein paar Worte mit Herrn Heinrich. Und
Herr Heinrich konnte doch dem Haymo nichts ab=
schlagen. Ihr war, als sähe sie den Jäger schon
daherkommen, lachend: „Gittli! Ich hab mit ihm
geredet, und er hat gesagt, dein Bruder soll sich
Zeit lassen mit dem Lehent und soll zahlen, wann
er kann. Sorg dich nimmer! Ich hab alles ge=
richtet. Gelt, du weißt schon, ich laß dir nichts
geschehen!“

Sie fuhr sich mit der Hand über die Augen.
War sie denn wach oder träumte sie? Nur gedacht
hatte sie an ihn. Und dort kam er schon! Als
hätten ihre Gedanken ihn gerufen! Raschen Gan=
ges wanderte er den Karrenweg einher, der am
Hag vorüberführte. Wohl verschwand er immer
wieder zwischen Büschen und hinter Bäumen.
Aber sie hatte ihn von weitem schon erkannt. Jetzt
trat er auf den freien Weg heraus, und nun mußte
das Wort gesprochen werden. Sie preßte die
Hände auf die beklommene Brust, faßte sich ein
Herz und versteckte sich hinter dem Holzstoß. Hier
stand sie, zitternd an allen Gliedern, lugte nur ein
wenig zwischen den Ästen hindurch und sah, wie
Haymo langsam den Hag entlang ging; jetzt blieb
er stehen und spähte nach jedem Fenster, in alle
Winkel des Gartens. Und da kam es Gittli vor,
als wäre sein Gesicht bekümmert und ernst. Sie
sah noch, wie er verdrossen den Kopf schüttelte;
dann kehrte er sich ab, schulterte den Bergstock

87

und wanderte weiter. Hinter den Stämmen der Linden und Ulmen, welche die Straße geleiteten, verschwand er.

Zögernd trat Gittli hinter dem Holzstoß hervor. Ihr war, sie wußte nicht wie — ähnlich vielleicht, wie dem Lippele zumut gewesen war, als Gittli zu ihm gesagt hatte: ,Lippele, wie schaust du aus!' Was hatte sie nur getan! Den Bruder verkauft und verraten, wo es sie nur ein Wort gekostet hätte, ihn zu retten! Sie hatte die gute Stunde verpaßt. Weshalb nur, weshalb? Der Atem versagte ihr, und sie meinte fast zu ersticken. Wer sollte dem Bruder jetzt noch helfen? Haymo stieg zu Berge. Wann würde sie ihn wiedersehen? Lange, lange nicht! Es sei denn, daß sie selbst zu ihm hinaufstiege in die Röt. Am Ostersonntag! Weshalb aber so lange warten? Jetzt gleich! Haymo war noch nicht gar so weit, sie hätte ihn bald mit ihren flinken Füßen eingeholt! Ein paar Schritte flog sie dahin, dann wieder blieb sie stehen, zitternd, schlug die Hände vor das Gesicht und warf sich schluchzend über das dürre Holz.

Gar weit konnte Haymo noch nicht sein; so hatte Gittli gedacht. Wie nah er war, das ahnte sie doch nicht. Denn als er am Hag des benach=barten Gartens vorüberschritt, mit sinnenden Augen vor sich hinblickend, flog ihm ein kleiner Strauß von Primeln mitten auf die Brust. Betroffen blieb er stehen, schaute verdutzt auf die zur Erde ge=

88

fallenen Blumen nieder und sandte einen spähenden Blick in die Hecke, aus der sie hervorgeflogen waren. Hinter den mit zarten, blaßgrünen Blättern bedeckten Zweigen schimmerte es rot, und ein leises Kichern schlug an das Ohr des Jägers.

Haymos Augen blitzten freudig auf, rasch hob er den Strauß von der Erde, steckte ihn neben der Adlerfeder auf die Kappe, sprang auf die Hecke zu und teilte lachend mit beiden Armen das Gezweig.

Vor ihm auf der Erde kauerte ein junges, dralles Mädel, das hübsche, aber ländlich derbe Gesicht umrahmt von dicken, blonden Flechten. Kichernd und mit zutunlichen Augen blickte sie zu Haymo auf, streckte aber abwehrend die Hände gegen ihn, als wäre sie eines lustigen Überfalles gewärtig.

Haymo schien für die Gunst der Gelegenheit kein Auge zu haben. Die Wahrnehmung, daß der rote Schimmer von einem mit silbernem Kettchen umschnürten Mieder herrühre und nicht von einem gewissen Röckl, mochte ihm nicht sonderlich willkommen sein. Die ratlose Miene, die er zeigte, schien das Mädel halb zu ärgern, halb zu ergötzen. Sie richtete sich auf, verschränkte die Arme und lachte ihm ins Gesicht.

„Hast du den Buschen geworfen?" fragte er.

Sie lachte nur und zeigte die weißen Zähne; doch als er sich ohne Gruß von ihr wenden wollte, sagte sie hastig: „So eine Frag! Wenn der Bu-

schen nit fliegen kann von selber, wird ihn wohl
eine geworfen haben, die nit weit ist."

„So weit vielleicht, wie du von mir?"

Sie zuckte die Schultern und trat dicht an die
Hecke heran.

Haymo maß das Mädel mit verwunderten
Augen. „Du mußt aber nit viel Arbeit haben!"

„Warum?"

„Ich mein' halt, daß du den ganzen Tag dazu
brauchen mußt, bis du so viel Blümlen findest, daß
du jedem, der da vorbeigeht, einen Buschen an den
Kopf werfen kannst."

„An den Kopf?" lächelte sie. „Ich mein', er wär
ein bißl tiefer geflogen. Und es könnt auch sein,
daß ich nit für jeden einen Buschen hab."

„So?"

„Ja!" Sie streckte den Arm über die Hecke und
faßte wie in Neugier den Kolben der Armbrust.
„Ein schönes Schießzeug hast du! Bist wohl auch
ein guter Schütz?"

„Kann schon sein!" meinte er und trat einen
Schritt zurück.

„Aber manchmal trifft auch eine Dirn mitten
hin auf den richtigen Fleck und braucht keinen Bolzen dazu."

„So?"

„Sooo? Sooo?" spottete sie, während unverhehlter Ärger um ihre Brauen zuckte. „Sind bei dir die Wörtlen allweil so kostspielig?"

Jetzt mußte Haymo lachen. „Gott bewahr! Nur in der Karwoch, weißt, in der größten Fasten."

„Sparst sie dir halt auf für den Feiertag, gelt? Freilich, beim Ostertanz kann sie einer brauchen, die vielen Wörtlen. Und die lang aufgehobenen, das sind die besten." Sie blitzte ihn mit ihren kecken Augen an. „Kommst du auch gewiß zum Tanz?"

„Wenn ich wissen tät, daß die richtige Tänzerin kommt." Haymos Blicke spähten seitwärts durch die Bäume.

„Sie kommt schon, brauchst dich nit sorgen drum!"

„Meinst?" fragte Haymo rasch; dann schüttelte er den Kopf. „Wie kannst du denn wissen —"

„Sie hat mir's selber gesagt", erwiderte das Mädel mit scherzender Wichtigkeit, „sie hat ja nit gar so weit zu mir!"

Das stimmte; denn wenn ihn der Bub, den er auf der Achenbrücke mit der Frage nach dem Haus des Sudmanns angehalten, nicht irrgewiesen hatte, dann wohnte Gittli dort drüben unter dem nachbarlichen Dach.

In freudiger Bewegung faßte Haymo die Hand des Mädels. „Sie hat es dir selber gesagt? Dann sag ihr wieder, daß ich komm! Ganz gewiß! Und dank schön für die Botschaft!"

91

„Zenza! Zenza!" rief von dem ſtattlichen Bauern=
hauſe her eine ungeduldige Stimme.

„Ich komm ſchon!" Und flüſternd wandte ſich
das Mädel wieder zu Haymo. „Mußt ihr aber
auch einen Buſchen bringen zum Feiertag!"

„Den ſchönſten, den ich find. Schneeroſen!"

Sie ſchüttelte lachend den Kopf. „Die mag ich
nit. Die ſind mir alles zu kalt. Mußt ſchon wär=
mere ſuchen für mich! Und ſteck mir den Buſchen
vor Tag an das Kammerfenſter! Dann trag ich
ihn auf dem Kirchgang. Schau hinüber, das zweite
Fenſter neben der Tür!"

„Zenza! Zenza!" rief's wieder vom Hauſe her.

„Ich komm ſchon!" Kichernd ſprang ſie da=
von, auf halbem Wege noch einmal zurückwinkend
mit der Hand.

Haymo machte ein Paar Augen, als wäre das
Blaue vom Himmel gefallen und ihm gerade auf
den Kopf. „So? So meinſt du's?" brummte er.
Dann lachte er auf und ging mit eiligen Schritten
ſeines Weges weiter. Als die Straße zwiſchen
Bäumen und Strauchwerk an das Ufer der Ache
lenkte, hörte Haymo hinter ſich die ſingende Stimme
des Mädels:

„Ich weiß mir ein' hübſchen grünen Wald,
Dort laufen drei Hirſchlen wohlgeſtalt,
Dort laufen drei Hirſchlen hübſch und fein,
Die freuen dem Jäger ſein Herzelein."

Lauschend blieb Haymo stehen, und die Stimme
sang weiter:

„Ich weiß mir ein' hübschen grünen Wald,
Dort laufen drei Rehlen wohlgestalt,
Eins schwarz und eins braun, eins geel wie Gold,
Möcht wissen, welches der Jäger wollt!"

„Ich könnt's dir schon sagen. Wenn ich nur
möcht!" lachte Haymo vor sich hin und wollte
sich zum Gehen wenden. „Jetzt hätt ich aber bald
vergessen —"

Er nahm die Kappe vom Kopf, riß den Primeln=
strauß herunter und warf ihn flink in den See=
bach, dessen tanzende Wellen ihn verschlangen, wie
ein springender Ferch die schillernde Mücke schnappt.

Siebentes Kapitel

Der Nachmittag verging, und mit dem Feier=
abend kam Wolfrat nach Hause. Es war der Sud=
mann, den Haymo unter dem Tor des Salzhauses
gesehen; nun trug er zu der Leinenhose noch ein
grobes Hemd und einen mürben Janker. Vor der
Tür legte er die Holzschuhe ab und trat barfüßig
in die Stube, in der es schon dunkel war.

„Bist du's, Polzer?" klang die leise Stimme
des Weibes.

93

„Ja, Seph!" erwiderte er, seine Stimme zum Flüstern dämpfend; dann trat er zu Sepha und strich ihr mit der schweren Hand über den Scheitel. „Wie geht's denn, Hascherl?"

„Es muß halt gehen!"

„Bist in der Sonnzeit ein lützel draußen gesessen?"

„Wohl."

Er beugte sich über das Bett. „Schlaft 's Kindl schon?" Sie nickte nur. Sachte ließ er sich auf den Bettrand nieder und fühlte mit dem Rücken der Hand an die Wange des schlummernden Kindes. „Völlig brennen tut's!" Noch tiefer neigte er sich und trank den heißen Atem, der ihm entgegenströmte. Dann richtete er sich auf und fragte: „Wo schafft die Dirn?"

„Sie feuert."

Er erhob sich und verließ die Stube. Draußen in der Küche fand er Gittli beim flackernden Herdfeuer.

„Warst du bei ihm?" fragte er.

Gittli nickte, und die Tränen kamen ihr in die Augen.

„So red doch! Will er mir Zeit lassen?"

Sie schüttelte den Kopf; sprechen konnte sie nicht. Und ihr Schweigen sagte ihm mehr, als er aus hundert Worten hätte hören können. Er wurde bleich, griff nach einem dürren Ast und

94

stocherte im Feuer umher. „Der Fitzmeier", sagte
er nach einer Weile mit schwankender Stimme,
„der hat an Michaeli das Lehent auch nit zahlen
können, und am andern Tag haben sie ihn aus=
gekehrt aus der Stub."

„Geh, wie magst du dich auf gleich stellen mit
so einem!" sagte Gittli fast zornig. „So ein
schlechter Mensch!"

„Gut oder schlecht, nur scheppern muß es,
scheppern!" Er stieß mit heiserem Lachen die Fäuste
in die Hosensäcke und beutelte die leeren Taschen.
„Jetzt hat der Simmerauer dem Fitzmeier sein
Lehen. Und der Sutter=Franzl wartet auch schon,
bis eins ledig wird." Er wandte sich ab und verließ
die Küche. Auf der Schwelle fragte er über die
Schulter zurück: „Wo ist der Bub?"

Im gleichen Augenblick kam Lippele zur Haustür
hereingestürmt. Mit beiden Armen griff Wolfrat
zu und riß das Bürschl an seine Brust empor.
Lippele sträubte sich greinend gegen diese rauhe
Zärtlichkeit; er hatte auch eine wichtige Botschaft
zu bringen: der Eggebauer hätt' nach dem Vater
gefragt, und der Vater soll heut noch hinüberkom=
men.

„Der auch?" murmelte Wolfrat. „Freilich, ein=
schichtig ist noch nie eine Sorg gekommen. Schock=
weis, schockweis! So wird's wohl sein müssen."
Er stellte den Knaben auf die Erde, schob ihn zur
Stubentür hinein und verließ das Haus.

95

Wolfrat brauchte sich nur über den Gartenhag zu schwingen; denn der Eggebauer war sein Nach=bar, und ein schwerer dazu: er hatte volle Truhen und Kasten, vier Rosse im Stall und über die zwanzig Kühe. Freilich, für den Klostervogt war das noch lang keine Ursach zum Respekt; das hatte Herr Schluttemann heut bewiesen.

Der Bauer schien den Sudmann schon erwartet zu haben; er stand unter der Haustür, die Daumen in den breiten Ledergurt eingehängt.

„Grüß Gott, Eggebauer!"

„Grüß Gott auch, Polzer!"

„Mußt nit harb sein, Bauer", sagte Wolfrat, jedes Wort hervorwürgend, „es ist unrecht von mir, daß ich mich erst hab rufen lassen. Ich hätt von selber kommen sollen, denn ich weiß, ich hab dir in die Hand versprochen, das Geld in der Palmwoch heimzuzahlen."

„Was willst?" brummte der Bauer. „Hab ich drum gefragt?"

Wolfrat schaute freudig betroffen auf.

„Behalt das Geld, solang du willst. Ich brauch's nit. Bist ein armer Teufel, aber eine ehrliche Haut. Bei dir ist's gut aufgehoben. Und ich bin eine mitleidige Seel und hab mich gefreut, daß ich dir helfen hab können."

Eine Hoffnung schoß in Wolfrat heiß empor. „Bauer, wenn du so mit mir redest", sagte er,

96

„nachher möcht ich gleich statt einem Vergeltsgott ein ‚Bitt schön‘ sagen. Eggebauer! Ich kann das Lehent nit zahlen. Wenn du mir helfen möchtest?“

Der Eggebauer spitzte die Ohren; was er hörte, schien er nicht ungern zu vernehmen. „Ich könnt schon, wenn ich möcht“, sagte er schmunzelnd, „und wer weiß, vielleicht mag ich.“

„Bauer!“ Wolfrat hatte mit zitterndem Druck des Bauern Hände gefaßt.

„Laß aus! Laß aus!“ wehrte der Bauer lachend. Wir reden noch drüber. Damit du aber siehst, was ich für einer bin und wie gut ich dir's mein': ich weiß ein paar schöne Heller zu verdienen, und da bist gleich du mir eingefallen.“

„Verdienen! Mein Gott, Bauer, ich möcht ja schaffen wie ein Narr. Aber ich muß von früh bis auf den Abend im Sudhaus werken.“

„Was ich mein', das kannst du schaffen in der Nacht. Es ist sternscheinige Zeit. Nach Feierabend packst du es an, zehn Stund brauchst du dazu und kannst fertig sein, vor das Glöckl im Sudhaus läutet. Und wenn du's machst in der Samstag= nacht, da kannst du auch länger brauchen. Am Ostersonntag brennt kein Feuer im Sudhaus.“

„Und was wär das, was ich schaffen soll?“

„Zenza!“ rief der Bauer in den Flur zurück. „Bring die Latern!“

Nach einer Weile erschien die Tochter des

Bauern unter der Haustür, in der Hand die La-
terne mit brennendem Licht. Der Bauer nahm sie.
„Komm!" sagte er und ging dem Sudmann voran
einer Scheune zu.

In dem großen, fensterlosen Raum herrschte
schon tiefes Dunkel. Wolfrat staunte: so spät im
Frühjahr, und die Scheune strotzte noch von Heu
und Garben.

„Da schau!" sagte der Bauer und hob die La-
terne.

Wolfrat stand betroffen; scheu griff er nach
dem Hut und entblößte den Kopf. Über einem
Haufen Heu lag ein lebensgroßes Schnitzwerk: das
Bild des Erlösers mit ausgebreiteten Armen. Es
fehlte nur das Kreuz. Das Schnitzwerk war mit
frischen Farben bemalt: die Locken braun, die Augen
blau, die Glieder bleich wie Schnee, und aus allen
Wunden, unter jedem Stachel der Dornenkrone,
rannen die roten Tropfen. Der flackernde Schein
der Kerze warf über das Bildnis ein Gezitter von
Licht und Schatten, daß es zu leben und sich zu
bewegen schien.

„Den sollst du hinauftragen auf meine Alm in
der Röt und sollst ihn ans Kreuz schlagen!" sagte
der Bauer. „Ich hab ihn bei mir überwintert, damit er nit zugrund geht im Schnee. Aber jetzt
fangt das Gras zu wachsen an, jetzt muß er hinauf
und auf mein Sach schauen. Schwer tragen mußt
du freilich an ihm, aber schau, ich hab dir da eine

98

Krax hergestellt, die liegt dir gut auf dem Buckel. Da spürst du ihn nur halber. Und jetzt red! — Willst du?"

„Ja, Bauer, in der Samstagnacht", sagte Wolfrat, „und aufpacken will ich ihn gleich."

„Brav, brav!" nickte der Eggebauer.

Wolfrat hob zur Probe die Kraxe auf den Rücken, um abzumessen, wie hoch er das Schnitz= werk hinaufschnüren müsse, damit es ihn mit den Füßen nicht im Gehen behindere. Dann legte er die Stricke zurecht und kleine Heubüschel, mit denen er das Schnitzwerk unterlegen mußte, damit die frische Farbe von den Kanten der Kraxe nicht ab= geschürft würde.

„Gelt", sagte der Eggebauer, „hast ein rechtes Kreuz bei dir daheim?"

Wolfrat nickte nur.

„Mein Gott, mein Gott, schaut bei mir auch nit besser aus!"

„Wie geht's der Bäuerin?"

Der Bauer seufzte. „Schlecht, schlecht! Wär mir schon lieb, wenn sie bald wieder gesunden tät! Das Weib ist so viel ungut und zuwider. Und jagt mir die Seel aus dem Leib."

„Ist halt ein Krankes, Bauer, da muß man Geduld haben."

„Ja, ja, metzenweis! Aber jeden Wehdam von ihr, den krieg ich zehnfach zu spüren. Und Salben!

Und Trankln! Und Geschichten! Mein Gott, ja,
mir wär doch alles recht, wenn's nur was helfen
tät. Und jetzt meint der Bader, daß gar nichts
anders mehr die Bäuerin auf die Füß bringt als
nur ein Herzkreuzl von einem Steinbock. Aber wo
soll ich's denn hernehmen? Jetzt war ich heut
beim Klostervogt, hab geglaubt, er verkauft mir
eins. Aber der hat mich schön gestampert. So was
wär nur für die Herrenleut, sagt er. Als ob eine
Bäuerin nit grad so gern leben tät wie eine Ritte-
rin! Und das Weib zieht mir schier gar die Haut
vom Leib. Gleich zehn Schilling tät ich zahlen für
ein Herzkreuzl! Aber wo soll ich denn eins hernehmen?"

Wolfrat schaute auf, und die Blicke der beiden
trafen sich. Nun wußte der Sudmann, wie es
der Bauer meinte. Schweigend machte er sich
wieder an seine Arbeit; die Hände zitterten ihm.
Zehn Schilling. Und mit acht Schilling wäre das
Lehent bezahlt. Und dazu noch ein paar Flaschen
roten Tiroler für die Seph und Fleisch zur Suppe,
und vom feinsten Kälbernen einen tüchtigen Schnitz,
der ausgab auf fünf Mahlzeiten für das Kind.
Und ein paar Heller blieben immer noch übrig für
eine weitere Woche. Ach du lieber Gott, was hatte
der Teufel, der den Wolfrat zu versuchen kam,
ein gutes, gutes Herz!

Aus dem Hause klang die fröhlich singende
Stimme der Zenza. „Hehehehe!" lachte der Egge-

bauer. „Die kann's auch schier nimmer erwarten, bis Sonntag ist. Die spürt den Feiertag heut schon in den Füßen. Gehst du auch zum Ostertanz, Polzer?"

„So eine Frag, Bauer! Wenn einmal getanzt wird an vierzehn Nothelfer, dann geh ich vielleicht."

„Hehehehe! Das Mädel ist völlig närrisch vor Freud. Meintwegen! Soll sich einen aussuchen unter den jungen Mannsleuten! Hehehehe! Vielleicht taugt ihr der neue Klosterjäger. Der kommt auch. Grad jetzt, wie er draußen vorbeigegangen ist, hat er es ihr versprochen: daß er ganz gewiß kommt am Sonntag, in aller Früh schon!" Es schien dem Eggebauer viel daran gelegen, daß seiner Zenza zum mindesten dieser eine Tänzer sicher war; jedem Wort, das er sprach, gab er einen Druck, als wär's ein Schilling, den man auf den Tisch zählt. Und genau so, wie man die letzten Münzen, um seiner Sache sicher zu sein, noch einmal nachzählt, so wiederholte er die letzten Worte: „Ja! In aller Früh schon!"

Wolfrat hatte sich aufgerichtet und sah den Bauer, der ihm lustig zuzwinkerte, mit funkelnden Augen an; dann wischte er sich den kalten Schweiß von der Stirn und schaffte weiter. Mit beiden Armen hob er das schwere Christusbild empor, um es auf die mit weichen Heubüscheln gepolsterte Kraxe zu legen. Aber wie unsicher seine Hände

waren! Faſt wäre das ſchwere Schnitzwerk ſeinen
Armen entglitten; dabei riß ihm ein Stachel der
Dornenkrone eine blutige Schrunde in die Wange.
Er wiſchte das Blut weg und beſah ſeine Hand.
Und da war ihm, als hätte jemand zu ihm ge-
ſprochen, ganz leiſe und dicht am Ohr — nicht der
Eggebauer, ſondern ein dritter. Aber ſie waren
doch nur zu zweien! Er ſchüttelte den Kopf und
griff nach den Stricken, aber durch das Herz ging
es ihm wie ein kalter Schauer.

„Sei ſo gut! Und laß mir den Herrgott fallen!"
lachte der Eggebauer. „Der tät mir kein Halmerl
Gras nimmer wachſen laſſen auf meiner Alm!
Hehehehe!"

Wolfrat gab keine Antwort. In feſter Spannung ſchnürte er die Stricke über das hölzerne
Bild, daß es auf der Kraxe keinen Ruck mehr tat.

Der Eggebauer ſchaute nicht auf Wolfrats
Hände, nur immer in ſein Geſicht. „Deinem Weib
geht's beſſer, wie ich von der Zenza hör?" ſagte
er nach einer Weile. „Ja, ja, gut Eſſen und Trinken mußt du ihr geben, nachher klaubt ſie ſich ſchon
wieder zuſammen, wenn das Frühjahr wärmer
wird. Aber was macht denn das kleine Katzerl,
das liebe? Da ſchaut's ſchlecht aus, hör ich!"

Wolfrat nickte nur; ſeine Bruſt hob ſich, als
wollte ſie ſpringen.

„So ein feſtes und geſundes Kind! Wie über
ſo ein Kind nur ſo was kommen kann?" ſagte der

102

Eggebauer und schüttelte den Kopf. „Wie hat's denn angefangen?"

Mit stockenden Worten schilderte Wolfrat den Beginn und die Zeichen der Krankheit.

„Du, Polzer, das ist heilig dieselbige Krankheit, an der im vorigen Winter das Jüngste vom Klostervogt schier draufgegangen wär. Der Totengraber hat schon gewartet, ja!"

„Ich bin fertig, Bauer!" unterbrach Wolfrat mit heiserer Stimme.

„Brav, brav!" Der Eggebauer ging auf die Kraxe zu, rüttelte an dem Schnitzwerk und fühlte überall hin, wo es auflag. „Ich mein', es tut's. Aber hohl liegen tut er, schau! Geh, nimm einen festen Buschen Heu und stopf drunter hinein, was geht! Ja, Polzer, völlig im Verlöschen war das Kindl schon, und kein Mensch hätt sich mehr gedacht, daß der arme Wurm noch einmal aufkommt! — Was hast du denn?"

Wolfrat war auf den Heuhaufen zugegangen, um aufzunehmen, was seine Arme fassen konnten. Da hatte er etwas Hartes im Heu gegriffen und hervorgezogen. Eine Armbrust! Über Wolfrats Züge flog ein irres Lächeln.

„Bauer? Wie kommt das Schießzeug da her?"

„Wie wird's herkommen?" lächelte der andere. „Füß hat's keine. So wird's wohl einer hergelegt haben. Ja, Polzer, daß ich sag — und wie

103

die Leut schon geglaubt haben, jetzt und jetzt hat das letzte Stündl geschlagen für das arme Kind, da haben sie ihm zur Letzt noch was eingegeben. Und geholfen hat's! Wie ein Wunder! Ja! Und heut springt das Kindl wieder umeinander, frisch und fest wie ein Huiserl¹)! Wär schad drum gewesen, wenn es hätt verfaulen müssen!"

Wolfrat stand mit aschfahlem Gesicht und hielt die Armbrust umklammert, als wollte er ihren Schaft zerquetschen unter seinen eisernen Fingern.

„Und was war's, Bauer, was dem Kind geholfen hat?"

„Schweißbluh von einem Steinbock."

Wolfrat wandte sich ab. Mit ruhiger Hand prüfte er die Sehne und das Schloß der Armbrust, nickte befriedigt, umwickelte die Waffe dicht mit Heu und schob sie auf der Kraxe in den hohlen Raum unter dem Schnitzwerk. Nun erhob er sich, schüttelte die Heufäden von seinem Gewand und sagte: „In der Samstagnacht, Bauer! Um Feierabend komm ich und hol den Herrgott."

„Brav, lieber Polzer, hilf mir, und du hilfst dir selber!"

„Und wenn ich komm — und bring's?"

„Was ich gesagt hab! Ich bin der Eggebauer." Er streckte die Hand, und Wolfrat schlug ein mit festem Druck.

---

¹) Füllen.

Als der Sudmann sein Haus erreichte, stand Gittli wartend in der finsteren Tür.

„Aber geh, wie kannst du so lang ausbleiben?" schmollte sie. „Die Seph hat sich schon gelegt. Komm! Ich hab dein Essen heraußen auf dem Herd stehen, weißt, drin in der Stub könnt das Kindl wieder wach werden."

Er ging in die Küche und setzte sich an den Herd, auf dem die letzten Kohlen schon zu erlöschen be= gannen; nur noch ein roter Schimmer füllte den Raum. Gittli wollte sich an seine Seite setzen; er schob sie von sich und sagte: „Geh schlafen."

Sie schüttelte den Kopf, denn sie wollte mit ihm von der Hilfe sprechen, die sie sich ausgesonnen. Aber kaum begann sie vom Lehent zu reden, da sagte er: „Sorg dich nimmer! Ich hab das Lehent. Der Eggebauer leiht mir das Geld."

Gittli war sprachlos vor Freude; nur die Hände schlug sie ineinander; dann rannte sie davon, huschte in die Stube, tappte zum Bett und fiel der Seph um den Hals. „Er hat's! Er hat's!"

Das Weib verstand sofort, was Gittli meinte. „Gelt, daß er's noch nit gehabt hat?"

„Ich hab dir nur die Sorg ersparen wollen!"

„Woher hat er's denn?"

„Der Eggebauer hat's ihm geliehen."

„Ist das ein guter Mensch!" weinte Seph und faltete die Hände. So kräftig ist für den Egge=

bauer wohl noch nie gebetet worden, außer von ihm
selbst vielleicht.

Gittli hauchte einen Kuß auf die heiße Stirn des
schlummernden Kindes und schlüpfte in ihre Kam=
mer. Als sie in den Kissen lag, weinte und kicherte
sie immer eins ums andere. Dazu sprach sie das
Vaterunser, und noch ein zweites als Dreingabe;
das hatte der liebe Herrgott heut verdient, der
diese zwei guten, guten Menschen erschaffen hatte,
den Eggebauer und den Haymo. Und von den bei=
den war Haymo gewiß noch der bessere; daß es bei
ihm gar nicht zum Helfen kam, das war nicht seine
Schuld. Sie wollte dem Eggebauer gewiß nichts
abzwacken von seinen Verdiensten. Aber der
Haymo! Der hätte dem Bruder das Geld nicht
nur geliehen, nein, geschenkt! Hätt er's denn aber
auch gehabt?

Gittli mußte lachen, als sie in ihrer Gedanken=
reihe zu diesem Ende kam. Sie streckte sich ver=
gnügt, verschränkte die Hände unter dem Nacken
und summte das Lied von der Schneerose vor sich
hin:

„Auf steiler Höh,
Tief unterm Schnee —"

Als sie zu der Stelle kam, an der es heißt:

„Im Herzen tief
Ein Blüml schlief,
Gar lieblich und an Schönheit reich —"

106

da verstummte sie. Was für ein Blüml war das? Sie hatte das nur immer so hingesungen. Jetzt zum erstenmal kam diese Frage. Was für ein Blüml war das?

So lag sie mit offenen Augen und träumte in die Nacht hinein.

Und draußen in der Küche saß Wolfrat beim neu entfachten Feuer und schnitzte aus einem Birn=baumzweig den Bolzen für die Armbrust.

Vergangene Zeiten erwachten bei dieser Arbeit: das war nicht der erste Bolz, der aus seinen Hän=den kam. Die Bilder und Abenteuer seiner Jugend und seiner Kriegsjahre zogen an ihm vorüber. Einmal hob er den Kopf und blickte langsam gegen die Wand, hinter welcher Gittlis Kammer lag. Dabei spielte ein seltsam verlorenes Lächeln um seinen bärtigen Mund.

Neben dem Herde sah er Federn liegen; mit ihnen fiederte er den Pfeil. Es waren die Federn, mit denen das ,Mimmidatzi' gespielt hatte, bevor es entschlummert war.

Achtes Kapitel

Seit zwei Tagen hauste Haymo wieder einsam in der Röt. Spät abends hatte er am ,grünen Donnerstag' die Jagdhütte erreicht. Walti, den er in der Nähe der Kreuzhöhe getroffen, hatte den

Jäger in der Dämmerung für einen Raubschützen angesehen und nicht übel Lust gezeigt, die Armbrust auf ihn abzuschießen. Dann gab es freilich ein lachendes Erkennen. Während des ganzen Heimwegs hatte der Bub zu erzählen; für ihn war jeder Schritt ein Abenteuer gewesen.

Als sie zur Hütte kamen, fanden sie den Frater Severin schnarchend auf dem Heubett. Sie weckten ihn, und da meinte der Frater, es ginge zur Mette.

„Ui jei!" sagte er lachend, als er sich die Augen gerieben hatte. Aber aus dem Lachen geriet er gleich wieder in flammende Entrüstung. Haymo, so meinte er, hätte wohl auf den guten Einfall kommen können, einen Krug voll ‚Güte Gottes‘ oder eine Flasche mit ‚des Himmels höchster Gnade‘ aus dem Kloster heraufzubringen. Haymo sah ein, daß seine Sünde groß war, zwar nicht vor Gott, aber wohl vor einem seiner ‚Knechte‘. Nun mußte sich der arme Frater Severin nach dem fetten Sterz, den es zum Nachtmahl gab, mit einem Trunk Wasser schlafen legen. Brrr! Er liebte das Wasser nicht einmal in den Schuhen, viel weniger im Magen.

Das ‚himmelschreiende Unglück‘ schien ihm aber den Schlaf nicht zu verkümmern. Er schnarchte gewaltiger als je.

Haymo und Walti hatten wieder auf dem Herd

108

ihr Nachtquartier aufgeschlagen, die glimmenden Kohlen zwischen ihnen. Draußen das dumpfe Rauschen des Föhns.

„Walti?" fragte Haymo nach langem Schweigen mit leiser Stimme. „Schlafst du schon?"

Der Bub richtete sich auf.

„Walti, ich möchte dir was schenken, eh du fortgehst. Was willst du haben?"

„Die Feder von deiner Kappe!" platzte der Bub heraus.

„Sollst sie haben, nimm sie dir nur morgen früh! Mußt mir aber auch einen Gefallen tun."

„Was?"

„Weißt du, wo die Gittli haust?"

„Die Müllerdirn?"

„Nein, die Schwester des Sudmanns."

„Ach die! Ja. Warum?"

„Dann geh zu ihr, morgen, und frag sie, warum sie geweint hat in der Vogtstub?"

„Was soll ich fragen?" wiederholte Walti, dem die Sache etwas dunkel vorkam.

„Du sollst sie fragen, warum sie geweint hat, heut, wie sie bei Herrn Schluttemann in der Stub war. Sag ihr, daß ich es wissen will. Und wenn ich zum Ostertanz hinunterkomm, dann sag es mir wieder! Verstehst du?"

„Wohl!" nickte Walti. „Aber ich kann mir

109

schon denken, warum sie geweint hat. Der Vogt
wird halt giftig gewesen sein und hat sie bei den
Ohrwascheln genommen. Das tut er gern, das
weiß ich." Gähnend streckte er das kluge Haupt
auf die zum Kissen geballte Lodendecke. Nach kurzer Weile richtete er sich wieder auf.

„Haymo!"

„Ja?"

„Jetzt weiß ich, was für eine Gittli die richtige
ist!"

„So?" lächelte Haymo.

„Wohl!" Und kichernd streckte sich der Bub
wieder aufs Ohr.

Bald darauf schliefen sie alle beide.

Am andern Morgen, eh' der Tag noch graute,
verließ Haymo die Hütte, um seinen Hegergang
anzutreten. Er hätte seinen Gästen gern ein Wort
zum Abschied gesagt; aber die beiden schnarchten
doppelstimmig so rührend zusammen, daß ihr gesunder Schlaf einen Stein hätte erbarmen mögen.
Haymo nahm die Adlerfeder von seiner Kappe und
steckte sie auf Waltis Filzhut. Dann ging er.

Als er mit dem Abend in die Hütte zurückkehrte,
waren die Klostervögel lange schon ausgeflogen.
Haymo schürte nicht einmal Feuer; so müde war
er. Er spürte die beiden auf den Herdsteinen ver-
brachten Nächte in allen Knochen; und er hatte sich
heute geplagt wie nie. Keinen der Hut bedürftigen

110

Platz in seinem weiten Revier hatte er unbesucht gelassen, jeden Steig und jeden Schneefleck hatte er abgespürt. Er wollte nicht ein zweites Mal so dastehen wie gestern in der Vogtstube. Herr Schluttemann war so liebevoll mit ihm umgesprungen, wie die Katze mit der Maus; nur das Verschlucken hatte noch gefehlt. Aber auch Herr Heinrich hatte zu den beiden vermißten Steinböcken eine strenge Miene gemacht; doch er war nicht ungerecht gewesen und hatte auf Haymos Rechtfertigung gehört, trotz Herrn Schluttemann, der die Tischplatte gehörig donnern ließ. Schließlich war Haymo vom Propst sogar mit freundlicher Rede entlassen worden. „Und wenn es dir Freude macht", sagte Herr Heinrich, „so magst du am Feiertag nach der Frühpirsche herunterkommen zum Ostertanz!"

Diese Güte wollte Haymo mit doppeltem Fleiß vergelten. Wenn es das Glück nur wollte, daß ihm einer der Raubschützen bald in den Weg geriete. Er ballte die Fäuste bei diesem Gedanken. Aber mitten in seinen flammenden Zorn hinein hörte er die Geigen und Pfeifen klingen.

Ob Gittli wohl zum Tanz käme? Nun, eine Dirn, die nicht kommt, die kann man holen. An diesen Gedanken spann Haymo hundert andere, bis sein Denken und Sinnen unmerklich hinüberfloß in Schlaf und Traum.

Nach dieser Nacht kam ein mühsamer Tag. Der

Föhn tobte, als möchte er das ganze Haus der Berge in Trümmer werfen. Er wehte schwül, wie der Sturm vor einem Gewitter. Der Schnee auf den steilen Halden schwand vor seinem Hauch, daß man es mit den Augen sehen konnte, wie er weniger und weniger wurde. Über allen Felswänden wurde die weiße, starre Decke des Winters lebendig, und während die Lawinen rollten, führte der Föhn den fallenden Schnee in lichten Wolken durch die Lüfte.

Haymo mußte sich vorwärtskämpfen, Schritt um Schritt. Gegen Abend, auf dem Heimweg, kam er am Kreuz vorüber. Leer starrten die Fußnägel aus dem Holz. Wo waren Gittlis Schneerosen hingekommen? Der Föhn hatte sie wohl entführt? Haymo spähte auf der Erde umher; in einer Steinschrunde sah er eine der Blüten liegen, zerzaust und welk. Er hob sie auf und wollte sie auf seine Kappe stecken. Nein. Die Blume gehörte einem andern. Lächelnd schob er sie am Kreuzbalken zwischen die beiden Nägel; kaum ließ er die Hand davon, da trug sie der Föhn schon hinweg.

Vor Einbruch der Nacht erreichte Haymo die Hütte. Heute blieb ihm keine Zeit zum Sinnen und Träumen. Die Augen drohten ihm schon zuzufallen, während er am flackernden Feuer seinen Imbiß bereitete.

Kaum lag er auf dem Heubett, da schlief er schon. Rings um die Hütte tobte der Frühlings-

112

sturm und sang dem müden Jäger ein brausendes
Schlummerlied.

Als Haymo erwachte, war noch finstere Nacht.
Er lauschte verwundert. Tiefe Stille um die
Hütte. Kopfschüttelnd trat er ins Freie; der Föhn=
wind hatte sich völlig gelegt, und nur noch leise
rauschte der Bergwald. Blasse, dünne Nebel=
schleier flogen über den Himmel, an dem in zahl=
loser Schar die Sterne funkelten. Der frische,
klare Morgen versprach einen schönen Tag.

„Es wird Osterwetter!" sagte Haymo. Dann
blickte er nach dem Stand der Sterne und meinte,
daß die dritte Morgenstunde wohl schon vorüber
wäre. Da war er just zur richtigen Zeit erwacht,
um den Auerhahn zu verlusen, den Herr Heinrich
nach den Ostertagen erlegen wollte.

Haymo sperrte die Hütte und wanderte in die
Nacht hinaus. Nun plötzlich blieb er lauschend
stehen. Töne waren an sein Ohr gedrungen, wie
Hammerschläge auf klingendes Eisen. Nun wieder
die gleichen Töne. Und noch ein drittes Mal.
Kopfschüttelnd lauschte er; er wußte sich diese
Töne nicht zu deuten, aber sie machten ihm keine
Sorge; denn wer im Bergwald auf bösen Wegen
schleicht, der tut es in aller Stille. Da war wohl
einer der Almbauern, den die Arbeit am Tage
festhielt, während der Nacht zu Berge gestiegen,
um mit dem frühen Morgen nachzuschauen, wie
seine Sennhütte überwintert hätte? Und an der

Hüttentür hatte er wohl mit seinem Hammer die
eisernen Klammern losgeschlagen. Es war dem
Lauschenden freilich gewesen, als klängen diese
Töne nicht von den Almen her, sondern von einer
höher gelegenen Stelle. Aber Haymo wußte aus
Erfahrung, wie sehr ein Hall in der Nacht zu täu-
schen vermag.

Eine Weile noch lauschte er; alles blieb still.
Nun schritt er weiter, quer durch das Felstal; auf
dem kürzesten Wege stieg er zum Kreuzwald empor. Es dämmerte, als er sein Ziel erreichte. Lautlos nach allen Seiten horchend, schlich er von
Baum zu Baum. Über den östlichen Bergen, jen-
seits der Schneefelder des Steinernen Meeres,
zeigte sich noch kaum ein fahler Schimmer des
nahenden Tages, da hörte Haymo schon das leise
Klippen des balzenden Hahnes. Achtsam sprang er
ihn an, und endlich sah er auf einem dürren Aste
den stolzen Vogel sitzen, der sich in tiefer Schwärze
scharf abhob vom erblassenden Himmel. Eine Weile
schaute Haymo dem verliebten Sänger zu, der auf
seinem Ast sich blähte und drehte, mit gefächertem
‚Stoß‘ und zitternden Schwingen gaukelte; dann,
als es so licht wurde, daß Haymo über den Augen
des Vogels schon die glühende ‚Rose‘ zu erkennen
vermochte, schlich er leise zurück, um den Hahn
nicht zu vergrämen. Und je weiter es bergabwärts
ging durch den schütteren Wald, desto rascher
wurde sein Schritt, desto fröhlicher sein Blick.

Nun ging es hinunter ins Tal zum fröhlichen Fest, zum Ostertanz: Arm in Arm und Wange an Wange mit Gittli!

Ob er wohl mit jener andern auch einen Reigen tanzen würde? Wie hieß sie nur? Richtig: Zenza! Nun, vielleicht — wenn Gittli müde war und nichts dawider hatte. Müde? Die Gittli?

Er mußte lachen. Aber plötzlich lauschte er. Aus dem Felstal hatte er einen Laut gehört, wie das Kollern eines gelösten Steines. Ging jemand dort unten? Aber nein. Äsendes Fahlwild oder eine ziehende Gemse hatte wohl den Stein gelöst. Fort mit der Sorge! Heute durfte er Wild und Berg= wald beruhigt verlassen, denn so gottverloren war kein Mensch in allen Tälern rings umher, um Raub zu treiben am heiligsten Tage des Jahres.

Der Morgen erwachte; ein roter Schimmer fiel über den Wald, und die Kuppen der Berge leuch= teten in der steigenden Sonne wie glühendes Erz. Als Haymo den Saum des Kreuzwaldes erreichte, ließ er sich zu kurzer Rast auf einen Felsblock nieder und staunte mit seinen lachenden Augen in den schimmernden Glanz der schönen Frühe.

Von seinen Lippen wollte sich ein Jauchzer lösen, aber gewaltsam hielt er den jubelnden Auf= schrei zurück; denn im Steintal zu seinen Füßen, auf etwa dreihundert Gänge, sah er auf schnee= freiem Hang einen Steinbock weiden. Er wollte das Tier, dem die Äsung not tat, nicht verscheuchen.

8*   115

Ohne Bewegung saß er und sah dem Wilde zu,
wie es langsam über die Halde hinwegzog und seine
kärgliche Nahrung suchte. Nun plötzlich hob der
Steinbock das Haupt mit dem mächtigen Gehörn
— er schien Gefahr zu wittern —, in scheuer Eile
suchte er den Schutz der nahen Felswand, doch ehe
die Wand noch erreicht war, tat er mit schlagenden
Läufen einen Satz in die Luft, stürzte nieder, raffte
sich wieder auf und verschwand in einer Mulde.

Haymo fuhr erblassend auf. Das ging nicht zu
mit rechten Dingen! Ein Ruck, und er hielt die
Armbrust in Händen — ein lautloser Sprung, und
er stand geborgen in dem dichten Gestrüpp der
Zwergföhren, die den Grat der Kreuzhöhe bedeckten. Geschmeidig wie eine Schlange glitt er durch
das wirre Gezweig, und als er den Ausblick in die
Mulde gewann, schlug ihm das Herz und zitterten
ihm die Hände in Zorn und brennender Erregung.

Er sah, wie ein Mensch in Bauerntracht, mit
schwarz berußtem Gesichte, den verendeten Steinbock nach einem nahen Dickicht schleifte.

„Hab ich dich endlich, du Dieb!" zischte es durch
die Zähne des Jägers. Alles Zittern wich von
ihm, und als er die Sehne der Armbrust spannte
und den Bolzen in die Schiene legte, waren seine
Hände wie Stahl und Eisen. Er hob die Wehr
an seine Wange, aber durch die dichten Zweige
hatte er keinen sicheren Schuß. Lautlos erhob er
sich, um hinauszuschleichen an den Rand der

Büsche; dort draußen stand das Kreuz; hinter dem breiten Holze konnte er sich decken und hatte freien Schuß.

Jetzt wand er sich hervor aus den letzten Zweigen, jetzt hob er die Waffe — und da rann es ihm durchs Herz wie kalter Schauer. Am Kreuzbalken hing das lebensgroße Bild des Erlösers.

Gewaltsam wollte Haymo den Blick wenden, aber er brachte ihn nicht los von dem heiligen Bilde. Mit ernsten, kummervollen Augen sah es auf ihn nieder, es schien zu leben in seinen frischen Farben, das rote Blut schien eben jetzt geflossen. Dem Jäger war es, als begännen die großen, blauen Augen sonnengleich zu leuchten, als öffne sich der schmerzenbittere Mund und spräche mit sanften Worten: „Haymo! Willst du morden an meinem Ostertag, der allen Menschen sein soll wie ein Tag des Glücks und der Versöhnung? Tu's nicht, Haymo, tu's nicht!"

In Haymos Händen neigte sich die Armbrust, und der Bolzen fiel aus der Schiene. Der Jäger hob ihn auf mit bebender Hand und küßte die Füße des Gekreuzigten.

Dann stieg er lautlos den Hang hinunter. Der Raubschütz, der im dichten Gebüsch an dem erlegten Wild hantierte, hörte ihn nicht kommen; auf der Erde sah Haymo die Armbrust des Räubers liegen; er faßte sie und schleuderte die Waffe mit mächtigem Schwung hinaus in das Stein-

117

geröll; da fuhr der Raubschütz in die Höhe, und als er den Jäger sah, befiel ihn ein Wanken, und er griff mit beiden Händen in die Luft.

„Wer bist du?" fragte Haymo mit harter Stimme.

Der andere stand wortlos und starrte vor sich nieder.

Haymo versuchte ihn zu erkennen, aber vergebens. Der Jäger war fremd im Tal und hatte hier nur wenige Menschen erst gesehen; auch trug der Räuber den Bart und die Haare mit Asche bestäubt, und das Gesicht war mit Ruß so dick bestrichen, daß Haymos forschender Blick kaum einen Zug erfassen konnte.

„Komm!" sagte er und deutete mit dem Arm die Richtung an.

Der Gefangene voran, und Haymo mit gespannter Armbrust hinter ihm, so schritten sie über den Hang empor; mit blitzenden Augen folgte Haymo jeder Bewegung des Raubschützen. Auf halber Höhe verhielt der Gefangene den Schritt; in seinem finsteren Auge glühte die Verzweiflung.

„Jäger! Es war das erstemal. Und ich tat es aus Not."

„Geh!"

„Jäger! Ich hab Weib und Kind. Sie gehen zugrund."

„Durch deine Schuld."

Ein dumpfer Seufzer erschütterte die Brust des Mannes; der Kopf sank ihm, und mit schweren Schritten stieg er weiter. Nun erreichten sie die Kreuzhöhe. Wieder wandte sich der Gefangene, unheimliche Glut in den Augen. „Was geschieht mit mir?"

„Was jedem andern geschieht, wenn er tut, was du getan."

„Jäger! Erbarm dich meines Weibes und meiner Kinder! Laß mich laufen!"

„Und wenn ich auch wollt — ich darf nit!" sagte Haymo mit schwankender Stimme. „Ich steh in Pflicht und Eid. Ich hab geschworen."

„So laß mich ein Vaterunser beten! Für Weib und Kind."

„Bete!" sagte Haymo.

Der Raubschütz kniete vor dem Kreuz auf die Erde nieder, faltete die Hände und begann zu murmeln. Haymo wollte den Kopf entblößen, um dem heiligen Bild zu danken, das ihn vor Blut bewahrt und alles nach Recht gewendet hatte. Doch als er den Arm erhob, fuhr der andere blitzschnell in die Höhe, riß das Weidmesser von Haymos Gürtel, und ehe der Jäger sich zu decken vermochte, stieß ihm der Wildschütz die blitzende Klinge in die Schulter.

Aus Haymos Händen fiel die Armbrust, seine Knie brachen, stöhnend sank er auf das moosige

119

Gestein, das sich färbte von seinem Blut — mit
letzter Kraft noch richtete er sich halb wieder auf,
mit brennendem Blick suchten seine Augen das
starre Bild am Kreuze, dann fiel er zurück, und
seine Sinne erloschen.

Über allen Höhen leuchtete die Sonne, mit lin-
dem Hauche strich, nach allem Streit und Kampfe
des wilden Föhns, der laue Frühlingswind be-
fruchtend um die Halden, und während auf dem
steinernen Hang die überstürzten Tritte des fliehenden Mörders verhallten, schwoll es sanft und leise
durch die Luft einher, weit her aus dem fernen,
tiefen Tal — der Klang der Osterglocken. Ihre
Seelen waren heimgekehrt von Rom, und durch
das weite Land, von Turm zu Turm, erhoben sie
ihre hallenden Stimmen, die Macht und Glorie
des Gottes preisend, der vom Grab erstanden.

Neuntes Kapitel

Über dem Haus des Sudmanns lag still und
sternenhell die Osternacht. Nur die Ache rauschte;
sonst kein Laut in der ganzen Runde; denn der
eine, der in dieser Nacht zu dem kleinen Hause
gegangen kam, wandelte auf unhörbaren Sohlen;
er pochte an die verschlossene Tür — sie öffnete
sich nicht vor ihm, und dennoch trat er ein.

120

In der Stube erwachte das Weib; ein leises Stöhnen hatte sie geweckt. Sie lauschte — und da hörte sie es wieder. Es war das Kind.

„Katzi, was hast du?" fragte sie. Aber das Kind gab keine Antwort. Sepha war am Abend so schwach gewesen, daß sie sich nicht auf den Füßen erhalten konnte. Und jetzt mit einmal hatte sie Kraft. Mit stammelndem Laut sprang sie aus dem Bett. „Polzer!" rief sie — in ihrem Schreck hatte sie ganz vergessen, daß Wolfrat außer Hause war. Mit zitternden Händen tastete sie in der Finsternis nach dem Feuerzeug; nur matte Funken brachte sie aus dem Stein, und der Zunder wollte nicht brennen. „Mein Gott, mein Gott, hätt ich mich doch nit schlafen gelegt!" jammerte sie. Bis lange vor Mitternacht hatte sie wach gesessen, dann war die Natur stärker geworden als ihr Wille. Gittli wollte die ganze Nacht bei dem Kinde blei= ben, aber Sepha selbst hatte das Mädchen zur Ruhe geschickt. Das ‚Katzi‘ schien gut und fest zu schlummern. Freilich, es war ein böser Tag ge= wesen, der vorausgegangen, und bedrückten Her= zens hatte Seph ihren Mann das Haus für die Nacht verlassen sehen; sie merkte es ihm auch an, daß er nicht gerne ging. Wär es nur nicht um die paar Heller gewesen, die es zu verdienen gab! Als er, schon den Hut auf dem Kopf, noch einmal die Hand über die Stirn des Kindes strich, da sagte er: „Gib dich, Seph, morgen soll's besser sein!"

Seine Stimme hatte wohl gezittert, und dennoch hatte sein Wort zuversichtlich geklungen. Vielleicht wußte er ein stärkendes Kraut oder eine heilsame Wurzel, die er von der Bergfahrt mit heimbringen wollte — vielleicht die Nieswurz, die Wurzel der Schneerose. Von ihr hatte auch Gittli schon gesprochen.

Endlich war es der Seph gelungen, Licht zu machen. Mit der flackernden Kerze leuchtete sie über das Bett und erschrak bis ins innerste Herz. Das Gesicht des Kindes kam ihr so verwandelt vor, als wäre das nicht mehr ihr eigen Kind, sondern ein fremdes. Sie taumelte zur Kammertür und stieß sie auf. „Gittli! Gittli!"

Das Mädchen antwortete schlaftrunken.

„Ich tu dich bitten, steh auf", sagte Seph mit tonloser Stimme, „das Kindl ist so viel ungut!"

Barfuß, das rote Röckl überwerfend, erschien Gittli unter der Tür.

„Da schau: mein Kindl, mein Kindl, mein Kindl!" schluchzte Seph und hielt die Leuchte über das Bett.

Gittli beugte sich über das Kind und faßte sanft seine Ärmchen, die mit geballten Fäusten nach aufwärts lagen. „Mimmidatzi", flüsterte sie mit süßer Zärtlichkeit, „Mimmidatzi, kennst du mich nimmer? Schau, die Dittibas ist bei dir!" Eine Weile wartete sie vergebens auf Antwort. Dann

122

rief sie noch einmal, alle Angst ihres Herzens in
der Stimme: „Mimmidatzi!"

Ein kaum merkliches Zucken ging über das Ge=
sicht des Kindes, ein leises Stöhnen, nicht wie in
Schmerz, sondern wie in weher Sehnsucht quoll
aus dem regungslosen, leicht geöffneten Mund;
aber der kleine Körper rührte sich nicht, das Köpf=
chen, umringelt von goldblondem Gelock, lag starr
auf die Seite geneigt, und unter den zarten halb=
gesunkenen Lidern blickten die einst so schelmisch
leuchtenden Augen unbeweglich hervor, ohne Glanz
und Leben.

„Mein Schatzi, mein liebs, was hast du denn?"
stammelte Gittli und schaute, die Wangen von
Tränen überronnen, mit einem hilflosen, angst=
vollen Blick in Sephas Gesicht.

„Mein Gott, mein Gott, wär nur der Polzer
daheim!" jammerte das Weib und sank neben dem
Bett in die Knie. „Wenn er nur daheim geblieben
wär! Mein Gott! Was tu ich denn? Mein
Kindl, mein Kindl! Ich weiß mir keinen Rat, ich
weiß mir nimmer zu helfen! Was tu ich denn?"

„Schwährin, bleib, bleib! Ich lauf und hol den
Bader!" schluchzte Gittli. Und wie sie stand, bar=
fuß, im dünnen Röckl, rannte sie davon.

Sie achtete auf dem Wege nicht der spitzen
Steine, die sich schmerzend in ihre Sohlen drück=
ten, nicht der Frische der Nacht, die sie schauern
machte; sie rannte nur und rannte, bis sie keuchend

auf dem Marktplatz das Haus erreichte, in dem der Bader wohnte. Wie von Sinnen schlug sie an der Tür den Klöppel, immerfort, so lange, bis im Obergeschoß ein Fenster geöffnet wurde.

„Wollt Ihr aufhören oder nit! Was ist denn das für ein Lärm in der Nacht?" rief eine Männerstimme herunter.

„Ach, ich bitt Euch, wir haben ein krankes Kind daheim!" schluchzte Gittli mit aufgehobenen Händen. „Kommt doch, kommt, ich bitt Euch gar schön, ich bitt, bitt, bitt!"

„Wer bist du denn?"

„Die Gittli bin ich, die Schwester vom Sudmann Polzer."

„Sooo?" Der Name, den Gittli genannt, gab dem Bader zu denken. Ja, hätte sie den guten Einfall gehabt, hinaufzurufen: ich bin Zenza, die Tochter des reichen Eggebauern — dann hätte sie was erlebt, wie der Bader gesprungen wäre! „Sooo? Also ja, geh nur heim, und sag, ich komm schon, sobald es Tag wird."

Klirrend schloß sich das Fenster. Gittli stand wie betäubt und griff mit beiden Händen an ihren Kopf. War es denn möglich? Ein Kind — solch ein süßes, herziges Ding! Und es gab einen Menschen, der sich nicht die Seel aus dem Leibe lief, um zu helfen!

Helfen? Helfen? Wer jetzt? Wer? Pater Euse-

124

bius? Der hatte das Bübl des Klostervogtes wieder gesund gemacht. Gittli rannte, und atemlos erreichte sie die Klosterpforte. Die Glocke läutete schrill, denn mit dem ganzen Gewicht des Körpers hatte sich Gittli an den Strang gehängt.

„Pater Eusebius? Wo ist der gute Pater Eusebius?" schluchzte sie, als sich das vergitterte Fenster öffnete.

„Ein Dirnlein? In der Nacht?" staunte der Pförtner. „Was willst du vom Pater?"

„Wir haben ein krankes Kind daheim, der Pater Eusebius soll ihm helfen. Ach, guter Frater Pförtner, ich bitt Euch, bitt Euch —"

„O du mein Gott, Kind, den Pater, den holst du heut nimmer. Der ist seit zwei Tagen in der Bartholomäer Klause."

Gittli mußte sich an die Mauer stützen, um nicht umzusinken.

„Aber sag, was fehlt dem Kind?"

„Es rührt sich nimmer und sieht nimmer. Und kennt mich nimmer. Ach, Frater Pförtner, so ein liebes, gutes Kind!"

„Mußt nit weinen, Mädel, der liebe Gott wird schon helfen! Und — wart ein Weil!" Das Gesicht hinter dem Gitter verschwand, dann streckte sich eine Hand heraus mit einer kleinen Flasche. „Nimm, Dirnlein, nimm! Es ist das Beste, was ich hab: Oleum Sancti Quirini vom Kloster Tegernsee."

125

Gittli griff zu mit beiden Händen.

„Reibe dem Kind die Stirn damit ein, und die Schläfe, und die Pulsadern an den Händen, und die Stelle, wo das Herz schlägt, und bete dazu drei Vaterunser! Das hilft. Das hat schon vielen Tausenden geholfen. Und jetzt geh, Dirnlein! Gelobt sei Jesus Christus!"

„Amen!" stammelte Gittli. Es war ein Laut voll heißen Dankes. Und schluchzend flog sie davon, aber sie weinte nicht mehr in Schmerz, sie weinte vor Freude. Was sie in Händen hielt und an ihr Herz drückte, war die sichere Rettung: geweihtes, heiliges Öl! Immer und immer wiederholte sie Wort um Wort: „Die Stirn, die Schläfe, die Adern, und wo das Herz schlägt!" Und damit sie nur ja mit dem Beten nicht zu kurz käme, fing sie jetzt schon an, während sie rannte und rannte: „Vater unser, der du bist im Himmel —"

Erschöpft, keines Wortes mächtig, erreichte sie das Haus.

Sepha kam ihr entgegen, das Gesicht verstört, kalkweiß und von Zähren überronnen. „Kommt er? Kommt er?"

Gittli schüttelte den Kopf; sprechen konnte sie noch nicht; doch während sie die eine Hand auf die fliegende Brust drückte, drängte sie mit der andern schon die Flasche in Sephas Hände.

126

„Mein Gott, Gittli, so red doch", jammerte das Weib, „schau, die Angst bringt mich um!"

„Nimm — nimm — das muß ihm helfen! Das hat schon tausend=, tausendmal geholfen, hat er gesagt. Vater unser, der du bist im Himmel —" Und betend sank sie neben dem Bette nieder, in dem das Kind noch lag, wie sie es verlassen hatte.

„Aber Gittli, so red doch, wie soll's denn hel=fen, was soll ich denn machen damit?"

Mehr mit Zeichen als mit Worten wiederholte Gittli den Rat, den ihr der Frater Pförtner ge=geben. Neben dem Bette kniend, mit tränenerstickter Stimme betend, hielt sie das flackernde Talglicht, während Sepha tat, was der Mönch geraten. Mit zitternden Händen, unter Weinen und zärtlichem Stammeln entblößte die Mutter das Kind, das vor ihr lag wie eine vom Stengel gefallene Blüte. Ein zartes, holdes Körperchen, rund und weiß, wie aus Wachs gebosselt, aber alle Glieder gefesselt von starrem Krampf.

Endlich richtete Sepha sich tief atmend auf; alles war geschehen, was geschehen mußte. Sie legte die Kissen zurecht und breitete sorglich wieder die warme Decke über das Kind, das unempfindlich schien für alles, was mit ihm geschah.

„Meinst du, Gittli, es hilft?"

„Ja, ja, es muß helfen!"

„Der liebe Herrgott soll's geben! Wär nur der Polzer daheim!"

Nun saßen sie, Sepha und Gittli, die eine zu Häupten, die andere zu Füßen des Kindes, Stunde um Stunde, leise betend und des Wunders harrend, das sie mit Zuversicht erhofften.

Einmal streckte sich das Kind unter leisem Stöhnen, und die verkrampften Fäustchen schlugen seitwärts.

„Gittli!" stammelte das Weib.

„Tu dich nimmer sorgen! Es hilft, schau, es hilft schon. Weißt, er wehrt sich halt, der Krank, weil er spürt, daß er fort muß."

Wieder saßen sie, betend und wartend. Auf leisen Sohlen schlich die Nacht davon, und durch die Fenster fiel der graue Dämmerschein des erwachenden Ostermorgens.

Seph atmete auf. „Jetzt wird der Polzer doch bald kommen?"

Gittli nickte; die Hände im Schoß gefaltet, saß sie, keinen Blick vom Gesicht des Kindes verwendend.

Wieder einmal befühlte Sepha die kleinen, starr geschlossenen Hände. Sie erschrak. „Gittli! Ich weiß nit — das Kindl wird so kalt! Da, greif her! Was meinst du denn?" Ihre Augen waren starr geöffnet, und ihre Stimme zitterte vor Angst.

Gittli umschloß mit beiden Händen die kalten, wachsbleichen Fäustchen des Kindes. Sie konnte nicht sprechen. Bang erschrocken schaute sie zu Sepha auf.

128

„Was meinst du", stammelte das Weib, „wenn ich ihm Tücher wärmen tät?"

„Ja, ja!"

Sepha zerrte einen Arm voll Leinenzeug aus einer Truhe, stürzte in die Küche, machte Feuer und preßte das Leinen in eine irdene Schüssel, um es an der Glut zu wärmen. Schluchzend riß sie die Haustür auf; der helle Glanz des Ostermorgens leuchtete ihr entgegen. Sie taumelte auf der Schwelle, raffte sich auf und rannte auf die Straße, um auszuschauen, ob ihr Mann nicht käme. Nichts, nichts, so weit ihre brennenden Blicke reichten.

„Mein Gott, mein Gott, wär er nur daheim geblieben!" stammelte sie und wankte zurück.

In der Stube kniete Gittli vor dem Bett, des Kindes kalte Finger behauchend, die zwischen ihren Händen lagen. Sie wurden nicht wärmer. „Seph, Seph!" rief sie in quälender Angst und wollte zur Tür. Doch während sie sich erhob, schien es ihr, als hätte das Kind sein Köpfchen bewegt. Sie hatte recht gesehen. Ein leises Zucken ging über die Augenlider, und der kleine Mund bewegte sich, als wollt er sprechen.

„Mimmidatzi!" schluchzte Gittli in neu erwach= tem, freudigem Hoffen und warf sich auf die Knie.

Da hob das Kind ein wenig die Ärmchen und tastete mit gespreizten Fingern in die Luft. Gittli

9 K.=Jäger

meinte, das Kind suche ihre Hände. „Ja, ja, mein
Schatzi, das Handerl geben, gelt?" flüsterte sie in
heißer Zärtlichkeit, die beiden Hände des Kindes
fassend. „Dittibas geht nit fort, nein, schau, ich
bin bei dir! Kennst du mich nimmer, Schatzi?"

Es legte sich auf das bleiche Mündlein wie ein
sanftes, müdes Lächeln; ein seufzender Atemzug,
dann streckte sich das Körperchen, und durch die
kalten Finger rann noch ein leises Zittern.

Jetzt kam die Mutter mit den warmen Tüchern
gerannt. „Seph, Seph!" rief ihr Gittli mit stam=
melnder Freude entgegen. „Besser geht's, besser!
Es kennt mich schon wieder, und wie ich mit ihm
geredet hab, da hat es mich angelacht. Schau nur,
Seph, schau nur, es lachet noch allweil!"

„O du lieber, lieber Herrgott!" lallte Sepha.
Die Freude benahm ihr fast die Stimme.

Nun griffen sie alle beide zu mit fliegenden
Händen und hüllten das Kind von den Füßen bis
an den Hals in die warmen Tücher; und wenn die
Tücher zu erkühlen begannen, wurden sie wieder
ersetzt durch andere, warme.

Und immer lächelte das Kind; nur war das
kleine Gesicht so weiß wie Schnee, und der ge=
schlossene Mund war anzusehen, als hätt er sich
verwandelt in ein blasses Veilchen.

Stunde um Stunde verging. Und immer lächelte
das Kind.

130

„Ich mein, es schlaft!" flüsterte Gittli. Und dann plötzlich kam ihr ein Gedanke: „Seph, ich lauf ins Kloster hinauf. Meinst du nit, es wär gut, wenn ein Pater beten tät?" Ohne eine Antwort abzuwarten, eilte sie in ihre Kammer, schlüpfte in die Schuhe, zog eine Jacke über, streifte mit flüchtigem Kuß die rote Wange des Buben, der in ihrem Bette schlief wie ein Murmeltier, und rannte aus dem Hause.

Als sie die Straße erreichte, sah sie zwischen den Bäumen einen Chorherren des Weges kommen. Den hatte ihr der liebe Gott geschickt, so meinte sie. „Herr Pater, Herr Pater!" rief sie und winkte ihm zu. Nun stand er vor ihr — Pater Desertus, der Fischmeister; er hatte im Kloster die Frühmesse gelesen und wollte heimkehren in seine Klause.

Gittli erschrak, da sie ihn erkannte. Sie zögerte, nur einen Augenblick, dann trat sie auf ihn zu, mit bittend erhobenen Händen, die Augen naß von Tränen.

Dunkle Röte flog über seine bleichen Züge, seine Augen flammten, und wie in heißer Sorge streckte er die Hände nach ihr und fragte: „Mädchen, was ist dir? Weshalb weinst du?"

„Ach, Herr Pater, wir haben ein krankes Kind daheim, ich bitt Euch, kommet mit mir und betet für das arme Würml!"

„Beten?" Über die Lippen des Priesters irrte ein

Lächeln, das Gittli nicht zu deuten vermochte. Scheu wich sie vor ihm zurück. Er faßte ihre Hand und sagte: „Komm! Wir wollen sehen, was zu helfen ist."

Sie wollte seine Rechte küssen, doch er wehrte es fast erschrocken. „Führe mich!" sagte er und folgte ihr mit raschen Schritten; dabei verwandte er keinen Blick von ihrem Gesicht, immer wieder schüttelte er den Kopf, als könnte er irgend etwas, das ihn zu bewegen schien in seinem tiefsten Innern, nicht fassen und begreifen.

Nun erreichten sie die Haustür, und da ließ er die Hand des Mädchens und fuhr sich über die Stirn, wie um etwas von sich abzustreifen, was er nicht über die Schwelle tragen wollte.

Gittli bekreuzte sich, als der Chorherr ihr voran in die Stube schritt. Sepha erhob sich vom Bett und zog sich scheu in einen Winkel zurück; Gittli blieb mit gefalteten Händen an der Tür stehen, und so folgten die beiden Frauen mit brennenden Augen jeder Bewegung des Priesters, der neben dem Bette stand, tief über das regungslose, lächelnde Kind gebeugt.

Nun richtete er sich auf, schwer atmend, und sein Antlitz schien noch blässer geworden. Mit wehmutsvollem Blick suchten seine Augen die Mutter. „Komm her zu deinem Kinde!" sagte er mit leiser, schwankender Stimme.

132

Ein Zittern fiel über Sephas Glieder, in ihrem Gesicht erstarrte die Angst jeden Zug, nur die Arme konnte sie strecken, aber ihre Füße waren auf der Diele wie festgewurzelt.

„Hier ist keine Hilfe mehr. Es müßte denn sein, daß Herr Jesus in diese Stube träte und zu deinem holden Kinde spräche wie zur Tochter des Jairus: Steh auf und lebe!"

Gittli erbleichte. Und Sepha rang nach Atem, aber noch immer wollte sie nicht fassen, was geschehen.

„Ach, guter Pater", stammelte das Mädchen, „schauet nur hin, es lachet ja, es lachet!"

„Das Lächeln der Erlösung!" Und Sephas Hand erfassend, sagte er: „Dein Kind ist heimgegangen zu seinem Schöpfer."

„Ach du lieber Gott!" schrie Gittli schluchzend auf. Wie von Sinnen stürzte sie zum Bett, doch ehe sie es erreichte, brachen ihr schon die Knie, auf den Knien rutschte sie weiter, schluchzend und schreiend, und mit Gesicht und Armen warf sie sich über die Füße ihres entschlafenen Lieblings: „Schatzi, mein Schatzi!" In heißem Weinen erstickten ihre Worte.

Sepha stand noch immer wie ein steinernes Bild. Nun rang es sich mit gellendem Schrei von ihren Lippen: „Mein Kind!" Mit beiden Fäusten stieß sie den Priester von sich, faßte mit zuckenden Hän-

133

den das Kind, riß es halb aus den Kissen und
rüttelte das zarte, wachsbleiche Körperchen. Ihre
Glieder erlahmten, starr quollen die Augen aus dem
von Schmerz verzerrten Gesicht, und mit stöhnen-
dem Laut, wie das gehetzte Wild ihn ausstößt,
wenn es niederbricht inmitten der Meute, sank sie
über das Bett, das Kind umklammernd: „Kann
denn unser Herrgott so was zulassen! Mein Kind!
Mein Kind! So was — so was muß über mich
kommen! Warum denn? Warum denn? Warum
denn?"

„Warum? Du armes Weib!" Pater Desertus
legte die Hand auf Sephas zuckende Schulter.
„Tausende und aber Tausende vor dir haben diese
Frage schon hinausgeschrien aus brennendem Herzen, und keinem noch ist Antwort gekommen, nicht
aus der Höhe, noch aus der Tiefe. Warum? Auf
frühlingsgrüner Wiese steht eine Blume, hold und
lieblich in ihren reinen Farben, in ihrem süßen
Duft, wie ein gütiger Gedanke Gottes, der zur
Erde niederflog und Wurzel schlug, um zu weilen
als eine Freude der Menschen. Da kommt die
Nacht mit ihrem tötenden Reif. Und ein Tier
zieht über die Weide und tritt mit fühllosem Huf
die erfrorene Blume in den Kot. Warum? Auf
sonniger Halde steht ein Baum, gesund und strotzend
von Kraft. Er hat geblüht in zahllosen Kelchen,
und nahe schon ist die Zeit, da er für treue Pflege
danken will mit köstlichen Früchten. Doch vor der

134

Ernte kommt der Sturm, ein Stoß nur, und der schöne stolze Baum liegt auf der Erde, verwüstet und gebrochen! Warum? Warum? Im weiten Feld steht die reifende Saat, getränkt vom Schweiße hoffender Menschen. Der Hagel vernichtet sie. Warum? In freundlichem Tal steht Hütte an Hütte, zufriedene, lachende Menschen unter jedem Dach. Da brechen am Bergsee die steinernen Dämme, eine Stunde nur, und Trümmer und Leichen bedecken das Tal. Warum? Redlichen Sinnes zieht ein guter Mensch seines Weges, sein Blick ist Treue, und Liebe jeder Schlag seines Herzens. Da fallen die Wölfe über ihn her, oder ein Blitz erschlägt ihn, oder eine Brücke weicht unter seinem Fuß. Warum? Es steht eine herrliche Burg, fest und stolz —" Die Stimme des Chorherren verwandelte sich, klang dumpf und heiser. „In ihren Mauern wohnt das Glück, rein und heilig, wie es noch je hervorgegangen aus Gottes Hand. Aus ihren Toren zieht ein glückseliger Mann. Und da er wiederkehrt, dürstend nach dem Anblick seines Weibes, nach den süßen Augen seiner Kinder, findet er nur rauchenden Schutt und verkohlte Gebeine. Warum? Warum? Warum?"

Sepha richtete sich auf, verschlang die Hände, und zu dem Priester aufblickend, alle Verzweiflung ihres Herzens im Auge, schluchzte sie: „Ach Herr, redet doch nit so grausam und hart zu mir, sagt mir doch ein Wort des Trostes, nur ein einziges Wort!"

„Ich weiß dir keinen Trost, ich sehe dein Kind und finde keinen. Nur eine Wahrheit kann ich dir sagen, die ich erkannte mit blutendem Herzen: wer lebt, muß leiden, wer lacht, wird weinen müssen, und verlieren, wer besitzt!"

Sepha schlug die Hände vor das Gesicht.

Da klang aus der offenen Kammer eine Kinder= stimme: „Muetter!" Und Lippele erschien auf der Schwelle im langen Hemd, die runden Wangen hoch gerötet vom gesunden Schlaf, in der Hand ein kleines hölzernes Pferd ohne Kopf und mit halben Beinen.

Sepha sprang auf, stürzte auf den Knaben zu mit schluchzendem Schrei und riß ihn empor an ihre Brust.

Pater Desertus war zur Tür gegangen; es schien, als wollte er sich noch einmal zurückwenden; aber schwer aufatmend deckte er die Hand über seine Augen und verließ das Haus.

Gittli lag noch immer auf den Knien, das Ge= sicht in die Arme gedrückt. Erst als Sepha wieder zum Bette trat, hob das Mädchen die brennenden Augen, sah zu der Schwäherin auf und schlug in hilflosem Schmerz die Hände ineinander.

Sepha kniete zur Seite des Bettes nieder, stellte den Knaben auf die Erde, und ihr Schluch= zen mühsam bekämpfend, sagte sie: „Schau, Lip= pele — dein Schwesterl, schau nur, schau — geh,

136

gib ihr noch ein Handl und fag zu ihr: behüt dich Gott, mein Schwesterl, du mein liebs!"

Lippele schaute auf das stille, wie im Traume lächelnde Kind, dann wieder auf die Mutter und fragte: „Warum denn?"

„Mußt nit fragen, Lippele, tu's nur, tu's!"

Lippele streckte den Arm; als er die Kälte des starren Händchens fühlte, erschrak er und brachte kein Wort hervor. Ängstlich schaute er zu der Mutter auf und hob die beiden Arme nach ihr. Sepha umschlang ihn, der gewaltsam verhaltene Schmerz brach mit neuer Macht aus ihrem gepreßten Herzen, und so kauerte sie schluchzend auf der Erde, das Gesicht des Knaben übergießend mit ihren Tränen.

„Muetter, Muetter!" stammelte das Kind und begann zu weinen, weil es die Mutter weinen sah. Gittli erhob sich und wankte in die Kammer; drinnen, am offenen Fenster, stürzte sie schluchzend nieder. Mit breitem Strahl fiel die Morgensonne auf den gebeugten Mädchenkopf.

Draußen webte der Glanz und Schimmer des Ostertages; die Ache rauschte und in den Nachbarhöfen krähten die Hähne. Auf den Obstbäumen, deren Knospen schon zur Blüte drängten, zwitscherten die Meisen und flogen hin und her, Halme tragend für den Nestbau.

137

Zehntes Kapitel

Trotz der hellen Sonne, die der Ostermorgen gebracht, brannte in der Stube des Eggebauern ein
Feuer im Lehmofen, der vor Wärme schwelte. Der
Bauer saß hemdärmelig hinter dem Tisch, vor sich
einen großen Napf mit Milchsuppe, die er gemäch-
lich auslöffelte. Er war soeben, gegen die neunte
Morgenstunde, mit Benza aus der Messe zurückgekehrt. Das Mädel stand, mit halblauter Stimme
trällernd, vor dem in die Wand eingemauerten
Zinnspiegel und durchflocht die blonden Zöpfe mit
roten Bändern.

„Heut hat es aber der Pater Hadamar scharf
gemacht in der Predigt", sagte der Eggebauer nach
einer stillen Weile.

Benza lachte.

„Hast du dir gemerkt, was er gescholten hat über
den Tanz?"

Wieder lachte das Mädel und warf die Zöpfe
über die Schulter zurück. „Jetzt tanz ich nur desto
mehr. Und fest anhalten tu ich mich auch. Daß
ich nit ausrutsch."

Sprechen konnte der Eggebauer nicht, denn er
hatte gerade den Mund voll; er drohte nur mit
dem Löffel; dann schluckte er und lachte. Da klang
aus der Kammer eine weinerlich kreischende Weiberstimme: „Benzaaa!"

138

„Jjaa!" rief das Mädel unwillig, trat näher an den Spiegel, neſtelte an dem Veilchenbuſchen, der im Mieder ſteckte, und zupfte das Kraushaar in die Stirn.

„Hörſt, die Mutter ruft!" mahnte der Egge-bauer.

„Hab ſchon gehört!" ſagte Zenza; aber ſie rührte ſich nicht von der Stelle.

Der Eggebauer ſeufzte und löffelte weiter.

„Bauer! Aber Bauer! So komm halt du!" klang es mit keifenden Lauten aus der Kammer.

„Iſt das ein Weib!" brummte der Eggebauer. „Nit einmal beim Eſſen hat man ſeine Ruh!" Er ſchüttelte den Kopf, warf einen Erbarmen hei-ſchenden Blick zur Stubendecke, legte den Löffel nieder und wollte ſich erheben.

Da klapperten draußen auf den Steinen die Tritte genagelter Schuhe, und ein Schatten fiel über das Fenſter.

„Zenz!" ſagte der Bauer haſtig. „Ich tu dich bitten, geh hinein zu ihr und bleib bei ihr drin eine Weil. Es kommt einer, mit dem ich zu raiten hab."

Das Mädel ging, aber nicht gerne; kaum hatte Zenza hinter ſich die Kammertür geſchloſſen, da ſtand Wolfrat ſchon auf der Schwelle; er war an-zuſehen, als käm er geraden Weges von der Sud-pfanne; ſein brennendes Geſicht und ſeine Hände glitzerten von Schweiß; an Hals und Schläfen ſah

139

man, wie es in den geschwollenen Adern hämmerte; sein Atem flog und keuchte, daß er nicht zu sprechen vermochte; er taumelte zur Bank, fiel nieder und drückte die Fäuste auf seine Brust.

Dem Eggebauer wurde ängstlich zumut; er schielte nach der Kammertür, dann fragte er mit leiser Stimme: „Polzer, was hast du denn? Ich will nit hoffen, daß —"

„Schau nach der Zeit, Bauer!" keuchte Wolfrat.

„Da brauch ich nit schauen. Die neunte Stund ist kaum vorbei."

„Und wie lang braucht einer vom Kreuz über die Almen herunter ins Ort?"

„Fünf Stund."

„So muß ich droben am Kreuz schon wieder fort gewesen sein, bevor es Tag worden ist!" sagte Wolfrat mit heiserem Lachen. „Darauf könnt einer schwören. Du auch!"

Der Eggebauer verfärbte sich. „Meinst du, es wird sein müssen?"

Wolfrat zuckte die Schultern, wischte mit dem Ärmel den Schweiß von der Stirn und erhob sich; sein Atem war ruhig geworden, sein Gesicht so weiß wie die Wand. Er trat zum Tisch, griff in die Tasche und reichte dem Bauer eine hölzerne Büchse: sie war feucht, als hätte man sie in Wasser getaucht.

140

„Da nimm!" sagte er. „Das Kreuzl mußt du dir selber herausschneiden. Ich hab mich tummeln müssen."

Der Bauer öffnete die Büchse, die ein blutiges Herz enthielt, und schloß sie wieder. „Hast du die Schweißbluh auch?"

Wolfrat nickte und griff an eine Tasche seines Jankers. „Wenn ich die nit hätt? Für was hätt ich's denn getan?" Der Kopf fiel ihm auf die Brust und mit zitternder Hand strich er sich über den Scheitel.

Der Bauer blickte scheu zu ihm auf und kniff die Lippen übereinander; dann ging er zu einem Wandschrank, verwahrte die Büchse und brachte ein Säcklein herbei, welches klang und klirrte, als er es auf die Tischplatte setzte.

„Hast nichts gehört, Bauer, wie es bei mir drüben steht?" fragte Wolfrat.

„Gehört hab ich nichts. Aber sorg dich nimmer! Hast ja die sichere Hilf im Sack."

Wolfrat atmete tief und stand schweigend, während der Eggebauer zehn Salzburger Schillinge und ein Dutzend Heller auf den Tisch zählte.

„Streich ein! Hast es verdient."

„Meinst?" Wolfrat, als er die Münzen in der Hand hielt, streckte sie dem Eggebauer hin und sagte: „Ich weiß nit, mir kommt so für, als hätt das Geld einen roten Schein?

141

„Dummes Zeug!" stotterte der Bauer. „Das Geld hat Silberfarb."

„So? Dann muß es wohl sein, daß es mir nur im Aug so glitznet. Oder es schaut sich nur die Hand so an." Er schob das Geld in die Tasche. „Und was ich sagen will, Bauer? Gelt, wenn vielleicht eine Frag umgehen sollt — du brauchst nit m e h r zu wissen, als daß ich gestern nach Feierabend um die achte Stund fort bin. Sieben Stund hab ich hinaufgebracht in die Röt. Lang genug. Aber so ein Herrgott hat sein Gewicht. Dann hab ich ihn ans Kreuz geschlagen, vor Tag war ich fertig, hab mich wieder auf die Füß ge= macht, und war daheim um die neunte Stund. Daß ich den Weg vom Kreuz bergab bis zu deinem Haus in dritthalb Stunden gelaufen bin, das brauchst du nit zu wissen."

Der Eggebauer riß die Augen auf und schüttelte den Kopf.

„Und schau mich an, wie ich ausschau! Daß du's weißt, wenn dich einer fragen sollt. Gelt, nein? Ich hab kein Stäubl Ruß im Gesicht, kein Fleckl Blut an meinem Janker."

Der Eggebauer, der eine Farbe bekam, als hätte man ihm das Gesicht mit Kalk bestrichen, stot= terte: „Lieber Herrgott, Polzer, was hast du ge= tan?"

„Was ich dutzendmal im Krieg getan hab, wenn mich einer hat fassen wollen." Er machte mit der

142

Fauſt einen Hieb durch die Luft, und ſeine Augen funkelten in finſterer Glut. „Es hat ſein müſſen."

„Polzer, Polzer!" ſtöhnte der Bauer und ſchlug die Hände zuſammen.

„Halt's Maul! Wenn's einer hört, der es weiterredet, kommt es zur Halbſcheid über dich. Und wo der Freimann hauſt, das weißt du! Seit voriger Woch hat er ein neues Rad, das alte hat er am Mattauſer zuſchanden gemacht, der in der letzten Gebnacht[1]) den Kloſterknecht geſtochen hat. Und ſomit behüt dich! Ich hab dir und mir ge- holfen. Jetzt müſſen wir's auch tragen auf zwei Buckeln." Wolfrat wandte ſich zur Tür.

Dem Eggebauer ſchlotterten die Knie; er wollte dem Sudmann nacheilen, brachte aber keinen Schritt zuwege. „Polzer!" keuchte er. „Und das Schieß- zeug? Das haſt du doch um Herrgotts willen nit verloren, wo's ein Unrechter finden könnt?"

„Nein. Ich hab's wieder geholt, und jetzt liegt es im Keſſelbach in der tiefſten Klamm, mit einem Stein daran, den kein Waſſer mehr in die Höhe treibt. Ich wollt nur, es läg was anderes auch dabei! Aus mir herausreißen kann ich's nit." Er ſchlug mit der Fauſt auf ſeine Bruſt, nickte noch einen ſtummen Gruß und verließ die Stube.

Diesmal ſchwang er ſich nicht über den Garten- hag, ſondern ging auf die Straße zurück und be-

---

[1]) Die Nächte vor dem Weihnachtsfeſt, vor dem Neujahrs- tag und vor dem Dreikönigstag hießen: „Gebnächte".

trat sein Lehen durch die Zauntür. In einem
Winkel des Gartens rannte Lippele hinter den
gackernden Hennen her. Wolfrat wollte ihn rufen;
doch er schüttelte den Kopf: „Der Bub soll mir
heut nit an die Hand rühren." Zögernd trat er ins
Haus; im offenen Flur lag die Sonne; als aber
Wolfrat über die Schwelle ging, bedeckte sein
schwarzer Schatten den lichten Streif. Und wie
still es war! Keines rief seinen Namen, keines trat
ihm grüßend entgegen. Das Kind wird schlafen,
dachte er sich, und sie wollen's nicht wecken. Er
stieß die Schuhe von den Füßen und betrat die
Stube.

Neben dem Bett saß sein Weib im Weiden=
stuhl. „Grüß dich Gott, Seph!" sagte er be=
klommen. Sie gab ihm keine Antwort, hielt die
Hände im Schoß gefaltet, das zerraufte Haar hing
ihr um die Schultern, und mit starren Augen,
deren Tränen erschöpft waren, schaute sie ihm ent=
gegen.

„Aber so red doch ein Wort! Wie geht's ihm
denn?"

Sie wollte sprechen, aber nur stumm bewegten
sich ihre Lippen; dann plötzlich schrie sie laut auf.

Er warf einen Blick auf das Kind, und was er
sah, machte ihn zittern an allen Gliedern. „Gib
dich, Seph, gib dich!" stammelte er und riß aus
der Tasche einen ledernen Beutel hervor, welcher
braune Flecken hatte und zwischen Wolfrats Hän=

144

den schlotterte. „Gib dich, Seph! Schau, ich hab was heimgebracht, das muß helfen. Dem Vogt seinem Kind hat es auch geholfen. Gib einen Löffel her!"

„Polzer!" schrie sie gellend auf und fuhr sich mit zuckenden Händen in die Haare. „Unser Kind! Unser liebes Kind! O mein Gott, mein Gott!"

„Seph?"

Er stürzte auf das Bett zu und riß das Laken weg, mit dem das regungslose Körperchen verhüllt war. Aschfahl wurde sein Gesicht, die eine Hand fuhr nach seinem Herzen, die andere ließ den Beutel fallen, aus dem das geronnene Blut, das er enthielt, in dicken Brocken auf die Diele klatschte. Und lautlos, wie ein Stier, den das Beil auf die Stirn getroffen, brach er zusammen.

„Polzer!" kreischte Sepha und suchte ihn aufzurichten.

War es ein Schluchzen oder ein heiseres Gelächter, das von seinen Lippen schütterte und seine wirren Worte halb erstickte? „Und alles umsonst, alles, alles! Recht so! Ja, so hat's kommen müssen. Jetzt liegt mein Kindl da. Und droben liegt der ander im Blut."

„Heiliger Herr Jesus!" stammelte Sepha. „Polzer! Polzer!"

Verstört sah er auf, ein Schauer rüttelte seinen Körper. Er hatte schon zu viel gesagt. Nun mußte er alles sagen. Mit beiden Armen umschlang er sie, drückte stöhnend sein Gesicht in ihren Schoß, und in dumpfen, hastigen Lauten bekannte er seine Tat. Alles sagte er: was ihn zum Wildraub verführt hatte, wie droben alles gekommen war, und wie ihm nur die Wahl geblieben zwischen Elend, Kerker, Peitsche — und dem, was er getan.

Sepha saß mit weißem Gesicht, wie eine Gestorbene, und ihre Hände zitterten, die auf seinem Kopfe lagen. Und als er verstummte, griff sie hinüber in die verwüsteten Kissen und faßte die starre kalte Hand ihres Kindes. „Dank's deinem Herrgott, mein liebes Kind, weil du das nimmer hast erleben müssen!"

„Seph!" stöhnte er.

Sie neigte das Gesicht zu ihm hinunter und sagte ganz leise: „Weißt du es auch, Polzer? Weißt du denn, was du getan hast? Nit bloß den andern hast du erschlagen. Uns alle, dich und mich und deinen armen Buben und —"

Er preßte die Hand auf ihren Mund.

„Nein, Seph, nein! Keiner weiß es. Nur ein einziger, der selber das Reden fürchten muß. Und wenn sie mich auf den Strecker spannen, ich sag's nit. Und ich hab nichts anderes getan, als den Herrgott ans Kreuz geschlagen. Und wenn er selber noch leben sollt und wieder aufkommen —"

Er verstummte plötzlich und hob erschrocken den

146

Kopf. Jäh schoß er in die Höhe, stand mit ge=
ballten Fäusten und starrte zur Kammertür.

Gittli stand auf der Schwelle; ihre zitternden
Hände suchten eine Stütze am Pfosten, als wollten
ihr die Knie brechen. Ihrem entsetzten Blick, ihren
verstörten Zügen sah man es an — sie hatte alles
gehört.

„Du!" fuhr Wolfrat sie an. „Was willst du?"

Abwehrend streckte sie die Hand gegen ihn, das
Grauen schüttelte ihre schmalen Schultern, und an
der Wand entlang tastend, wollte sie zur Tür.

Mit zornigem Fluch sprang er auf und verstellte
ihr den Weg. „Wohin?"

Da hob sie flehend die Hände. „Zu ihm! Zu
ihm! Ob er tot oder lebig ist. Laß mich, laß mich!
Ich muß zu ihm."

„Zu ihm? Und warum zu ihm?"

„Weil ich sterb, wenn ich bleiben muß!" Wie
von Sinnen faßte sie ihn am Arm und suchte ihn
von der Tür wegzuzerren. Er schleuderte sie zurück,
daß sie zu Boden sank; sie raffte sich auf und
stürzte wieder auf ihn zu.

„Dirn!" knirschte er. „Du tust mir keinen
Schritt aus dem Haus, oder —" Er riß ein Beil
von der Wand.

„Jesus im Himmel! Polzer!" kreischte Sepha,
aber sie hatte nicht die Kraft, sich aufzurichten.

Mit ausgebreiteten Armen stand Gittli vor dem

Bruder. „Schlag zu, schlag zu! Hast ihn doch auch erschlagen. Tust mir nur eine Freud an, wenn du zuschlagst, daß ich dalieg und meinen letzten Schnaufer mach. Schlag zu! Oder traust du dich nit? Meinst du, es wär an einem schon genug? Dann geh von der Tür und gib meinen Weg frei!"

Sie stand vor ihm mit blitzenden Augen, als wäre sie gewachsen und um Jahre gealtert in dieser Stunde.

Er ließ das Beil sinken und maß sie mit funkelnden Augen. „Du bleibst!"

Es schien, als wollte sie ihn mit beiden Händen an der Brust fassen; aber sie besann sich und ging auf das Bett zu. „Schau her, auf dein armes Kind! Ich hab es lieber gehabt als mich selber, und heut in der Nacht hab ich gemeint, ich muß mir die Seel herausbeten aus dem Leib. Und schau, jetzt leg ich die Hand auf sein kaltes Herz: daß ich zu keinem Menschen ein Sterbenswort von dem sagen will, was ich weiß! Bist du zufrieden? So gib mir den Weg frei!"

„Du bleibst, sag ich! Und bevor ich nit in aller Ruh mit dir geredet hab —"

„So halt mich, wenn du kannst!"

Ehe sie noch ausgesprochen hatte, war sie in der Kammer verschwunden; er merkte ihre Absicht und stürzte ihr nach; bevor er die Schwelle erreichte, hatte Gittli sich schon auf die Brüstung des Fen-

148

sters geschwungen. Mit einem Faustschlag zerfetzte
sie den dünnen Schliem, mit dem der Rahmen
verklebt war, sprang ins Freie und flog der
Straße zu.

„Gittli, Gittli! Dirn! Ich tu dich bitten um
Gottes willen! Gittli! Gittli!" klang die Stimme
des Bruders hinter ihr.

Sie schlug ihre Hände vor die Ohren, um
nimmer zu hören. So rannte sie und rannte.

Es war nur eines in ihr, und dieses eine schrie:
zu ihm, zu ihm! Sie fragte sich nicht, was so
plötzlich in ihr erwachte, allen Schmerz der vergangenen Stunden in ihr erstickte, um ein noch
tieferes Weh über sie zu bringen, und sie los-
riß von ihrem Bruder, um sie unaufhaltsam zu
jenem andern zu treiben, der vor wenigen Tagen
für sie noch ein Fremder war. Sie fragte sich
nicht: ob er tot läge in seinem Blut? Ob er noch
lebe? Wie sie ihm helfen wollte? Ob sie auch
helfen könnte, allein, mit ihrer schwachen Kraft?
Sie fragte und sagte sich nichts, als immer nur
das eine: zu ihm, zu ihm!

Was in ihr lebendig geworden, was sie trieb
und jagte, ohne Denken und Besinnen, war ent-
fesselte Natur, die in diesem sechzehnjährigen Kinde
nicht anders wirkte als in einem tausendjährigen
Stein, der auf steilem Berghang liegt, ruhig,
bedeckt von Moos; der Tritt eines Wildes, der
Fuß eines Wanderers, das Wasser eines jähen

149

Regens, ein Stoß des Zufalls setzt ihn in Bewegung, und unaufhaltsam geht seine Reise, nicht
zur Rechten, nicht zur Linken, nur fort und immer
fort dem unbekannten Ziel entgegen, keine Schranke
messend, keine Tiefe scheuend, keinem Halt ge-
horchend; nur immer fort und fort, bis sein Weg
vollendet ist, bis am Fuß des Berges ein sonniger
Rasen ihn empfängt, oder bis ihn der dunkle See
verschlingt, auf dessen tiefem Grund er den Ort
der Ruhe findet, den die Natur ihm vorbestimmte.

Die Leute, denen Gittli auf der Straße begegnete, blieben stehen, blickten ihr nach und schüttelten die Köpfe. Ein Mädel, das mit wehenden
Bändern im Haar zum Tanze ging und von Gittli
überholt wurde, rief ihren Namen. Gittli sah
und hörte nichts. Sie rannte und rannte. Als sie,
nahe den Bauernhöfen am Unterstein, von der
Straße zu einem Fußpfad ablenkte, vernahm sie
plötzlich von der Taferne her das Klingen der
Geigen und Pfeifen. Dort wurde der Ostertanz
gehalten. Da mußte sie an die Botschaft denken,
die Walti, der Klosterbub, ihr gebracht hatte.
Tags zuvor, nach der Auferstehungsfeier, hatte der
Bub sie vor dem Tor der Kirche erwartet: „Du,
der Jäger schickt mich. Ich soll dich fragen, warum du geweint hast droben beim Vogt. Und morgen, wenn er herunterkommt zum Ostertanz, soll
ich's ihm wiedersagen."

Er hatte an sie gedacht. Er hatte sich gesorgt

150

um ihren Kummer. Und zum Tanz hatte er kommen wollen, zum Tanz mit ihr! Und jetzt? Jetzt?

„Haymo! Haymo!" schrie sie und rannte weiter, während drüben in der Taferne die Stimmen der Geigen und Pfeifen übertönt wurden von einem wirren Jauchzen und Gejohl.

Ein Tanz war eben zu Ende. Mit brennendem Gesicht, aber wenig fröhlichen Augen, trat Zenza aus der Tür der Taferne. Suchend schaute sie umher, ging bis in die Mitte der Straße und spähte mit verdrossenem Blick den leeren Weg entlang.

Von der entgegengesetzten Seite kam ein junger, schmächtiger Bursch gegangen, mit freundlichem Gesicht und gutmütigen Augen. Seine leichtgebeugte Haltung und die weißen, schwielenlosen Hände verrieten den Bildschnitzer. Als er das Mädel gewahrte, leuchtete sein Blick. Lächelnd schlich er sich an Zenza heran und drückte ihr die Hände über die Augen. „Rat!" sagte er mit verstellter Stimme. „Wer bin ich?"

Zenza kicherte und griff nach seinen Armen. „Einer, auf den ich gewartet hab!"

Diese Antwort machte sein Gesicht vor Freude glühen; aber er hielt fest; nun wollte er auch seinen Namen hören. „Wer bin ich?"

„Einer, den mir der Herrgott in der Nöt geschickt hat."

Er lachte. Den ‚Herrgott‘, der in der Röt am Kreuze hing, den hatte er geschnitzt. Eine Feine, die Zenza! Die Wörtlein stellen, das verstand sie wie keine! Aber jetzt sollte sie erst recht den Namen nennen, jetzt gerade!

„Wer bin ich?“

„Einer, der sich heut nacht an meinem Fenster nit hat klopfen trauen, wie er den Buschen gebracht hat, den ich am Mieder trag!“ Mit jähem Ruck riß Zenza die Hände des Burschen nieder, zog seine Arme fest um ihren Hals und blickte über die Schulter lachend zu ihm auf. Als sie sein Gesicht erblickte, verstummte ihr Lachen. „Ulei[1])? Du?“ Und weil er sie festzuhalten versuchte, stieß sie ihn zornig von sich.

„Aber, Zenza? Ich bin's ja doch —“ Er deutete auf die Veilchen an ihrer Brust.

Sie trat mit funkelnden Augen vor ihn hin. „Du? Du hast mir den Buschen gebracht?“ Mit häßlichem Lachen riß sie den Strauß von ihrem Mieder und warf ihn dem Burschen an den Kopf. „Da hast du mein Vergelts Gott!“

Ulei stand mit erblaßtem Gesicht, während Zenza in der Tür der Taferne verschwand. Sie mußte das Haus und einen Hof durchschreiten, um die Scheune zu erreichen, in welcher der Ostertanz gehalten wurde. Da ging es laut und lustig

---

[1]) Ulrich.

zu; auf dem Heuboden faßen zwei Fiedler und ein
Sackpfeifer, die fich eben anfchickten, einen neuen
Tanz zu beginnen. Einzelne Paare traten fchon
zum Reigen an, die Weibsleute lachend, die Burfchen jauchzend und mit den Füßen ftampfend.

Unter dem Tor der Scheune blieb Zenza ftehen
und rief mit lauter Stimme in den wilden Lärm
hinein: „Buben! Wer ift unter euch der ärmfte
und der mindeft?"

Es wurde ftill, alle Gefichter wandten fich ihr
entgegen; es wollte keiner der ärmfte fein und
keiner der fchlechtefte. Zenza trat in die Mitte
der Scheune.

„Ift einer da, den gar keine andere mag?"

„Der Kropfenjörgi! Der Kropfenjörgi!" fchrien
die Mädchen lachend durcheinander.

Zenza blickte fuchend umher und fah in einem
Winkel der Scheune einen Burfchen hocken, mit
blatternarbigem Geficht und blöden Augen; wer
ihn anfah, brauchte nicht mehr zu fragen, weshalb
man ihn den Kropfenjörgi nannte. Zenza trat auf
ihn zu und faßte feine Hand. „Komm, Jörgi!
Heut tanz ich nur noch einen einzigen. Den tanz
ich mit dir. He, Spielleut! Macht einen auf!"

Jörgi wurde rot und blaß; als er fah, daß
Zenza es ernft meinte, ftieß er einen gellenden
Jauchzer aus, reckte fich ftolz und faßte das Mädel
um die Mitte.

Die Geigen klangen, die Sackpfeife dudelte,

153

aber kein zweites Paar trat zum Reigen an; die
Burschen und Mädchen standen im Kreis umher
und begleiteten den Tanz der Zenza und des
Kropfenjörgi mit johlendem Gelächter.

Elftes Kapitel

Als um die Mittagsstunde vom Münsterturm
der Hall der Glocken über Berg und Tal schwebte,
hatte Gittli schon die Almen erreicht. Ihre Kräfte
waren fast erschöpft, und doch lag vor ihr noch
ein weiter, weiter Weg. Über das offene Almfeld,
von dem sie den Kreuzwald schon erblicken konnte,
eilte sie noch in vollem Lauf hinweg. Doch als sie
einen steilen, brüchigen Hang erreichte, auf dem die
Regenstürze des Frühjahrs jede Spur eines Pfades
vertilgt hatten, ging ihr der Atem aus, und die
Glieder versagten. Zu Tod erschöpft sank sie auf
einen Rasenfleck; schluchzen konnte sie nicht, nur
stöhnen. Mit der Brust auf der Erde liegend,
drückte sie das glühende Gesicht in das kühle
Gras und krampfte die Hände in den Grund. Sie
meinte zu sterben, zu ersticken. Und dennoch fühlte
sie nicht die eigenen Schmerzen, sie dachte nicht
an sich selbst, immer nur an ihn! Jetzt lag sie hier,
ein Häuflein Elend und Schwäche — und er lag
hilflos dort oben, verblutend, sterbend. Sie rich-

tete sich halb empor und schrie mit gellender Stimme in die lautlose Stille der Berge: „Hoi= boooh! Leut! Leut!"

Niemand gab Antwort; nur das Echo ihrer Stimme klang hohl zurück von Wald und Wän= den.

Weshalb nur hatte sie zu seiner Hilfe die Leute nicht gerufen, wo Leute waren? Drunten im Tal, im Dorf? Hatte sie an den Schwur gedacht, bei dem sie die Hand auf das erkaltete Herz des Kin= des gelegt? „Ach Gott, das Kindl, das Kindl!" Nun konnte sie wieder schluchzen. Oder hatte sie gemeint, daß sie allein ihm helfen, allein ihn retten und heilen könnte, wie durch ein Wunder? Nein, nein! An gar nichts hatte sie gedacht, weder an das eine, noch an das andere — sie war gerannt und gerannt, blind und taub, ohne zu denken, ganz von Sinnen. Und jetzt lag sie hier, so weit von ihm, noch weiter von den Menschen im Tal. Und wenn er verbluten mußte, verschmachten in Schmerzen und Not, dann war es ihre Schuld, nur ihre Schuld allein!

Sie mußte zu ihm, sie mußte, mußte, und wenn ihr die Füße brechen und alle Glieder vom Leibe fallen sollten. „Haymo! Haymoli! Schau, ich komm schon!" Mühsam raffte sie sich auf, keuchend überwand sie den steilen Hang. Droben im dunk= len Hochwald, der sie umfing, lehnte sie sich für kurze Weile an einen Baum, bis sie Atem fand,

155

dann wankte sie weiter. Die sachte Neigung des Waldes und ein ausgetretener Pfad erleichterten ihr den Weg.

Plötzlich blieb sie lauschend stehen; hinter einer Biegung des Steiges hörte sie Steine kollern, hörte tappende Schritte, als käme, schwer auf= tretend, einer mit nackten Füßen gegangen. Heiß fuhr ihr die Freude zum Herzen. Das war Hilfe, die ihr der liebe Herrgott sandte! Sie wollte rufen, aber der Laut erstarb ihr in der Kehle.

Um die Biegung des Pfades kam ein Bär ge= trottet, die Nase des dicken Kopfes spürend zur Erde gesenkt. Ohne recht zu wissen, was sie tat, raffte Gittli einen Stein auf und hob den Arm zum Wurfe; doch als der Bär verhoffend den Kopf aufrichtete, machte der Schreck sie erstarren. Sie rührte wohl die Lippen; aber nicht in Worten, nur in Gedanken sprach sie den Bärensegen:

„Großvater Zottefell,
Süßfuß, Waldgesell,
Rühr mich nit an,
Birg deinen Zahn,
Hüt deine Tatz,
Weiche vom Platz,
Krumm, krumm,
Um mich herum!"

Regungslos standen der Bär und das Mädchen sich gegenüber; Gittli mit erhobenem Arm, vom

156

Entsetzen fast versteinert, der Bär betroffen, beinahe selbst erschrocken über die unerwartete Erscheinung. Eine Weile betrachtete er mit schiefgehaltenem Kopf das Mädchen, dann schüttelte er den Pelz, wandte sich seitwärts in den Wald und trollte zwischen den Bäumen davon. Der Stein fiel aus Gittlis Hand, der Bann ihrer Glieder löste sich, und von peinigender Furcht getrieben, stürzte sie davon. Doch nicht für ihr eigenes Leben fürchtete sie. Das Abenteuer war gefahrlos überstanden. Aber der Bär war von dort gekommen, wohin ihr Weg ging! Die Angst stellte ihr ein Bild vor die Seele, das sie schaudern machte bis ins innerste Mark. Sie rannte und rannte; alle Erschöpfung war von ihr gewichen. Entsetzen, Jammer und Sorge hatten ihre erlöschenden Kräfte neu belebt.

Jetzt erreichte sie das offene Steintal und sah auf der Höhe schon das Kreuz in die Lüfte ragen, umflimmert vom Schein der Sonne.

Nun stieg sie über den letzten Hang empor. Immer wieder mußte sie stehenbleiben. Nicht die Ermüdung, sondern die herzbrechende Angst vor dem Anblick, der ihrer wartete, benahm ihr den Atem und fesselte ihre Glieder. Alle Pein, die sie erfüllte, sprach aus dem trostlosen Blick ihrer Augen.

Wankend erreichte sie die Höhe. „Haymo, Haymo!" Der Platz vor dem Kreuze war leer.

157

Nur eine halb vertrocknete Blutlache bezeichnete die Stelle, an der die Tat geschehen war. Und versprengtes Blut klebte auch an dem Kreuz und seinem Bilde. „Du! Du bist dabei gewesen und hast es geschehen lassen." Dann wieder schrie sie: „Haymo! Haymo!" Keine Antwort kam. Da gewahrte Gittli, daß eine blutige Fährte auf dem Pfad hinwegführte gegen die Jagdhütte. Ein Schimmer freudiger Hoffnung erwachte in ihr: Haymo mußte leben, er hatte noch die Kraft besessen, sich aufzurichten, sich heimzuschleppen. Immer wieder den Namen des Jägers rufend, folgte sie der Spur, die er gezeichnet mit seinem Blut. Und jeder neue Tropfen, den sie fand und der sie leitete, war ihr ein neuer, brennender Schmerz.

Immer näher kam sie der Hütte, und immer wollte ihr jammernder Ruf noch keine Antwort finden. An der Hütte, die sie mit einem Steinwurf schon hätte erreichen können, sah sie die Tür geschlossen. Diese Wahrnehmung jagte ihr neue Angst in die Seele.

Jetzt lenkte der Pfad aus den dichten Büschen der Krüppelföhren auf eine Rodung — und da lag er vor ihr, mitten auf dem Steige, leblos, mit Blut besudelt, das Haupt versunken in welkem Krautwerk, mit seitwärts geschlagenen Armen, deren Finger noch den Bergstock und die Armbrust umklammert hielten.

158

„Haymo! Haymoli!" rang es sich in Schmerz
und doch in Freude von ihren Lippen, während sie
niederstürzte an seiner Seite. Sie faßte seine Hände,
rüttelte seine Arme, hob sein Haupt empor. Kein
Zeichen des Lebens rührte sich in seinen Zügen,
kein fühlbarer Hauch entströmte seinem halb ge=
öffneten Mund, fahle Blässe lag auf den ein=
gefallenen Wangen, und bläulich schimmerten die
Lippen und die geschlossenen Lider. Dennoch er=
losch die Hoffnung nicht in ihrem Herzen; sie
konnte das Schlimmste nicht fürchten, an seinen
Tod nicht glauben — das Undenkbare denkt man
nicht — und sie hielt ihn in ihren Armen, fühlte
die Wärme seines Körpers! Und zum Jammer
blieb ihr keine Zeit, sie mußte helfen, helfen, helfen!

In einer tiefen Felsschrunde gewahrte sie einen
Klumpen Schnee; sie sprang hinüber, warf sich auf
die Erde, griff mit beiden Armen hinunter und
faßte, was ihre Hände fassen konnten. Mit dem
Schnee begann sie Haymos Gesicht zu reiben;
wohl färbte eine matte Röte seine Wangen, aber
das schlummernde Leben wollte nicht erwachen.
Was tun? Was tun? Da schoß ihr die Er=
innerung an jenen Spruch durch die Sinne:

„Zwei Tropfen machen rot —"

Eine Nieswurz! Mit brennenden Augen spähte
sie umher. Auf hundert Schritte fast, einem hohen
Fels zu Füßen, meinte sie eine Staude zu er=

kennen; sie rannte hin und hatte sich nicht getäuscht: rings um das Stöckl hingen noch die verblühten Schneerosen an den welken Stengeln. Mit den Fingern grub sie die Wurzel aus der Erde, und während sie zurücklief, säuberte sie Wurzel und Hände an ihrem Rock.

Nun lag sie wieder neben Haymo auf den Knien, brach die Wurzel in zwei Stücke, hielt sie über seine Lippen und drückte und preßte, bis aus dem Mark der Wurzelstücke zwei große Tropfen auf Haymos Lippen fielen. Mit heißpochendem Herzen wartete sie, keinen Blick von seinem Munde verwendend. Aber seine Lippen wollten sich nicht rühren, und nicht die leiseste Bewegung zeigte sich an seiner Kehle.

Sie rüttelte seine Schultern und schluchzte dicht an seinem Ohr: „Haymo, so tu doch schlucken, ich bitt dich um Tausendgottswillen, tu doch schlucken!" Dann wieder wartete sie — vergebens. „O Gottele, Gott, was tu ich denn?"

Sie faßte einen Ballen Schnee, brachte ihn durch die Wärme ihrer Hände zum Schmelzen und ließ das Wasser über Haymos Lippen träufeln. Seine Mundhöhle füllte sich, ein Zucken lief über seinen Körper, ein heftig stoßender Atemzug, ein Gurgeln und Röcheln, dann wieder lag er still; seine Lippen bewegten sich; er hatte geschluckt, und gleichmäßig strömte sein Atem.

Schluchzend und lachend in Freude, schlang

160

Gittli die Hände um sein Gesicht und hob es an
ihre Brust. Sie spürte an dem Hauch seiner Lippen,
wie sein Atem sich kräftigte, sie sah, wie seinen
Wangen, wenn auch nur matt, die Farbe des
Lebens wiederkehrte. Seine Arme bewegten sich,
er rührte den Kopf, langsam öffneten sich seine
Augen, und lange, lange sah er das Mädchen an
mit verlorenem Blick. „Kennst du mich, Haymo,
kennst du mich?" stammelte sie und beugte den
Kopf zurück, damit ihm nicht ihre rinnenden Trä=
nen in das Gesicht fielen. „Kennst du mich? Schau,
ich bin's doch, die Gittli!" Nun erkannte er sie.
Ein tiefer Atemzug hob seine Brust, seine Augen
schimmerten, und ein Lächeln huschte um seinen
Mund. Er wollte sprechen, aber seine Zunge konnte
nur lallen.

„Tu dich nit plagen, mußt nit reden!" stam=
melte sie, während sie den Arm um seinen Nacken
legte, um ihn aufzurichten. „Komm, tu dich an=
halten an mir, so! Halt nur recht fest! Schau,
es geht schon, es geht!" Ihr ganzer Körper
schwankte unter dem Gewicht, mit dem der Ent=
kräftete an ihrem Halse hing. Dennoch brachte sie
ihn auf die Füße. „So, und jetzt mach ein Schrittl!
Und jetzt noch eines! So, so!" Er wandte halb den
Kopf und tastete mit dem freien Arm gegen die
Erde. Sie verstand ihn: er wollte sich von seiner
Waffe nicht trennen, sie war ein Stück seines
Lebens; als er vor dem Kreuz aus tiefer Ohn=

macht erwachte, hatte sein erster Blick der Arm=
brust gegolten, und bevor er sich von der Stelle
schleppte, hatte er das Weidmesser, noch rot und
naß von seinem eigenen Blut, in der Scheide
verwahrt.

Gittli ließ ihn halb in die Knie sinken, und es
gelang ihr, die Armbrust zu erfassen. „Schau,
Haymo, schau, ich hab sie schon! Jetzt aber komm
nur, komm! Wir müssen schauen, daß ich dich
heimbring. Das Griesbeil hol ich dir später, jetzt
muß ich's liegen lassen. Schau, ich brauch meine
Händ für dich!" Sie hatte das Schießzeug hinter
die Schulter gehängt und umschlang den Wan=
kenden wieder mit beiden Armen; und so schleppte
sie ihn vorwärts, Schritt um Schritt, jeden Fuß=
breit Weges, den er mit taumelnden Knien ge=
wann, als ein heiß erkämpftes Gut begrüßend,
jeden zitternden Ruck seiner Füße mit zärtlichen
Worten preisend wie eine Heldentat. Einmal zuckte
er stöhnend zusammen.

„Haymo!" flog es in Angst von ihren Lippen.

Der heiße Klang seines Namens schien ihm
neue Kraft zu geben; er ballte die Fäuste, wie um
den Schmerz zu bezwingen, hob das Gesicht zu ihr
und schüttelte den Kopf, als wollte er sagen: „Es
tut nit weh!"

Wieder ging es weiter, Schritt um Schritt.
Endlich erreichten sie die Hütte; nur mühsam ge=
lang es dem Mädchen, Haymo zum Lager zu

162

bringen; sie ließ ihn auf das Wolfsfell sinken und schob das Polster unter seinen Kopf. Dann wankte sie selbst vor Erschöpfung, ein Schwindel befiel sie, und schwer atmend, zitternd an Händen und Knien, saß sie eine Weile mit taumelnden Sinnen auf der Bank. Als sie sich erholte, gewahrte sie, daß Haymo das Bewußtsein wieder verloren hatte. Sie stürzte zu ihm; als sie den ruhigen Gang seines Atems spürte und den matten, aber gleich= mäßigen Schlag seines Herzens, da war sie wieder getröstet. Sie richtete sich auf und nahm ihren Kopf zwischen die Hände: was mußte, was konnte sie tun? Hier in dieser Öde, auf sich allein gestellt? Sie jammerte und klagte nimmer. Erst dachte sie, und dann ging sie ans Werk, in fliegender Hast und dennoch ruhig und besonnen. Wohl faßte und ermaß sie nicht ganz die Schwere des Ernstes, der auf ihre jungen Schultern gelegt war. Doch aus dem Kinde war ein Weib geworden, das wohl die jäh erwachte Sprache seines Herzens noch nicht hörte und verstand, ihrem zwingenden Geheiß aber unbewußt gehorchte, wie das in Lüften treibende Blatt der Gewalt des Sturmes. Tapfer und siegesfreudig kämpfte sie für den todwunden, hilflosen Mann, ohne zu wissen, daß sie rang um das köstlichste Gut ihres Daseins, um das Leben des Geliebten.

Was Gittli empfand, verhüllte sich vor ihr in dem kindlichen Gedanken: daß sie mit Leib und

Seele diesem Manne dienen und an ihm sühnen müsse, was die mörderische Hand ihres Bruders verschuldet hatte.

Bei der Armut des Lebens, das sie unter dem Dach des Sudmanns geführt, hatte Gittli von Kind auf gelernt, manchem Übel mit eigener Hand zu wehren, ohne fremde Hilfe. Das kam ihr nun zustatten. Bei einer Musterung der Stube fand sie das Nötigste: Feuerstein und Zunder, gesalzenes Fleisch, das eine kräftige Suppe gab, Hirschtalg zur Bereitung einer Wundsalbe und Leinen zum Verband; mit dem letzteren war es wohl spärlich bestellt; aber da war gleich geholfen; sie riß sich die weißen, bauschigen Ärmel ihres Hemdes von den Schultern.

Rasch und sicher ging ihr alles, was sie tat, von den kleinen, flinken Händen. Und bei allem, was sie begann, flog immer wieder ein Blick hinüber zu dem stillen Mann. Durch Tür und Fenster leuchtete die Sonne, und würzig strömte die Frühlingsluft der Berge in den kleinen Raum, in dem das Schicksal zweier Menschen auf der Waage schwebte.

Gittli hatte Feuer gemacht und das sorgsam ausgewaschene Fleisch zum Sieden gesetzt. Nun eilte sie ins Freie, um eine frische Nieswurz auszugraben und Harz von den Fichten zu sammeln, die um die Hütte standen. Am Feuer läuterte sie einen Teil des Harzes, vermischte es mit ge-

164

ronnenem Hirschtalg und stellte die fertige Salbe
an einen schattigen Ort, damit sie verkühle. Im
Fleischtopf brodelte schon die werdende Suppe.
Ach, wenn es doch Sommer wäre, dachte Gittli;
sie kannte alle heilsamen und kräftigen Berg-
kräuter; welch eine würzige Suppe hätte sie bereiten können! Aber noch sproßte auf den Berg-
halden kein Kraut und blühte keine Blume. Ein
Glück nur, meinte sie, daß der liebe Herrgott die
Schneerosen erschaffen hatte!

Sie holte frisches Wasser und trug in einer
Pfanne allen Schnee zusammen, den sie in den
Felsschrunden rings um die Hütte fand. Und nun
mußte geschehen, was ihr am schwersten wurde;
mit zitternden Händen, scheu und beklommen, begann sie das Werk. In der Tischlade hatte sie
ein Messer gefunden. Mit ihm trennte sie auf der
Seite, auf welcher Haymo die Wunde trug, den
Ärmel von seinem Wams und löste über der
Schulter die Nähte bis zum Hals. Ein Zittern
befiel sie, als sie die bloßgelegte Wunde erblickte,
die mit blutigen Rändern klaffte wie ein Mund
mit roten Lippen. Die Blutung schien gestillt, doch
rings um die Wunde zog sich eine breite, brennende Schwellung.

Gittli hatte die Hände vor die Augen geschlagen; rasch fand sie wieder den in Schmerz und
Pein verlorenen Mut. Sie wusch die Wunde,
kühlte mit Schnee die glühende Schwellung und

165

erneuerte immer wieder den schmelzenden Schnee,
bis die Röte der Haut zu schwinden, die Schwellung sich zu senken begann. Jetzt verteilte sie die
Salbe auf einen Leinwandlappen, legte ihn über
die Wunde und verklebte den Rand mit Harz.

Nun war es getan! „Aaaach Gottele!" seufzte
sie aus erleichtertem Herzen, und beugte sich über
Haymo. Regungslos hatte er alles mit sich geschehen lassen; seine Ohnmacht hatte sich, ohne daß
er aus ihr erwachte, verwandelt in den tiefen
Schlummer der Schwäche.

Um die bösen Geister von ihm zu treiben, welche
Gewalt über Schlafende haben, machte sie auf
seine Stirn und Brust das Zeichen des Kreuzes,
flocht aus einem langen Heuhalm, den sie aus
dem Lager zog, einen Drudenfuß und legte ihn zu
Häupten des Bettes auf die Erde. Dann eilte sie
zum Herd zurück. Die Suppe war kräftig und
wohlschmeckend geraten; das Fleisch schnitt Gittli
in kleine Stücke und zerrieb sie auf einer reinlichen
Felsplatte mit einem Kieselstein zu Brei, den sie
der Suppe beimengte; dann setzte sie noch einen
Tropfen vom Saft der Nieswurz zu — er machte
das Herz frischer schlagen und das Blut lebendiger
strömen —, und die Suppe war fertig.

In der einen Hand den hölzernen Löffel, in der
andern den Napf mit der Suppe, setzte sie sich
auf den Rand des Bettes.

„Haymo?"

166

Er rührte sich nicht.

Sie neigte sich zu seinem Ohr. „Haymoli!"

Da streckte er sich mit langem Atemzug und schlug die Augen auf.

Sie nickte ihm lächelnd zu. „Da schau, was ich dir gekocht hab! Oh, du, das ist gut!" Als hätte sie ein Kind vor sich, führte sie den Löffel an ihre Lippen und tat, als ob sie koste. „Aaah! Das ist was Feines! Magst du es essen, ja?" Er versuchte sich aufzurichten, doch kraftlos fiel ihm der Kopf zurück auf das Polster. „Aber bleib doch, tu dich nur gar nit plagen, schau, es geht schon!" Sie rückte näher, hielt ihm den Löffel an den Mund, und während er nahm und mühsam schluckte, an ihr hängend mit feuchten Augen, redete sie mit ihm, wie sie zu hundert Malen mit ihrem kleinen, süßen Mimmidatzi geredet hatte.

Ein Kind der Sorge war ihr mit diesem Tage genommen worden, ein Kind der Sorge wiedergegeben.

Während sie ihm Löffel um Löffel reichte, merkte sie, daß auch in ihr der Hunger brannte. Seit dem vergangenen Abend hatte sie keinen Bissen genossen. Im Kasten lag ein Laib Schwarzbrot — das war gut genug für sie. Alles andere mußte sie für Haymo bewahren. Verlassen durfte sie ihn nicht, und es konnten Tage vergehen, bis ein Mensch zur Hütte kam. Drunten wußte nie-

mand um Haymos Schicksal, außer dem einen,
der auch auf der Folter nicht reden würde. Ein
Schauer rann ihr durchs Herz, als sie an Wolfrat
dachte und ihn wieder stehen sah mit erhobenem
Beil — der Bruder wider die Schwester! Sie
hatte ein Empfinden, als stünde sie vor einem
bodenlosen Abgrund, so breit, daß keine Brücke
hinüberreichte — und drüben stünde dieser Mann.
Und seltsam: es kam ihr vor, als wär es immer
gewesen. Als kleines Ding hatte sie ihn gefürch=
tet, dann war sie der Sepha von Herzen gut
geworden und hatte die Kinder geliebt, als wäre
sie ihnen Schwester und Mutter zugleich.

Wie ein flüchtiger Schatten zog dieser Gedanke
durch ihr Herz; er wich der hellen Freude dar=
über, daß Haymo die Suppe genossen hatte bis
auf den letzten Tropfen. Nun lag er wieder still,
mit geschlossenen Augen.

Sie stellte den Napf auf den Herd zurück,
schnitt sich ein Stück Schwarzbrot, trug einen
hölzernen Pflock vor Haymos Lager und ließ sich
darauf nieder. Nun durfte sie ruhen. Was sie zu
tun vermochte, hatte sie getan. Alles übrige mußte
der liebe Herrgott leisten und Haymos junge, kräf=
tige Natur.

Während Gittli ihr Brot verzehrte, stiegen
wieder die finsteren, schmerzvollen und blutigen
Bilder dieses Tages vor ihr auf, von der näch=
tigen Stunde an, da Sephas angstvoller Ruf sie

aus dem Schlummer geweckt hatte. „Ach, das Kind, das Kind!" Solch ein liebes, süßes, unschuldiges Ding! Wie kann nur das geschehen? Gestern hielt man es noch in seinen Armen, hat es geherzt und geküßt, hat sich die Seele warm gefreut an seinem holden Leben, hat mit dem Herzen sich hineingetrunken in die blaue, lautere Tiefe seiner Augen. Und wo ist es heut? Weg, fort, irgendwo — wohin keine Arme greifen und keine Sehnsucht reicht!

„Ach, und die Seph! Mein Gott, mein Gott, die arme Seph!"

Es legte sich auf Gittlis Herz wie ein schwerer Stein; sie schlug die Hände vor das Gesicht.

Da klang die lallende Stimme Haymos an ihr Ohr: „Gittli?"

Hastig fuhr sie sich über die Augen. „Ja, Haymoli, schau, ich bin schon bei dir! Willst du was?"

Er tastete mit kraftlosen Armen nach ihr, und als sie seine Hand mit beiden Händen umschloß, lallte er: „Gittli — vergelts Gott!"

Sie schüttelte den Kopf und lachte ihn an. Sie hatte doch nur getan, was sie mußte.

Seine Hand ließ sie nicht wieder los. Und während sie nun so saß, Stunde um Stunde, bald in heißer Sorge zu ihm aufblickend, bald wieder verloren in finster und sonnig durcheinanderschwimmende Gedanken, kam auch in ihr die Natur zu

Recht und Geltung. Die Erschöpfung löste ihre
Glieder, ihr Kopf sank auf den Rand des Lagers,
und als sich draußen der Tag zum Abend wandelte, schlief sie schon und atmete in langen Zügen.

Vor der Hütte gurgelte der rinnende Quell, und
leise rauschte der Bergwald in der Ferne.

Zwölftes Kapitel

Am Morgen des Ostermontags trug Wolfrat
Polzer sein entschlafenes Kind zur ewigen Ruhe.
Da gab es keine Klagleute — Sepha lag fiebernd
zu Bett, Lippele zählte nicht, Gittli fehlte, und
von den Nachbarsleuten kümmerte sich keine Seele
um den Tod, der im Hause des Sudmanns Einkehr gehalten. Wolfrat Polzer und auf seiner
Schulter das stille Kind — das war der ganze
Leichenzug; das starre Körperchen war in ein Lein-
tuch gewickelt und lag auf einem Brett, das
Wolfrat in Gestalt einer Wickelpuppe zugeschnit-
ten hatte. Der Sudmann hatte schon oft in seinem
Leben schwerer getragen, aber noch keine Last hatte
ihn so tief gebeugt. Die Leute, denen er auf dem
Weg zur Kirche begegnete, zogen die Kappen und
schlugen ein Kreuz. Im Friedhof erwartete ihn der
Totengräber beim ausgeworfenen Grab, in einem
Winkel nahe der Mauer.

„Ich will den Kaplan holen", sagte der Mann, „kannst das Kind derweil hinunterlegen."

Wolfrat blieb allein; er löste den Strick, mit dem der kleine Leichnam auf das Brett gebunden war, nahm das Kind auf seine Arme und stieg in die Grube; ein Stück Rasen gab er der kleinen Schläferin als Polster; zwei Steinplatten, die der Totengräber aus dem Boden geworfen, stellte er wie ein Dach über den Kopf des Kindes, damit ihm die fallende Erde nicht das Gesicht drücke. Nun sah er den Kaplan mit dem Bruder Mesner kommen und stieg aus der Grube.

Ein lateinisches Gebet, zwei sich kreuzende Striche mit dem tropfenden Weihwedel, und Kaplan und Mesner gingen wieder davon. Eine Armeleutleich ist immer schnell abgetan. Der Totengräber stieß die Schaufel in die Erde. „Kann ich anfangen?"

Wolfrat nickte. Doch als der Mann die ersten Schollen schwer in die Grube fallen ließ, faßte Wolfrat den Stiel der Schaufel. „So tu doch nit so grob!"

„Ich muß mich tummeln, in einer Stund kommt schon wieder ein anderer. Jetzt sterben die Leut wie närrisch."

„So laß mir die Schaufel!"

„Meintwegen! Hast du die drei Heller?"

Wolfrat griff in die Tasche und zog eine Hand=

171

voll blinkender Münzen hervor. „Da schau her!"
sagte er mit heiserem Lachen. „Geld hab ich wie
Mist!" Und statt der drei Heller, die der Mann
nach dem klösterlichen Weistum zu fordern hatte,
bezahlte Wolfrat einen halben Schilling. „Nimm
nur! Ein bißl was muß das Kind doch auch da=
von haben." Wieder lachte Wolfrat; aber sein
Gesicht verzerrte sich, und seine Hände zitterten.

Kopfschüttelnd ging der Totengräber davon. „Ist
das aber einer! Der kann lachen, wenn er sein
Kindl eingrabt."

Wolfrat faßte die Schaufel und legte Scholle
um Scholle achtsam in das kleine Grab. Bei der
ersten Scholle sagte er: „Von der Mutter!" Bei
der zweiten: „Vom Vater!" Bei der dritten:
„Vom Lippele!" Dann schaufelte er schweigend
weiter. Weshalb vermied er es, auch in Gittlis
Namen dem Kind eine Scholle als letzten Gruß
zu spenden? Es sollen nach altem Brauch in ein
sich schließendes Grab doch alle eine Scholle legen,
die eines Stammes sind? War die Schwester für
ihn tot, seit er in finsterer Stunde erfahren mußte,
daß ihrem Herzen das Schicksal eines Fremden
näherstand als Wohl und Wehe ihres leiblichen
Bruders?

Der Hügel über dem Grabe war vollendet.
Wolfrat stieß die Schaufel in die Erde, und nun
stand er lange, lange, den Kopf auf die Brust ge=
senkt, zwischen den zuckenden Fingern die Kappe

172

drehend. Beten konnte er nicht. Er tat einen schwe=
ren Atemzug und bedeckte das Haupt.

„Mußt nit lang warten, Katzl! Paß nur auf,
es kommt schon eins ums ander! Die Mutter und
ich, und —" Nein, den Namen seines Buben
brachte er nicht über die Lippen.

Als er sich vom Hügel wandte und das leere
Brett unter den Arm nahm, kollerten ihm zwei
schwere Tränen in den Bart.

Er wollte nicht über den Marktplatz gehen;
dort waren ihm zu viel Leute. Auf einem Um=
weg suchte er das Haus eines Taferlmalers. Er
fand den Meister daheim. „Schreib mir den Na=
men auf das Brett!" sagte er zu ihm.

„Ist bei dir eins gestorben?"

„Ein Kind. Mariele hat's geheißen! Mach's
nur recht schön! Rot und Blau. Und mal auch
ein Kreuz darunter! Ich zahl's. In einer Stund
komm ich wieder und hol das Brett."

Von hier begab sich Wolfrat in die Kloster=
vogtei, um das Lehent zu entrichten. Er fand Herrn
Schluttemann in Montagslaune. Das war von
allen Launen des Vogtes die schlimmste. Denn
am Sonntag, dazu noch an einem hohen Feier=
tag, pflegte Herr Schluttemann länger als ge=
wöhnlich im Kellerstübl des Klosters zu verweilen;
um so schärfer war dann aber auch am folgenden
Morgen Frau Cäcilias Zunge geschliffen; und da

173

das größere Feuer die größere Hitze macht, so war es begreiflich, daß Herr Schluttemann an solch einem Montagmorgen in seiner Amtsstube umherfuhr wie ein Wetterstrahl, der aus den Wolken keinen Ausweg findet, immer blitzt und donnert, ohne sich ganz entladen zu können.

Als Wolfrat über die Schwelle trat, fiel Herr Schluttemann mit einem Schwall von scheltenden Worten über ihn her, wie ein Wildbach mit seinen Wassern über einen geduldigen Felsblock; Wolfrat stand ruhig und stumm; eine Weile ließ er das Ungewitter über sich ergehen; dann, als Herr Schluttemann einmal Atem schöpfte, sagte er: „Was plagt Ihr Euch so mit Schreien, Herr Vogt? Ich hör auch, wenn Ihr den Blasbalg minder anzieht."

Die Verblüffung über diese kecke Rede schien Herrn Schluttemann beinah in Stein zu verwandeln; sein rotes Gesicht wurde noch röter, er warf die Fäuste in die Höhe, durchmaß im Sturmschritt die Stube und donnerte: „Hat man so was schon erlebt in der ganzen Christenheit? Wie dieser Mensch sich mit mir zu reden traut! Solch ein Schwertmaul! Oh! Ah! Hoho! Ich, der Vogt, ich soll wohl höfische Reden führen? Mit solch einem Salzpantscher? Belieben, geruhen, befehlen Euer Gnaden? Soll wohl gar noch katzebuckeln vor solch einem Kerl, der das Lehent nicht bezahlen kann?"

174

Aus Wolfrats Augen schoß ein finsterer Blick. „Wer sagt das, Herr Vogt? Ich bring das Lehent."

Herr Schluttemann drohte die Fassung zu verlieren. „Er bringt das Lehent? Bringt es? Bringt es?" Blasend stemmte er die Fäuste in die Hüften und kam auf Wolfrat losgeschossen, als wollte er ihn über den Haufen rennen wie der Sturmbock die Mauer. „Wer hat dich geheißen, das Lehent zu bringen? Wenn Seine hochwürdigste Gnaden, unser Propst, die Güte und himmlische Milde haben, zu sagen: man sehe zu, ob dieser Wolfratus ein Spieler und Säufer ist — und das bist du nicht, und ein tüchtiger Schaffer bist du auch, da beißt die Maus kein Faden ab! Gott straf mich! Und weil es wahr ist, sagen Seine Gestreng, Herr Heinrich von Inzing, mein allergnädigster Herr Propst, soll diesem Wolfratus für heuer das Lehent erlassen sein!" Herrn Schluttemann ging der Atem aus.

„Das Lehent? Erlassen sein?" stammelte Wolfrat. Er war kreidebleich geworden und wankte, als hätte ihn ein Schwindel befallen.

Und jetzt bringt er das Lehent! Bringt es! Bringt es!" Herr Schluttemann rang über diese Tatsache die Hände, als hätte er den Untergang von Jerusalem zu bejammern. Und wieder zu Wolfrat sich wendend, schrie er ihn an: „Woher hast du das Geld?"

175

„Ich hab's geschafft, weil es her hat müssen!" erwiderte Wolfrat, starr aufgerichtet, mit heiserer Stimme. „Woher ich es hab, braucht Euch nit zu kümmern. Ihr müßt es nit heimzahlen. Aber wenn Euch schon die Neugier plagt: der Egge-bauer hat mir's geliehen."

„Der Eggebauer? Geliehen?"

„Weil ich ihm in der Samstagnacht seinen hölzernen Herrgott hinaufgetragen hab auf seine Alm in der Nöt." Laut und langsam sprach Wolfrat diese Worte.

„Den schweren Herrgott? In der Nacht? Und deshalb hat er dir das Geld geliehen?"

„Und weil er vielleicht gemeint hat, Ihr könntet ihm noch einen schlechteren Nachbar auf das Ge-nick setzen, wenn ich vom Lehent gejagt werde."

„Der Teufel jagt dich vom Lehen! Aber ich nicht!" donnerte Herr Schluttemann. „Bin ich denn ein Wurm, der Feuer speit und Steine frißt? Auf der Stelle machst du jetzt, daß du heim-kommst zu Weib und Kind. Und diesem Schmer-sack gibst du sein Geld zurück, bis auf den letzten Heller. Apage!"

Herr Schluttemann machte einen Versuch, Wolfrat am Kragen zu fassen, um ihn zur Tür hinauszudrehen. Der Sudmann aber packte mit eisernem Griff den Arm des Vogtes. „Jetzt hab ich das Geld, jetzt will ich auch zahlen. Ich will

176

von keinem was geschenkt. Und vom Kloster am allerletzten." Er ging auf den Tisch zu und zählte die acht Schillinge der Reihe nach auf die Platte; jedem gab er mit dem Daumen einen Druck, daß es klang und klirrte.

„Himmelwetter, soll ich denn in meiner Stube nimmer Herr sein?" schrie Herr Schluttemann, dessen rote Nase vor Zorn blau anlief wie Stahl im Feuer. „Wirst du gleich tun, was ich sage! Wirst du gleich das Geld wieder einpacken! Wirst du machen, daß du weiterkommst?" Bei jedem ,wirst du' schlug er die Faust auf die Tischplatte, daß die Silberstücke sprangen und hopsten wie die Dirnen beim Ostertanz. „Und wenn der Egge= bauer schon sein Geld zum Fenster hinausschmeißen will, so behalt es selber und laß es deinem kranken Kind zugut kommen. Das Kloster braucht es nicht."

„Mein Kind auch nimmer."

„Dein Kind ist also wieder gesund?"

„Dem tut kein Faserl nimmer weh. Der schwarze Bader hat ihm geholfen, der Armeleutbader. Und umsonst, Herr Vogt, ganz umsonst! Der hat all= weil Zeit, und hat keinen Schlaf in der Nacht, wenn eins um ihn schreit. Und habt Ihr einmal Zeit, Herr Vogt, nachher nehmt das Leutbuch aus dem Kasten und machet einen dicken Strich, wo meinem Kind sein Nam steht. Polzer Mariele." Wolfrat wandte sich ohne Gruß zur Tür.

12 K.=Jäger   177

„Polzer! Um Herrgotts willen!" stotterte Herr Schluttemann. „Polzer! He! Polzer!"

Wolfrat hatte die Stube schon verlassen. Vor dem Klostertor stand er still und drückte die Fäuste vor die Stirn. „Das auch umsonst, das auch! Und niemand anders hat mir das eingebrockt als die Dirn!" Er streckte die rechte Hand vor sich hin und sprach sie an mit verbissenem Lachen: „Du hast es notwendig gehabt, daß du dich so ge= tummelt hast, selbigsmal!" Ein zorniger Blick seiner heißen Augen suchte die fernen Höhen der Berge. „Aber wart nur, du Kramp, komm mir nur wieder unter die Hand!"

Langsam ging er, um das Totenbrett seines Kindes zu holen.

Als er sein Lehen erreichte und in den Haus= flur treten wollte, hörte er vom Hag her einen leisen Pfiff. Dort drüben stand der Eggebauer. Wolfrat spähte nach allen Seiten, lehnte das Totenbrett an die Wand und ging zum Hag.

„Warst du bei ihm?" fragte der Eggebauer flü= sternd.

Wolfrat nickte.

„So red doch!" Dem Bauer sprach die heil= lose Angst, die ihn erfüllte, aus jedem Blick.

„Reden? Was ist da viel zu reden? Heut hat er noch allweil nichts wissen können. Ich selber hab geredet, wie's ausgemacht war. Halt nur fest

178

bei der Stang, wenn die Frag einmal an dich
kommt!"

Der Eggebauer machte zwei Fäuste mit ein-
gezogenen Daumen.

„Wie steht's denn mit deinem Weib?" fragte
Wolfrat. „Hast du es ihr schon gegeben?" Er
meinte das Herzkreuzl des Steinbocks.

Der Eggebauer schüttelte trübselig den Kopf.
„Das Weib treibt's ärger mit jeder Stund. Was
Füß hat im Haus, Mensch und Hund und Katz,
alles wird von dem Weib umeinander getrieben,
daß einem der Schnaufer vergehen möcht. Und
wenn ihr der Wehdam ankommt, nachher halt's
schon gar kein Mensch nimmer aus mit ihr. Und
doch, ich trau mich nit, daß ich ihr's geb! Wenn
das Weib gesunden tät, sie könnt das Maulwerk
nit halten. Und alles müßt aufkommen."

Es zuckte seltsam in Wolfrats Gesicht. „Am
End willst es ihr gar nimmer geben? Aus lauter
Angst, es könnt ihr helfen?"

Der Bauer nickte. „Daß mich die Versuchung
nit ankommt, wenn mich das Weib wieder einmal plagt bis auf die Haut, drum hab ich das
ganze Teufelszeug mitsamt dem Büchsel hinterm
Haus vergraben."

Jetzt lachte Wolfrat laut hinaus.

„Geh, du' Narrenteufel!" brummte der Eggebauer, dem nicht lustig zumut war bei diesem Ge-

12*   179

lächter. „Mir scheint, du kommst aus der Wirts-
stub, aber nit vom Freithof.“

„Aber geh, Bauer, so lach doch mit! Denn jetzt
paßt alles zueinander. Mein Kind hat nichts davon haben sollen, als nur den halben Schilling für
die ewige Liegerstatt und um einen Heller Farb
auf dem Brett, und dein Weib soll nichts haben
davon, und es hätt auch nit sein müssen ums
Lehent! Nur grad, daß ich die roten Händ davon
hab! Alles umsonst! Aber gelt, Bauer, es wird
halt so sein müssen! Warum? Da kannst du
lang drum fragen!“

„So red doch nit daher wie ein Unsinniger! In
meinem Kopf schaut es eh schon aus wie in einem
Grillenhaus.“

Da klang vom Hause her Benzas scharfe
Stimme: „Vater!“

„Ja, ja, ich komm schon!“ rief der Eggebauer
und wandte sich wieder zu Wolfrat. „Mir graust,
weil ich nur wieder hinein muß ins Haus! Ich
sag dir's, Polzer, mir graust vor einer jedweden
Stund! Und wenn eins anfangt, kommt gleich
alles übereinander. Ich hätt schon genug an dem
Weib, und jetzt fangt das Mädel auch noch an
und dreht den Daum auf, heult in einem fort, oder
schreit und haut alles kurz und klein, was ihr in
die Händ kommt, als wär seit gestern eine Hex
in sie gefahren. Ich sag dir's, Polzer, jedes Stück

180

Vieh in meinem Stall hat's besser als ich, der Bauer. Umeinander steh ich wie eine Sulz, an der alles zittert, wenn einer mit dem Finger dran hinrührt. Mir schmeckt kein Bissen mehr und kein Trunk. Da schau her!" Der Eggebauer stieß die Faust hinter seinen ledernen Gurt. „Schau! Zwischen Gurt und Bauch fahrt mir schon bald ein Wagen durch. Polzer, Polzer! Es muß doch wahr sein: man soll die Händ von allem lassen, was nit richtig ist. Was hast du davon? Nichts, nichts, nichts — als daß dir's den guten Schlaf vertreibt und den schlechten Magen bläht!"

„Gelt? Kommst auch schon drauf?"

Und während Wolfrat lachte mit bleichen Lippen, kugelten dem Eggebauer dicke Zähren über die schwammigen Backen. Der Bauer fuhr sich mit dem Ärmel über die Nase. „Was ist denn, ist dein Mädel schon wieder heimgekommen?"

„Ich weiß nit."

„Wenn du was hörst, wie's droben ausschaut, so komm und sag mir's!"

Wolfrat nickte; dann gingen sie auseinander.

Als der Sudmann in seinem Haus die Stube betrat, sprang ihm Lippele jubelnd entgegen; der Bub hatte dem Vater eine große Neuigkeit zu melden: in der Scheune begännen zwei ,wutzikleine, butziliebe Vogerln' ihr Nest zu bauen.

„So, so?" sagte Wolfrat und strich die zit-

181

ternde Hand über den Kopf seines Buben. „Nachher geh nur, Lippele, und schau ihnen zu und paß
recht auf! Da kannst du dir auch einmal ein
Nestl bauen!“ Er schob den Knaben zur Tür
hinaus.

Kaum war der Bub verschwunden, da richtete
Sepha im Bett sich hastig auf. Alle Angst ihres
Herzens zitterte in ihrer Stimme: „Polzer? Hat
dich schon einer drum angeredet?“

Er schüttelte den Kopf. „Es kann noch keiner
drum wissen.“ Als wären ihm alle Glieder gebrochen, so ließ er sich auf den Rand des Bettes
nieder. Sie faßten sich bei den Händen und sahen
sich stumm in die Augen. Wolfrat ließ den Kopf
auf die Brust sinken, und Sepha weinte leise vor
sich hin.

Nach einer Weile fragte sie: „Wo liegt's
denn?“

„Bei der Mauer im Eck.“

Wieder nach einer Weile: „Hast du das Brettl
mit heimgebracht?“

Er nickte.

„Geh, laß mich's anschauen!“

„Wozu denn? Schau, Seph, was hast du denn
davon? Nur daß du dich kümmern mußt!“

„Ich möcht's aber sehen! Mehr hab ich eh
nimmer von ihm als das Brettl.“

Er ging und holte das Totenbrett. „Gelt, schön hat er's gemacht?"

Sie wischte sich die Tränen aus den Augen, um besser sehen zu können. Mit beiden Händen hielt sie das kleine Brett vor sich hin; um seinen Rand war ein Kränzl gemalt, welches blühende Schnee=rosen vorstellen sollte; in der Mitte stand, blau und rot der Name — und darunter ein schwarzes Kreuz. Mit brennenden Augen starrte Sepha die Zeichen an, die sie nicht lesen konnte, von denen sie nur wußte, was sie bedeuten sollten. „Mariele! Mariele!" Aufschluchzend drückte sie das Brett an ihr Herz und umschlang es mit den Armen.

Abermals verging eine lange, stumme Weile. Dann fragte Wolfrat: „Wie nimmt's denn der Bub auf? Hat er schon einmal gefragt nach ihr?"

Sie schüttelte den Kopf. „Mein Gott, ein Kind! Ich glaub, er spürt's gar nit, daß eins fehlt im Haus."

„Könnt eins doch allweil ein Kind bleiben! Da ist jeder Tag ein ganzes Leben. Nachher schlafst du und fangst wieder ein neues an." Wolfrat erhob sich und stieß die Kammertür auf; als er den Raum leer fand, fuhr ihm ein Fluch über die Lip=pen.

„Polzer, Polzer!" stammelte Seph. „So sei doch froh, daß die Dirn noch allweil nit daheim ist. Ich mein, das wär ein gutes Zeichen. Sie wird ihn lebendig gefunden haben. Polzer, Polzer! Wenn

183

das wahr sein könnt! Wenn er davon käm! Wär das ein Glück!" Schluchzend hob sie die Hände gegen den Himmel. „O du grundgütiger Herrgott, schau, nur grad das Einzige tu für uns!"

„Ja, ja, nur grad das Einzige!" fiel Wolfrat mit heiserem Lachen ein. „Daß er wieder aufkommt, daß er herstehen kann vor mich und den Arm strecken und sagen: Der da war's! Wär das ein Glück! Geh, Seph, brauchst dich nimmer sorgen, es wird schon so kommen. Die Dirn wird schon helfen dazu. Und wenn sie ihn lebig gefunden hat, wird sie ihn hascheln und päppeln, und wird reden für ihn und wird's halten mit ihm gegen uns."

„Polzer!" Wie kannst du so von deiner Schwester reden?"

„Schwester!" lachte Wolfrat zornig auf. „Ich hätt gemeint, sie wär angewachsen an uns. Aber Blut ist Blut. Sie will hoch hinaus. Hat sich aber doch vergriffen. Wenn er auch gleich eine Feder auf der Kappen tragt und ein Schießzeug führt wie ein Herrischer, er ist halt doch nur ein Knecht." Wieder lachte er. „Sie soll ihn haben! Und wenn sie drinsitzt in seiner Keuschen, nachher sag ich ihr's."

Sepha schaute ihn mit großen Augen an; sie verstand nicht, was er redete. „Was, Polzer, was willst du ihr sagen?"

184

Er wandte sich ab und tat, als hätte er ihre Frage nicht gehört.

„Polzer?"

„Laß mich in Fried mit der Dirn! Sie hat mein Brot gegessen und schickt mir zum Vergelts Gott den Freimann über den Hals."

„Jesus!" schrie Sepha auf, griff mit beiden Händen zum Herzen und fiel erblassend in die Kissen zurück.

Er stürzte erschrocken zu ihr. „Seph, um Gottes willen, was hast du?"

„Völlig ungut ist mir worden!" sagte sie mit matter Stimme und umklammerte seine Hand.

„Schau, Seph! Tu mir's zulieb, nimm mir doch grad die Sorg um deinetwegen von der Seel! Der Krank in dir wird ärger mit jeder Stund. Schau, wenn du dich überwinden könntst und tätst die Schweißbluh nehmen?"

„Und wenn's um mein ewiges Leben wär, Polzer, ich tu's nit! Lieber soll's mit mir ein End haben beim nächsten Schnaufer!"

Er atmete tief und erhob sich.

„Schau nach der Zeit, Polzer", sagte sie, „du mußt ins Sudhaus. Und das Brettl mußt du auch noch aufstellen."

Er nahm das Totenbrett, suchte einen Hammer hervor und wollte die Stube verlassen. Unter der

185

Tür wandte er sich wieder, löste einen hölzernen Pflock aus der Lehmwand und zog den Lederbeutel mit der Schweißbluh aus der Vertiefung hervor.

„Was willst du damit?" fragte Sepha ängstlich.

„Wegschaffen muß ich's! Ich kann's doch nit in der Mauer drin verfaulen lassen."

Nun ging er. Vor der Haustür blieb er stehen. „Miez, Miez!" rief er. Aus der Scheune kam eine graue Katze herbeigesprungen. Ihr warf er den Inhalt des Beutels vor. „Für die Katz! Alles für die Katz!"

Er stand und sah dem Tiere zu, wie es gierig über die Brocken herfiel. Je hastiger es fraß, je besser ihm das Gericht zu munden schien, desto finsterer wurde Wolfrats Blick, desto mehr machte ihm ein heiß aufsteigender Zorn die Adern an den Schläfen schwellen. Und als die Katze das Letzte aus dem Sande leckte, schwang Wolfrat den Hammer: „Sollst du allein was haben davon?" Er warf. Klagend machte das getroffene Tier einen verzweifelten Sprung und lag verendet auf der Erde.

Da kam Lippele um die Ecke gesprungen. Hastig griff Wolfrat zu und verbarg die tote Katze unter seinem Janker; er hätte sie gerne wieder lebendig gemacht; das Tier war seines Buben Liebling und Spielkamerad gewesen.

186

Mit raschen Schritten ging er dem Hag zu und trat auf die Straße. Scheu blickte er sich um und warf die Katze in den vorbeirauschenden Seebach.

Dann schlug er neben der Zauntür das Toten= brett des Kindes, die bemalte Seite gegen die Straße gewendet, mit dem Hammer aufrecht in die Erde. Es sollte jedem vorüberwandernden Men= schen sagen: „Bet ein Vaterunser, hier ist der Tod gewesen und hat sich wieder auf den Weg gemacht nach einem andern Haus. Bet, bet, vielleicht bist du der nächste!"

Als Wolfrat den letzten Hammerschlag getan, ging Zenza auf der Straße vorüber. Sie sah weder den Sudmann noch das Brett; finster blickte sie vor sich hin auf die Erde.

„Bet, bet", sagte das Totenbrett, „vielleicht bist du die nächste!"

Wolfrat warf den Hammer über den Hag und wollte sich auf den Weg nach dem Sudhaus machen. Die Pfannen mußten vorgeheizt werden, wenn der Sud mit dem kommenden Werktag wie= der in vollem Gang sein sollte.

Da gewahrte Wolfrat, daß er auf der Seite, auf der er die erschlagene Katze getragen hatte, von der Brust bis zum Knie mit Blut betropft war. „Mensch oder Katz, es bleibt halt allweil was hängen an einem!" Er stieg zum Ufer der Ache hinunter, um sich zu reinigen. Ein paar Hände voll

187

Waſſer, und die Flecken waren getilgt. „Ob's wohl für das ander auch ein Waſſer gibt?"

Als er wieder hinaufſtieg zur Straße, hörte er Hufſchlag. Er wollte dem Zug, der ſich näherte, nicht begegnen und ſprang hinter ein Gebüſch.

Mit heiterem Geplauder zogen ſie vorüber; voran Herr Heinrich von Inzing, der Propſt des Kloſters, und Herr Schluttemann, beide zu Pferde; hinter ihnen Frater Severin mit geſchürzter Kutte, den Bergſtock führend; an ſeiner Seite Walti mit vollgepfropftem Ruckſack; dann noch vier Kloſter=knechte mit ſchwer beladenen Kraxen.

„Der Haymo wird Augen machen, wenn er uns kommen ſieht!" ſagte Frater Severin, als er an dem Gebüſch vorüberſchritt, hinter welchem Wolf=rat ſtand. „Ich freu mich ſchon auf ihn! Weißt du, Bub, ein Gärtner hat allweil die Sonn gern, und ſie ſcheint ſo warm in Haymos Augen!"

„Möcht wiſſen, warum er geſtern gefehlt hat beim Oſtertanz?" ſagte Walti. „Ich hab ihm eine Botſchaft bringen wollen und hab gewartet —"

Das Rauſchen der Ache verſchlang die Worte der Weiterſchreitenden.

Wolfrat kam hinter dem Gebüſch hervor und ſah den Verſchwindenden nach.

„Jetzt hebt ſich der Hammer über der Katz!" Er griff mit beiden Händen nach ſeinem Kopf.

Dreizehntes Kapitel

Herr Heinrich von Inzing fuhr zu Berge, um den falzenden Auerhahn zu jagen. Er hatte das Kleid des Priesters gegen ein ritterliches Jagdgewand vertauscht, trug um die Hüften das Weidgehenk und die Armbrust hinter dem Rücken. In gleicher Weise war Herr Schluttemann bewaffnet; aus seinen rollenden Augen aber blickte kein Schimmer froher Jägerlaune; Frau Cäcilia, die ihn notgezwungen für eine Woche aus ihrem Zaum entlassen mußte, hatte ihm einen Abschied bereitet, der auf eine für acht Tage voll ausreichende Wirkung bemessen war.

Eine Probe dieser Wirkung bekamen an der Seelände die beiden Fischerknechte zu spüren, die in einem weitbauchig gezimmerten Kahn auf den Propst und sein Gefolge warteten. Sie hatten nach der Meinung des Vogtes den Boden des Schiffes nicht genügend gesäubert, und so fuhr unter Herrn Schluttemanns Schnauzbart hervor ein Donnerwetter auf sie nieder, daß sie die Köpfe duckten wie Hirschkälber, wenn ihnen der erste Schnee auf die Luser fällt.

Walti und die vier Knechte wurden beordert, den Weg nach der Röt über die Almen zu nehmen. Frater Severin wollte sich ihnen anschließen. „Die Leut tragen kostbare Sachen auf dem Buckel",

189

meinte er, „es muß einer dabei sein, der ein Aug auf sie hat."

„Nein, Bruder, komm nur mit uns!" lächelte Herr Heinrich. „Die Leute gehen zu langsam für dich. Du mußt wacker ausschreiten, damit du Fett verlierst, sonst fällt dir im Garten das Bücken schwer."

Frater Severin seufzte und ergab sich in sein schweißtreibendes Schicksal.

Das Boot stieß in den See, dessen schimmernden Spiegel kein Lufthauch trübte. Die Tropfen, die von den plätschernden Rudern fielen, glitzerten in der Sonne wie Edelsteine; alle Berge waren von Duft umwoben; über die grauen, hochgetürmten Felswände und durch den immergrünen Bergwald zogen sich die schäumenden Sturzbäche hernieder gleich silbernen Adern.

„Sagt, Herr Vogt", und mit genießenden Augen blickte Herr Heinrich umher, „wo in aller Welt noch steht ein Kloster, dessen Fürst sich eines Münsters rühmen kann, wie ich es besitze: die Säulen der Wände für die Ewigkeit gebaut, die Fliesen ein einziger Smaragd, und als Dach der Himmel mit Gottes leuchtendem Auge."

Herr Schluttemann ließ ein Gebrumm vernehmen, das seine Zustimmung kundgeben sollte. Im Hinterteil des Schiffes seufzte Frater Severin: „Gottes Auge hat einen heißen Blick, ‚Gottes

190

Güte' war kühler." Er tauchte die Hand in das kalte Wasser und benetzte seine Stirn.

Die Fischerknechte wollten die Richtung mitten durch den See nach der Fischunkel halten, von der aus der kürzeste Weg in die Röt emporführte. Herr Heinrich aber befahl ihnen: „Zur Seeklause, wir nehmen den Aufstieg von dort!"

„Reverendissime", wandte Herr Schluttemann ein, „das ist aber ein teuflischer Umweg!"

„Den Umweg kenn ich, doch ist mir der Teufel noch nie auf ihm begegnet." Lächelnd blickte Herr Heinrich zu Frater Severin zurück. „Wir gehen den minder steilen Weg, dir zuliebe. Festina lente, sagte der Heide Augustus — du sollst sänftiglich vom Fleische fallen."

„Ach, Herr Heinrich", klagte Frater Severin, „ich könnt Euch erwidern mit einem Heidenwort: Naturam expellas furca, tamen usque recurret! Aber wie kann Heidenweisheit ein Trost sein für einen guten Christen. Und da mir geschah, wie Lukas, der Evangelist, Kapitel 6, Vers 38, prophezeite: Ein gutes, ein gedrückt volles Maß wird euch in den Schoß gegeben — so wollet bedenken, Herr Heinrich, daß der heilige Johannes in seiner Offenbarung, Kapitel 2, Vers 25 befiehlt: Und was ihr habt, das sollt ihr bewahren!" Sorgend legte er die Hände über sein Bäuchl.

Herr Heinrich lachte; Vogt Schluttemann aber

191

dachte an Frau Cäcilia: auch ein gedrückt volles
Maß, das er bewahren mußte!

Knirſchend fuhr das Boot in ſandig verlaufen=
des Ufer, das durchbrochen war vom Bett eines
ſchäumenden Baches. Herr Heinrich, der Vogt und
Frater Severin ſtiegen ans Land, und die Fiſcher=
knechte ſtießen den Kahn in den See zurück, um die
Heimfahrt anzutreten.

„Steiget nur immer voran und wartet meiner
auf der Höh!“ ſagte Herr Heinrich.

Der Vogt und Frater Severin überſchritten auf
ſchwankendem Stege den Wildbach und verſchwan=
den auf dem jenſeitigen Ufer im ſanft anſteigenden
Bergwald. Herr Heinrich ging den Wildbach ent=
lang, bis er eine aus Steinen erbaute, an eine hohe
Felswand angelehnte Klauſe erreichte. Er öffnete
die Tür; die Klauſe war leer.

„Dietwald!“ rief er mit lauter Stimme; nie=
mand zeigte ſich. „Sollte er hinausgefahren ſein
zum Fiſchfang?“ Nein, der Einbaum lag an das
Ufer gezogen. Herr Heinrich folgte einem ſchmalen
Fußpfad. Immer näher trat die ragende Felswand
an den Wildbach heran, von der andern Seite
näherte ſich der Bergwald, ſo daß eine enge
Schlucht gebildet wurde, auf deren Grund die
ſchäumenden Waſſer in tief zerriſſenem Bett mit
ohrbetäubendem Lärm hinwegrauſchten über mäch=
tige Steinklötze und zerſchmetterte Baumſtämme.
Wo die Schlucht ein Ende nahm, ſtürzte der Bach

192

aus schwindelnder Höhe hernieder in ein von sieden-
dem Schaum erfülltes Becken, das der fein zer-
sprühende Wasserstaub, von einem Sonnenstrahl
durchleuchtet, mit buntfarbigem Schimmer über-
wob. Neben dem Wasserfall zeigte sich an der
Felswand der Eingang einer Höhle, vor der ein
hohes steinernes Kreuz errichtet war, schon grau
verwittert und halb überzogen von gelblichem Moos.

Dem Kreuz zu Füßen, auf einem Holzblock, saß
Pater Desertus, der Fischmeister des Klosters. Er
hielt den einen Arm auf das Knie gestützt und das
Haupt auf die Hand geneigt; mit der andern Hand
nahm er von dem dürren Astwerk, das der Wildbach an das Ufer geschwemmt hatte, einen Zweig
und warf ihn in das wirbelnde Wasser; verloren
in Gedanken, schaute er zu, wie der Strudel den
Zweig verschlang, wie ihn die Wellen mit sich
fortrissen. Dann nickte er vor sich hin und warf
einen anderen Zweig.

Er hörte vor dem Rauschen des Wassers die
nahenden Schritte nicht und blickte betroffen auf,
als er eine Hand auf seiner Schulter fühlte. „Herr
Heinrich?" Grüßend neigte er das Haupt und erhob sich.

„Was treibst du hier?" fragte lächelnd der
Propst.

„Das Spiel meiner Tage."

Herr Heinrich betrachtete den Chorherren ernst

13 K.-Jäger   193

und schüttelte den Kopf. Dann sagte er: „Komm, laß uns zur Klause gehen, hier hört man kaum den Klang des eigenen Wortes."

Er wanderte den Pfad zurück, und Pater Desertus folgte. Vor der Klause ließen sie sich auf die Steinbank nieder. Warm schien die Sonne über ihnen, das gemilderte Rauschen des Wildbachs tönte wie Musik, draußen lag der glatte See, wie grüne Seide schimmernd, und über die steilen Wände, die ihn umzogen, hoben der Wazmann und die sieben Wazmann-Kinder ihre weißen Zinken in das reine Blau des Himmels.

„Ein schönes Plätzchen!" sagte Herr Heinrich. „Hier bist du wohl gerne?"

„Ja, denn ich lebe und störe doch die Freude keines anderen Menschen. Aber sagt, was führt Euch zu mir?"

„Muß ich nicht zu dir kommen, da du mich zu meiden scheinst?"

„Ich tu es um Euretwillen. Mein Blick verjagt das Lächeln, und Ihr lächelt gerne."

„Ja, Dietwald, seit ich erkennen lernte, daß Weinen zwecklos ist. Doch lassen wir das. Ich bringe dir einen Gruß."

Langsam hob Pater Desertus das Gesicht. „So lebt noch ein Mensch, der Ursach hätte, meiner zu denken?"

„Der Kaiser!"

194

Über das bleiche Antlitz des Chorherren flog eine heiße Röte, und es zuckte durch seine Glieder, als stünde ein Roß vor ihm, das es zu besteigen gälte, als hinge ein Schwert in der Luft, das er fassen müßte. Doch rasch ging diese Regung vorüber; er legte die Hand auf das Kreuz an seiner Brust und sagte mit versinkender Stimme: „Ich danke für den Gruß. Grüßet Herrn Ludwig wieder!"

„Er hat mir einen Brief geschrieben, ach, von Sorgen schwer! Sie setzen ihm bitter zu in Avignon und schüren ihm Zwietracht an allen Ecken und Enden. Hätt er Kriegsmannen so viel wie Sorgen, er hätt ein Heer, wie es noch kein Kaiser gesammelt. Und sieh, Dietwald, in allen Sorgen denkt er dein und läßt dich grüßen und fragt nach deinem Wohlergehen und hofft, daß dein Kummer sich gemildert hätte. Er hat dir den Tag von Ampfing nicht vergessen. Du hast ihm sein Reich erfechten helfen."

„Und habe um jenes Tages willen mein eigen Reich verloren! Meiner Güter bestes! Allen Wert und alle Sonne meines jungen Lebens, mein Glück, meine Seligkeit!"

„Dietwald!" mahnte Herr Heinrich. „Darf so ein Priester sprechen?"

Pater Desertus hörte nicht; es loderte aus ihm hervor wie entfesseltes Feuer. „Wie war ich stolz an jenem Tag, als ich vor Ludwig stand, ein Sieger unter Siegern, mit stumpfgeschlagenem Schwert, der Glanz meiner Rüstung erloschen im Blut der Feinde! Wie ein Falk flog meine Seele, und mein Herz wie eine sehnende Taube nach ihrem Nest — heim zu, heim zu! Neun Tage noch hält mich die Pflicht. Dann geht es heimwärts, wie im Sturm, Tag und Nacht durchreitend. Das Roß bricht unter mir. Schon im Sturze greif ich nach einem andern. Heim, heim, zu Weib und Kind! So hell und freudig hat mein Schlachtruf nie geklungen, wie dieser Jubelschrei meines Herzens. Bei grauendem Morgen erreiche ich den Bannwald meiner Burg. Jeder Baum, der an mir vorüberfliegt, ist mir ein Weiser zu meinem Glück. Nun ist Friede, nun darf ich ruhen. Ich sehe schon die heimliche Stube mit dem sonnigen Erker, sehe mich sitzen, mir zur Seite mein junges Weib, die von dunklem Gelock umflutete Wange an meine Schulter lehnend, zu mir aufblickend mit leuchtenden Augen. Und hier, auf meinem Knie, da schaukelt mein Knabe, macht große Augen und lauscht, denn ich erzähle vom Kaiser, von Fehde und Sieg. Und in der Wiege schlummert mein süßes Mädel und träumt in sein werdendes Leben hinein wie eine Knospe in den sonnigen Tag. Heim, heim, heim! Dort ist schon die Höhe im Wald, von der ich den Giebel meiner Burg erblicken muß. Ich spähe, spähe und spähe. Und sehe nichts. Hat sich mein

196

Haus verrückt? Hat sich der Wald verwachsen?
Ein zitterndes Ahnen befällt mich, ich peitsche mein
Roß, ich reite, reite. Dort ist der Saum des Waldes, jetzt hab ich ihn! Ich hebe mich auf im Sattel,
mein Blick fliegt über das Tal. Und ich sehe —
sehe —",

Schaudernd schlug er die Hände vor das Gesicht,
und seine Stimme erlosch in dumpfem Stöhnen.

„Dietwald!" sagte Herr Heinrich tiefbewegt.
„Kannst du deinem Herzen nicht gebieten, so ge-
biete deiner Zunge. Sie soll nicht nennen, was hinter dir liegt, seit du den Scheitel beugtest, um
Gottes Knecht zu werden."

Desertus hörte nicht. Er ließ die Arme sinken
und starrte mit brennenden Augen ins Leere. Und
dann, als stünde geisterhaft ein Bild vor ihm,
deutete er vor sich hin: „Das? Das ist mein
Glück? Ein Haufen Trümmer, glühende Steine
und rauchendes Gebälk? Das war mein Haus?
Es steht das Tor noch, mit dem Wappen darüber:
der weiße Islandfalk im blauen Feld! Und das?
Sind das die Tauben, die im Turm genistet? Tauben, die wie Raben krächzen, wie hungernde Geier
schreien? Sie wittern das Futter. Wie die Äpfel
um den Baum, so liegen die Leichen. Der dort, mit
dem grauen Kopf und der gespaltenen Stirn, das
ist Reinhold, mein Pförtner. Er hat immer gern
geschlafen. So wach doch auf, Alter! Rede doch!
Wo ist mein Weib, wo sind meine Kinder? Soll

197

ich dir eine Handvoll Asche zeigen? Sieh doch her!
Ist das mein süßes Weib? Oder das? Und hier,
der verkohlte Knochen? Das ist wohl mein schöner
Knab? Oder gar dein Hund? Und dort, sieh nur,
im Schutt, dort glimmt es noch? Das ist die
Wiege? Ja?"

„Dietwald! Erwache!" rief Herr Heinrich und
rüttelte ihn am Arm.

Er schaute auf mit verlorenem Blick. „Erwache!
Das war das erste Wort, das ich hörte! Einen
Tag, eine Nacht und noch einen Tag — wie ein
Bergmann nach Gold, so wühlte ich nach ver-
kohlten Gebeinen — und schrie: Wer hat mir das
getan? Ich hatte keinen Nachbar, der mir grollte,
hatte keinen Feind. In meinem Jammer wußt ich
keinen Weg. Die Augen blind vom Weinen, bin
ich gegangen und gegangen. An der Pforte des
Klosters fiel ich nieder. Sie trugen mich in eine
Zelle und riefen: Erwache! Erwache! Und ich blieb
und ließ geschehen, was geschah."

„Mit Schmerzen, Dietwald, hab ich es lang
erkennen müssen: es war für dich der rechte Weg
nicht. Hättest du doch Trost gesucht in Kampf und
Tat, auf dem Schlachtfeld, nicht in der Zelle!"

„Ich hoffte, ihn zu finden! Durch Tage und
Nächte, Wochen und Jahre lag ich in brünstigem
Gebet und schrie zu Gott aus tiefster Seele: Laß
mich vergessen! Ich schlug mit der Geißel meinen

Rücken blutig, um durch die Schmerzen meines
Leibes die Qual des Herzens zu betäuben. Es half
nicht, half nicht. Ich konnte nicht vergessen, konnte
nicht hoffen. Wenn ich kämpfte um das Heil
meiner Seele, so träumte ich den Kuß meines Weibes. Wenn ich den Himmel suchte, fand ich ihn in
meiner Kinder Augen, die mir entgegenblickten aus
der Luft meiner Zelle, aus jedem Blatt des heiligen Buches, aus jedem Bildwerk in der Kirche,
aus jedem Abbild des Erlösers."

„Und fandest du nicht Trost bei deinen Brüdern,
von denen mancher eine Welt von Schmerzen
überwand, da er sich Gott ergab?"

„Meine Brüder? Sagt Ihr das im Ernst, Herr
Heinrich? Ich meine doch, Ihr kennt Eure Chorherren?"

„Verdamme die Schwachen nicht. Kleine Seelen haben kleine Wünsche. Sieh diesen Berg an:
das edle Wild treibt es nach der Höhe, die zu-
friedenen Hasen nisten hier unten im niederen Gebüsch. Und sie beide sind doch Geschöpfe aus e i n e s
Schöpfers Hand."

„Meine Brüder? Hätt ich unter ihnen nur
einen gefunden, der gewesen wäre, wie Ihr seid!
Meine Brüder? Sie freuten sich der Wälder und
Felder, die ich dem Kloster brachte, und hatten für
mich nur Worte: Gott hat gegeben, Gott hat genommen. Gott! Gott! Gott!"

„Wie sprichst du dieses Wort! Dietwald!" Herr Heinrich erhob sich. „Du glaubst nicht an Gott? Ein Priester!"

Mit ernsten Augen sah Desertus zu ihm auf. „Ich glaube an Gott. Wer hätte diesen Stein zu meinen Füßen erschaffen, wenn Er nicht? Wer hätte diese ewigen Felsen gebaut und über schwindelnd tiefe Gründe diesen schönen See ergossen, wenn Er nicht? Wer die Luft bevölkert, das Wasser und den Wald, wenn Er nicht? Wer hätte diesem Baum die nährende Wurzel gegeben, die treibende Kraft des Markes und den Wohlverstand, mit dem er seine Zweige nach der Sonne breitet. Wenn Er nicht? Aus wessen Hand wäre der Liebreiz geflossen, der mein Weib umschimmerte? Die süße Unschuld in den Augen meiner Kinder? Wenn nicht aus seiner Hand? Wer hätte mich selbst erschaffen und mein Herz erfüllt mit jauchzender Freude und seligem Glück? Wenn Er es nicht getan? Doch wer vernichtete mein Glück? Wer riß mir die Freude aus dem Herzen und füllte meine Brust mit Qual und Pein? Wer ließ mein Weib verbrennen und meiner Kinder holdes Leben erlöschen in Glut und Rauch? Wer schickt den Blitzstrahl über diesen Baum, wer in sein Mark die Fäulnis? Wer schlägt mit Schmerzen und Tod, was atmet in Wasser, Luft und Wald? Wer stürzt die Felsen vernichtend über Tal und Hütten, und wer empört den See, daß er

die Ufer überschäumt und alles ringsumher verwüstet, was doch ein Werk ist aus Gottes eigener
Hand? Wer? Wer? Wer? Und warum?"

In Herrn Heinrichs Augen leuchtete ein herzlicher Blick. „Wer täte das alles? Wenn Er
nicht? Aber warum? Ja, mein Sohn, da bin ich
überfragt!" Lächelnd legte er die Hand auf die
Schulter des Chorherren. „Sieh, Dietwald, ich
könnte sagen: Was übles kommt, ist eine Strafe
oder eine Prüfung. Aber das sag ich nicht, zu dir
nicht! Gott prüft nicht. Er weiß doch, wie schwach
die Menschen sind. Und wer, wie Gott, so groß
ist in der Liebe, ist im Zorne nicht so klein. So
kleinlich, wie du bist, mit deinem törichten Warum!
Ja, Dietwald!" Er setzte sich an des Paters Seite
und faßte seine Hand. „Du Kind von zweiund-
vierzig Jahren! Im Schmerze kannst du fragen:
Warum?"

„Herr Heinrich!" stammelte Desertus.

„Hast du aber auch gefragt in der Freude, im
Glück? Gelt, da hast du genommen und genossen?
Da war dir um den Grund nicht bange, warum dir
gegeben wurde. Das Gute leuchtet dir ein, da
glaubst du an Gott. Nur im Schmerze willst du
ihn nicht fassen und begreifen und Gott nicht finden. Das ist nun freilich schwer, und noch keiner,
der lebte, hat es ganz zuwege gebracht. Sogar Christus, der Herr, hat am Kreuze gefragt: Gott, mein
Gott, warum hast du mich verlassen? Da sprach

201

der Mensch in ihm. Sag mir, Dietwald: wäre
Er denn Gott, wenn wir Menschen Ihn so leicht
verstünden? Und wenn du fragst: warum? Weißt
du denn auch, ob Er nicht Antwort gibt? Er
spricht vielleicht zu dir im Wehen dieser Frühlings=
luft, im Rauschen dieser Wellen. Nur ist dein
Ohr zu klein für alle Größe seiner Stimme."

„Nein, nein, ich hör Ihn!" flüsterte Desertus.

„Du, nicht wahr, du hörst den Donner der La=
wine, wenn du über die Berge steigst im Frühling,
du weißt, weshalb sie fallen muß. Und stumm be=
wundernd stehst du vor dem herrlichen Schauspiel
der Gottnatur, erhoben in deinem Herzen. Hört
ihren Donner aber auch die Fliege, die in einer
Rinse der Felswand klebt? Nein. Ihre Sinne
sind zu kurz. Sie klebt. Und wird verschüttet und
erstickt. Soll sie auch fragen: warum? Soll ewiger
Schnee die Halden drücken und keine Blume kei=
men lassen, nur damit die Fliege nicht gekränkt
wird? Nicht wahr, das geht nicht an. Du liebst
die Blumen, du sagst mit deinem Verstande: der
Schnee muß fallen. Die Fliege will es nicht be=
greifen. Von der Fliege zu dir ist ein weiter,
weiter Weg, doch nimm ihn millionenfach, und du
füllst die Strecke nicht aus von dir zu Ihm! In
schwindelnder Höhe geht Er seinen Weg, ein Schritt,
und Er ist über alle Berge, ein Schritt, und Meere
liegen hinter Ihm, und jeder Schritt bringt Wer=
den und Vergehen. Er kennt den Urgrund aller

Dinge, Er sieht das Ziel vor Augen, Er denkt der
Blumen seiner Ewigkeit. Doch wir, tief unter
Ihm, wir, Dietwald, sind die Fliegen unter der
Lawine."

Desertus schlang die Arme um Herrn Heinrichs
Hals und drückte das Gesicht an seine Brust.

„Ja, ruh dich aus! Du bist müde vom Leben.
Und wenn dir die Kräfte wiederkommen, dann be=
ginne neu den Weg und blicke auf zu Ihm! Du
siehst von seinem Antlitz einen Zug auf jeden Fels
geschrieben, ein Abglanz seiner Augen leuchtet dich
an aus jeder schimmernden Welle im See, und
einen Hauch seines Atems hörst du im Rauschen
des Waldes. Und da du, ein Mensch, Ihn nun
einmal nicht fassen kannst in seiner Größe, so halt
Ihn fest in seiner Liebe. Ich meine doch, du hät=
test sie empfunden. Und was du besessen? Hast du
es denn wirklich verloren? Nur weil du es nim=
mer halten kannst mit Händen? Blicke doch in die
Tiefe deines Herzens! Liegt dort nicht alles, was
an Glück dein eigen war, rein und heilig behütet,
ein köstlicher Reichtum an dauerndem Erinnern?
Dietwald! Dietwald! Du willst klagen? Weißt du
denn auch, um wieviel reicher du bist als ich?"

Desertus hob mit fragendem Blick die Augen.

„Alle holde Freude des Lebens hast du genossen,
bis dein Glück sich wandelte in einen Schmerz,
wie ein schöner Frühlingstag in eine Nacht mit
kaltem Reif. Mein Leben aber war ein Leidens=

203

gang, Schritt für Schritt. Eine reine Freude hat
mir nie geblüht, und jede Frucht, nach der ich griff,
trug den Wurm oder die Fäulnis in ihrem Kerne.
Ich habe mehr gelitten als du, da ich nur Schmerzen gewann, ohne Freude zu verlieren. Ich hatte
einen Bruder, der mich haßte, weil ich der ältere
war; hatte eine Mutter, die nur ihren Tand und
ihre Falken liebte; hatte einen Vater, der mich ver-
stieß, weil ich nicht schmeicheln konnte; das Weib,
das mich ohne Liebe nahm, brach mir die Treue;
mein Freund, der einzige, an den ich glaubte, war
ihr Verführer; ich diente redlich meinem Fürsten,
wurde des Verrats beschuldigt und in Ketten geworfen. Aus dem Kerker floh ich ins Kloster. Ich
haßte die Menschen und konnte Gott nur fürchten.
Nicht mit Inbrunst, in Zittern hab ich gebetet und
suchte den Grimm meines Herzens zu ertöten in
schwerer Pönitenz. Doch Haß und Furcht hingen
fest an mir. Wenn ich aus dem Kloster nieder-
stieg ins Tal, sah ich die Not nur und der Menschen Pein. Wenn ich emporstieg auf die Berge,
sah ich nur die Schrecken der Natur, Verwüstung
und Zerstörung, den Gott in seinem Grimme. Mit
schaudernder Seele floh ich wieder heim in meine
Zelle, sang und betete und schwang die Geißel."

„Und wie kam Euch die Erlösung?"

„Es war an einem Tage spät im Herbst. Ich
lag auf meinem Bett, entkräftet, blutend aus den
Wunden, welche die Geißel gerissen hatte, die bren-

204

nenden Augen auf die kahle Wand geheftet. Die häßlichen Bilder meines kalten, nutzlosen Lebens zogen vor meinem taumelnden Geiste vorüber, und jeder Gedanke war ein Schrei zu Gott: Töte mich, töte mich, weshalb noch soll ich leben! Da vernahm ich in meiner Zelle ein leises Tippen, wie vom Fall eines Wassertropfens. Hinter dem Rahmen eines Heiligenbildes war ein Schmetterling herausgefallen. Er hielt die Flügel geschlossen und rührte sich nicht. Ich griff nach ihm, und er ließ sich fassen. Seine Füße waren starr, die Schwingen gelähmt. Er war erfroren in der herbstlichen Kälte meiner Zelle. ,Dein Schicksal ist das meine!' sagte ich und ließ ihn zu Boden fallen. Da stieg die Sonne über die Berge, und durch das offene Fenster meiner Zelle fiel ein warmer Strahl gerade auf die Stelle hin, auf welcher der Falter lag. Es währte nicht lang, da begann er, auf der Seite liegend, die Füße zu rühren. So zappelte er eine Weile, aber es gelang ihm nicht, sich aufzurichten. Ich hielt ihm den Griff meiner Geißel hin, er klammerte sich an das Holz und stellte die Schwin= gen auf. Lange saß er ruhig. Dann plötzlich legte er die Flügel auseinander, schloß sie wieder, kroch vom Holz der Geißel auf die Erde, und weiter und weiter, immer der Sonne nach, und an der Mauer empor, auf das Gesims des Fensters. Hier saß er noch, als müßte er rasten. Immer spielte er mit den Schwingen. Und dann mit einmal begann er

205

zu flattern. Erst schwer und mühsam. Immer
leichter wurde sein Flug, und so schwebte er hinaus
zum Fenster und gaukelte in den blauen Himmel."

Herr Heinrich schwieg und blickte lächelnd empor in das endlose Blau.

„Da kam es über mich, ich wußte nicht wie.
Mir war, als hätte Gottes Stimme mir geboten:
Steh auf und lebe! Ich erhob mich, wusch meine
Wunden und kühlte sie mit Balsam. Wie ein
Träumender trat ich aus dem Kloster und wanderte
hinaus in das herrliche Tal. Die Sonne spann in
den Lüften, silberne Fäden flogen, und in den bun-
ten Farben des Herbstes leuchtete der Laubwald.
Die Kinder liefen auf mich zu und küßten meine
Hände. Traulich blickten ihre lieben Augen zu mir
auf. Alle Felder waren belebt, überall hörte ich
Lachen und Gesang. Die Leute eggten und streuten
die Wintersaat, ohne doch zu wissen, ob sie essen
würden von diesem Brot. Und als ich heimkehrte
in das Kloster, trat ich vor Herrn Konrad von
Altenfann, meinen Propst, und sagte: ‚Gebt mir
Arbeit!' Ach, die Tage, die nun kamen! Ich zog
wie ein Roß, das des langen Stehens im Stalle
müd geworden. Überall griff ich zu. Ich ordnete
und mehrte das Gut meines Klosters, hob den
Salzbau, war Fischmeister, Kellermeister, Wildmeister. Wo immer nur ein anderer müde wurde,
trat ich an seine Stelle. Und alles wandelte sich
mir zur Freude. Ich milderte die Strenge meiner

206

Oberen, versöhnte die grollenden Landsassen, half, wo zu helfen war. Und je mehr ich den Menschen helfen durfte, desto mehr begann ich sie zu lieben. Ihr Dank, Dietwald, hat mich das Lächeln gelehrt. Und keinen schloß ich aus. Meinen Bruder stützte ich in schwerer Not, die Kinder jenes Weibes hob ich aus Elend empor zu freundlichem Leben, und meinem Fürsten, welcher Kaiser geworden, diene ich mit der ganzen Treue meines Herzens. Sage, Dietwald, war es nicht eine Gotteslehre, die mir der Falter gab, da er emporflog in das Blau? ‚Willst du den Himmel finden, dann geh in die Sonne!' Das tu ich, Dietwald. Ich suche am Leben die Sonne, und in den unvermeidlichen Schatten trag ich die Helle, so gut ich es vermag. Da fließt mir jeder Tag wie ein schönes Gottesgeschenk. Ich freue mich jeder Blume, die auf meinem endenden Wege blüht. Und schickt mir Gott mit aller Freude zuweilen auch einen Schmerz, dann trag ich ihn und such ihn zu verwinden. Aber ich frage nicht: warum ich leide!" Er legte die Hand auf des Paters Schulter und fügte lächelnd bei: „Daß ich leide, genügt mir! Homo sum, Dietwald, homo sum!"

Desertus hatte den Kopf an die Mauer seiner Klause gelehnt, hielt die Hände im Schoß verschlungen, und während er durch die schwankenden Zweige der Buchen, an denen die Blätter schüchtern sproßten, emporblickte zum blauen Himmel,

207

perlten langsame Tropfen über seine bleichen Wangen — die ersten Tränen nach langen Jahren.

Herr Heinrich schwieg eine Weile. Dann sagte er: „Verzage nicht, Dietwald! Auch dein Falter wird noch fliegen. Flog er in fünfzehn Jahren nicht, gib acht, er fliegt im nächsten!"

„Fünfzehn Jahre!" glitt es leise von des Paters Lippen. „Und mir ist, als wäre es gestern gewesen, als läge dazwischen nur eine einzige Nacht, eine lange, bange, grauenvolle Nacht, nach der kein Tag mehr kommen will!" Die Hände des Propstes fassend, rief er in heißem Flehen: „Herr Heinrich, hebet mich empor zu Euch, dorthin, wo Sonne ist! Seht mich an! Ich habe gekämpft und gerungen, bis alle Kräfte mir versiegten. Und ich fand auch Stunden ruhiger Ergebung. Als Ihr erkanntet, daß die Enge der Zelle mich erdrückte, und als Ihr mich hierhergesandt in diese herrlichste Kirche Gottes, da ward es still in mir, während der Föhn mich umrauschte und draußen im See mein Einbaum gegen die Wellen kämpfte. Und nun alles, alles wieder verloren!" Seine Augen glühten, und seine Stimme verrann in dumpfem Murmeln. „Verloren seit vier Tagen! Und Pein ist, was ich fühle! Sehnsucht, was ich denke! Verlangen, was ich sinne! Ein Gespenst ist mir erschienen —"

Herr Heinrich erschrak. „Dietwald!"

„Ein Gespenst, wie aus der Asche gestiegen, und dennoch Fleisch und Blut, mit meines Weibes

208

Haar, mit meines Weibes Augen, mit dem holden Kindermund, der mir gelächelt in Liebe."

„Dietwald!" Herr Heinrich sprang auf und rüttelte den Arm des Chorherren. „Deine Sinne taumeln, und dein Geist ist krank. Was dir das Herz erfüllt, tritt in die Lüfte. So fing es bei vielen an. Einer wurde heilig, und hundert wurden Sünder, eidvergessene Schelme. Greife nach einem Halt, oder du bist verloren! Ich muß dir Arbeit geben. Die Angel zu ködern für Hecht und Ferch, das taugt dir nicht!"

„Herr!" stammelte Pater Desertus. „Ich soll fort von hier?"

„Höre mich an! Kaiser Ludwig will mit dem Papst verhandeln. Es zwingt ihn die Not. Und er will einen Priester senden, doch einen, der ein deutsches, ritterliches Herz unter seiner Kutte trägt. Er fragte mich um Rat. Ich hatte an dich gedacht. Nun will ich, daß du gehst. Und ich hoffe, daß ich mich in dir nicht täusche." Herrn Heinrichs Worte klangen, als schlüge Stahl auf Stein.

Über das Gesicht des Chorherren glitt eine matte Röte; er richtete sich auf. „Wann soll ich reisen, Herr?"

„Du wirst es erfahren. Und in andere Luft sollst du mir noch heut! In kühlende Gletscherluft! Begleite mich! Was stehst du noch? Rasch, Dietwald! Schürze deine Kutte, nimm das Griesbeil und den Basthut!"

14 K.=Jäger

Pater Desertus trat in die Klause.

Herr Heinrich blickte ihm nach mit sorgenvollen Augen. „Gespenster sieht er? Warte nur, wir wollen sie jagen!"

Zur Bergfahrt gerüstet, kehrte Desertus zurück.

Als sie den Wildbach entlang gingen, kamen sie zu einer Stelle, an der sich über moosigem Grund eine Bucht mit spiegelndem Wasser gebildet hatte.

„Herr Heinrich!" sagte Pater Desertus und deutete in das Wasser.

„Was soll ich sehen?"

„Diese beiden: der eine trägt das Kleid der Kirche, der andere das Lederwams, die Armbrust und das Weidgehenk. Welcher von den beiden ist der Priester?"

Herr Heinrich lächelte. „Ich sehe nur zwei Menschenköpfe, der eine grau, der andere noch schwarz."

Dem Pater voran überschritt er sicheren Ganges den schwankenden Steg.

Vierzehntes Kapitel

Bei Einbruch der Dämmerung erreichten die Bergfahrer das Steintal in der Röt. Sie hatten im Almenwald die Bärenfährte auf dem Steig

gefunden und die Spur, obwohl sie auf dem schneefreien Waldgrund nur mühsam zu erkennen war,
über eine Stunde weit verfolgt — Desertus allen
anderen voran. Ein übles Los hatte Frater Severin dabei gezogen; er fand den Mut nicht, allein
auf dem Steig zu warten, so trollte er seufzend
und keuchend hintennach, über Felsblöcke und
Wurzelknorren, über Steinlöcher und Windbrüche.

Die Richtung der Fährte versprach Herrn Heinrich keine Jagd; der Bär hatte sich talwärts gegen
den See gewendet.

Als der Propst, Herr Schluttemann und Pater
Desertus den Steig wieder erreichten, mußten sie
geraume Weile auf Frater Severin warten. Endlich kam er, und Herr Heinrich fand in des Fraters Aussehen alle Ursache, um zu sagen: „Bruder, ich schätze dich schon um fünf Pfund leichter.
Gelt, das ist gesünder, als im Kellerstübl hocken
und die neuen Fässer kosten?"

„Wenn Ihr es sagt, muß es wohl wahr sein!"
klagte Frater Severin und suchte an dem Kutten-
ärmel einen noch trockenen Fleck für seine Stirn.
Im Weiterschreiten sandte er einen jammervollen
Blick zum Himmel und seufzte: „Das Kellerstübl!"
Wie war es dort so schön, so kühl! Und durch die
offene Tür sah man den schier endlosen Keller mit
den vom Zwielicht umwobenen Fässern, die in
Reih und Glied lagen, eine stattliche Armee von
Sorgenbrechern. Besaß doch das Stift Berchtes-

14*   211

gaben in der Umgebung von Krems und Kloster-
neuburg zahlreiche Weingüter: im Tailland, auf
der Frechau, zu Oberndorf, Eisentür, Armstorf,
Wank, Sattelsteig, Mörtal, Rechberg und Stein!
Frater Severin war in keiner Litanei so sattelfest
wie in der Kunde dieser seinem Ohr so lieblich
klingenden Namen. „Rechberg und Stein!" Das
Beste hob er sich immer für zuletzt auf; und der
Klang dieser beiden Worte stimmte ihn so träu=
merisch, daß er, des Weges nimmer achtend, über
ein Felsloch stolperte und seine Nase nur mit
knapper Not vor einem unsanften Kuß der Mut=
ter Erde bewahrte.

Wie eine Erlösung aus dem Fegefeuer begrüßte
er bei Einbruch der Dämmerung den Anblick der
beiden Jagdhäuser; es war wohl immer noch eine
halbe Stunde zu steigen, aber er sah doch wenig=
stens die winkende Ruhe vor Augen.

Herr Heinrich, der gleichmäßigen, berggewohn=
ten Ganges den anderen voranschritt, verhielt plötz=
lich den Fuß. „Mir ist, als hätt ich einen Ruf ge=
hört."

Sie blieben alle stehen und lauschten. Da klang
es von der Höhe des Steintales nieder, von dort
her, wo die Hütten standen, mit langgezogenem,
angstvollem Ruf: „Hoidoooh!"

„Eine Mädchenstimme!" sagte Desertus. „Und
sie klingt wie der Schrei eines verzweifelten Her=
zens."

212

„Dort oben ist jemand in Not! Lasset uns rascher ausschreiten! Vorwärts! Vorwärts!" befahl Herr Heinrich.

Als sie eine gute Strecke Weges weiter emporgekommen waren, klang abermals der Ruf: „Hoidooooh! Hoidooooh!" Trotz der Dämmerung nahm Herr Heinrich mit seinem scharfen Auge auf einem vorspringenden Fels unfern der Jagdhütte die Gestalt des rufenden Mädchens wahr. Er höhlte die Hände um den Mund und gab den Ruf zurück.

Das Mädchen mußte den Ruf vernommen haben, denn man hörte einen Schrei, wie in Freude und doch in Jammer, und dann, vom Winde herabgetragen, die gellenden Rufe: „Leut! Leut! Um Gottes willen, da her, da her! Hoidooooh!"

„Diese Stimme!" murmelte Desertus. „Ich habe sie schon gehört!" Und den anderen voran eilte er, so rasch es der steile Weg gestattete, durch die Sunke des Tals empor. Herr Heinrich hielt sich nahe hinter ihm, Herr Schluttemann blieb keuchend zurück, Frater Severin rang atemlos die Hände und fiel auf einen Steinblock nieder.

Als Desertus den Fuß der letzten Höhe erreichte, kam Gittli mit jammernden Worten ihm entgegengestürzt.

„Sie ist es!" stammelte er, und drückte, den Schritt verhaltend, die zitternde Faust auf seine Brust.

213

Nun stand sie vor ihm; wirr hingen ihr die Haare um das bleiche, von Angst verstörte Gesicht. Sie wollte sprechen, da erkannte sie ihn und erschrak. Sie machte eine Bewegung, als hätte sie fliehen mögen; aber die Sorge um jenen anderen bannte in ihr die Furcht vor diesem einen. Schluchzend fiel sie vor ihm nieder und schrie: „Helfet ihm! Helfet ihm!"

Er hob sie auf. „Wem soll ich helfen? Rede, Mädchen, rede doch!"

Da klang die Stimme Herrn Heinrichs: „Was ist geschehen?"

Gittli riß sich aus den Händen des Chorherren, eilte dem Propst entgegen, umklammerte seine Hand, und während sie ihn mit sich fortzog, zur Jagdhütte, klagte sie: „Ach, guter, lieber Herr, schauet, ich bitt Euch, helfet ihm, er muß versterben!"

„Wer, Mädchen, wer?"

„Der Haymo, der Haymo!"

„Mein Jäger? Was ist mit ihm? Ist er gestürzt?"

„Nein, nein, viel ärger noch! Es hat ihn —" Ihre Stimme erlosch; sie durfte nicht reden, sie hatte geschworen! „Ich weiß nit, weiß nit", schrie sie auf, „ich hab ihn gefunden und hab ihn heimgebracht, gestern, und er hat so gut geschlafen die ganze Nacht. Und heut in der Früh, da hat er noch gern genommen, was ich ihm gekocht hab. Zu

214

Mittag aber, da hat er angefangen, hat schiech geredet, hat um sich geschlagen, und allweil hat er aufspringen und fort wollen. Ich hab ihn gebittet und gebettelt, daß er sich halten soll und den Arm nit rühren. Und schauet, mit zwei Händ hab ich ihn heben und zwingen müssen. Und auf einmal ist er weggefallen, daß ich schon gemeint hab, er verlischt wie ein Licht. Und so liegt er noch allweil. Und einmal war ich bei ihm, und das ander Mal wieder bin ich hinausgelaufen und hab geschrien und geschrien, weil ich gemeint hab, es müßt und müßt wer kommen! Ach, was hab ich ausgestanden!"

Sie hatten die Hütte erreicht; Gittli eilte voran, Herr Heinrich und Desertus folgten. Auf dem Herde brannte ein flackerndes Feuer.

„Schauet her", stammelte Gittli, „da liegt er und tut keinen Rührer nimmer!"

Herr Heinrich trat an das Lager. „Licht, Dietwald, Licht!" Desertus riß ein zur Hälfte brennendes Scheit aus dem Feuer und hob es über das Bett. Während Herr Heinrich den Kranken zu untersuchen begann, zog Gittli sich scheu in einen Winkel zurück; dort stand sie mit angstvollen Augen, die zitternden Hände am Mund.

„Was ist das? Ein Wundverband?" Herr Heinrich richtete sich auf. „Hast du ihn angelegt?"

„Ja, Herr! Weil er geblutet hat!"

215

Jetzt stolperte Herr Schluttemann keuchend über die Schwelle. „Was gibt's? Alle Wetter! Was gibt's? Was gibt's?"

„Seht nach, Herr Vogt, ob unsere Leute noch nicht kommen", sagte Herr Heinrich, „ich brauche das Kästlein mit Verband und Balsam."

„Was fehlt dem Bursch?"

„Das werdet Ihr erfahren, wenn ich selbst es weiß. Geht!"

Herr Schluttemann war beleidigt und ver= schwand. Der Propst beugte sich wieder über Haymo. „Er schläft", sagte er nach einer Weile zu Desertus, „sein Herzschlag ist matt, aber ruhig, sein Atem gleichmäßig. Er mag einen schweren Anfall von Wundfieber überstanden haben und liegt nun in der Betäubung der Schwäche. Ich sehe keine Gefahr."

Gittli faltete die Hände und rührte stumm die Lippen.

„Du dort, komm her!" rief Herr Heinrich ihr zu. „Wie heißt du?"

„Gittli!"

„Komm her, Gittli! Und sag mir, was du alles getan hast zu seiner Hilfe."

Zögernd kam sie näher, und nun erkannte er sie. „Warst du nicht vor wenigen Tagen beim Vogt? Du bist die Schwester Wolfrats, des Sud= manns?"

Gittli zuckte zusammen.

„So komm doch näher und rede! Was hast du
für meinen Jäger getan?"

Die Hände zitternd, die Augen zu Boden ge=
senkt, gab sie mit stockenden Worten Bericht.
Aufmerksam hörte Herr Heinrich zu, und Pater
Desertus hing wie gebannt an Gittlis Zügen.

Als sie geendet hatte, blickte sie mit scheuer,
stummer Frage zu Herrn Heinrich auf, als wollte
sie sagen: „Hab ich auch nichts schlecht gemacht?"

Da kam Herr Schluttemann zurück. „Die Leut
sind da, Reverendissime, hier ist das Kästl!"

Herr Heinrich nahm es. „Erwartet mich drau=
ßen und laßt mir niemand in die Stube! Frater
Severin —"

„Er ist noch immer nicht da."

„Wenn er kommt, soll er rasten und Atem
schöpfen, dann soll er die Herrenhütte instand
setzen. Der Walti mag hierbleiben, die vier
Knechte sollen in den Almhütten nächtigen und
morgen beizeiten wieder hier sein."

Herr Schluttemann ging, und man hörte, wie
er draußen mit den Knechten umschrie, als hätten
sie Wunder was verbrochen. „Und morgen vor
Tag seid ihr wieder da!" schloß er sein donnern=
des Kapitel. „Oder ich reiß euch die Ohren vom
Kopf weg! Wurzweg!"

Je lauter er geschrien hatte, desto kleiner war

217

Gittli geworden, desto tiefer hatte sie sich in ihren
Winkel gedrückt.

Herr Heinrich entnahm dem Kästlein, was er
brauchte, um einen neuen Verband anzulegen. Als
er die mit Harz verklebte Leinwand von der
Wunde löste, streckte sich Haymo stöhnend, schlug
die Augen auf und schloß sie wieder.

„Dietwald, sieh her!" rief Herr Heinrich erregt,
„das ist keine Wunde, wie ein fallender Stein
sie schlägt, oder wie man sie bei einem Sturz er=
halten kann. Das ist ein Stich, ein Messerstich!
Der Mann ist überfallen worden. Das hat ein
Raubschütz getan, den der Jäger fassen wollte.
Mädchen! Komm her zu mir!"

Gittli zitterte an allen Gliedern.

„Aber so komm doch! Sag mir: wo hast du
ihn gefunden?"

„Draußen", lispelte sie mit versagender Stimme,
„vor der Hütte."

„Weit von hier?"

Sie schüttelte den Kopf.

„Und wie kam es, daß du ihn fandest?"

Ratlos, mit angstvollen Augen, schaute sie zu
Herrn Heinrich auf.

„Aber so rede doch! Ich will wissen, was dich
zu der Stelle führte, an der du ihn fandest. Was
hattest du hier oben zu schaffen?"

Sie schlug die Hände vor das Gesicht.

218

„Ich bitt Euch, Herr Heinrich, quälet das Kind nicht!" sagte Desertus mit schwankender Stimme. „Ich glaube den Grund zu kennen, der sie hierher= geführt. Gestern in der Nacht starb im Haus ihres Bruders ein Kind."

„Ein Kind des Wolfrat?" Herr Heinrich ging auf das Mädchen zu. „Du wolltest Schneerosen holen? Zum Engelkränzlein? Und da hast du den wunden Mann gefunden und bist bei ihm geblieben Tag und Nacht und hast alles für ihn getan, was nur zu tun war?" Er strich die Hand über Gittlis Haar. „Du bist ein braves, tapferes Mädchen. Ich will es dir und deinem Bruder danken."

Gittli wandte sich ab und wankte zur Tür hinaus. Draußen fiel sie auf die Bank und weinte in heißem Kummer vor sich hin.

Walti kam herbei, zog ihr die Hände herab und schaute ihr ins Gesicht. „Jeh, du bist es? Warum heulst du denn?"

Sie riß sich los und schluchzte noch lauter.

„Flennst du wegen dem da drin? Geh, du bist dumm! Der hat einen Gsund wie ein Trumm Eisen. Und wenn's auch ihm ein bißl weh tut, du spürst es ja nit!" Er lehnte sich an die Hütten= wand und gähnte. Da sah er dicken Rauch aus der Herrenhütte qualmen. „Da schau! Der Frater feuert schon. Du! Da werden gute Sachen ge=

219

kocht. Weißt, beim Heraufsteigen bin ich allweil
hinter den Kraxen hergegangen. Du! Das hat
gerochen! Aaah! Fein!" Er schnalzte mit der
Zunge. „Meinst du, wir kriegen auch was?"
Ohne eine Antwort abzuwarten, schlich er zur
Herrenhütte und spähte durch die offene Tür.

Der Eingang führte in eine geräumige Küche mit
offenem Herd; daneben lag eine kleine Herren=
stube, deren einfaches Gerät aus rötlichem Zirben=
holz gefertigt war, und die Schlafkammer mit zwei
Heubetten. Von der Küche stieg man über eine
Leiter zum Bodenraum, auf welchem Bergheu in
genügender Menge aufgeschüttet war, um für ein
halbes Dutzend Schläfer weiche Liegerstatt zu
bieten.

Neben dem Herd, auf dem ein helles Feuer
brannte, stand Frater Severin; er hatte die Ärmel
der weißen Kutte aufgestülpt, eine blaue Schürze
vorgebunden und war damit beschäftigt, ein ‚Spieß=
chen Schwarzreiter' zu putzen, die, mit Eiern über=
gossen und am Feuer rasch gebacken, für den
Abendtisch einen köstlichen Imbiß gaben.

Auf den Stufen vor der Tür der Herrenstube
saß Herr Schluttemann, nachdenklich, mit gesträub=
tem Schnauzbart, grimmig die Augen rollend. Die
Geschichte mit Haymo war eine Nuß, die zu
beißen gab. Des zwecklosen Grübelns müde, schüt=
telte er schnaubend das Haupt, fuhr mit den Fäu=
sten durch die Luft und platzte los: „Teufel! Teu=

220

fel! Wenn ich denke, daß ich jetzt drunten im Kellerstübl sitzen könnt!"

„Mit Pater Hadamar und dem Küchenmeister", schmunzelte Frater Severin, „bei Rechberg und Stein!"

„Höret auf, höret auf", stöhnte Herr Schluttemann, „ich kann's nicht hören, es reißt mir die Seel aus dem Leib." Dann wieder in grimmige Melancholie versunken, fragte er: „Es ist doch wohl gesorgt für unseren Durst?"

Frater Severin zuckte die Achseln. „Wie es Herr Heinrich anbefohlen. Fünf Tage sollen wir bleiben. Zehn Flaschen sind befohlen. Rechnet aus, wieviel auf einen trifft!"

„Verflucht wenig!" meinte Herr Schluttemann mit langem Gesicht. „Verflucht wehenig! Frater! Frater! Mir wird die Leber brandig werden. Ich kann das Wasser nicht vertragen. Aber schon gar nicht!"

Frater Severin betrachtete den unglücklichen Vogt mit zwinkernden Augen, dann leckte er die von den Schwarzreitern fett gewordenen Finger ab, trat auf ihn zu und flüsterte ihm ins Ohr: „Habt Ihr den Binkel gesehen, den der Walti getragen hat?"

„Ja, warum?"

Frater Severins Miene wurde immer geheimnisvoller. „Und habt Ihr's nit scheppern hören in dem Binkel?"

221

Herr Schluttemann legte den Kopf auf die
Seite und zeigte das Weiße in den Augen. Ein
schüchternes Licht der Hoffnung schien in seiner
trostlos finsteren Seele aufzudämmern. „Redet,
Frater, was hat gescheppert?"

„Zehn heimliche Flaschen! Rechberg und Stein.
Hinter der Hütte liegen sie in kühler Erde ver=
graben, und wenn Herr Heinrich schlummert, holen
wir uns ein Pärchen."

„Frater Severin, Ihr seid ein Heiliger!" rief
Herr Schluttemann und wollte dem Frater um
den Hals fallen.

Der schob ihn von sich. „Nit so laut, Herr
Vogt!" Er schielte nach der Türe. „Herr Heinrich
könnt uns hören."

Des Fraters Sorge war unbegründet. Herr
Heinrich weilte noch immer in der Jägerhütte. Er
hatte einen neuen Verband um Haymos Wunde
gelegt und den Arm in einer Schlinge befestigt, da=
mit nicht eine ungestüme Bewegung des Schläfers
eine neue Blutung hervorriefe. Nun blickte er
suchend umher.

„Wo ist das Mädchen?"

Desertus ging rasch zur Türe. Vor der Hütte
saß Gittli auf der Bank; ihre Tränen waren ver=
siegt; verloren starrte sie hinaus in die sinkende
Nacht. Desertus berührte ihre Schulter. Sie fuhr
erschrocken zusammen und erhob sich.

„Komm, Gittli! Herr Heinrich fragt nach dir!"
Er nahm ihre Hand und führte sie in die Stube.

„Nun, willst du nicht sehen, wie es deinem
Pflegling geht?" sagte der Propst. „Komm her!
Sieh nur, wie gut und ruhig er schläft!"

In wortlosem Danke wollte sie Herrn Heinrichs
Hand küssen.

„Laß doch, du Kind!" sagte er. „Ich habe zu
seiner Rettung nicht das mindeste getan. Haymo
wäre ein verlorener Mann gewesen ohne dich. Er
hat dir allein zu danken, daß er nun leben wird."

Ein Seufzer, heiß und freudig, schwellte Gittlis
Brust. Mit leuchtendem Blick hing sie an Haymos blassen Zügen; dann fuhr sie mit der Hand
über die feuchten Augen und wandte sich zur Tür.

„Wohin willst du?" fragte Herr Heinrich.

„Jetzt braucht er mich nimmer!" lispelte sie.
„Heim will ich gehen."

„Mädchen! Es ist finstere Nacht!" sagte Desertus erschrocken.

„Ich fürcht mich nit. Es ist sternscheinig, den
Weg kenn ich auch, und auf der Alm kann ich
nächtigen."

„Dort schlafen die Knechte!" warf Herr Heinrich ein; dann lächelte er. „Und denke nur, wenn
Haymo morgen erwacht und fragt nach dir? Was
sollen wir ihm sagen? Willst du nicht bleiben?"

„Wenn ich darf?" stammelte sie. „Schauet,

223

Herr, ich nehm doch keinem seine Liegerstatt weg.
Ich setz mich dort auf den Herd."

Sie wollte in ihren Winkel schleichen, aber
Herr Heinrich rief sie noch einmal zurück. „Gittli",
sagte er freundlich, „du bist doch kein Kind mehr,
du solltest nicht so herumlaufen." Er deutete auf
ihre Arme, die bis über die Schultern nackt waren,
und auf einen Riß, der in ihrem Hemd fast bis
zum Gürtel ging.

Sie sah ihn mit großen Augen an. „Ich hab
mir die Ärmel weggerissen, weil ich das Leinen
gebraucht hab. Für ihn."

Da ging er auf sie zu, legte ihr die Hand auf
den Scheitel und sagte leise: „Deo placebis in
nuditate tua!" Und zu Desertus sich wendend,
fuhr er in lateinischer Sprache fort: „Kann eines
Fürsten Tochter reicher sein an edlen Steinen und
Geschmeide als dieses Bettelkind an Schätzen des
Gemüts?"

Der Chorherr schwieg; seine träumenden Augen
hingen an Gittli, die zum Herde ging, in ihre Jacke
schlüpfte und sich leis in den Winkel kauerte.

Herr Heinrich war an Haymos Lager getreten
und hatte seine Hand auf die Stirn des Schlum=
mernden gelegt. „Das Fieber ist gemildert, und der
Schlaf wird ihn erquicken. Er hat gesundes Blut
und eine gute Natur. Ich hoffe, wir haben den
Mann in drei Tagen wieder leidlich auf den Bei=
nen. Ich will Wein herüberschicken, davon soll er

224

bekommen, wenn er munter wird in der Nacht. Und Frater Severin soll bei ihm wachen."

„Überlasset mir dieses Amt!" sagte Desertus rasch. „Der Bruder ist müde."

„Gut, so bleibe!" Herr Heinrich reichte dem Chorherrn die Hand, nickte Gittli mit freundlichem Lächeln zu und verließ die Stube.

Zu Häupten des Lagers setzte sich Desertus auf die Bank.

Es war still in der Stube. Gittli rührte sich nicht in ihrem Winkel; man hörte nur Haymos tiefe Atemzüge, und auf dem Herde knisterte es zuweilen noch leise in den glühenden Kohlen.

Draußen murmelte das Wasser, von der Herrenhütte herüber klang in Zwischenräumen die laute Stimme des Vogtes, und tief aus dem Steintal herauf ertönte der Gesang der vier Knechte, die zu den Almen niederstiegen:

„Das Herzelein
Im Herzensschrein
Tut gar so weh dem schwarzen Knaben.
Das braune Mägdlein möcht er haben,
Ja haben,
Wenn man es ihm nur gäb,
Ja gäb, ja gäb!"

Nach einer Weile kam Walti, um den Chorherren zum Imbiß zu rufen; er brachte auch einen Teller für Gittli. „Du, das ist gut!" flüsterte er

dem Mädchen zu. „Ich hab's auch schon ver=
kosten dürfen, und was übrigbleibt, das krieg ich
alles, hat der Frater gesagt." Gittli richtete sich
auf und begann zu essen, während Desertus die
Stube verließ. Als er die Herrenhütte betrat,
sagte er zu Frater Severin: „Schickt ein Kissen
und eine Lodendecke hinüber für das Mädchen;
das Kind hat ein hartes Lager auf den Herd=
steinen."

Nun saßen sie beim Schein einer Kienfackel in
der Herrenstube beisammen, der Propst, Herr
Schluttemann und Desertus, der letztere schwei=
gend in sich versunken, während Herr Heinrich
und der Vogt die an dem Jäger verübte Untat
besprachen. Herr Schluttemann beschwor die ganze
Rache seines flammenden Zornes über das Haupt
des Untäters, den er finden wollte, und wenn er
sich auch in den untersten Schlupf der Hölle ver=
krochen hätte; sobald es Tag würde, gedachte er
sich mit den Knechten auf den Weg zu machen,
um in weitem Kreise rings um die Hütte jeden
Busch und jede Felsschrunde zu untersuchen; ein
Haken würde sich schon finden, an den der Faden
eines Verdachtes sich anknüpfen ließe.

Als Desertus in die Jägerhütte zurückkehrte,
fand er Gittli schlafend im Herdwinkel. Das
Kissen, das ihr Walti gebracht, hatte sie unter
Haymos wunden Arm gelegt; nur die Lodendecke
hatte sie für sich behalten und zum Polster geballt

226

unter ihren Kopf geschoben. So lag sie, die beiden Hände unter der Wange, die müden Glieder vom Schlafe sanft gelöst; sie schien auf den harten Steinen so gut zu ruhen, als läge sie in weichen Daunen. Die glimmenden Kohlen strahlten einen roten Schimmer über ihr Gesicht, so daß es aus dem Dunkel hervorleuchtete wie ein liebliches Rätsel.

Lange stand Desertus vor dem schlafenden Mäd= chen. Immer näher zog es ihn, er beugte das Knie, er streckte die Arme, er neigte das Gesicht in dür= stender Sehnsucht. Da bewegte sich Gittli und stöhnte leis, wie unter schweren Träumen: „Haymo.“

Desertus taumelte zurück; die Hände vor das Gesicht schlagend, wankte er zur Tür und sank auf die Schwelle nieder. „Herr! Herr! Du versuchtest mich über meine Kräfte!“ rang es sich mit er= stickter Stimme von seinen Lippen, und die bren= nenden Augen starrten hinaus in die Nacht, empor zu den ruhelos flimmernden Sternen.

In den Fenstern der Herrenhütte war das Licht schon erloschen; Herr Heinrich schlief. Durch die Klumsen der geschlossenen Türe quoll aber noch ein matter Schein; dort saßen Frater Severin und Herr Schluttemann beim erlöschenden Feuer auf dem Herdrand, leise plaudernd, mit dem ‚heim= lichen Pärchen‘ beschäftigt, das sie aus dem Versteck hervorgeholt. Walti hockte in einem Winkel und vertilgte die Reste des Mahles; dann trank er noch

15*   227

einen Krug Wasser leer und kletterte über die
Leiter hinauf ins Heu.

Als den beiden anderen ‚des Himmels höchste
Gnade‘ zur Neige ging, bekam Herr Schluttemann
seine üblichen ‚Zustände‘. Er schien völlig vergessen zu haben, wo er sich befand, wähnte im
Kellerstübl zu weilen und fürchtete, daß mit jedem
Augenblick die handfesten Boten der Frau Cäcilia
eintreten könnten, um ihn zu holen. „Aber ich geh
nicht, Bruder, ich geh nicht! Jetzt sitz ich einmal,
Donnerwetter, und jetzt bleib ich!“ Frater Severin
drückte ihm die Hand auf den Mund und zerrte
ihn zur Leiter; mit aller Mühe, stoßend und
schiebend, brachte er ihn endlich über die Leiter
hinauf und warf ihn ins weiche Heu. „Cäcilia,
Cäcilia, du treibst es heut wieder arg mit mir!“
brummte Herr Schluttemann, halb erstickt von dem
über ihn herfallenden Heu. Eine Weile lallte er
noch fort, dann begann er zu schnarchen. Frater
Severin folgte diesem Beispiel, und da ging nun
ein Sägen um die Wette los, daß Walti erwachte
und kein Auge mehr schließen konnte; dazu hatte er
bald eine Faust des Herrn Schluttemann im Gesicht, bald dessen Füße auf der Brust oder zwischen den Beinen; er verkroch sich in den äußersten
Winkel, aber Herrn Schluttemanns Füße fanden
den Weg zu ihm. Schließlich erhob er sich, glitt
über die Leiter hinunter und legte sich auf den
warmen Herd. Jetzt konnte er schlafen.

Fünfzehntes Kapitel

Nach Mitternacht bewölkte sich der Himmel, und ehe der Tag noch graute, begann ein warmer Regen zu fallen. Bei Anbruch der Dämmerung kamen die Knechte. Pater Desertus saß noch immer auf der Schwelle der Jägerhütte, mit bleichen, müden Zügen, die Augen heiß umrändert. Als er die Knechte gewahrte, erhob er sich und atmete tief, als wäre ihm die Nähe wachender Menschen willkommen. Einer der Knechte fragte ihn, was sie zu tun hätten. Er meinte, sie sollten sich, da Herrn Heinrich der Pirschgang auf den Auerhahn verregnet wäre, ruhig verhalten, bis die Schläfer von selbst erwachen würden. Dann trat er in die Hütte. Gittli war schon wach, sie stand über Haymo gebeugt, der noch immer ruhig schlief; als sie den Chorherren kommen hörte, trat sie scheu zurück, lispelte den Morgengruß und verließ die Hütte. Nach einer Weile kam sie wieder, gewaschen mit frisch gezopften Haaren; sie schürte auf dem Herd ein Feuer an und ging geräuschlos ab und zu, um saubere Ordnung in der Stube zu machen. Als sie wieder einmal Wasser holte, wurde drüben an der Herrenhütte ein Fensterladen aufgestoßen.

„Guten Morgen, Gittli!" rief Herr Heinrich.

Sie stellte die Wanne nieder und lief hinüber.

„Nun, wie geht es ihm?"

229

„Er schläft noch allweil, Herr, und ich mein', der Schlaf hat ihm gut getan, denn er hat schon Farb im Gesicht."

„Dann wird er wohl auch bald erwachen. Freust du dich schon?"

„Und wie!"

„Gelt, und du freust dich auch schon auf seinen Dank?"

„Den hab ich schon, Herr!"

„So?"

„Ja, gestern auf die Nacht, da hat er ein lützel reden können, und da hat er mir gleich ein Vergelts Gott gesagt."

„Aber ich meine, du hoffst doch wohl noch auf besseren Dank?" lächelte Herr Heinrich, während er sich breit ins Fenster legte.

Sie sah mit großen Augen zu ihm auf. „Was sollt ich noch wollen? Ich hab mein Vergelts Gott."

Er betrachtete sie mit freundlichem Blick. „So? So?" Und leise zuckte es um seinen Mund, als er sagte: „Freilich, mehr kannst du nicht verlangen von ihm. Aber jetzt geh nur, ich komme gleich hinüber."

Hurtig lief Gittli davon, um aus dem Regen wieder unter Dach zu kommen.

Über diesem Zwiegespräch war Walti aus dem Schlaf erwacht. Er rieb sich erschrocken die Augen,

230

als er den hellen Morgen schimmern sah, kletterte
die Leiter empor und rief: „Frater! Frater! Stehet
auf, der Herr ist wach!"

Frater Severin fuhr aus dem Heu wie der Hase
aus dem Krautacker, wenn der Bauer kommt.
Er packte seinen Schnarchgenossen an der Brust.
„Herr Vogt! Auf! Auf! Auf!"

Herr Schluttemann drehte sich auf die Seite.
„Aber Cäcilia!"

„Auf! Auf! Auf!"

„Aber Cäcilia!" wimmerte Herr Schluttemann.
„Geht denn der Teufel schon wieder los? Alle Tag
und alle Tag! Nicht einmal ausschlafen soll der
Mensch können! Kreuz Teufel! Laß mich in Ruh!
Oder ich fahr dir noch einmal mit groben Pratzen
in die Zöpf!"

Frater Severin schüttelte seufzend den Kopf,
überließ den Vogt seinem grausamen Traum und
stieg mit starren Beinen über die Leiter hinunter.

Herr Schluttemann hatte sich tief eingewühlt in
das Heu, als umschlänge er mit seinen Armen das
Kissen, das er an jedem Morgen fest über die
Ohren zu drücken pflegte, wenn Frau Cäcilia ihre
Predigt begann. Die lautlose Ruhe, die ihn plötz=
lich umgab, mochte ihm als etwas Ungeheuerliches
erscheinen. Er richtete sich erschrocken auf und
starrte mit großen, runden Augen im Dämmerlicht
des Heubodens umher.

231

„Ach sooo!" flötete er, als er das stille Wunder langsam zu begreifen begann. Dann lachte er vergnügt vor sich hin. „Jetzt kann geschehen, was will, jetzt schlaf ich mich einmal aus!" Sprach's, legte sich wieder auf die Seite und streckte sich behaglich: „Aaah!" Eine kleine Weile, und er schlief schon wieder.

„Herr Vogt!" rief Frater Severin in der Küche. Herr Schluttemann hörte nicht.

„Vogt! Vogt! Wo seid Ihr?" rief Herr Heinrich selbst. Vogt Schluttemann hörte nicht. „So laßt ihn schlafen!" lächelte der Propst. „Das irdische Vergessen ist über ihn gekommen." Er drohte mit dem Finger zum Heuboden hinauf: „Wartet nur, Vogt, der Morgen kommt schon wieder, da Euch die Donner des Gerichtes wecken! Dies irae, dies illa!"

„Jactat scopas turturilla¹)!" kicherte Frater Severin, die zweite Zeile der ernsten Hymne in seinem Küchenlatein lustig parodierend, und ließ sich vor dem Herde nieder, um mit vollen Backen in die Kohlen zu blasen.

Als Herr Heinrich hinüberging zur Jägerhütte, kam ihm Gittli entgegengelaufen. „Herr, Herr! Er wachet schon!" stammelte sie. „Mein Gott, und so viel sorgen tut er sich, Ihr könntet ihm harb sein, weil ihm so was hat geschehen können."

---

¹) Tag des Zornes, an dem das Turteltäubchen mit Besen schmeißt.

232

Die Freude redete aus ihr, aber es war eine zitternde Freude; nun konnte Haymo sprechen, nun mußte er sagen, was geschehen war.

Sie blieb, als Herr Heinrich die Hütte betrat, an der Türe stehen, Freude im Herzen, Angst in der Kehle.

Haymo saß aufgerichtet in seinem Heubett. „Herr Heinrich!"

Der Propst legte ihm die Hand auf den Mund. „Du sollst nicht sprechen, Haymo, ich will es so! Lege dich zurück und laß mich nach deiner Wunde schauen! Dann sollst du essen und trinken und wieder schlafen, und wenn du dann gestärkt er= wachst, dann setz ich mich zu dir, und du erzählst mir alles. Und mach dir keine dummen Sorgen! Du bist Haymo, mein treuer Jäger! Hast ja deine Treue mit deinem Blut besiegelt."

„Herr Heinrich —"

„Wirst du schweigen!" schalt der Propst und drückte den Jäger mit sanfter Gewalt auf das Kissen zurück.

Gittli atmete auf; und da sie in der Jägerhütte nun entbehrlich war, lief sie hinüber in das Herren= haus.

„Frater? Kann ich Euch nit helfen?"

„Ei freilich, mein Dirnlein, schürz dich, tummel dich!" Und im Hui hatte er ein Dutzend Aufträge für Gittli bereit.

233

Sie griff mit flinken Händen zu, trug alles herbei, was der Frater in der Küche brauchte, brachte Ordnung in die Schlafkammer und machte die Herrenstube spiegelblank.

Draußen ‚schnürelte' der Regen, und die Knechte, die unter dem vorspringenden Dach der Herrenhütte an die Balkenwand gelehnt standen, sangen mit leisen Stimmen, um sich die nasse Zeit zu vertreiben.

Als Herr Heinrich mit Desertus aus der Jägerhütte trat, sagte er: „Dein Aussehen ist schlimm, Dietwald. Die Nachtwache hat dich erschöpft."

„Ja, Herr!"

„Aber ich hoffe, es hat dich in dieser Nacht dein Gespenst in Ruhe gelassen?"

„Meint Ihr?"

„Dietwald!"

„Es weilte mit mir unter einem Dach die ganze lange Nacht."

Herr Heinrich schwieg, den Pater mit forschendem Blick betrachtend. Dann sagte er: „Komm, lege dich schlafen, du bist ermüdet."

Sie betraten die Herrenhütte; Desertus ging in die Schlafkammer und warf sich auf das Lager, doch seinen Augen war es anzusehen, daß sie den Schlummer nicht finden würden. Herr Heinrich füllte einen Becher mit Wein und goß dazu einige Tropfen aus einer Phiole, die er seinem Arznei-

234

käftlein entnommen hatte. „Trink, Dietwald, das wird dir Schlaf bringen!"

Desertus leerte den Becher. Und es währte nicht lang, so lag er mit geschlossenen Lidern, tief atmend, in schwerem Schlummer.

Herr Heinrich wollte ins Freie treten, da sah er Gittli in der Küche schaffen. Ein Gedanke schien ihn zu befallen, er schüttelte wie abwehrend den Kopf, doch immer wieder kehrte sein Blick zu dem Mädchen zurück.

„Gittli!"

Sie säuberte die Hände an der Schürze und kam auf ihn zugegangen. „Ja, Herr?"

„Erzähl mir doch, hast du dich mit dem Chor= herren auch gut vertragen die lange Zeit vom Abend bis zum Morgen?"

„Allweil gut!" meinte Gittli mit scheuem Lä= cheln. „Der Pater hat gewachet, und ich hab ge= schlafen." Als müßte sie sich entschuldigen, fügte sie bei: „Ich bin so viel müd gewesen."

„Immer geschlafen? Die ganze Nacht?"

„Gott behüt, Herr! Diemal bin ich schon auf= gekommen."

„Nun? Und dann habt ihr wohl miteinander Haimgart gehalten, gelt?"

„Aber Herr!" sagte sie ganz erschrocken. „Wie tät ich mir denn einfallen lassen, daß ich heim= garten wollt mit so einem Herrn. Ich bin allweil gelegen und hab keinen Muckser getan."

235

„Und er? Er wird doch mit dir geredet haben?"

„Kein Sterbenswörtl! Ich glaub, er hat mich gar nit gesehen. Allweil ist er gesessen und hat blinde Augen gemacht, als tät er einwendig schauen."

„Einwendig schauen?" wiederholte Herr Heinrich und nickte vor sich hin. „Aber sag, hast du ihn schon öfters gesehen?"

„Zweimal, Herr! Das erstemal drunten am Seesteig." Sie stockte; denn sie durfte Herrn Heinrich doch nicht sagen, welchen Schreck sie damals empfunden hatte — Schreck und Furcht vor einem Gottesmann! Leise sprach sie weiter: „Und das andermal am Ostertag." Da kamen ihr die Tränen.

„Was hast du, Gittli, warum weinst du?"

„O mein Gott, schauet, Herr, er ist dazugekommen, wie unser Kindl hat verscheinen müssen, unser liebes, gutes Kind!"

„Komm, Gittli, komm, setz dich!" Er führte sie zu einer Bank. „So! Und jetzt sage mir, wie war es mit dem Kind?"

Unter Tränen erzählte sie in ihrer schlichten Weise von Mimmidatzis kurzem Leben. „Schauet, Herr, wie ein Lichtkäferl ist das Kind gewesen in unserem Sorgenhaus, wie ein Blüml im Winter, und in aller Herzensnot wie ein Stückl ewiges Brot, von dem man allweil hat zehren können,

236

und es ist doch nit weniger worden. Und jetzt hat's verscheinen müssen! Warum denn? Warum?"

Frater Severin klapperte am Herd mit seinen Pfannen; ein Zittern war ihm in die Hände gekommen; auch mußte ihm was ins Auge geflogen sein, denn er wischte immer, aber es wollte nicht helfen.

Herr Heinrich hielt die Hände des Mädchens gefaßt und blickte tiefbewegt in Gittlis Gesicht, das, von Tränen überronnen, zu ihm emporgerichtet war, wie einer tröstenden Antwort harrend.

Hätte nicht das Feuer geknistert, der Regen über dem Schindeldach geplätschert und Herr Schluttemann auf dem Heuboden ein klein wenig geschnarcht, es wäre ganz still gewesen in der Küche.

„Warum? Ja, warum?" Herr Heinrich setzte sich an Gittlis Seite. „Das fragst du? Das weißt du nicht? So ein kluges Dirnlein wie du? Geh doch, Gittli, wie kannst du nur so fragen?"

Sie wurde verlegen und suchte nach Worten. „Weil ich's halt doch nit weiß, Herr!"

„Aber freilich weißt du es! Welch ein liebes, holdes Kind euer Mimmikätzlein war, das weißt du doch, gelt?"

„Ja, Herr, ach ja, ja, ja!"

„Und nun denke dir: wenn das Kind hätte leben müssen und Schmerzen leiden und siechen, und

237

böfe Menschen hätten es gestoßen, getreten und geschlagen, und es hätte Unglück über Unglück erfahren, Kummer über Kummer, Not und Elend?
Und du und des Kindes Mutter, ihr hättet das
alles mit ansehen müssen? Hätt euch das im
Herzen nicht weher getan als jetzt, weil es verschienen ist?"

„Ach Gott!" klagte Gittli und wehrte mit
beiden Händen, als wollte sie den Gedanken, daß
ihr Mimmïdazi hätte leiden müssen, gar nicht
eindringen lassen in ihr Herz.

„Gelt? Da ist halt wieder einmal der liebe
Herrgott gescheiter gewesen als wir alle miteinander. Der hat sich gedacht: nein, so was laß ich
nicht kommen über das liebe gute Kind, da nehm
ich es lieber zu mir herauf in meinen Himmel und
mach' ein Englein aus ihm, damit es in Freude
und Glückseligkeit hinunterlachen kann auf sein
Heimatl, und damit es ein fester Schutzengel sein
soll für seine lieben Leut!"

„O mein, brauchen täten wir freilich einen!"
seufzte Gittli tief auf; und zu Herrn Heinrich
emporblickend, sagte sie: „Schauet, Herr, ich hab
mir allweil so was gedacht, aber ich hab mir's
halt völlig nit sagen können."

„Gelt, siehst du, daß du es weißt!"

„Ja, und es muß auch wahr sein, denn hätt
ich den Schutzengel nit gehabt, ich hätt den Haymo
nimmer finden können, und jede Stund derzeit,

238

Tag und Nacht, hab ich das Kind allweil bei mir sitzen sehen, und allweil hat's mich angelacht. Gelt, Herr Heinrich, unser Herrgott ist doch ein guter, guter Mann?"

"Das mein' ich! Und drum sei gescheit, Gittli, verlaß dich nur auf ihn und wisch dir die Zähren ab! Und dann laß dir vom Frater Severin eine tüchtige Schüssel voll Suppe geben, trag sie hinüber zum Haymo und sorge dafür, daß er tüchtig ißt."

Jetzt lächelte Gittli. "Da seid nur ganz ruhig, Herr Heinrich, ich will schon hineinstopfen in ihn, was Zeug hat!"

Frater Severin kam bereits mit der Schüssel. "Nimm, Dirnlein, nimm!" flüsterte er und zwinkerte mit freundlichen Augen. "Die besten Bröcklen hab ich für ihn gefischt."

"Vergelts Gott!" sagte sie, nahm die Schüssel und ging mit achtsamen Schritten davon, die Augen starr auf die Suppe gerichtet, um nur ja keinen Tropfen zu verschütten.

Herr Heinrich blickte ihr lächelnd nach. "Warum? Warum? Du alte, ewig menschliche Frage! Wärst du doch in jeder Brust so leicht zu geschweigen wie in dem Herzen dieses Kindes!"

Als er die Herrenstube betreten wollte, fühlte er einen Kuß auf seiner Hand. Frater Severin stand vor ihm mit brennender Nase.

239

„Wie, Bruder? Auch du gerührt? Mens agitat molem?" lachte Herr Heinrich. „Aber es hilft dir nichts! Der Bauch muß weg."

„Herr Heinrich!" schmollte der Frater und zeigte eine gekränkte Miene. „Wenn Ihr meinet, daß ich es deshalb tat, dann —" Er streckte den Bauch heraus und trommelte mit beiden Händen drauf. „Dann nehmet nur gleich ein Messer und schneidet zu! Ich will stillhalten!"

„Bruder! Bruder!" drohte Herr Heinrich. „Wenn ich dich beim Wort nähme? Doch sei beruhigt, ich tu's nicht. Es ginge dir ans Leben. Und wer brächte mir dann die Suppe? Denn mich hungert, Bruder!"

Frater Severin rannte, daß die Kutte flog.

Inzwischen hatte Gittli die Jägerhütte erreicht, in welcher Walti plaudernd bei Haymo saß. „Da schau", sagte sie, „was ich da jetzt bring!"

Haymo richtete sich auf. „Gittli!" Hätte er tausend Worte gesprochen, er hätte mehr nicht sagen können, als was der Klang dieses Namens verriet und was der leuchtende Blick seiner Augen sprach.

„Du! Jetzt tu nit reden!" drohte sie. „Jetzt mußt du essen! Und alles! Bis auf das letzte Bröserl!" Sie setzte sich auf den Rand des Lagers und zog das Knie herauf, um eine Stütze für die Schüssel zu haben. Er begann zu essen, und bei

240

jedem Löffel, den er nahm, sah er zu ihren Augen auf; und immer wieder nickte sie ihm zu und lächelte: „Gelt, das schmeckt?"

Walti steckte die schnuppernde Nase in den Suppendampf. „Kruzi, Kruzi, wenn ich allweil solche Sachen kriegen tät, da ließ ich mir auch eins auf den Buckel stechen von so einem schlechten Kerl!" Er griff mit beiden Händen zu, denn die Schüssel wackelte bedenklich zwischen Gittlis Händen. „Was machst du denn? So halt doch fest!" Und zu Haymo sich wendend, fragte er: „Sag, Jäger, du mußt aber doch wissen, was es für einer war?"

Haymo schüttelte den Kopf. „Sein Gesicht war angerußt."

Tief atmete Gittli auf; dann sagte sie zu Walti: „Geh, tu den Becher spülen! Jetzt muß er den Wein kriegen!"

Der Bub nahm den Becher vom Tisch und rannte hinaus.

„Haymo", stammelte Gittli mit raschen, leisen Worten, „gelt, wenn sie dich ausfragen, nachher sag's nit, daß es beim Kreuz geschehen ist!"

„Warum nit?"

Sie senkte den Kopf. „Weil ich dich bitten tu!"

Er nickte vor sich hin. „Ich weiß schon, wie du's meinst! Gelt, weil sie Gottesleut sind? Und müßten sich kränken, wenn sie hören täten, daß ihr Herrgott so was hat geschehen lassen." Ein

16 K.-Jäger   241

bitteres Lächeln zuckte um seinen Mund. „Zu mir
hat er reden mögen! Warum denn hat er nit auch
zum anderen sagen können: tu's nit, tu's nit?"

Gittli hing an ihm mit angstvollen Augen; sie
verstand den Sinn seiner Worte nicht. „Haymo —"

Sie konnte nicht weitersprechen, denn Walti
kam zurück. Mit zitternder Hand reichte sie dem
Jäger den gefüllten Becher, den er dürstend leerte,
mit dem Becher zugleich ihre Hand gefangenhal=
tend. Als er dann aufblickte zu ihr mit glänzen=
den Augen, flüsterte er: „Nein, Gittli, nein, ich
darf nimmer fragen: warum? Ich weiß schon,
warum er's hat geschehen lassen. Ich weiß es!"
Er zog ihre Hand mit dem Becher an seine Brust.

Sie ließ ihn gewähren und stand, als wüßte
sie nicht, was ihr geschähe. Und da er ihre Hand
nun freigab, blickte sie auf, wie erwachend, nahm
wortlos die Schüssel und ging zur Türe.

„Gittli!" rief er ihr leise nach. „Kommst du
bald wieder?"

„Wohl, Haymo!" lispelte sie und verließ die
Hütte.

„Hohohoho!" lachte Walti auf, klemmte die
Hände zwischen die Knie und schüttelte vor Ver=
gnügen die Schultern.

„Was hast du denn, dummer Bub?"

„Ich weiß auch was! Hohohoho! Ich weiß
auch was!" Kichernd steckte Walti den Kopf in
den Winkel zwischen Bett und Bank.

242

Draußen vor der Hütte stand Gittli, fuhr mit dem Rücken der freien Hand über ihre heißen Wangen und stammelte: „Was weiß er denn? Was kann er denn wissen?" Zögernd ging sie der Herrenhütte zu.

Einer der Knechte kam ihr entgegen; er hätte ihr eine Botschaft auszurichten. Ihr Bruder, der Sudmann, wäre in der Nacht zu den Almen ge= kommen und hätte gejammert, daß seine Schwester seit zwei Tagen abginge, und daß kein Mensch wüßte, wohin sie gekommen wäre. Als ihm die Knechte erzählten, daß seine Schwester den Jäger todwund gefunden und in der Hütte gepflegt hätte, bis die Herrenleut kamen, da hätte er sich vor Staunen kaum fassen können; jedes Wort, das er gesprochen, wäre ein Lob für seine Schwester ge= wesen; und sie sollte nur ja in der Hütte bleiben, solang die Herrenleut sie nötig hätten; er selbst wäre gern noch zu ihr hinaufgestiegen in die Nöt; aber da er nun wüßte, daß sie wohlauf und sicher geborgen wäre — hätte er gesagt —, so wollte er lieber wieder heimlaufen, um die Schicht im Sudhaus nicht zu versäumen. Er täte die Schwe= ster recht schön grüßen lassen.

Mit Bangen und Zittern hörte Gittli diese Bot= schaft an, die sie nicht zu verstehen vermochte. Wie wäre es ihrem kindlichen Sinn auch beigefallen, daß Wolfrat diesen Gang zur Alm, wo er die Knechte zu finden hoffte, nur getan hatte, um

16*

243

einen drohenden Verdacht von sich abzuwenden.
Wenn er die Schwester hatte gehen lassen, ohne
sich weiter um ihr Verbleiben zu kümmern, dann
mußte er wissen, weshalb sie gegangen war, wissen, wo und weshalb sie blieb.

Als Gittli die Herrenhütte betrat, kam sie
gerade recht, um Herrn Schluttemanns Auf-
erstehung mitzufeiern. Sein Kopf erschien über dem
Rand des Heubodens. Wo aber hatte er das Gesicht gelassen, das er sonst an jedem Morgen zu
zeigen pflegte? Jenes zornbrennende Gesicht mit
den finster gerunzelten Brauen, den rollenden
Augen und dem gesträubten Schnauzer? Er schien
sich verwandelt zu haben in diesem langen Schlaf.
Sanft hing ihm der Schnauzbart über den Mund,
lustig blitzten seine Augen, und mit einem Gesichte,
lachend bis zu den Ohren, stieg er über die Sprossen nieder, Frater Severin meinte: wie der strahlende Erzengel Gabriel herunterkommt über die
Himmelsleiter.

Auf der Erde angelangt, streckte und dehnte sich
der Vogt, rieb vergnügt die Hände, schüttelte die
Heufäden von seinem Wams, schlug den Frater
mit der flachen Hand auf die breite Schattenseite,
daß die ganze Kutte wackelte, kneipte Gittli in die
Wange und trat mit fröhlichem Gesicht in die
Herrenstube. Und während nun Stunde um Stunde
verging, hörte man seine lachende Stimme an allen
Ecken und Enden, bald im Herrenhaus und bald

244

in der Jägerhütte. Hier wurde er freilich von Herrn Heinrich ausgetrieben, um Haymo einen ruhigen, stärkenden Schlaf zu sichern.

Einige Stunden nach Mittag versiegte der Regen, die Wolken klüfteten sich, und die Sonne warf, ehe sie hinter die Berge sank, noch einen goldigen Schein über die beiden Hütten.

Herr Heinrich nahm die Armbrust hinter den Rücken und stieg zum Kreuzwald empor; der Vogt machte sich mit den Knechten auf die Suche, und Desertus wanderte einer nahen Felshöhe zu; dort sah ihn Gittli auf einem Steinblock sitzen, bis der Abend dämmerte. Haymo schlief, und Gittli weilte mit Frater Severin und Walti auf der Bank vor der Hütte, mit halbem Ohr nur hörend, was die beiden plauderten; in Sorg und Unruh glitten ihre Blicke immer wieder hinüber nach dem Steintal; die bitterste Angst war aber doch von ihr genommen. Sie hatte jetzt einen Schutzengel, der droben im Himmel sorgte für sie, für den Wolfrat und die Seph. Und was der Bruder auch gesündigt — sie hatte es doch ein lützel wieder gutgemacht.

Der erste, der zurückkam, war Herr Schluttemann. Er hatte nichts gefunden, rein gar nichts! Der Regen hatte Haymos blutige Fährte und die Schweißspur des verschleppten Steinbocks ausgelöscht. Ja, der Schutzengel!

Bei Anbruch der Nacht kam der Propst mit
Pater Desertus zurück. Herr Heinrich hatte eine
Fehlpirsch auf den Auerhahn getan. Beim Nie-
derstieg hatte er einen Luchs aufgegangen und dem
fliehenden Raubtier einen Bolzen nachgeschickt. Nun
sollten zwei der Knechte während der Nacht hin-
untersteigen zum Kloster, um die beiden Schweiß-
hunde zu holen: die Hel und den Weckauf. Einem
der Knechte befahl Herr Heinrich, im Hause des
Sudmanns vorzusprechen, um für Gittli mitzu-
bringen, was sie nötig hätte an Gewand und
Wäsche. Bald nachdem der Abendimbiß genommen
war, wurde es still in den beiden Hütten; Gittli
und Walti wachten bei Haymo; Herr Heinrich,
der vor Tag wieder auf den Beinen sein wollte,
hatte sich zur Ruhe begeben, und Desertus mußte
seinem Beispiel folgen. In der Küche saßen Herr
Schluttemann und Frater Severin am Herd. Als
der Vogt meinte, daß Herr Heinrich schon in
Schlaf gesunken wäre, verließ er die Hütte und
holte das zweite ‚Pärchen‘ aus dem Versteck.
Schwer seufzend wandte Frater Severin sich ab,
als Herr Schluttemann die eine der beiden Stein-
flaschen zwischen die Knie nahm, um mit hoch-
wichtiger Sorgfalt den mit Wachs verklebten
Pfropf zu lösen. Einen langen, langen Zug tat
der Vogt, dann reichte er die Flasche dem Bruder. „Tauchet an, Frater!“

Ein stummes Kopfschütteln war die Antwort.

Herr Schluttemann erschrak. „Bruder? Seid Ihr krank?"

„Nein. Aber ich will nit trinken. Heut treib ich keine Heimlichkeit. Herr Heinrich war so gut zu mir."

„Tatata! Das ist eine Ausred! Wer nicht trinken will, hat entweder ein böses Stück getan oder will's begehen. Zeiget, daß Ihr ein unschuldig Herz habt! Schluck, schluck!"

„Ich hab keinen Durst!" sagte Frater Severin und seufzte tief.

„Tatata! Durst? Durst? In unserer unschuldigen Zeit trinken nur zuviel ohne Durst. Und billig! Man trinkt für den zukünftigen. Kauft in der Not, so sagen die Quacksalber, dann habt ihr's im Tod!"

„Jetzt hab ich's einmal gesagt", seufzte Frater Severin, „ich trink nit!"

„Tatata!" Herr Schluttemann faßte des Fraters Kutte und zog ihn zu sich nieder. „Kommt her, Frater, setzet Euch zu mir, ich will Euch ein Liedl singen, das soll Euch ins Gewissen reden!" Er schlang seinen Arm um den des Fraters, schwenkte die Flasche und sang mit leiser Stimme:

„Wohlauf, lieb Bruder und Gespiel,
Quem sitis vexat plurima,
Ich weiß ein' Wirt im Tale kühl,
Qui vina habet aurea!

247

Er zapfet fleißig uns den Wein
De dolio in cantharum!
Drum wollen wir auch fröhlich sein
Ad noctis usque terminum!

Wer greinen oder murren will,
Ut canes decet rabidos,
Der mag wohl bleiben aus dem Spiel,
Ad porcos eat sordidos!"

Schon die zweite Strophe hatte Frater Severin mit wiegendem Kopfe mitgesummt; und jetzt ergriff er die Flasche und sog und schluckte, aber schon gehörig! Dann freilich, als er absetzte, machte er ein kummervolles Gesicht. „Jetzt hab ich halt doch getrunken! O Mensch, Mensch! Was bist du für ein Hafen voll teuflischer Suppe! Pfui!" Mißbilligend schüttelte er den Kopf, setzte die Flasche an und trank. „Jetzt geht's schon in einem hin!"

Ein paar feuchte Stunden verrannen den beiden, bis sie es zuwege brachten, daß die Flaschen einen trockenen Boden bekamen. Als Herr Schluttemann sich erhob, merkte er, daß er nicht mehr völlig Meister seiner Beine war — er merkte es, als er mit der Nase schon auf der Erde lag.

„En jacet in trexis!" jammerte Frater Severin. „Sehet Ihr, Herr Vogt, sehet Ihr! Das ist Gottes Strafe, weil Ihr meine Seel in des Teufels Schlinge getrieben habt."

248

Herr Schluttemann krabbelte sich mühsam an des Fraters Kutte in die Höhe. „Glaubet mir, Frater, das ist seiner Lebtag kein guter Fuhrmann, der nicht auch einmal umwerfen kann!" Die Zunge wurde ihm schwer. „Und Ihr wisset doch, wie der gelehrte Philosoph sagt:

Wirft uns der Wein schon nieder,
Gehn wir morgen doch zu ihm wieder."

Frater Severin hielt die Leiter, und Herr Schluttemann tappte über die Sprossen hinauf ins Heu.

Sechzehntes Kapitel

Dem trüben Regentag folgte ein frischer, frühlingsduftiger Morgen. Jeder Rasenfleck auf den steilen Gehängen und alle Almen hatten über Nacht einen lichtgrünen Schimmer bekommen. Es war Lenz geworden auf den Bergen; er hauchte aus den lauen Lüften, blickte nieder aus dem tiefen Blau des Himmels, stieg aus der Erde mit würzigem Odem und wehte in den Düften, die der bergwärtsziehende Wind emportrug aus den Tälern, in denen die ersten Blumen sich schon erschlossen hatten.

249

Als die warme Sonne auf allem Grunde rings um die Jägerhütte lag, durfte Haymo das Lager verlassen. Frater Severin und Gittli führten ihn zur Bank vor der Tür; doch hätte der Jäger kaum einer Stütze bedurft, so kräftig war sein Schritt; er wäre am liebsten vor Tag schon aufgestanden, um mit Herrn Heinrich auszuziehen zum Hahnfalz.

Da saßen sie nun zu dreien. Frater Severin erzählte Schnaken und Schnurren, Haymo schaute mit nimmermüden Augen über Berg und Wälder aus, Gittlis Hand in der seinen haltend. Schweigend saß sie an seiner Seite, die Augen gesenkt, mit der freien Hand an einem Zipfel ihrer Jacke nestelnd. Ihr war zumut, sie wußte nicht wie. Überall, meinte sie, wäre ihr wohler als hier auf dieser Bank. Nun tat sie einen stockenden Atemzug, stand auf und löste ihre Hand.

„Gittli? Was hast du?" fragte Haymo.

„Schaffen muß ich!" sagte sie und schlich davon. Als sie die Küche der Herrenhütte erreichte, drückte sie die beiden Hände auf die Brust. „Was hab ich denn, was hab ich denn nur?" Wie konnte sie so fragen? Was ihr das Herz bedrückte und beängstigend umklammerte, daß ihr fast der Atem versagen wollte — was sonst denn konnte es sein als die Sorge um den Bruder und die Schwäherin? War doch Herr Schluttemann im Morgengrau mit Walti und zwei Knechten wieder auf die Suche gezogen. Auch Pater Desertus hatte sich

250

ihnen angeschlossen, als wäre ihm das Bleiben bei
den Hütten unerträglich. Und der mit seinen un=
heimlichen Messeraugen, meinte Gittli, würde ge=
wiß etwas finden.

„O du gutes Engerl droben, jetzt halt aber fest!"

Mit diesem Stoßseufzer machte Gittli sich an
die Arbeit. Immer wieder mußte sie Zähren aus
den Augen wischen, und ein um das andere Mal
schlich sie zum Fenster, um verstohlen hinüber=
zuspähen, ob Haymo noch auf der Bank säße —
nein, um auszuschauen, ob nicht der Vogt mit
seinen Knechten schon zurückkäme.

Da hallte aus dem Steintal herauf der lang=
gezogene Jauchzer einer Mädchenstimme. Gittli
sprang zur Tür und legte die Hand über die Augen,
um in der grellen Sonne besser sehen zu können.
Von weitem erkannte sie die Tochter des Egge=
bauern.

„Was will denn die daheroben?"

Gittli war der heiteren Nachbardirn immer gut
gewesen. Jetzt mit einmal empfand sie etwas gegen
das Mädel wie grollenden Unmut. Freilich, Zenza
war die Tochter des Bauern, der das Kreuz auf
den Wolfrat gelegt hatte.

„Was die nur will? Und aufgeputzt hat sie
sich, uuh!" Unwillkürlich guckte Gittli an sich
hinunter. Ihrem abgeschabten Rock merkte man die
Nächte an, die sie auf dem Herd verbracht hatte.

251

Zögernd trat sie in die Küche zurück, aber nur so weit, daß sie die Zenza nicht aus dem Blick verlor.

Jetzt erschien das Mädel auf der Höhe. „Da schau", schmunzelte Frater Severin, „ich glaub gar, wir kriegen Besuch! Und was für einen! Ui jei!"

Haymo machte große Augen. „Was will denn die daheroben?" murmelte er, als hätte er Gittlis Worte gehört und nachgesprochen.

Zenza kam näher; sie trug einen dicken Veilchenbusch im Mieder und hatte sich aufgeputzt, als ging es zum Hochamt in die Kirche. Ihr Gesicht brannte, und mit heißen Augen hing sie an Haymo.

„Grüß dich Gott, Mädel!" rief Frater Severin. „Was für ein Heiliger hat denn dich daherauf geschneit?"

„Der heilige Hubertus!" lachte Zenza. „Grüß Gott auch, Herr Frater! Und der heilige Leonhardus hat auch mitgeholfen. Ja! Nachschauen hab ich wollen auf meiner Alm. Bis zur Sennzeit ist nimmer gar so lang. Und weil ich schon auf meiner Alm war, hab ich mir gedacht, ich mach das Katzensprüngl noch herauf, daß ich doch selber schauen kann, wie's eurem Letzerl[1]) geht!" Ihre Augen blitzten Haymo an, der in Unmut über den kindischen Kosenamen, den das Mädel ihm gab, die Brauen furchte.

[1]) Ein krankes Kind, Pflegling.

252

Frater Severin hatte Zenzas Hand erfaßt und tätschelte ihre Finger. „Macht sich, ja, macht sich schon wieder. Schau ihn nur an: acht Tag noch, und er springt wieder über alle Berg aus. Aber sag, woher weißt du denn, daß ihm was geschehen ist?"

„Hat es ja der Polzer, der gestern seine Schwester gesucht hat, überall ausgeschrien!"

Gittli, die am offenen Fenster lauschte, erschrak bis ins Herz. Hatte Wolfrat den Verstand verloren, daß er selbst erzählte, was in der Röt geschehen war?

„Der bildet sich jetzt was ein auf seine Schwester!" sprach Zenza weiter. „Aber das muß ich selber sagen, brav hat sie sich gehalten. Ein halbes Kindl noch! Ich weiß nit, aber ich glaub, ich hätt den Kopf verloren!" Sie lächelte. „Was meinst du, Jäger?" Wieder blitzten ihre Augen.

Gittli griff sich in ihrem Versteck mit beiden Händen an den Hals; alles in ihr begann zu wirbeln.

„Du? Und den Kopf verlieren?" lachte Frater Severin. „Ja! Andere Köpf verdrehen! Das wird das richtige sein. Aber komm, setz dich, wirst müd sein von dem weiten Weg und hungrig auch. Wart ein Weil, ich hol dir eine Zehrung. Dann halten wir einen lustigen Haimgart." Flink zappelte er zur Herrenhütte hinüber.

Gittli erblaßte. „So, schön, jetzt laßt er sie gar

253

allein mit ihm!" ſtammelte ſie. Aber weshalb nur
ſorgte ſie ſich, daß ihr einwendig völlig kalt
wurde? „Am End weiß ſie was? Und ſagt es
ihm!" Das mußte ſie verhindern.

Kaum war der Frater gegangen, da trat Zenza
auf den Jäger zu. „Haſt du viel ausſtehen müſſen?" fragte ſie mit leiſer, bebender Stimme.

„Es hat grad ausgereicht!" brummte er.

„Den wenn ich wüßt, der dir das getan hat!"
Sie ballte die Fäuſte. „Da haſt du freilich nit
können zum Tanz kommen. Und ich wart allweil
und wart, eine Wut hab ich gehabt, daß ich dich
hätt zerreißen können."

„So?"

„Und derweil liegt er daheroben, der arme Ha-
ſcher, halb am Verſcheinen! Aber ſchau, ſeit ich es
geſtern gehört hab, hat's mich nimmer gelitten, ich
hab herauf müſſen!"

„Geh?"

„Ja! Und weil du mir keinen Buſchen haſt
bringen können, ſchau, jetzt hab halt ich dir einen
gebracht!" Sie löſte den Veilchenſtrauß von ihrem
Mieder. Als ſie ihn dem Jäger reichen wollte,
kam Gittli herbeigegangen, zögernd, mit finſteren
Augen. Haſtig legte Zenza die Veilchen neben
Haymo auf die Bank, ging auf Gittli zu und
ſtreckte ihr beide Hände hin. „Grüß dich Gott,
Kleine! Brav haſt du dein Sacherl gemacht!"

Gittli legte die Hände auf den Rücken.

254

Zenza lachte. „Geh, du Dummerl, was haſt du denn? Ich mein doch, du hätteſt dir ein Vergelts Gott verdient. Da ſchau!" Sie löſte das dünne Silberkettl von ihrem Mieder, haſchte Gittlis Arm und zwang es ihr in die Hand. „Nimm's nur, nimm's! Ich ſchenk dir's!"

Haymo ſprang auf. Zornig klang ſeine Stimme. „Gittli! Gib ihr das Kettl wieder! Du brauchſt dir nichts ſchenken laſſen."

„Ich hätt's auch ſo nit genommen!" ſagte Gittli ruhig und ſtreckte die Hand. „Da haſt du es wie= der, ich brauch's nit, für mich tut's auch ein Bändl!"

Bis in den Hals war Zenza erbleicht. Einen funkelnden Blick warf ſie auf Haymo, einen auf Gittli, dann lachte ſie. Mit zornigem Griff packte ſie das Kettl, zerriß es, warf Gittli die Stücke ins Geſicht und ging davon, das Mädchen noch einmal ſtreifend mit einem Blick des Haſſes.

Zitternd ſtand Gittli, die Wangen von heißer Röte übergoſſen, Tränen in den Augen. „Was hab ich ihr denn getan? Ich hab ihr doch nie kein ungutes Wort gegeben. Und jetzt tut ſie mich ſo verſchimpfen." Sie brach in Schluchzen aus.

„Gittli!" ſtammelte Haymo und wollte ſie um= ſchlingen. Da kam Frater Severin aus der Herren= hütte, Teller und Becher in den Händen. Er machte große Augen und wollte fragen, wohin die Zenza geraten und was denn geſchehen wäre. Nach dem erſten Wort verſtummte er wieder und ver=

255

schwand hurtig in der Tür. Er hatte Herrn Heinrich gewahrt, der von der Höhe niedergestiegen
kam, den erlegten Auerhahn am Bergstock über der
Schulter tragend.

Haymo stand wortlos und nagte an der Lippe.
Gittli, als sie Herrn Heinrich erblickte, bückte sich
und las die Stücke des zerrissenen Kettleins von
der Erde. Was sie gefunden, reichte sie dem Frater Severin und sagte: „Ich bitt Euch, Frater,
wenn Ihr wieder hinunterkommt ins Kloster, so
legt das der Jesumutter in den Schrein. Es ist
gefunden Gut und will keinem gehören."

Herr Heinrich war näher gekommen. Er nahm
den stattlichen Urhahn vom Bergstock. „Haymo,
sieh her, ich habe Weidmannsheil gefunden!"

In Haymo kochte alles, aber er vergaß nicht
seiner Jägerpflicht. Von der nächsten Fichte brach
er das grüne Ende eines Zweiges, trat vor Herrn
Heinrich hin, tauchte den Zweig in den roten
Schweiß des Vogels und sagte:

„Vor meinen Herren hin ich tritt,
Mit Weidmannsgruß und mit der Bitt.
Er hat ein' gerechten Schuß getan,
Drum soll er den Bruch auch nehmen an
Und tragen wohl in Freude
Dem edlen Vogel zuleide!
Jo! Hoch, o ho!
Brauchet Eure gute Wehr
Allezeit zu Gottes Ehr!"

256

Herr Heinrich nahm den Bruch, steckte ihn auf die Kappe und gab mit Handschlag den Weid= mannsspruch zurück:

„Habe Dank, mein lieber Jäger frei!
Trag alleweil der Dinge drei:
Wehr ohne Schart und Fehl,
Graden Sinn ohne Hehl,
Treues Herz ohne Wank!
Habe Dank überall, habe Dank!"

Lächelnd legte Herr Heinrich die Hand auf seines Jägers Schulter und sagte: „Ich habe meinen Spruch geredet nach Herrenpflicht. Auf dich, Haymo, paßt er nicht, denn ich habe dir wünschen müssen, was du schon hast. Zu dir hätt ich sagen sollen:

Bleib, wie du bist,
Zu aller Frist!
Und gesunde bald,
Daß der liebe Gott es walt!"

Die Freude über diese herzlichen Worte färbte Haymos Wangen. Nun gingen sie zur Bank, und es begann das Erzählen. Rechte Jagd muß immer zweimal gehalten werden: erst mit der Waffe in der Hand, dann mit dem Herz auf der Zunge. Frater Severin hatte sich lauschend herbeigeschli= chen; Gittli schaffte mit stiller Geduld in der Herrenhütte.

17 K.=Jäger   257

Als in Herrn Heinrichs Erzählung die Sehne
der Armbrust schwirrte und der stolze Vogel nieder=
rauschte durch das Gezweig, da kamen die Knechte
mit den Hunden über das Steintal her. Hellen
Lautes begrüßten die schönen, geschmeidigen Tiere
den Anblick der Hütte; wie der Wind kamen sie
herbeigesaust und sprangen mit so ungestümer
Freude an Haymo empor, daß Herr Heinrich ihm
helfen mußte, sie abzuwehren. Nun sollte in aller
Eile ein Imbiß genommen werden, und dann sollte
es mit den Hunden hinausgehen auf die Luchs=
fährte, auf welcher Herr Heinrich am Morgen
reichlichen Schweiß gespürt. Haymo wurde in die
Hütte geschickt, um wieder ein paar Stunden zu
ruhen. Als er sich von der Bank erhob, sah er die
Veilchen liegen; er faßte sie und hob die Hand zum
Wurfe; lächelnd schüttelte er den Kopf, brach
unter den Fichten einen Büschel der langen Schme=
len, die vom vergangenen Sommer noch standen,
und nahm sie mit den Veilchen in die Hütte.   .

Einer der Knechte hatte Gittli in der Küche des
Herrenhauses aufgesucht und reichte ihr ein kleines
Bündel. „Das hat mir dein Bruder mitgegeben.
Und grüßen soll ich dich von ihm.“

Gittli hielt die Augen gesenkt. „Weißt du nit,
wie's meiner Schwährin geht?“

„Wie soll's ihr gehen? Gut halt?“ sagte der
Knecht; er hatte Sepha gar nicht gesehen.

„Gott sei Dank!“ seufzte Gittli erleichtert auf;

258

dann öffnete sie das Bündel; Freudenröte schlug
ihr über die Wangen, als sie ein frisches Hemd
und ihr gutes Gewand in dem Bündel fand. Jetzt
konnte sie sich doch auch ein bißchen sauber machen.
Freilich, um so schmuck auszusehen wie die Zenza,
dazu hätte sie die Tochter des Eggebauern sein
müssen und nicht die Schwester des armen Sudmanns. Hastig versteckte sie das Bündel und ging
wieder flink an die Arbeit.

Eine Weile später machte sich Herr Heinrich auf
den Weg. Einer der Knechte mußte ihn begleiten
und die ungeduldig ziehenden Hunde an der Leine
führen. Über eine Stunde galt es zu steigen, bis
die Stelle erreicht war, an welcher Herr Heinrich
den Schuß auf das Raubtier getan hatte. „Gib
mir den Weckauf und halte dich mit der Hel auf
hundert Schritte hinter mir!" sagte er zu dem
Knecht, übernahm den Hund und setzte ihn auf
die Fährte, die mit reichlichem Schweiß gezeichnet
war. Der Hund legte sich in den Riemen, fiel die
Fährte gierig an und zog Herrn Heinrich hinter
sich her. Das war nun ein mühsamer Weg: durch
Wald und über grobes Geröll, durch fast endlose
Dickungen der Krummföhre, über Bergrippen auf
und nieder, empor bis unter die kahlen Stein-
wände, wieder herab durch ein felsiges Tal, bis zu
den Almen, und quer über das Almfeld in den
dunklen Wald. Wohl eine halbe Stunde zog hier
der Hund noch auf der Fährte, bis er in einem

wirren Gestrüpp den Luchs aus seinem Lager stieß.
Als wär's eine große langgestreckte Flamme, so
fuhr die rote Bergkatze aus ihrem Versteck hervor.

„Los die Hel!" schrie Herr Heinrich, während
er den im Riemen würgenden Weckauf befreite.
Die Hunde schossen wie Pfeile dahin und began=
nen mit läutenden Stimmen die Hatz. Der Luchs
suchte aufzubäumen, aber die Krallen der wund=
geschossenen Tatze versagten den Dienst, er fiel zu=
rück, im gleichen Augenblick waren die Hunde über
ihm: alle drei Tiere zu einem wirren Knäuel ge=
ballt, die Hunde heulend, der Luchs fauchend und
mit den Waffen schlagend. Bevor es Herrn Hein=
rich gelang, herbeizuspringen, wurde der Luchs
wieder hoch, floh in weiten Sätzen davon, und
hinter ihm her ging die kläffende Jagd der Hunde.

Herr Heinrich lauschte den läutenden Stimmen.
Eine Weile, dann verwandelte sich der Laut der
Hunde in zorniges Gebell, das immer aus der
gleichen Richtung kam. „Sie haben ihn gestellt, sie
geben Standlaut!" rief Herr Heinrich dem Knechte
zu und eilte zwischen den Bäumen dahin, dem Ruf
der Hunde nach.

Nun erreichte er sie; zu Füßen einer aus dem
Waldgrund aufragenden Felswand standen sie und
bellten zu einer vorspringenden Platte empor, auf
die sich der Luchs geflüchtet hatte. Er war in eine
Falle geraten; rings um ihn her der kahle, glatte
Fels, unter ihm die Hunde, vor ihm der Jäger.

260

„Schießet, Herr, schießet doch!" rief der Knecht.

Herr Heinrich aber warf die Armbrust hinter den Rücken, zog den blitzenden Fänger aus der Scheide und ging auf das Raubtier zu, bis ihn von der Felswand nur noch eine Strecke von zehn Schritten trennte. Sein Kommen machte die Hunde noch ungestümer, sie heulten mit heiseren Stimmen und versuchten an der Felswand emporzuspringen. Um sie kümmerte sich der Luchs nicht mehr; er saß geduckt, die spitz behaarten Lauscher vorgestellt, die großen, feurig funkelnden Augen auf den Jäger gerichtet, regungslos; nur die langen, weißen Barthaare zitterten über dem gefletschten Rachen.

„Nun?" lächelte Herr Heinrich. „So spring doch! Du siehst, ich warte."

Die rote Katze drehte den Kopf, als könnte sie den scharfen, ruhigen Blick dieser klaren Menschenaugen nicht länger ertragen. Sie glotzte auf die kläffenden Hunde nieder, dann ringsumher, wie nach einem Ausweg, und wieder richtete sich ihr funkelnder Blick nach dem Jäger. Ein leises Zittern rann über ihr gesträubtes Fell, sie duckte sich noch tiefer, die Tatzen streckten und spannten sich — nun sprang sie — blitzschnell hatte Herr Heinrich den Fänger gehoben, mit der ganzen wilden Kraft des Sprunges bohrte sich der Luchs in den vorgestreckten Stahl und plumpste verendet zu Boden.

„Gelt? Jetzt haben meine Gemskitzen und

261

Hirſchkälber Ruh vor dir!" lachte Herr Heinrich, wiſchte am Moos den blutigen Fänger rein und verwahrte ihn in der Scheide. Der Knecht kam herbeigerannt, um das Raubtier zu betrachten. Aber die Hunde ließen ihn nicht zu; ſie würgten und zerrten an dem erlegten Tier, bis Herr Heinrich ſie abrief, um nachzuſehen, ob ſie auch glimpflich aus der Balgerei mit dem Luchs entkommen wären. Weckauf war unverſehrt, die Hel hatte einen tiefen Riß über die Schulter.

„Haſt du Feuerſtein und Schwefelfaden?" fragte Herr Heinrich den Knecht.

„Ja, Herr!"

„So mach Feuer an und brich den Stachel von deinem Griesbeil. Die Hel iſt geriſſen, wir müſſen die Wunde brennen."

Bald flammte ein kleines Feuer, an dem das Eiſen zum Glühen gebracht wurde. Herr Heinrich ließ ſich auf die Knie nieder, nahm die Hel in den Schoß und drückte ihren Kopf an ſeine Bruſt.

„Gib her den Dorn!"

Es ziſchte — heulend vor Schmerz riß ſich der Hund los, rannte mit tollen Sätzen umher und ſchüttelte immer wieder das Fell.

„Komm, Hel, komm, da komm her!" lockte Herr Heinrich, mit den Fingern ſchnalzend. Der Hund machte einen ſcheuen Kopf, zog den Schweif ein und kroch, immer wieder zögernd, vor die Füße

262

seines Herrn. Da er zu merken schien, daß ihm ein neuer Schmerz nicht drohe, sprang er mit freudigem Winseln an seinem Herrn hinauf.

„Hat's weh getan, Heleli?" schmeichelte Herr Heinrich, den Kopf des Hundes streichelnd. „Weißt du, es hat sein müssen. Und gelt? Du fragst nicht: warum? Und bellst nicht gegen die Hand, die dich brennt. Ja! Du bist halt kein Mensch, du bist ein kluges Tier! Ja, Heleli, ja!" Nun rief er den Knecht. „Trag den Luchs hinunter ins Kloster! Ich laß meine Chorherren grüßen, sie sollen sich den Braten schmecken lassen. Den Weckauf nimm mit dir! Die Hel darf bei mir bleiben. Komm, Hel, komm!"

Gemächlichen Ganges stieg Herr Heinrich durch den Bergwald empor.

Siebzehntes Kapitel

Zu später Nachmittagsstunde erreichte Herr Heinrich die Hütten. Unter der Tür des Herrenhauses trat ihm der Vogt entgegen, brennend vor Erregung.

„Reverendissime! Könnt Ihr Euch denken, was wir gefunden haben?"

Ohne eine Antwort abzuwarten, rannte Herr

263

Schluttemann in die Hütte und kam zurück, in der Hand den schon übel duftenden Kopf eines Stein= bocks mit mächtigem Gehörn.

Über die Lippen des Propstes flog ein zorniges Wort. Sie traten in die Stube, und Herr Schlutte= mann begann zu erzählen.

Bis gegen Mittag hatten sie vergebens gesucht; alle Fährten und Schweißspuren waren im Regen erloschen. Schon wollten sie sich auf den Heimweg machen, als Walti in einer tiefen, dunklen Fels= spalte etwas Verdächtiges erblickte. Es war der erlegte Steinbock. Er wurde in die Höhe gehoben und genau untersucht; da zeigte sich, daß an dem Tier nichts fehlte — nur das Herz. Der Vogt ließ dem Bock das Haupt abnehmen, um Herrn Hein= rich das Gehörn zu bringen. Als sie auf dem Rückweg am Kreuz vorüberkamen, machte Walti abermals eine Entdeckung. „Der Bub", meinte Herr Schluttemann, „hat Luchsaugen und eine Hundsnase." Walti bemerkte an dem Christusbild die Blutflecken. „Schier noch so rot, als wären sie auch gemalt wie die anderen!" Das Dach über dem Kreuze hatte den Regen verhindert, die bösen Spu= ren auszulöschen.

Da war es in Herrn Schluttemanns Gehirn wie eine Fackel aufgegangen, bis sein Verdacht das eine zum andern fügte, wie Glied um Glied zu einer Kette.

„Und jetzt, „Reverendissime, hoc igitur cen-

264

seo!" Er legte die Arme über den Tisch und begann an den Fingern herzuzählen: „Primo: beim Kreuz muß der Lump den Steinbock angeschweißt haben, oder der angeschweißte Bock ist auf der Flucht am Kreuz vorbeigekommen und hat gespritzt. So muß es einer getan haben, der am Ostermorgen vor Tag beim Kreuz war. Einer, den ich kenneeeeh!" Herr Schluttemann dehnte die letzte Silbe wie einen Teigfaden. „So ein Gauner! Hat es mir noch selber erzählt! Warte nur, dir zünd ich auf mit deiner Schlauheit! Secundo: es fehlt nur der Schweißsack[1]). So hat es einer getan, oder vielmehr —" Herr Schluttemann machte verschmitzte Augen, „einer hat es angestiftet, dem es um ein Herzkreuzl zu tun war. Einer, den ich kenneeeeh! Ist zu mir gekommen und hat eins haben wollen, ich hab ihm aber einen Tritt gegeben. Post autem: wenn es einer getan hat für den anderen, so hat er's getan um silbernen Dank. Weil er Geld gebraucht hat, wie der Bäck die Hefen. Sagen wir exempli causa: einer, der am Karsamstag das Lehent nicht hat zahlen können, und am Ostermontag bringt er das Geld! Bringt es! Bringt es! Und haut mir's auf den Tisch! Und sagt, der ander hätt's ihm geliehen! Haha! Geliehen! Warte nur, Bursch, dir will ich was borgen, das hat der Freimann im Kasten!"

Herr Heinrich war betroffen aufgesprungen.

---

[1]) Alter Weidmannsausdruck für das Herz des Wildes.

265

„Vogt? Ihr meinet den Sudmann, den Wolf=
rat?"

„Stimmt, Reverendissime! Und der andere, das
ist dieser Schmerwanst, der Eggebauer. Der bleibt
uns schon, wenn wir nur erst den Sudmann haben.
Heut in der Nacht laß ich ihn ausheben. Ich habe
die Knechte schon hinuntergeschickt. Sie bringen ihn
morgen, damit der Haymo gegen ihn zeugen kann."

„Da habt Ihr übereilt gehandelt!" zürnte Herr
Heinrich. „Ihr hättet zuvor meine Stimme hören
sollen. Wollt Ihr den Mann gefangen hierher=
bringen lassen vor die Augen seiner Schwester?"

Herr Schluttemann machte ein verblüfftes Ge=
sicht; er hatte Lob erwartet und wurde gescholten.
Bei seiner fundfrohen Weisheit hatte er mit
keinem Gedanken an Gittli gedacht. Aber holla,
das war ja ein neuer Beweis!

„Herr Heinrich!" stotterte er. „Scheint es Euch
nicht seltsam, daß gerade diese Dirn den Jäger
gefunden hat? Gleich hängen laß ich mich, wenn
sie nicht um die Tat gewußt hat."

„Gewußt? Nein! Aber sie mag davon er=
fahren haben, da es geschehen war. Und da wollte
sie helfen, wenn noch zu helfen wäre. Sprechen
durfte sie nicht, wenn sie nicht den Bruder ver=
derben wollte. In Gottvertrauen hat sie es gewagt
mit eigener Kraft, und Gott ist ihr beigestanden.
Ihr aber, Vogt, Ihr meint, alle Schuldigen ge=

funden zu haben? Denket nach, denn es fehlt noch
einer!"

„Einer? Noch einer?" ſtotterte Herr Schlutte=
mann.

„Ja, und Ihr ſelbſt ſeid dieſer eine!"

Das Geſicht des Vogtes färbte ſich dunkelrot,
und ſeine Naſe wurde zur Fackel.

„Ja, Ihr!" wiederholte Herr Heinrich. „Mit
Eurem rauhen Weſen, mit Eurem Schreien und
Schelten. Beſinnt Euch nur, wie das arme Kind
vor Euch ſtand, bleich und zitternd. Die Leute muß=
ten ja glauben, ſie würden über Nacht ſchon von
Haus und Hof gejagt. Wenn der Mann die Tat
wirklich begangen hat, dann habt Ihr ihn dazu
getrieben, nicht der Eggebauer!"

Herr Schluttemann war wie ein hilfloſes Kind.
Er wagte kaum aufzublicken. „Ach, Herr Heinrich",
ſtöhnte er, „wenn Ihr mir doch ins Herz ſchauen
könntet! Meiner Treu, ich bin ein ſeelensguter
Kerl! Aber in der Früh halt, in der Früh! Da
ſteckt mir das Weib in allen Knochen und hebt mir
die Fäuſt und bläſt mir die Backen auf."

„Wenn Frau Cäcilia das Zanken nicht einſtellen
will, ſo laßt ihr doch einmal den Pagſtein¹) um

---

¹) Das Mühldorfer Stadtrecht im 14. Jahrhundert be=
ſtimmte: „Welleich leicht Weib pagent (zanken) mit den Wor=
ten die ſie vermeiden ſollen, der ſoll man den pagſtein an irn
Hals hengen und ſoll ſi von gazzen ze gazzen traiben."

267

ben Hals hängen und laßt sie vom Fronknecht durch die Gassen führen. Ihr seid ja der Vogt!"

Herr Schluttemann kraute sich hinter den Ohren. Freilich, er war der Vogt. Aber Frau Cäcilia war der Obervogt!

Herr Heinrich verwand das Lächeln. „Sagt mir, weiß das Mädchen schon von Eurem Fund?"

„Nein, Reverendissime!" gab Herr Schluttemann eilfertig zur Antwort. „Die Dirn war weggegangen, als wir kamen."

„Weggegangen? Wohin?"

„Ich weiß es nicht."

„Sie soll kein Wort von allem erfahren. Und Haymo?"

„Er ruhet wieder."

„Schweigt auch gegen ihn. Mit Eurem Gewissen aber, Vogt, mit dem dürft Ihr reden, so laut Ihr könnt."

Mit zerknirschter Miene machte der Vogt einen tiefen Bückling, als Herr Heinrich die Stube verließ. Draußen rief der Propst den Knecht herbei, der am Morgen mit den Hunden gekommen war; er sollte die beiden einzuholen suchen, die der Vogt hinuntergeschickt; sie möchten den Sudmann in Ruhe lassen und von der Sache schweigen, bis Herr Heinrich selbst hinunterkäme; könnte der Knecht die beiden nicht mehr einholen und hätten sie den Mann schon gefaßt, dann sollte er sie

268

tun lassen, wie es ihr Auftrag heische. „Und im
Salzhaus laß dir ein Saumpferd geben! Ich
will morgen zu Tal und kann den Haymo nicht
in der Einöd lassen."

Der Knecht machte sich auf den Weg. Herr
Heinrich ging in die Jägerhütte, setzte sich zu
Haymo an das Lager und ließ sich noch einmal
erzählen, wie alles geschehen wäre. Mit stocken=
den Worten berichtete Haymo.

„So hat er den Stoß an der Stelle geführt,
an der das Mädchen dich gefunden hat?"

„Ja, Herr!" sagte Haymo leis.

„Es ist also nicht beim Kreuz geschehen?"

Haymo sah den forschenden Blick des Propstes
auf sich gerichtet. Zugleich aber war es ihm auch,
als stünde Gittli neben ihm, mit angstvollen Augen
und bittend erhobenen Händen. Er senkte den
Blick. „Nein, Herr!" Kaum war das Wort ge=
sprochen, da hätte er's gerne wieder zurückgenom=
men. Nur wenige Stunden waren vergangen,
seit er von seines Herrn Lippen den Spruch ver=
nommen:

„Wehr' ohne Scharf und Fehl,
Graden Sinn ohne Hehl —"

und jetzt hatte er schon dawider gesündigt. Aber
er fühlte, wenn er ein zweites Mal gefragt würde,
so könnte er wieder nur sagen: „Nein, Herr!"

269

Man hörte draußen den Frater mit Walti reden; er suchte Herrn Heinrich, auf den die Mahlzeit wartete. Der Propst erhob sich und ging in die Herrenhütte. Verwundert fragte er: „Wo ist Pater Desertus?"

„Ich weiß nit, Herr!" sagte der Frater. „Er ist fortgegangen."

„Auch fortgegangen? Und weißt du nicht, wohin das Mädchen gegangen ist?"

„Nein, Herr! Ich weiß nit, was über die Dirn gekommen ist. Der Haymo hat sie doch nit vertrieben." Frater Severin lachte. „Ich bin mit ihr hinübergegangen, um dem Jäger das Essen zu bringen, und da war zuvor eine Dirn da, die hat dem Haymo einen Veiglbuschen gebracht, und aus den Blumen hat er ein feines Kränzl gewunden. Wie wir nun zu ihm hineinkommen, und die Gittli geht vor sein Lager hin, da drückt er ihr lachend das Kränzl auf den Scheitel. Rot ist sie geworden wie ein Krebs und ist davongeschossen, ohne ein Wörtl zu reden. Und seit der Zeit hab ich sie mit keinem Aug mehr gesehen."

Freilich! Denn ehe der Frater in die Herrenhütte zurückkam, hatte Gittli ihr Bündel aus dem Winkel gezogen und war davongesprungen, um irgendwo im Gebüsch ein Versteck zu suchen, in dem sie die rußigen Kleider gegen ihr gutes Gewand vertauschen könnte. Mit Suchen und Suchen — auf jedes Flecklein blickten die Hütten

270

her — war sie tief hinunter in das Steintal ge=
raten. Endlich fand sie eine sonnige Mulde mit
dichtem Föhrengestrüpp, versteckt zwischen Fels=
gewirr. Gittli schlüpfte durch das Gezweig und
fand inmitten des Gebüsches einen kleinen Teich,
zu dem sich das Regenwasser über dunklem Moos
und weißem Sande gesammelt hatte; wie ein
Spiegel blickte ihr das klare Wasser entgegen, von
keinem Lüftchen gewellt, von keinem Staub ge=
trübt, farbig schimmernd in der sinkenden Sonne.
Gittli klatschte vor Freude die Hände ineinander.
Keine Fürstentochter hatte in ihrer stolzen Burg
ein Stübl, wie sie es hier gefunden: mit weichem
Teppich, mit immergrünen Wänden, umgeben von
himmelhohen Mauern, darüber die blaue Decke,
an der die Sonne als Lampe hing — und mitten
drin in der grünen Stube ein lockendes Bad, das
der Wettermacher des Himmels, der heilige Petrus,
als Marschalk ihr bereitet hatte. Hastig tauchte
sie die Hand in das Wasser; es war nicht allzu
kühl, denn der Regen war lau gefallen, und die
Sonne hatte gut geheizt. Im Gebüsch legte Gittli
das Gewand zurecht, das sie mitgebracht, dann
schlüpfte sie aus den Kleidern und huschte ins
Wasser, flink und schlank, zart und geschmeidig
wie ein Elf, bis zu den Knien umhüllt vom schwar=
zen Mantel der gelösten Haare. Da plätscherte
sie nun in der Sonne und schauerte und kicherte
und wusch und rieb sich das Gesicht, daß ihr die

271

Wangen zu brennen begannen. Dann plötzlich erschrak sie und lauschte — es raschelte im Gebüsch
— mit leisem Aufschrei tauchte sie in das Wasser,
daß nur die Augen noch hervorlugten, vom schwimmenden Haar umgeben wie von einem dunklen
Schattenkreis. Es war still in den Büschen. Doch
nein, jetzt wieder begann das Rascheln, ganz leise,
und immer näher kam es. Gittli zitterte vor Angst
und Kälte und wagte sich nicht zu regen; sie
sah im Dickicht die Spitzen der Äste sich bewegen, etwas Graues schlich da drinnen hin und
her, nun teilten sich die Zweige, und zögernd trat
aus den Büschen ein Hirschkalb hervor, das der
nahende Abend aus dem Lager getrieben hatte.

Beim Anblick des Wassers verhoffte das Tier,
denn vor zwei Nächten war an der Stelle, wo
der Teich sich gebildet hatte, noch Weide gewesen.
Scheu, mit vorgestrecktem Halse, kam es näher,
stieg mit tastenden Schritten in das Wasser und
schaute verwundert auf sein Spiegelbild.

Das war so drollig anzusehen, daß Gittli, die
sich mäuschenstill gehalten, kichern mußte. Das
Wild hob mit jähem Ruck den Hals und gewahrte nun das weiße Gesicht mit den großen,
leuchtenden Augen; ungeduldig stampfte das Kalb
mit den Läufen, denn die seltsame Wasserblume
mit den tausend schwarzen, schwimmenden Blüten-
fäden und dem silberweiß aus dem Teich hervor-
schimmernden Stengel mochte ihm nicht ganz ge-

272

heuer erscheinen. Da tauchte Gittli hurtig in die
Höhe. „Brrr!" machte sie, mit beiden Händen
Wasser spritzend. Und mit einer hohen Flucht
stob das erschrockene Wild in das Dickicht zurück,
daß die Äste rauschten und die Zweige knackten.

„Hast du mich erschreckt, hab ich dich erschreckt!"
lachte Gittli; aber sie brachte die Worte kaum
heraus, so fröstelte sie. Eilig schüttelte sie das
Haar, rang das Wasser aus den Strähnen und
huschte ins Gebüsch zurück.

Eine Weile, und sie erschien im blauen Rock
und schwarzen Mieder, in jenem schmucken Staat,
in dem sie am Grünen Donnerstag das nör=
gelnde Staunen des Herrn Schluttemann geweckt
hatte: die Haare ließ sie offen hängen, damit sie
auf dem Heimweg trocknen möchten; und über
ihrem Scheitel saß, als lieblicher Schmuck, der
duftende Veilchenkranz. Sie trat an das Ufer,
zog den Rock an die Knie und neigte sich vor; mit
ernsten Augen betrachtete sie ihr Spiegelbild, dann
lächelte sie ein wenig. Sie schien sich zu gefallen.
Aber gleich wieder schüttelte sie den Kopf und
seufzte: „So schön wie die Zenza bin ich all=
weil nit!"

Langsam stieg sie durch das Steintal empor und
suchte den Pfad zu gewinnen. In der scheidenden
Sonne trocknete ihr Haar und begann sich zu
locken. Als sie den Steig erreichte und über das
Tal hinwegblickte, blieb sie zögernd stehen. Saß

18 K.-Jäger 273

dort drüben, einem Fels zu Füßen, nicht Pater
Desertus? Doch es gab keinen anderen Weg zu
den Hütten; sie mußte an ihm vorüber. Aber wes=
halb nur war ihr bange vor diesem Mönch? Sie
hatte ihm nichts zuleide getan und hatte keine Ur=
sach, ihn zu fürchten. Wohl hatte Haymo ihr
geraten: geh dem Chorherren aus dem Weg —
aber sie hatte keinen anderen Pfad.

Ruhig schritt sie weiter. Als sie in eine tiefe
Senkung des Tales kam, entschwand der Pater
ihrem Blick.

Desertus hatte das Mädchen noch nicht ge=
wahrt. Seine Augen blickten — wie Gittli zu
Herrn Heinrich gesagt — wieder einwendig. Er
saß auf einem niederen Stein und hielt den das
Haupt stützenden Arm über einen höheren Fels=
block gelehnt. Warm lag die sinkende Sonne auf
seinem bleichen Gesicht, und um die schmalen Lip=
pen spielte ein träumendes Lächeln. Die holden
Bilder der Vergangenheit webten vor seinem Geist.
Frühling war's, und schüchtern begannen im Laub=
wald die Blätter zu sprossen. Zwischen den Bäu=
men läuteten die Stimmen der Bollbeißer, die
Hörner klangen, und jagender Hufschlag tönte.
Nun gaben die Hunde Standlaut. „Sie haben
ihn!" Allen anderen fliegt Dietwald auf schäu=
mendem Pferde voran und löst schon den Riemen,
mit dem der kurze Speer, die ‚Feder', lose an
seinen Arm gekoppelt ist. Auf einer kleinen Blöße

274

haben die Beißer den Bären gefaßt, wie die
Kletten hängen sie an seinem Gehör. Dietwald
schwingt sich vom Pferde, sicher führt er den Stoß.
Der Bär hat seinen ,Fang' erhalten und liegt ver=
endet unter den Hunden. Nun geht es heimwärts
durch den Wald mit Lachen und Plaudern. Von
den Zinnen seiner Burg weht eine weiße Fahne,
frohe Botschaft kündend. Er spornt das Roß, jetzt
hat er den Hof erreicht, mit langen Sprüngen
nimmt er die Stufen. Unter der Tür der Frauen=
stube treten ihm die Mägde entgegen und bringen
ihm sein Dirnlein, das ihm Gott geschenkt, der=
weil er den Bären jagte. Ach, Herr, solch ein
Würmchen! Kein Gesicht, nur Augen! Mit denen
schaut es umher in der Welt, in die es geraten,
so neugierig, so erstaunt! Er wagt das winzige
Ding kaum anzurühren, fürchtet, es möchte ihm
zerbrechen unter den Händen. Da war sein Junge
schon aus festerem Holz; der schrie wie ein kleiner
Geier, zappelte mit den Füßen, schlug mit den
kleinen Fäusten um sich, ließ sich drücken und
küssen.

„Dietwald!" Ach, wie matt diese Stimme
klang! Er reicht das Dirnlein den Mägden und
tritt auf den Zehen in die dunkle Stube, aus deren
Ecke die weißen Linnlaken des Bettes schimmern.
Er tritt hinzu, noch finden sich seine Augen nicht
zurecht, doch eine kleine, weiche Hand erfaßt die
seine. „Judita!" stammelt er in seliger Freude und

18*   275

überströmt die zitternde Hand mit seinen heißen
Küssen. Da er aufblickt, lächelt ihm die junge
Frau entgegen; sie kann in ihrer Schwäche das
Haupt nicht erheben, es ruht auf schwarzen Kissen
— nein doch, das sind die gelösten Haare, die um
ihre Wangen gebreitet liegen wie schwarze Seide.

Sie soll nicht reden, und er darf nicht sprechen
zu ihr; aber an ihrem Lager darf er sitzen und ihre
Hand in der seinen halten und träumend alle
Freude nachgenießen, die er mit diesem holden
Weibe gewann. Er hatte sie zum erstenmal gesehen, da er mit König Ludwig einritt in die
Passauer Bischofsburg; als das Turnier gehalten
wurde, warf er seine Gegner spielend in den Sand;
die schönen Augen, die aus allen Fenstern auf ihn
gerichtet waren, störten ihn nicht; in seinem Herzen glühte nur die Freude am Kampfspiel; doch als
ihm Frau Irmgard, des Bischofs Schwester,
den Turniertrank reichte, sah er neben der stolzen
Frau ein Mägdlein sitzen, fast noch ein Kind, mit
feingeschnittenem Gesicht, mit tiefen Rätselaugen,
Stirn und Wangen dicht umringelt von schwarzem
Gelock. Die Blicke der beiden trafen sich, und leis
errötend senkte das Mädchen die Lider. „Nun,
Herr Graf, was zögert Ihr?" lächelte Frau Irmgard. „Ihr habt den Dank verdient!" Dietwald
beugte das Knie und ließ sich den Kranz um die
Stirne legen. Als er zurücktrat, winkte er dem
Seneschall des Bischofs. „Wer ist das holde

276

Kind?" „Frau Irmgards Tochter Judita, ihr
Vater hauset auf der Ortenburg¹)." Bei der
Tafel fand sich Dietwald an Juditas Seite. Drei
Maitage schwanden mit allem Sonnenglanz und
Blütenduft der ersten jungen Liebe, mit ihrem seh=
nenden Sichsuchen, ihrem zagenden Sichfinden,
ihrem seligen Stammeln und Verstummen und mit
der süßen, alles Verschwiegene bekennenden Zwie=
sprach der kühneren Augen. Und als Frau Irm=
gard Abschied nahm, und Dietwald und Judita
schweigend standen, sagte die lächelnde Mutter:
„Nach der Ortenburg habt Ihr ein kurzes Reiten,
Graf, lasset Euch einmal blicken bei uns, ehe Herr
Ludwig wieder heimzieht nach seiner Pfalz!"

Einen Tag lang wehrte Dietwald seiner Sehn=
sucht, am zweiten Morgen saß er zu Pferd. Über
blumige Wiesen ging der Weg, durch jung er=
grünenden Wald. Auf einem Hügel erhob sich die
stattliche Burg, und ihr zu Füßen lag das kleine
Dorf. Dort tönten die Pfeifen, und jauchzende
Stimmen klangen. „Sie halten den Maitanz",
sagte ein Bauer, „und die Burgleute sind auch da=
bei, und das liebe Fräulein tanzet mit jedem braven
Buben und ist gewandet wie ein Bauernkind!"

„So will ich mir auch einen Reigen holen!"
lachte Dietwald, sprang vom Pferde, warf die
Zügel dem Knechte zu und eilte dem Dorf entgegen.

---

¹) Zwei Stunden südwestlich von Passau

Nun plötzlich rann es ihm heiß und kalt durch
das Herz — dort, zwischen den grünen Büschen,
kam sie gegangen, zögernden Schrittes, leise lächelnd, gekleidet wie ein Kind des Dorfes, in
blauem Rock mit schwarzem Mieder, die Schultern umringelt von dunklem Gelock, um die Stirn
den Veilchenkranz, sie selbst eine liebliche Blume,
die ein Wunder verwandelte in Fleisch und Blut.

„Judita!" schrie er, stürzte ihr entgegen und umschlang sie mit zitternden Armen.

Das Mädchen erblaßte, riß sich mit angstvollem
Aufschrei von seiner Brust — und hinter ihm rief
eine zornige Stimme: „Desertus!"

Taumelnd griff er mit beiden Händen nach seiner
Stirn, erwachend starrte er um sich her, und da sah
er in weitem Kreis die kahlen Felsen ragen, Herr
Heinrich stand vor ihm, und auf dem Pfade floh
Gittli, von Schreck gejagt, den Hütten zu.

„Welch ein Erwachen!" stöhnte er, schlug die
Hände vor das Gesicht und sank vor Herrn Heinrichs Füße.

Zwischen den Brauen des Propstes glättete sich
die zornige Furche. Er legte die Hand auf den
Scheitel des Chorherren.

„Dietwald! Erhebe dich!"

Desertus drückte das Antlitz in Herrn Heinrichs
Gewand und umklammerte ihn, wie der Sinkende
den rettenden Baum.

278

„Komm, Dietwald, steh auf!" Herr Heinrich
nahm ihn bei den Armen, hob ihn empor und führte
den Wankenden zu einem Stein. „Rede! Wie kam
es, daß du dich so vergessen konntest?"

Desertus schaute zu ihm auf mit dem Blick der
Verzweiflung; er drückte die eine Hand auf seine
stürmisch bewegte Brust und führte die andere an
den Lippen vorüber, wie um zu sagen: ich kann
nicht sprechen! Herr Heinrich ließ sich auf einen
Felsblock nieder und wartete. Es währte lange, bis
Desertus zu sprechen begann, heiser, mit abgerisse-
nen Worten: „Ich saß und schlief mit wachenden
Augen und träumte, und da stand es wieder vor
mir, wie herausgetreten aus meinem Traum."

„Dein Gespenst?" sagte Herr Heinrich betroffen.
„So hätt ich dich falsch verstanden bei der Klause?
Nicht eine Ausgeburt deiner irrenden Sinne? Ein
Gespenst aus Fleisch und Blut? Dieses Kind hat
die Versuchung über dich gebracht?"

Desertus starrte Herrn Heinrich an, als ver-
stünde er ihn nicht. „Versuchung? Nein, Herr!
Es war noch kein Lebender seinem atmenden Glück
so treu, wie ich an meinen Toten hänge. Eh' ich
Judita fand, hab ich kein Weib mit Mannesaugen
angesehen, und seit ich sie verlor, ist mir, was
Weib heißt, aus der Welt gestorben. Ich wäre
Mönch gewesen, es hätte der Gelübde nicht bedurft. Versuchung? Nein! Ihr müßt es Wahn-
sinn nennen, den ein grausam spielender Zufall

279

der Natur in mir entzündet!" Wie im Fieber flogen seine Worte. „Ich hab es mit eigenen Ohren
doch gehört von den bleichen Lippen meiner Sas-
sen, die den mörderischen Räubern noch entkamen
und es ansahen mit entsetzten Augen, wie mein
Weib auf den Altan des brennenden Turmes flüch-
tete, meinen Knaben an sich gedrückt, mein Töchter-
lein auf den Armen, und wie die Mauern barsten
und die Balken stürzten, mein Glück begrabend
unter Flammen, Rauch und Trümmern. Ich habe
doch meines armen, süßen Weibes verkohlte Beine
gefunden, noch umwunden von dem goldenen Ketten-
schmuck, den Judita als mein Angebinde getragen.
Ich weiß doch, daß aus dem Reich des Todes keine
Straße zurückführt in das Leben. Und doch! Sooft mir dieses Kind vor Augen tritt, mein' ich, ein
Wunder hätte sich vollzogen, der Lauf der Zeiten
wäre still gestanden, und alles Geschehene wäre ein
böser Traum gewesen, der sich nun löst von mir,
da ich erwache. Denn dieses Kind, Herr Heinrich — wo find ich Worte für das Wunder?
Ich suche auf der Erde: so gleichet keine Blume
ihrer Schwesterblume. Ich suche am Himmel: so
gleichet kein Stern dem Stern, wie dieses Kind an
Haar und Augen, an Antlitz und Gestalt, an Reiz
und Wesen meinem Weibe! Und so, wie dieses
Mädchen jetzt, im Kleid des Dorfes, mit gelöstem
Haar, den Kranz von Veilchen über der Stirn, so
trat mir Judita entgegen, als ich in seliger Freude

280

den erſten Kuß auf ihre Lippen drückte." In ſich
verſinkend ſchlug er die Hände vor das Geſicht.

„Dietwald!" rief Herr Heinrich in tiefer Erregung. „Sage mir —" Er verſtummte wieder.
Es war ein Unmögliches, was er dachte! Und
durfte er aus der ſchmerzvollen Seele dieſes ſchwer
Gebeugten einen Wahnſinn reißen, indem er einen
andern Wahn in ihr erweckte? Er ſtrich ihm langſam die Hand über den Scheitel. „Vergib mir,
Dietwald, daß ich dich falſch verſtand und dich aus
der Pein in die Marter ſtieß, als ich dich hieher-
führte, ſtatt weite Meilen zwiſchen dich und dieſe
Hütten zu legen. Du darfſt nicht bleiben. Nicht um
deinetwillen, nicht um des unſchuldigen Kindes
willen, das du erſchreckt haſt bis ins innerſte Herz."

Deſertus nickte vor ſich hin.

„Weißt du den Weg nach deiner Klauſe zu
finden?"

„Nein, Herr! Aber fort, fort, nur fort!"

„So warte hier. Ich will dir den Walti ſenden.
Er ſoll dir den Baſthut und das Griesbeil bringen
und ſoll dich führen. Auch eine Fackel ſoll er mit-
nehmen, denn ihr kommet in die Nacht hinein. Und
wenn du in der Klauſe biſt, dann halte den Buben
bei dir, er plaudert gern, und laß die Fackel brennen die ganze Nacht. Beten kannſt du nicht mit dieſem Irrſinn im Herzen. Und ſchlafen noch minder.
Nimm die Schnüre und beginne ein Netz zu flechten mit engen Maſchen! Ich komme morgen abend

zu Tal. Ein Klafter hoch und drei Klafter lang soll
das Netz geraten sein, bis ich komme. Und weniger
will ich nur finden, wenn dich der Schlaf befiel.
Bessere Hilfe weiß ich dir nicht, als schaffen, schaf=
fen und schaffen, bis dir die Augen sinken und die
Arme erlahmen. Und übermorgen sollst du reisen!"

Sie reichten sich die Hände.

„Ich gehorche!" flüsterte Pater Desertus.

Und Herr Heinrich ging, an der Wende des
Pfades noch einmal zurückschauend mit bewegtem
Blick. Als er das Herrenhaus erreichte, kam Fra=
ter Severin aus der Jägerhütte.

„Wo ist Walti?"

„Ich habe den Buben um Holz geschickt."

„Und das Mädchen?"

„Ich glaub, sie hockt in der Küche. Was die
nur hat! Als wär die Drud hinter ihr, so ist sie
gerannt gekommen, und vor Haymos Lager ist sie
hingefallen und hat kein Wort geredet, was wir sie
auch gefragt haben. Ich hab schon gemeint, der
Haymo fahrt aus der Haut, so hat er's getrieben
mit der Dirn. Aber sie hat ihm nit Red gestanden,
und weil er gar nit hat aufhören wollen mit Fra=
gen, ist sie zur Tür hinausgeschossen. Der Haymo
hat gleich aufspringen und ihr nachlaufen wollen.
Ich hab ihn gehalten, und weil ich gesehen hab,
daß die Dirn ohne die Veiglen gekommen ist, hab
ich ihm eingeredet, daß sie so verdreht wär, weil sie

282

die Blumen verloren hat. Da drüber hat er sich gefreut."

Herr Heinrich trat in die Küche und sah das Mädchen verschüchtert in einem Winkel sitzen.

„Gittli!"

Sie folgte ihm zögernd in die Herrenstube.

„Wo hast du deine schönen Blumen?"

„Verloren!" lispelte das Mädchen. „Die müssen mir heruntergefallen sein, wie er mich —" Sie verstummte.

„Du bist wohl arg erschrocken?"

Schweigend stand sie, mit gesenkten Lidern.

„Vergiß es, Gittli! Weißt du, der Pater ist ein armer, kranker Mann, krank im Herzen."

Sie sah zu Herrn Heinrich auf.

Freundlich strich er mit der Hand über Gittlis Haar. „Denk nur, ehe der Pater in das Gotteshaus getreten ist, war er ein Rittersmann, hatte eine junge schöne Frau und holde Kinder und hat alle seine lieben Leut verlieren müssen in einer einzigen Nacht."

Gittlis Augen wurden feucht.

„Weißt du, und seit der Zeit ist er manchmal so träumig wie ein Kranker. Und wie du jetzt gekommen bist, hat er völlig gemeint, seine liebe Frau tät ihm erscheinen."

„Wohl", fiel Gittli hastig ein, „er hat auch einen Namen gerufen, wie ich gar nit heiß."

283

„Siehst du!"

„Mein, jetzt tut er mich dauern!" Sie streckte Herrn Heinrich die Hand hin. „Saget ihm doch, daß ich ihm nimmer harb sein will, gar nimmer!"

„Ja, Kind, das sag ich ihm, und das wird ihn freuen. Mußt auch mit keinem davon reden, weißt, die Leut täten ihn drum anschauen."

Sie schüttelte den Kopf.

„Aber komm, setz dich ein Weil! Ich bin ganz allein, wir wollen ein wenig heimgarten!"

Schüchtern setzte sie sich auf die Bank und strich an ihrem Rock die Falten glatt.

„Wie alt bist du, Gittli?"

„Im letzten Anderherbst[1]) bin ich fünfzehn Jahr geworden."

„Fünfzehn Jahr?" wiederholte Herr Heinrich. Und nach kurzem Besinnen sagte er: „Weißt du nicht auch den Tag, an dem du geboren bist?"

„Wohl, Herr, am heiligen Pelagitag[2])."

Betroffen blickte der Propst das Mädchen an. Am heiligen Pelagitag? Das war zehn Tage nach der Ampfinger Schlacht und e i n e n Tag nach dem Brande der Burg Falkenberg! Hier hatte die Natur ein seltsames Spiel getrieben, oder — — Tief atmend schüttelte Herr Heinrich den Kopf und fragte: „Wo seid ihr daheim gewesen?"

---

[1]) Oktober.
[2]) Den 9. Oktober.

„In Dorfen[1]), Herr, wir haben aber nit im
Ort gehauset. Unser Haus ist einödig im Wald ge=
standen, denn der Vater hat gekohlet."

„Kannst du dich noch besinnen auf Vater und
Mutter?"

Sie sah ihn mit feuchten Augen an. „Kann denn
eins Vater und Mutter vergessen? Ich bet doch
alle Tag dafür, und da seh ich sie allweil wieder
dastehen vor mir, der Vater, der wie ein Baum
gewesen ist, wenn das Mies dran hängt, ja, so
einen langen Bart hat er gehabt, und wisset, Herr,
er hat schon ein lützel grauelet. Aber die Mutter
hat noch allweil Zöpf gehabt wie ein Junges. Und
so gut schauen hat sie können, und eine Hand hat
sie gehabt, wenn sie einen damit angerührt hat,
das ist einem völlig gewesen, wie an einem Abend,
wenn's recht warmelet und es streicht ein Lüftl an
einen hin. Und so viel lieb hat sie mich mögen! Ich
glaub, es hat noch keins auf der Welt eine so gute
Mutter gehabt wie ich!" Sie fuhr sich mit dem
Arm über die Augen.

Herr Heinrich erhob sich, trat auf Gittli zu und
nahm ihre Wangen in seine Hände. „Diese Mut=
ter nimmt dir keiner mehr, und wenn er dir auch
eine andere geben könnte!"

Sie sah ihn fragend an.

Frater Severin erschien. „Der Bub ist daheim."

---

[1]) Fünf Wegstunden südlich von Landshut.

285

„Er soll kommen."

Walti trat in die Stube, und während Herr Heinrich leise mit ihm redete, erhob sich Gittli und schlich zur Türe. Draußen fuhr sie noch einmal über die Augen, dann ging sie der Jägerhütte zu. Ehe sie das kleine Haus erreichte, blieb sie stehen, als besänne sie sich. Und nun eilte sie dem Pfad ent=gegen, der in das Steintal führte. Sie wollte die verlorenen Veilchen suchen.

Als sie die Wende des Steiges erreichte, fuhr sie erschrocken zurück. Dort auf dem Stein saß immer noch der Chorherr; und in seinen Händen hielt er ihren Kranz und blickte darauf nieder mit regungslosen Augen. Jetzt hörte sie auch Tritte hinter sich; dort kam der Bub mit zwei Bergstöcken und einer Kienfackel. Lautlos schlüpfte sie in eine Staude und wartete. Sie hörte, wie die beiden einige Worte wechselten und sich entfernten.

Nun kam sie wieder hervor und begann zu suchen. Das Kränzl wollte sich nicht finden lassen.

„Jetzt hat er's mitgenommen!" stammelte sie; aber sie zürnte nicht. „Vielleicht hat er eine Freud dran?" Und einem, der so viel Schmerzen ge=tragen, war eine Freude zu gönnen. Weib und Kind verlieren müssen, in einer Nacht! Wer hätte mit ihm Erbarmen fühlen sollen, wenn nicht sie? Hatte sie doch Vater und Mutter auch an einem Tag verloren — damals, als im Land das große Sterben umging.

286

Lange, lange stand sie und blickte dem Chorherren
nach, wie er bald im Gewirr der Felsblöcke ver=
schwand, wieder auftauchte, zwischen dunklen Ge=
büschen sich verlor und wieder erschien.

Der frischer ziehende Abendwind spielte mit
ihrem lockigen Haar. Unter ihr im Bergwald rief
der Kuckuck, der erste, der mit dem Frühling ge=
kommen war. Und über den Halden begannen die
steilen Wände, zwischen denen der Schnee nur noch
in einzelnen Schluchten hing, mit warmer Röte zu
glühen.

Achtzehntes Kapitel

Die Dämmerung, die über den Bergen die ersten
Fäden spann, webte im Tal schon die grauen
Schleier.

Wolfrat war aus dem Sudhaus heimgekehrt
und saß mit Sepha am Tisch. Sie hatte die Kraft
gefunden, das Bett zu verlassen — es war die
Kraft, die der Kummer und die Sorge gibt.

Ihr karges Nachtmahl hatten sie schon verzehrt,
aber sie saßen noch, schweigend; jedes hielt die
Arme über den Tisch gelehnt und grübelte vor
sich hin.

Lippele kniete auf der Bank und guckte zum Fen=
ster hinaus. „Schau, Mutter, schau, der Berg tut

287

brennen!" Es störte ihn nicht, daß er keine Antwort erhielt. „So, so", schmollte er mit nickendem Köpfl, „wenn die Dittibas verbrennen tut, da droben!"

Wolfrat erhob sich ungestüm, schritt ein paarmal in der Stube auf und nieder und warf sich im Ofenwinkel auf die Bank. Sepha schlug die Hände vor das Gesicht.

Eine stille Weile verging, dann streckte Lippele neugierig den Kopf. „Vater! Mannerleut kommen."

Seph erblaßte, und Wolfrat sprang auf das Fenster zu.

„Sie kommen, Seph!" sagte er und griff nach dem Tisch, als befiele ihn ein Schwindel.

„Jesus Maria!" stöhnte das Weib, flog auf ihn zu und umschlang ihn mit zitternden Armen.

Er richtete sich auf. „Nimm dich zusammen, Seph!" sagte er ruhig. „Sie dürfen kein unrechtes Wort hören. Komm, setz dich her da!" Er drückte sie auf die Bank. „Und red keinen Laut! Vom Gesicht schaut dir im Zwielicht keiner was ab. Und wenn es schief ausgehen sollt — ich glaub's nit, Seph, sei ruhig — ich mein' halt für alle Fäll", seine Stimme dämpfte sich zu hastigem Geflüster, „so laß ich dir eine Hilf zurück in der Not, einen Schatz, der zu heben ist. Mir ist er verschlossen, solang ich leb. Aber wenn's einmal aus ist mit mir, dann sollst du was haben davon, und mein Bub.

Ein goldener Schatz, Seph! Und der Schlüssel dazu: das ist die Dirn."

Sie starrte ihn an; von allem, was er sagte, verstand sie nur das eine: daß er an das Schlimmste dachte.

Das Fenster wurde dunkel, als die Männer draußen vorübergingen.

Wolfrat nahm hastig seinen Platz hinter dem Tisch wieder ein.

Die beiden Knechte, die Herr Schluttemann ausgeschickt, traten in die Stube; der Fronbot, den sie mitgenommen, blieb draußen vor der Haustür stehen.

Lippele rutschte hurtig von der Bank herunter, lief auf die Mutter zu und schmiegte sich hinter ihren Arm.

„Ist der Polzer daheim?" fragte einer der Knechte.

„Wohl!" sagte Wolfrat. „Was gibt's?"

Der Knecht zögerte mit der Antwort; sein Blick streifte das Weib. „Geh, komm ein Weil mit uns vors Haus!"

„Ich hab den ganzen Tag geschafft und bin müd."

„Wirst aber heut noch einen weiten Weg machen müssen."

„Warum? Und wohin?"

„Warum, das wirst du erfahren, und wohin, das wirst du sehen."

Wolfrat lachte. „Da bin ich aber neugierig. Wer will denn was von mir?"

„Der Vogt."

„Der Vogt?" wiederholte Wolfrat überrascht. „So? So?" Er strich mit der Hand übers Haar und erhob sich. „Ja, freilich, da muß ich schon gehen. Aber wenn ich recht gehört hab, ist ja der Vogt seit Freitag im Gejaid — freilich, hab's ja von euch selber gehört, wie ich auf der Alm meine Schwester gesucht hab. Was will er von mir? Da droben?"

Die Knechte wollten ihn fassen; er trat zurück und machte zwei Fäuste. „Oho! So ist's gemeint? Ich geh von selber mit, weil der Vogt mich haben will. Aber anrühren soll mich keiner, sonst schlag ich zu."

„So komm!"

Wolfrat nahm den Hut von der Ofenstange und ging auf sein Weib zu. „Behüt dich Gott, Seph! Bis morgen abend bin ich wieder daheim." Er reichte ihr die Hand und hob den Buben in die Höhe.

„Vater", klagte Lippele, „du tust mich drucken!" Als der kleine Bursch auf der Erde stand, rollte er die Schultern, dehnte die Ärmchen, als wären ihm alle Knöchlein aus den Fugen geraten, und als müßte er sie wieder einrenken.

„Also weiter!" sagte Wolfrat und ging den beiden Knechten voran zur Stube hinaus.

290

„Mutter?" fragte Lippele. „Wohin muß der Vater?"

Dumpf schluchzend warf Sepha sich über den Tisch; sie hatte ein Gefühl, als wäre ihr jählings etwas eisig Kaltes in das Herz gefallen.

Als Wolfrat aus der Haustür trat, packten ihn die Knechte unversehens, der Fronbot warf den Strick, und ehe Wolfrat ans Wehren denken konnte, waren ihm schon die Hände hinter dem Rücken gebunden. Er sprach kein Wort mehr. Als sie ihn durch den Hag auf die Straße führten, warf er einen langen Blick auf das Totenbrett seines Kindes.

„Bet, bet", sagte das Brett, „vielleicht bist du der nächst!"

Da kam der Knecht, den Herr Heinrich geschickt hatte, die Straße einhergerannt. Keuchend blieb er vor den anderen stehen.

„Willst du was?" fragten sie.

Er schüttelte den Kopf und ließ sie ihres Weges ziehen. Während er ihnen nachblickte, hörte er aus dem Haus des Eggebauern lautes Geschrei und wirren Lärm, dann eine heulende Weiberstimme. Gleich darauf kam eine Magd durch den Garten auf die Straße gerannt.

„Was ist denn los bei euch?!" fragte der Knecht.

„Der Bäuerin ist was geschehen, ich muß zum Bader laufen."

Er rannte neben ihr her. „So red doch, was ist denn der Bäuerin?"

„Der Krank ist schon über ein Jahr lang in ihr und hat ihr ungut zugesetzt. Und da hat ihr der Bader gesagt, sie könnt nur gesunden, wenn man ihr ein Herzkreuzl eingeben tät. Der Bauer hat ihr keins verschaffen können, und deswegen ist die Bäuerin allweil so schiech mit ihm gewesen und hat gezankt und gepaget in einem fort. Heut auf den Abend sind sie wieder aneinander geraten, und die Bäuerin im Zorn ist aus dem Bett gesprungen und hat ihm die Kunkel an den Kopf gehaut. Dabei ist sie ausgerutscht und der Läng nach hingeschlagen auf den Boden. So ein schweres Leut! Und da muß ihr einwendig was gebrochen sein, und drum muß ich zum Bader laufen."

Die Dirn wurde dem Knecht zu flink; er blieb hinter ihr zurück und wartete auf den Fronboten, der die beiden Knechte und ihren Gefangenen nur eine kurze Wegstrecke begleitet hatte.

Die Dämmerung wandelte sich zur Nacht. Als die Knechte mit Wolfrat das Seedorf hinter sich hatten und den Wald erreichten, steckten sie die Fackel in Brand; der sie trug, stieg voran; dann kam Wolfrat, und hinter ihm ging der andere Knecht; er hatte den Strick, der von Wolfrats gebundenen Händen ausging, an seinen ledernen Gurt befestigt. Nur zuweilen sprachen die Knechte ein paar Worte, die den Weg betrafen. Wolfrat

292

redete keinen Laut. Er starrte vor sich hin auf den Pfad oder in den Wald hinein, in dem der rötliche Schein der qualmenden Fackel einen gespensterhaften Kampf zwischen der fahlen, unruhig zuckenden Helle und den schwarzen Schatten erregte; alles erhielt Leben; die moosigen Felsblöcke waren anzusehen wie die Köpfe von Ungeheuern, die aus der Erde zu steigen schienen; Baumstrünke mit dürrem Astwerk tauchten aus der Finsternis hervor gleich abenteuerlichen Gestalten, mit borstigem Haar und zum Fang gestreckten Armen.

Als Wolfrat vor fünf Tagen diesen gleichen Weg in der Nacht emporgestiegen, war es still und finster gewesen im Wald. Und langsamer war's gegangen. Das Kreuzbild, das er auf dem Rücken getragen, hatte sich mit den ausgestreckten Armen bald an Bäumen, bald an Zweigen verfangen. „Grad, als hätt's mich halten wollen!" dachte er.

Auf den Almen rasteten sie; dann ging's wieder weiter.

Der Morgen dämmerte, als sie sich der Kreuzhöhe näherten. Mit scharfen Linien hob sich das heilige Bild vom bleichen Himmel ab. Seit Wolfrat das Kreuz gewahrt hatte, konnte er den Blick nimmer von der Erde erheben. Als er am Kreuz vorüberschritt, geneigten Hauptes, mit scheuen Augen, rann ihm ein kalter Schauer durch das Herz. „Er lebt doch, ich hab ihn doch nit erschlagen!" schrie es in seiner Seele. Aber die Furcht wollte nicht von

293

ihm weichen. Und eines wußte er: beten konnte er
niemals wieder in seinem Leben, seit er an dieser
Stelle, den Namen Gottes heuchlerisch auf den
Lippen tragend, den Mordgedanken unter seiner
Stirn geboren hatte. Er hatte nicht einmal beten
können am Grab seines Kindes; sooft er auch be-
gonnen: „Vater unser" — immer wieder stand das
blutbefleckte Kreuz vor ihm und schloß ihm die
Lippen.

Er atmete auf, als sie an der bösen Stelle vorüber waren.

Über das Steintal blickten im Morgengrauen
schon die Hütten her. In den Felswänden hörte
man die Steine gehen, die von den ziehenden Gemsen gelöst wurden. Einzelne Wölklein, tief violett,
schwammen langsam am blassen Himmel.

Es begann schon voller Tag zu werden, als sie
die Hütten erreichten. Auf der Bank vor dem
Herrenhause ließen sie sich nieder; die Türen waren
noch geschlossen, alles war still; sogar die Quelle
murmelte schläfrig, als wäre sie versiegt in der
Nacht und begänne erst jetzt wieder zu fließen, da
es tagen wollte.

In der Jägerhütte schlummerte Haymo auf
seinem Lager, und Frater Severin, der bei ihm
hätte wachen sollen, schnarchte auf der Holzbank;
er hatte am vergangenen Abend ein schweres Werk
geleistet: er ganz allein hatte das dritte ‚Pärchen'
Rechberg und Stein bezwingen müssen, da Herr

294

Heinrich den Vogt zu sich in die Schlafstube genommen, um den Heuboden für Gittli zu räumen.

Herr Schluttemann, dem die gewohnte ‚Bett=schwere' fehlte, erwachte zuerst. Lautlos öffnete er den Fensterladen, und da gewahrte er die Knechte und den Sudmann; eine Weile stand er unschlüssig und kraute sich den Kopf; dann ging er hinaus; darüber erwachte Herr Heinrich.

Wolfrat und die Knechte erhoben sich, als der Vogt aus der Tür trat; kopfschüttelnd ging er auf den Gefangenen zu; er donnerte und blitzte nicht wie sonst; nur ernster Vorwurf klang aus seiner Stimme, als er zu Wolfrat sagte: „Polzer, Polzer! Was hast du da jetzt angestellt? Das wird dir einen bösen Tag bringen."

Es wäre Wolfrat wohler zumut gewesen, wenn der Vogt geschrien und mit den Fäusten gefuchtelt hätte. „Ich weiß nit, was Ihr meinet, Herr! Aber wissen möcht ich wohl, warum mich Eure Leut überfallen und am Strick dahergeführt haben wie einen Ochs, den man metzgen will."

„Polzer! Polzer! Tu nicht leugnen!" sagte Herr Schluttemann mit den sanftesten Lauten, deren er fähig war. „Sonst wird dich einer fragen müssen, der eine glühende Zung hat und eiserne Zähn."

Wolfrats bleiches Gesicht wurde aschfarben. „Ich brauch nichts leugnen und nichts eingestehen. Ich weiß nit, was Ihr wollt von mir."

295

„Polzer, Polzer! Ich will dir in aller Güt nur sagen —" Der Vogt verstummte, denn Herr Heinrich war aus der Tür getreten. Nur einen Bückling machte Herr Schluttemann und deutete auf den Gefangenen.

Lange ließ Herr Heinrich schweigend seinen Blick auf Wolfrat ruhen, und dieser ertrug den Blick und zuckte mit keiner Wimper.

„Bindet ihm die Hände los!"

Herr Schluttemann machte große Augen. „Reverendissime, ich bitte zu bedenken —"

„Ich habe bedacht!" sagte Herr Heinrich kurz. „Löset ihn, dann soll er mir folgen." Er trat in die Herrenstube.

Wolfrat atmete auf, reckte die befreiten Arme und folgte dem Propst.

„Weck einer den Frater!" sagte Herr Schluttemann zu den Knechten und ging hinter Wolfrat her. Kaum hatte er die Herrenstube betreten, als Gittli vom Heuboden über die Leiter niederglitt, verstört und totenblaß. Die Stimmen hatten sie geweckt. Sie wankte zur Tür hinaus, hörte die Worte nicht, die Frater Severin ihr zurief, sah die Knechte nicht stehen und glotzen — mit gestreckten Händen und fliegenden Haaren stürzte sie der Jägerhütte zu und brach vor Haymos Lager in die Knie.

„Jesu mein! Gittli! Was hast du?" stammelte Haymo, dem der Schreck fast die Sprache nahm.

296

„Sie haben ihn, o Mutter Maria, sie haben ihn!"

„Wen, Gittli?"

„Der's getan hat! Mein Bruder, Haymo! Es ist mein Bruder!" Stöhnend warf sie die Arme über das Bett und drückte das Gesicht in die Decke.

Haymo war erblaßt. Ihr Bruder! Das Wort hatte ihn fast gelähmt, er konnte keinen Finger rühren.

Jetzt hob sie langsam das Gesicht, rutschte auf den Knien näher, umklammerte seine Hände und sah zu ihm auf, verzweiflungsvolle Angst in den bettelnden Augen.

Sie brauchte nicht zu sprechen, er verstand. Brennende Röte flog über seine Stirn. „Ich darf's nit hehlen, Gittli! Ich darf nit."

„Haymo! Schau doch, wie ich dich bitten tu!" Glitzernde Zähren rannen ihr über die Lippen. „Er ist mein Bruder, und sie hauen ihm die Hand ab und schlagen ihn zu Tod wie den Grünwieser-Konrad in Salzburg, der einen Hirsch gefangen hat. Und die Schwährin, die arme Schwährin, die muß versterben, wenn sie's hört, und schau, am Oster= tag ist ihr doch erst ein Kind verschienen, so ein liebes, gutes Kindl! Haymo?"

„Ich darf nit, darf nit!" stammelte er mit ver= sinkender Stimme.

Sie schlug die Hände vor das Gesicht und wankte zur Tür hinaus. Er streckte die Arme nach

297

ihr, aber seine Lippen wollten ihren Namen nicht finden.

Hinter der Hütte, zwischen dem tief nieder= hängenden Gezweig der Fichten sank sie auf die Erde. Hätte sie lauschen können, sie hätte von der Herrenstube her durch das offene Fenster die reden= den Stimmen hören müssen.

Wolfrat stand vor Herrn Heinrich, als wären seine Glieder von Stein. „Und wenn Ihr mich hundertmal fragt, Herr", sagte er mit kalter Ruhe, „ich weiß keine andere Widerred. Ich hab den Weg gemacht, weil mir der Eggebauer das Lehent geliehen hat. Ich hab den Herrgott hinaufgetragen, hab ihn ans Kreuz genagelt, vor Tag bin ich fertig gewesen, hab nichts gesehen und gehört, hab mich wieder aufgemacht und bin daheim gewesen vor der neunten Stund. Wie die Dirn über Nacht nit heimgekommen ist, hab ich mich freilich sorgen müssen. Aber bis Mittag, da hab ich, hab ich —" Er stockte. „Ich hab zu schaffen gehabt."

„Du hast dein Kind begraben?"

Er nickte. „Und auf den Abend hab ich im Sud= haus sein müssen. Erst in der Nacht hab ich fort können und schauen nach der Dirn. Wie ich auf der Alm gehört hab, was geschehen ist, hab ich mir gedacht: sie soll nur bleiben, bei so was ist ein Weiberleut allweil gut. Und bin heimgegangen. Und hätt ich's denn ausgeredet überall, wenn ich es selber getan hätt?"

298

„Sag, weshalb ist deine Schwester zu Berg ge=
gangen?"

„Ich weiß es nit."

„Wollte sie Schneerosen pflücken für das Kind?
Zum Engelkränzlein?"

Er zögerte mit der Antwort. Das wäre ein Aus=
weg gewesen! Aber nein, lügen auf sein totes Kind,
das brachte er nicht zuwege.

„Nun?"

„Ich weiß es nit."

Herr Schluttemann machte einen Bückling. „Re=
verendissime? Sollte man nicht die Dirn holen?"

Herr Heinrich wehrte mit der Hand. „Lasset das
Mädchen aus dem Spiel!"

Wolfrats Augen blitzten, und seine Brust hob
sich. Da winkte von irgendwo eine Hilfe! Das
wußte er nun: Gittli hatte ihren Schwur gehalten.
Jetzt hatte er nur eines noch zu fürchten, und das
ließ nicht lange auf sich warten. Herr Schlutte=
mann machte abermals einen Bückling und sagte:

„Reverendissime! So wär es wohl an der Zeit,
den Haymo wider ihn zeugen zu lassen?"

„Und Ihr meinet, dadurch würden wir der
Wahrheit auf die Spur kommen?"

„Ei freilich!"

„So?" sagte Herr Heinrich in einem Ton, der
vermuten ließ, als wäre er anderer Meinung.
„Gut, gehen wir!" Er erhob sich. „Komm!" sagte

299

er zu Wolfrat. „Wenn du die Wahrheit sprachst, so hast du nichts zu fürchten."

Wolfrat brachte keinen Laut über die Lippen. Einen Augenblick schien die Ruhe ihn verlassen zu wollen. „Schwören kann er nit, daß ich es war", sagte er sich in seiner zähen Hoffnung, „mein Gesicht war angerußt, nit einmal mein Weib hätt mich erkannt." Er hob den Kopf und folgte Herrn Heinrich mit schweren Schritten. Sie gingen hinüber zur Jägerhütte, wobei der Vogt keinen Blick von Wolfrat wandte; auch gab er den Knechten heimlich einen Wink, daß sie sich in der Nähe halten sollten.

Unter der Tür der Jägerhütte trat ihnen Haymo entgegen; er trug den Arm in einer Schlinge; sein Gesicht war weiß wie Kalk. Wolfrat senkte den Blick.

„Sieh dir diesen Mann an, Haymo!" sagte Herr Heinrich. „Der soll es getan haben. Erkennst du ihn?"

Wolfrat hob die Augen und erzitterte vor dem Blick, den Haymo auf ihn richtete; denn er las aus diesem Blick, daß der Jäger ihn erkannte. Doch Haymos Lippen blieben geschlossen.

„Sprich", mahnte Herr Heinrich, „erkennst du ihn als jenen, der es getan hat?"

„Nein, Herr!"

Über Wolfrats Gesicht flog heiße Röte. Herr

Heinrich blickte sich um, als suchte er jemand; er sah nur, wie die niederhängenden Zweige der Fichten sich bewegten. Der Vogt aber griff sich mit beiden Händen an den Kopf, rannte auf Haymo zu, fuchtelte ihm mit den Fäusten vor der Nase umher und stotterte: „Mensch, wo hast du deine Augen? So schau ihn doch an! Ich sage dir, er muß es gewesen sein! Schau ihn doch an! Gelt, du erkennst ihn?"

„Nein, Herr Vogt!" sagte Haymo mit bebender Stimme. „Der's getan hat, war geringer am Leib und hat aschfarbenes Haar gehabt. Der da war's nit."

Herr Schluttemann hob die Arme und ließ sie auf seine Hüften fallen, als wollte er sagen: „Jetzt steht mir der Verstand still!"

„Ihr sehet, Vogt, man kann sich irren!" sagte Herr Heinrich. „Wir müssen den Mann freigeben." Er nickte, als wäre die Sache für ihn erledigt, und ging der Herrenhütte zu. Unter der Tür rief er den Frater. „Die Knechte sollen packen, wir steigen vor Mittag noch zu Tal. Du, der Vogt und das Mädchen, ihr gehet mit den Knechten über die Almen. Ich warte hier mit dem Haymo, bis das Maultier kommt. Dann nehmen wir den Abstieg nach dem See, er ist kürzer und für Haymo minder beschwerlich."

Vor der Jägerhütte stand Haymo noch immer auf der gleichen Stelle. Als er den Propst in der

301

Tür verschwinden sah, atmete er tief auf, wandte sich wortlos ab und trat in die Hütte.

Wolfrat und Herr Schluttemann waren allein.

„Schau, schau", sagte der Vogt und kraute sich das Genick, „jetzt hab ich dir unrecht getan!"

Wolfrat schwieg und blickte langsam nach beiden Türen.

„So sei halt jetzt zufrieden, Polzer, und tu dich nicht kränken!" stotterte Herr Schluttemann. „Daß dir die Schicht ausbezahlt wird, die du heut im Sudhaus drunten versäumt hast, dafür sorg ich schon, ja, ja!"

„Kann ich jetzt gehen, Herr?" fragte Wolfrat ruhig.

„Freilich, Polzer, freilich! Geh nur heim zu deinem Weib!" Freundlich klopfte der Vogt dem Sudmann auf die Schulter. „Wenn's im nächsten Jahr wieder hapert mit dem Lehent, dann komm nur, ich laß schon reden mit mir."

„Es wird's nit brauchen, Herr! Behüt Euch Gott!" Wolfrat zog den Hut in die Stirn und ging dem Steig zu, während Herr Schluttemann kopfschüttelnd das Herrenhaus betrat.

Da rief Herr Heinrich aus dem Fenster: „Wolfrat? Wohin?"

„Heim will ich, Herr! Ich kann doch gehen?"

„Wenn du willst. Doch wär's mir lieb, wenn du eine Weile noch bleiben möchtest. Ich hätt eine Arbeit für dich."

302

„Wohl, Herr!" sagte Wolfrat zögernd.

„Setz dich nur da her auf die Bank und warte, bis ich komme!"

Mit finsteren Augen ging der Sudmann zur Bank; man sah es ihm an, er tat's nicht gerne; unter dem Kittel rührte er die Schultern, als wäre ihm nicht wohl zumut in seiner Haut.

Zwischen den Zweigen der Fichten schlüpfte Gittli hervor und huschte in die Jägerhütte. Haymo saß auf dem Bett. Sie flog auf ihn zu und umschlang seine Hand. „Vergelts Gott, Haymo, vergelts Gott tausendmal, weil du Erbarmen gehabt hast mit ihm!"

„Hab ich nit müssen?" sagte er. „Und wenn's mich gleich meine Seel gekostet hätt!" Seine Augen hingen an ihr mit sehnsüchtiger Schwermut.

„Schau, Haymo", zitterte es von ihren Lippen, „er hat freilich was Arges getan! Aber gelt? Ich hab's doch ein lützel wieder gutgemacht? Wie er gekommen ist und hat's der Schwährin gestanden, und ich bin drin in der Kammer gewesen und hab's gehört, schau, da hat mich doch keins nimmer halten können. Gelaufen bin ich und gelaufen, bis ich dich gefunden hab. Und gelt, ich hab's doch wieder ein lützel gutgemacht?"

Er ließ ihre Hände und überflog sie mit bangem Blick. „Nur weil du's wieder gut hast machen wollen?" fragte er mit versagender Stimme. „Sonst wegen gar nichts bist du gekommen?"

303

Sie blickte erschrocken zu ihm auf. „Weswegen sonst denn hätt ich kommen sollen? Was hast du? Was schaust du mich denn so an?"

Er schwieg und fuhr sich mit der zitternden Hand über die Stirn.

„Aber so red doch!" bat sie in herzbeklemmender Angst.

Er schüttelte den Kopf und wandte sich ab.

„Gott, was hast du denn, ich hab dir doch nichts getan?"

Sie wollte seine Hand fassen. Da klang von draußen die Stimme des Fraters: „Gittli? Gittli?" Er trat in die Stube. „Da bist du ja! So komm doch, Dirnlein, komm doch, du sollst mir packen helfen." Bei der Hand zog er sie mit sich fort.

„Haymo?" stammelte sie noch, aber da stolperte sie schon über die Schwelle hinaus.

Als sie an Wolfrat vorüberkam, senkte er den Kopf. Sie wollte zu ihm sprechen; der Frater hielt fest und zog, da gab es kein Bleiben. In der Küche tat sie wortlos, was man ihr sagte.

„Bruder", flüsterte Herr Schluttemann dem Frater zu, „packet das ‚Pärchen', das noch übrig ist, oben auf! Dann haben wir noch eine Kurzweil, wenn wir rasten."

Frater Severin nickte verständnisvoll.

Eine Viertelstunde später waren sie alle zur Heimfahrt gerüstet. Als Wolfrat die beiden Knechte

304

mit hochbeladenen Kraxen davonschreiten sah, erhob er sich von der Bank. Die Ungeduld der Furcht zitterte ihm in allen Fibern. Er trat an das Fenster und rief hinein: „Soll ich noch allweil warten, Herr?"

„Ja, Wolfrat!" klang Herrn Heinrichs Stimme, als eben Gittli zu ihm in die Stube kam, um Abschied zu nehmen. Er sah sie freundlich an. „Geh mit Gott, mein Kind!" sagte er und bot ihr die Hand. Als sie diese Hand küßte, fiel eine Zähre aus ihren Augen. „Gittli? Bekümmert dich etwas?"

Sie schüttelte den Kopf und schlich davon. Vor ihrem Bruder blieb sie stehen. „Gelt, ich kann der Seph schon sagen, daß du bald heimkommen wirst?"

„Sagen kannst ihr's allweil!"

Sie wollte gehen. Unruhig blickte Wolfrat ihr nach. Jetzt sprang er auf.

„Dirn!"

Sie wandte sich, und da streckte er wortlos die Hand. In Kummer, die Lippen stumm bewegend, blickte sie zu ihm auf, als sie ihre Hand in die seine legte.

„Tummel dich, Dirnlein, daß wir weiterkommen!" mahnte Frater Severin.

„Ich geh schon!" Sie eilte zur Jägerhütte und fand die Stube leer. Erschrocken kam sie herausgelaufen. „Wo ist der Haymo?"

„Vor einer Weil hat er dem Hund gepfiffen",

20 K.-Jäger   305

rief ihr Wolfrat zu, „und ist da hinaufgestiegen nach den Halden."

Zitternd blickte sie in die leere Stube.

„Ist das ein Narr, ein unguter!" brummte Frater Severin. „Nit einmal warten kann er, bis man ihm Behüt Gott sagt! Komm, Dirnlein, komm!"

Zögernd, mit gesenktem Kopf, schritt Gittli hinter Herrn Schluttemann und dem Frater einher. Immer wieder blieb sie stehen und blickte nach der Jägerhütte zurück, so daß die beiden immer weiter vorauskamen. Nun führte der Weg in eine Mulde, und die Hütten verschwanden. Da sank sie auf einen Stein und schluchzte in die Hände.

„Jetzt ist er harb auf mich. Und ich hab ihm doch nichts getan."

Aus dem Tal herauf hörte sie den Frater ihren Namen rufen. Sie trocknete mit dem Ärmel die Augen und fing zu laufen an.

Neunzehntes Kapitel

„So, Wolfrat!" sagte Herr Heinrich, als er, die Armbrust führend, aus der Tür trat. „Wir werden bald fertig sein. Ich hab mich schon zur Heimfahrt gerüstet."

306

Wolfrat erhob sich. „Was soll ich schaffen, Herr?"

„Geh in die Küche und hol einen Zuber!"

Der Sudmann eilte sich; das sah wirklich aus nach Arbeit; mit einer hölzernen Wasserkanne kam er zurück.

„Komm!" sagte Herr Heinrich und ging dem Pfade zu, der in das Steintal führte.

Wolfrat folgte. „Was er nur wollen mag?" Eine Ahnung drohender Gefahr beschlich ihn. Narretei! Der Jäger hatte für ihn gezeugt, und Herr Heinrich selbst hatte ihn freigegeben. „Vielleicht soll ich ihm Wurzen graben? Oder vielleicht hat er ein Erz gefunden, das er proben will, und ich soll ihm einen Zuber voll heimbringen." Beruhigt schritt er weiter. Aber immer länger erschien ihm der Weg, den sie gingen. Und von der Höhe winkte das Kreuz. Wolfrat blieb stehen.

„Herr! Wohin gehen wir?"

„Komm nur!" sagte Herr Heinrich und schritt weiter. Als er merkte, daß ihm Wolfrat nicht folgte, hielt er inne, wandte das Gesicht und fragte lächelnd: „Oder willst du nicht kommen?"

„Wohl, Herr!"

Langsam wanderten sie auf dem ansteigenden Pfad empor. Jetzt kamen sie zu einem rinnenden Wasser. „Fülle den Zuber!" befahl der Propst.

Wolfrat tat es. „Was weiter, Herr?"

„Komm nur!"

Immer näher kamen sie dem Kreuz. Aus dem Gesicht des Sudmanns war jeder Tropfen Blut gewichen, seine Augen glühten, und die Kanne, die er auf der Schulter trug, zitterte, daß das Wasser über den Rand schwankte. Als sie die Höhe erreichten, sagte Herr Heinrich: „Komm her, Wolfrat!" Er deutete auf die Blutspuren an dem Schnitzwerk. „Sieh nur diese häßlichen Flecken! Komm, nimm das Wasser und wasche sie weg!" Dem Kreuz gegenüber, das vom Glanz der Sonne umschimmert war, setzte er sich auf einen Stein und entblößte das Haupt. „Nun, warum zögerst du?"

Wolfrat stellte die Kanne nieder, schöpfte Wasser mit der hohlen Hand und wusch und wusch.

„Sie wollen nit weichen, Herr!" sagte er nach einer Weile mit dumpfer Stimme. „Sie haben sich eingefressen in das Holz."

„Ja, Sünde frißt sich ein! Wie hier in das Holz, so in die Herzen. Das ist wie Rost auf Stahl. Laß du nur erst den bösen Flecken und tilg ihn nicht zur rechten Zeit, so frißt er weiter, und die gute Waffe ist zerstört, unbrauchbar für alle Zeit, und du kannst sie ins alte Eisen werfen —" Herr Heinrich blickte auf, „oder ins Feuer! Wasche, Wolfrat, wasche! Tu es dem Unglücklichen zulieb, der das heilige Bild so schwer entweihte. Denk nur, da läuft er umher unter den Menschen, und keinem wagt er mehr ins Auge zu schauen. Jeder

308

Schritt, den er hört, macht ihn zittern. Jedes Wort, das sein Ohr vernimmt, weckt seine Furcht. Das raschelnde Laub, der flüsternde Wind, das murmelnde Wasser, die stille Nacht, wie der lärmende Tag, alles ist sein Feind geworden. Was er hört, alles klingt wie der Seufzer, mit dem sein Opfer zusammenbrach. Was er sieht, alles hat einen blutigen Schein. Und in seiner einsamen Not nicht Trost noch Hoffnung! Sein Herz möchte aufschreien zum Himmel, doch er sieht nur immer Gottes Bild vor sich, das er befleckt hat und entweiht, und seine Lippen haben kein Gebet mehr! — Nun? Wollen die Flecken weichen?"

„Nein, Herr!" Die Worte klangen, als läge eine würgende Hand an Wolfrats Kehle, und die Arme sanken ihm wie gelähmt.

„Mußt nur nicht ablassen! Plag dich nur noch ein lützel! So! So! Du tust es für einen, der sich selber doppelt straft, weil er meint, er könnte der Strafe entlaufen, die nun einmal gesetzt sein muß auf alles, was bös und unrecht ist. Laß ihn nur! Gottes zürnende Gerechtigkeit hat noch flinkeren Gang. Da läuft er, und die Strafe ist ihm schon an die Füße gehängt wie eine lange Kette, und er läuft und läuft und schlägt dabei mit der Kette nach allen Seiten und reißt noch andere mit sich in seinem Fall! Warum hörst du zu waschen auf? So! Laß nur nicht nach! Und sag mir, hast du ein Kleefeld?"

„Ein halbes Gras¹)", stammelte der Sudmann, „für meine Geißen."

„Haſt du ſchon einmal den Kleefraß²) im Feld gehabt?"

Wolfrat nickte.

„Gelt, da haſt du's halt überſehen, wie der Krank das erſte Stäudl angepackt hat? Hätteſt du es nur gleich ausgeriſſen! So aber haſt du es ſtehen laſſen, und wie du nach einer Woche wieder hin= gekommen biſt, da war das halbe ſchöne Feld ſchon aufgefreſſen! Gelt, ja? Und ſchau! Der das getan hat —" Herr Heinrich deutete nach den Flecken, an denen Wolfrat mit zitternden Händen rieb, „der trägt jetzt auch einen Schaden in ſich herum. Zuerſt frißt es in ihm alles auf, was noch gut und ge= ſund iſt, und dann kriecht es aus ihm heraus, und hat er Vater und Mutter, ſo frißt es an denen, und hat er Weib und Kind — — Wolfrat? Iſt dir nicht wohl?"

Der Sudmann ſchöpfte Waſſer mit den Hän= den.

Herr Heinrich ſchwieg eine Weile, dann fragte er: „Wollen die Flecken noch immer nicht weichen?"

„Zur Hälft ſind ſie weg", murmelte Wolfrat mit verſunkener Stimme, „aber die andern —"

---

¹) Ein Flächenmaß, nach dem in früheren Zeiten in den Alpen gerechnet wurde; ein „Gras", d. i. ſoviel Feld oder Weide, als ein Stück Hornvieh das Jahr über zur Nahrung braucht.

²) Eine Krankheit des Klees, hervorgerufen durch einen raſch um ſich greifenden Schmarotzerpilz.

310

„Wasch nur! Laß dich die Zeit nicht verdrießen. Ich warte schon, jawohl. Und jenen andern kann ich auch noch erwarten, bis er kommt und die roten Händ herzeigt. Wenn's nur dann nicht zu spät ist zum Waschen. Und wenn er gar nicht reden wollt, einer ist doch immer da, der in einer bösen Stund gegen ihn reden wird!"

Zögernd, mit scheuen Augen, blickte Wolfrat auf den Mund des Propstes.

„Einer, der es gesehen hat!" sagte Herr Heinrich und deutete zum Kreuz empor. „Der da, Wolfrat!"

„Der?" Ein irres Lächeln zuckte um Wolfrats Lippen, während er langsam die Augen hob. Dann schüttelte er den Kopf. „Es hat noch nie kein Holz geredt!"

Ein Wolkenschatten flog über den Grund.

„Meinst du?" lächelte Herr Heinrich.

Schwer atmend beugte Wolfrat sich über die Kanne, um mit den hohlen Händen Wasser zu schöpfen. Da klang aus den Lüften ein dumpfes Murren, das zum rollenden Donner wuchs, um mit einem krachenden Schlag zu enden. Eine Lawine hatte den letzten Schnee von den Wänden gestürzt.

Der Sudmann stand mit fahlem Gesicht, ein Schauer hatte ihn gerüttelt, und von seinen zitternden Händen tropfte das Wasser.

311

„Haft du gehört, Wolfrat?" fagte Herr Hein=
rich, während zwifchen den Felfen der Widerhall
verzitterte.

„Eine Lahn war's. Nur eine Lahn ift ge=
gangen."

„Und wer hat fie reden laffen und hat ihr Füß
gemacht?"

„Die Sonn!"

„Weil fie fcheint, gelt? Und wer läßt die
Sonn fcheinen?"

Wolfrat fchlug die Hände vor das Geficht, fein
ganzer Körper erbebte wie ein Baum vor dem
Sturz. Dann warf er die Arme auseinander.
„Ich kann's nimmer heben, es muß heraus!" Stöh=
nend brach er in die Knie und fchlug mit den
Fäuften feine Bruft. „Ich — ich — ich hab's
getan. Ich bin's gewefen, der ihn geftochen hat."
Mit irrenden Augen blickte er auf; als hätte er
gefürchtet, daß der Propft nun auffpringen würde
in Zorn.

Herr Heinrich blieb ruhig fißen. „Weshalb haft
du es getan?"

„Weil er mich hat faffen wollen."

„Es war feine Pflicht. Du haft Raub ge=
trieben. Weshalb?"

„Für mein Kind! Weil mir einer gefagt hat,
daß die Schweißbluh noch helfen tät."

312

Herr Heinrich blickte betroffen auf. Nach einer Weile fragte er: „Wer hat dir das gesagt?"

Wolfrat schüttelte den Kopf und wehrte mit der Hand. Er konnte sich selbst verraten, doch keinen anderen.

Herr Heinrich fragte nicht weiter. „Sag mir nur, hat's auch geholfen?"

„Das Kind war schon verschieden, wie ich heimgekommen bin."

„Ja, Wolfrat, alle Sünd ist umsonst! Hat dir das, wie du mit der blutigen Hand vor das Bett getreten bist, der stumme Mund deines Kindes nicht gesagt?"

Wolfrat stand unbeweglich. Mit einem Blick des tiefsten Erbarmens ruhten die Augen des Propstes auf dem Sudmann. Als er sich erhob, sah Wolfrat bang zu ihm auf.

„Herr? Was geschieht mit mir?" Weil er keine Antwort erhielt, sagte er leis: „Er ist doch lebig, Herr!"

„Ist es dein Verdienst? Du hättest ihn liegen und verbluten lassen, nur daß er nimmer reden möchte."

Dem Sudmann sank der Kopf auf die Brust. „Was geschieht mit mir?"

„Das weiß ich nicht. Das mußt du selber wissen. Es war nicht dein Fürst und Lehensherr, zu dem du gesprochen hast, es war dein Beichtiger. Was du auch sagtest, ich gehe von hier und

313

hab's vergessen." Er bedeckte das Haupt und ging davon.

Wolfrat sprang auf, drückte die Faust auf die Stirn und starrte dem Propste nach.

Als Herr Heinrich die Tiefe des Steintals erreicht hatte, blickte er nach dem Kreuz zurück. Er sah den Sudmann zur Quelle gehen, um frisches Wasser zu holen.

Bei der Jägerhütte angelangt, rief der Propst nach Haymo. Die Antwort kam nicht aus der Hütte, sondern vom Berghang her, über den der Jäger, von der flinken Hel begleitet, langsam herabstieg, in der Hand ein Bündel ausgegrabener Wurzeln tragend.

„Wo warst du, Haymo?"

„Nieswurz hab ich gegraben", sagte der Jäger mit müder Stimme, „für den Frater Küchenmeister."

„Hat er wieder Atemnot und Herzkrämpfe? Ein Wunder wär es nicht. Aber du hättest diese Arbeit einem andern überlassen sollen."

Haymo hielt die Augen gesenkt. „Ich hab's ihm versprochen!"

„Und hast dich übermüdet dabei, jetzt vor dem Abstieg! Wie bleich du bist! Gib deine Hand her! Sie zittert. Und deine Augen brennen. Haymo, ich muß dich in der Hütte lassen."

Der Jäger erschrak. „Ich bitt, Herr Heinrich,

nur das nit! Ich tät's nimmer aushalten in der Hütt — bevor ich nit wieder gesund bin, ganz gesund!" Er betonte die beiden letzten Worte so seltsam.

Der Propst betrachtete ihn forschend. „So richte dich zur Heimfahrt!"

Haymo trat in die Stube. Herr Heinrich blickte ihm nach. „Seine Wunde heilt. Sein Herz ist siech geworden. Armer Bursch! Ich fürchte, diese Blume ist nicht für dich gewachsen."

Er hörte Hufschlag: der Knecht mit dem Saumpferd kam. „Ist das Tier müde?" fragte der Propst.

„Nein, Herr, ich hab's allweil rasten und grasen lassen."

„So können wir gleich aufbrechen. Sperr die Tür der Herrenhütte und bring mir mein Griesbeil!"

Haymo kam, wie zum Hegergang gerüstet, das Weidgehenk um die Hüfte, die Armbrust auf dem Rücken.

„Nein, du!" lächelte Herr Heinrich. „So wirst du nicht reiten: gewaffnet und den Arm in der Schlinge! Die Waffen hindern dich. Gib her, der Knecht soll sie tragen." Er nahm dem Jäger die Armbrust und den Fänger ab. „Das Griesbeil laß heroben in der Hütte, das Pferd hat viere für eins. So, und nun steig auf!"

315

„Herr Heinrich?" stammelte Haymo, „ich soll reiten, derweil Ihr zu Fuß gehet?"

„Steig auf, sag ich!"

Haymo fügte sich schweigend und hob sich in den Sattel. Der Knecht nahm die Armbrust und schnallte sich das Gehenk um. „So, jetzt bin ich auch ein Jäger!" lachte er, stieß das Griesbeil in den Grund und faßte den Zügel des Pferdes. Bellend sprang die flinke Hel voraus. Haymo warf noch einen heißen Blick auf die geschlossene Tür seiner Hütte, dann ließ er den Kopf sinken. Die Heimfahrt begann.

Herr Heinrich schritt hinter dem Pferde her; immer blieb er stehen und blickte über das Steintal aus. Wenn er wieder ging, schüttelte er den Kopf. Es schien, als hätte er etwas erwartet, und das wäre nicht eingetroffen.

Ruhig und sicher ging das berggewohnte Pferd den rauhen Pfad; kamen schiefe Platten, dann legte es den Leib zurück und rutschte auf den vor= geschobenen Hufen. Vorerst hatte der Knecht, der es führte, leichte Arbeit. Unermüdlich plauderte er drauflos, und es störte ihn nicht, daß Haymo keine Antwort gab. Mit besonderer Wichtigkeit erzählte er die wunderliche Nachricht von der Egge= bäuerin; zuerst schickte er voraus, was er am ver= wichenen Abend von der Magd gehört hatte. „Und heut in der Früh", erzählte er weiter, „hab ich den Bader getroffen. Der hat kaum reden können vor

316

Lachen. Und da ist's aufgekommen, was der Bäuerin allweil gefehlt hat. Sie hat einen großmächtigen Schwollen[1]) in ihr drin gehabt, schier so groß wie ein Faßl, und wie sie mit dem Bauer ins Raufen gekommen und auf den Boden hingeschlagen ist der ganzen Läng nach, hat's einen Knall getan, und der Schwollen ist aufgesprungen. Ja! Was sagst! Und jetzt wird das Weib gesund, grad weil sie kein Herzkreuzl gekriegt hat! Und der Bauer! O du mein Herrgott! Der soll herumgehen mit einem Kopf wie ein Metzen. Derweil das Weib krank war, hat er das Fegfeuer gehabt, und jetzt, wo sie wieder gesunden tut, wird er die Höll kriegen. Die kann aufhauen! Vergelts Gott, da bleib ich schon lieber ledig, eh ich mir so eine nimm."

Sie hatten den Wald erreicht. Die niederstehenden Äste, denen Haymo mit dem Kopf ausweichen mußte, rissen ihn aus seiner Versunkenheit. Und als seine Augen erst einmal lebendig wurden, gingen sie auch fleißig in die Runde.

Der Pfad wurde steiler, und der Knecht mußte das Saumpferd fest in die Hand nehmen. Nur langsam ging der Abstieg vonstatten. Einmal blieb Herr Heinrich lauschend stehen. Er schüttelte den Kopf und ging wieder weiter. Doch nein, er hatte sich nicht getäuscht. Nun klang es wie eilende Schritte weit hinter ihm. Ein zufriedenes Lächeln

[1]) Eine Geschwulst.

317

umspielte die Lippen des Propstes. Er setzte sich auf einen gestürzten Baum und wartete.

In langen Sprüngen kam Wolfrat über den Pfad heruntergestürmt. Der Schweiß troff ihm von der heißen Stirn, und keuchend blieb er vor dem Propste stehen. Eh' er noch Atem fand, begann er schon zu reden. „Herr! Jetzt sind sie alle weg. Auch der letzte, der schier gar nit weichen hat wollen?"

„Wirklich?"

„Ich hab nit ausgelassen. Und jetzt hätt ich eine Bitt, Herr!"

„Sprich, Wolfrat!"

„Lasset mich mit Euch gehen, Herr! Schauet, auf mir liegt die Not wie ein Trumm Stein, aber ich mein, es wär mir nirgends so wohl als wie bei Euch."

„So komm!" Herr Heinrich erhob sich.

„Und wenn ich heimkomm, so red ich mit meiner armen, guten Seph, und wenn sie meint, daß sie's tragen kann, in Gottes Nam, so geh ich hin zum Vogt und tu mich angeben."

Herr Heinrich sprach kein Wort; er legte nur die Hand auf Wolfrats Schulter. Dann gingen sie. Als sie zu den anderen kamen, eilte Wolfrat auf das Saumpferd zu. „Gib her, ich mach das besser!" sagte er und nahm den Zaum aus der Hand des Knechtes.

318

Haymos Augen funkelten; doch schweigend ließ er alles geschehen. Mit scheuem Blick sah Wolfrat zu ihm auf. „Jäger! Jetzt kannst du schlafen!"

Das Pferd merkte die sichere Hand, an der es ging, und kam in verläßlichen Schritt.

Zwanzigstes Kapitel

Es war später Nachmittag geworden, als Herr Heinrich mit seinem Geleit den See erreichte. In den weiten Felsenkessel fiel keine Sonne mehr, aber die hohen Almen und Kuppen funkelten noch in goldenem Glanz. Hier unten im Schatten waren alle Farben tief und satt. An den bleigrauen Fels= wänden hingen die steilen Nadelwälder wie dunkler Samt, in den das frische, kräftig sprossende Grün der Buchen und Ahornbäume mit leichter Zeich= nung sich einstickte. Glanzlos und durchsichtig dehnte sich der See. Weit draußen schwammen einzelne Wildenten langsam umher. Drüben auf der flachen Landzunge, auf der die Bartholomäer Klause stand, dampfte ein feiner Nebel aus den feuchten Wiesen. Überall schönes Schweigen; die an Wasser schon verarmenden Gießbäche rauschten so eintönig zu= sammen, daß ihre gleichmäßige Stimme das Ohr wie Stille berührte.

319

Haymo stieg vom Saumpferd. Der lange Ritt
hatte ihn schwer ermüdet. Während er das Ge=
büsch suchte, in dem der Einbaum verborgen lag,
gab Herr Heinrich dem Knechte den Auftrag, das
Saumpferd um das Ende des Sees herum über
die Salletalpe nach der Bartholomäer Klause zu
führen, von wo die Fischerknechte das Pferd in
einem größeren Kahn nach dem Seedorf schaffen
könnten.

Wolfrat schob den Einbaum ins Wasser, und
unruhig winselnd sprang die Hel in den Nachen;
sie war keine Freundin von solchen Fahrten; da
sie aber merkte, daß es sein mußte, war sie auch
die erste im Kahn.

„Wo ist der Knecht hin?" fragte Haymo. „Er
hat mein Schießzeug."

„Laß es ihm nur, es geht dir nicht verloren",
lächelte Herr Heinrich, „heut brauchst du deine
Waffen nimmer."

„Mir fehlt was, ich hab keine Ruh!"

„Geh nur, steig ein!"

Die Hel hatte sich auf dem Schnabel des Ein=
baums ein möglichst unbequemes Plätzchen aus=
gesucht. Auf dem Brett in der Mitte saß Haymo
neben Herrn Heinrich, der das Wehrgehenk ab=
nahm und mit dem Griesbeil auf den Boden legte.
Wolfrat führte, im Spiegel des Schiffes stehend,
das Ruder. Er trieb den Nachen mit so kräftigen

320

Stößen, daß die Hel mit jedem Ruck ins Wasser
zu plumpsen drohte; Herr Heinrich rief sie vor seine
Füße; sie kam auch, aber gleich wieder schlich sie
zum Schnabel des Fahrzeuges zurück, winselnd
nach dem Lande spähend. Leise plätschernd glitt
der Einbaum durch das Wasser. Niemand sprach.
Immer näher rückte das flache Ufer des Felsen=
tals, in dem die Seeklause stand. Plötzlich richtete
die Hel sich auf, zitternd, die Nase windend vor=
gestreckt.

„Was mag der Hund nur haben?" fragte
Herr Heinrich. Er hatte kaum ausgesprochen, als
die Hel aufheulend mit weitem Satz in das Wasser
klatschte und gierig nach dem Ufer ruderte. In
Erregung sprang Haymo auf und deutete mit dem
Arm. „Herr, sehet, dort! Der Bär! Der Bär!
Er will über den See schwimmen."

Auf einen Bolzenschuß vom Ufer entfernt, sahen
sie den Kopf des Raubtiers gleich einem braunen
Holzklotz über das Wasser gleiten. Der Bär hatte
den näherkommenden Hund schon gewahrt; zögernd
schwamm er weiter, dann machte er plötzlich kehrt
und suchte das Ufer zu gewinnen. Heulend, schnap=
pend und Wasser blasend, schoß der Hund hinter
ihm her.

„Herr, Herr! Wir müssen nach", schrie Haymo,
„oder der gute Hund ist hin!"

„Tauch an, Wolfrat, tauch an!" rief Herr
Heinrich mit klingender Stimme, während er nach

einem Bolzen griff und die Armbrust von der
Schulter riß.

Wolfrat legte sich auf das Ruder, daß die
Stange knirschte, und während Herr Heinrich sich
zum Schuß bereit machte, riß Haymo, seiner
Wunde und Schwäche nicht achtend, den Fänger
aus dem Wehrgehenk des Propstes. Die rufenden
Stimmen waren zur Seeklause gedrungen. Pater
Desertus erschien am Ufer, und als er gewahrte,
was vorging, schrie er gegen die Klause: „Walti!
Mein Griesbeil!"

Der Bär hatte seichten Grund gefunden und
begann zu waten. Jetzt erreichte ihn die Hel und
fiel ihn kläffend an. Der Bär hob die Tatze und
schlug; winselnd überstürzte sich der Hund und
verschwand im Wasser.

„Tauch an, Wolfrat, oder die Hel ist hin, die
arme Hel!" schrie Haymo.

Der Hund hatte sich schon wieder erhoben und
fuhr im aufspritzenden Wasser auf den Bären los.

„Schießet, Herr, schießet!"

Die Sehne der Armbrust schwirrte, doch das
Schwanken des Einbaums hatte den Schuß ge-
stört; der Bolz streifte nur den Schädel des Bären
und surrte über das glatte Wasser hin.

Heulend machte die Hel einen Sprung, dann
hing sie verbissen am Gehör des Bären, der auf
den Hinterpranken aufgerichtet im schäumenden

322

Wasser sich schüttelte, daß der Hund wie eine lebende, zappelnde Quaste um ihn her baumelte.

„Der Hund ist hin, ist hin!" jammerte Haymo. Da wankten sie alle im Kahn. Der Einbaum war auf einen im Wasser liegenden Wurzelstock geraten. Noch im Wanken schwang sich der Jäger aus dem Nachen.

„Haymo! Bist du von Sinnen?" schrie Herr Heinrich; seine Arme erreichten den Jäger nicht mehr. „Zurück, Haymo! Mag der Hund hin sein! Zurück!"

Haymo hörte nicht; die Erregung, die Sorge um den Hund machte ihn taub. Den blitzenden Fänger in der erhobenen Faust, warf er sich durch das aufklatschende Wasser gegen den Bären. Bevor Haymo ihn erreichte, hatte das Raubtier den Hund schon abgeschüttelt, und als die Hel wieder aufsprang, schlug der Bär mit der Tatze. Lautlos, ein blutiger Klumpen, fiel der Hund ins Wasser.

„Meine Hel!" schrie Haymo und sprang auf den ans Ufer kletternden Bären zu. Er hörte nicht den zornigen Ruf seines Herrn, hörte nicht das warnende Wort, das Pater Desertus, der zwischen den Bäumen waffenlos herbeisprang, ihm zuschrie mit gellender Stimme; er stürzte dem fliehenden Bären nach, verklammerte sich mit der Hand in das zottige Fell und führte im Lauf mit dem Fänger einen Stoß gegen die Flanke des Raub= tiers. Das Eingeweide quoll hervor, dumpf brum=

mend machte der Bär einen flüchtenden Satz. Fels=
klötze versperrten ihm den Weg. Blitzschnell wandte
er sich; in die nachschleifenden Gedärme tretend,
richtete er sich empor und ging auf den Jäger los.
Ein Schrei vom Schiffe, ein Klatschen im
Wasser, ein Schrei von den Lippen des Paters.
Unerschrocken stand Haymo, und als das Raubtier
die Tatzen zur Umarmung breitete, fiel der Jäger
vor mit sicher gezieltem Stoß. Der durch die
Wunde und die kranken Tage entkräftete Arm
versagte, der Stahl glitt zwischen den Rippen
des Bären ab. Haymo wollte zur Seite springen,
ein Griff des Raubtiers machte ihn straucheln und
stürzen — er war verloren. Doch ehe der Bär noch
über ihn herfallen konnte, war Wolfrat durch das
Wasser herbeigesprungen, und mit eisernem Griff
schlug er dem Raubtier von rückwärts beide Arme
würgend um den Hals. Aber was waren die
Hünenkräfte dieses Menschen gegen die wilde Kraft
des gewaltigen, um sein Leben ringenden Tieres.
Der Bär schüttelte sich, er war befreit; gegen den
neuen Feind sich wendend, führte er einen Hieb
nach Wolfrats Schulter, und ihn mit den Zähnen
an der Brust fassend, klammerte er die blutigen
Tatzen um ihn her, daß Wolfrat erbleichend
stöhnte, während ihm der Kopf in den Nacken fiel.
Ehe Haymo sich aufraffen konnte, war Pater
Desertus herbeigestürmt, hatte den Fänger von der
Erde gerissen und stieß ihn bis ans Heft in das

324

Herz des Raubtiers; ein dicker Blutstrahl schoß hervor; und die Tatzen des Bären lösten sich von seinem Opfer.

Als Herr Heinrich das Ufer gewann und Walti mit dem Griesbeil kam, war alles vorüber. Schwer atmend und bleich stand Haymo, verendet lag der Bär, und Wolfrat taumelte ins Moos, mit den Händen ins Leere greifend, mit lallender Zunge nach Worten ringend.

Unter lautem Schreckensruf eilte Herr Heinrich auf ihn zu. Das Grauen, das den Propst erfaßte — wie sah diese Brust und diese Schulter aus! —, machte ihn einen Augenblick zögern. Dann warf er sich auf die Knie, und während er Wolfrats Haupt auf seinen Schoß hob, rief er: „Walti! Hinauf zur Klause und zieh die Glocke, daß die Knechte vom Seedorf kommen. Und du, Haymo? Kannst du noch das Ruder führen?"

„Es muß sein, Herr! Was soll ich?"

„Fahr hinüber nach Bartholomä! Pater Euse-bius soll kommen, er soll Verbandzeug bringen", die Stimme des Propstes dämpfte sich zum Flü-stern, „und das heilige Sakrament."

Walti war schon davongestürzt, Haymo sprang in den See und watete zum Einbaum.

„Wolfrat, wie ist dir?" fragte Herr Heinrich.

Der Sudmann wollte sprechen; Blut trat über seine Lippen, er streckte sich stöhnend, und die Sinne schwanden ihm.

325

„Gott sei dir gnädig!" flüsterte der Propst. Und zu Desertus aufblickend: „Ich fürchte, der Mann ist verloren. Doch wir müssen tun, was in unseren Kräften steht. Dietwald! Nimm meine Kappe, hole Wasser!"

Desertus eilte zum See und kam mit der gefüllten Kappe zurück. Herr Heinrich wusch dem Sudmann das Gesicht und flößte ihm Wasser über die Lippen. Lange Zeit verging, ehe Wolfrat wieder zu atmen begann und die Augen öffnete.

Da hörte man von der Klause her die Glocke läuten.

Der Blick des Sudmanns wurde starr, und seine Zunge lallte: „Gilt — das — mir?"

„Nein, nein, Wolfrat, die Glocke ruft nur die Knechte zu deiner Hilfe."

„Hilf?" Wolfrat schüttelte den Kopf. „Mit mir hat's ein End, Herr! Alles — ist eingedrückt da drin." Er preßte die zitternde Faust auf seine blutende Brust und stöhnte: „Meine Seph — Jesus Maria — und mein Bub, mein Bub!"

„Sei ohne Sorge! Was auch geschieht, ich gebe dir mein fürstlich Wort zum Pfande, dein Weib und Kind soll nimmer Not leiden!"

Wolfrat tastete nach der Hand des Propstes. „Vergelts Gott, Herr!" Seine Stimme begann zu erlöschen, er kämpfte um jedes Wort: „Und — saget meiner Seph — sie soll — die Gittli — die Dirn — ist meine Schwester nit."

326

Desertus erbleichte.

„Rede, Wolfrat, rede, rede!" stammelte Herr Heinrich.

Lautlos bewegten sich noch einmal die Lippen des Sudmanns, dann verlor er wieder das Bewußtsein.

„Wolfrat! Wolfrat!"

In dem Antlitz des todwunden Mannes zuckte keine Miene mehr.

„Dietwald! Er darf nicht sterben!" rief Herr Heinrich in ratlosem Kummer. „Oder er nimmt auch dein Leben mit hinüber!"

„Herr? Ich verstehe nicht!"

„Du hörtest doch! Das holde Kind ist nicht die Schwester dieses Mannes. Hast du sichere Zeugschaft, daß deine Tochter das Los der Mutter teilte?"

„Nein, Herr!" Das war nicht Sprache, es war ein Schrei.

„Und als jenes Mädchen dich um alle Ruhe brachte, kam es dir da nie in den Sinn, daß kein Weib noch jemals so einem Weibe glich, wie ein Kind seiner Mutter gleichen kann?"

Wortlos und zitternd stand Desertus. Mit beiden Händen faßte er seine Stirn, dann stürzte er auf die Knie, und Wolfrats Hand umklammernd, schrie er: „Gib mir mein Kind! Mein Kind!"

„Dietwald!" rief Herr Heinrich erschrocken, als

327

er die Wirkung seiner Worte sah. „Was habe ich getan! Die Erregung hat mir entrissen, was meine Lippen hätten verschließen sollen als eine scheue, schwankende Ahnung."

Desertus schien nicht zu hören; sein Blick hing festgebannt am Gesicht. des Sudmanns. „Herr, er schlägt die Augen auf!"

Sie labten den Erwachenden mit Wasser. Wolfrat blickte suchend umher und lallte: „Wo ist — der Jäger? — Ist ihm was geschehen?"

„Nein, Wolfrat! Er hat sein Leben dir zu danken!"

Ein tiefer Seufzer quoll über Wolfrats Lippen. „Und — wird es der Herrgott — annehmen — als Buß?"

„Ja, ja, Wolfrat! Doppelt gewogen in der Schale des Guten!"

„Herr!" stammelte Desertus. „Sehet doch, wie ich zittere und bange!"

„Der Himmel hat das Vorrecht vor der Erde." Herr Heinrich beugte sich wieder über Wolfrat, dessen Blick mit scheuer Sehnsucht emporgerichtet war in das dämmerige Blau des Himmels.

„Wolfrat?"

„Und wenn ich — jetzt hinaufkomm — darf ich hinein, Herr?"

„Ja, mein guter Wolfrat."

„Ich hab doch blutige Händ."

328

„Gott sieht auf die Hände nicht, er sieht in das Herz. Die Reue hat dein Herz gereinigt, du hast Leben mit Leben bezahlt, mein Priesterwort darf dich lösen von aller Sünde, und ruhig könnte deine Seele vor Gott erscheinen. Doch sieh, du lebst ja noch!"

Schwer schüttelte Wolfrat den Kopf. „Ich spür's — daß ich — hin bin."

„Herr!" mahnte Desertus und verschlang mit flehender Gebärde die Hände.

„Sprich, Wolfrat, was war es, was ich deinem Weibe sagen sollte?"

„Meine Seph — mein Bub —" rang es sich in Schmerz über Wolfrats blutige Lippen.

„Und das Mädchen?" fiel Desertus mit bebender Stimme ein. „Sie ist deine Schwester nicht?"

„Sie ist ein Herrenkind."

„Wessen Kind?"

„Das weiß ich nit."

„Um Gottes Barmherzigkeit willen, wer ist ihr Vater, wer ist ihre Mutter?"

„Ich — weiß — nit."

In Verzweiflung faßte Desertus den Kopf des Sudmanns. „Mensch! Ich beschwöre dich! Wie heißt die Burg, in der das Kind geboren wurde?"

Kaum merklich schüttelte Wolfrat den Kopf, er wußte keine Antwort.

„Wo stand die Burg?"

329

„Ich — weiß — nit."

„Wie kamst du zu dem Kinde?"

„Aus dem — Feuer — hab ich's —" Er wollte weitersprechen. Quellendes Blut erstickte seine Stimme.

„Wolfrat!" schrie Desertus aus gemartertem Herzen.

Herr Heinrich legte die Hand auf seinen Arm. „Dietwald, sieh, Pater Eusebius bringt das Sakrament!"

Desertus bedeckte das Gesicht mit beiden Händen und trat zurück.

Ein großer, von drei Knechten geführter Kahn hatte am Ufer angelegt. Haymo stieg ans Land; er trug das ewige Licht. Pater Eusebius, eine kleine gebeugte Greisengestalt, brachte das Ziborium, das von goldgesticktem Mäntelchen umhüllt war. Er ließ sich neben Wolfrat nieder, dessen Kopf auf dem Arm des Propstes ruhte.

Niemand sprach. Die Knechte knieten mit gefalteten Händen im Schiff. Auf den Zinnen der Berge erlosch der letzte Schein der sinkenden Sonne. Tiefe Stille lag über Wald und Wasser.

Als Pater Eusebius mit murmelnder Stimme das Gebet zu sprechen begann, fing drüben über dem See in der Bartholomäer Klause die Glocke zu läuten an, und von allen Felswänden klang ein leises Echo der schwebenden Töne.

330

Mit erlöschenden Sinnen empfing Wolfrat das Sakrament und lag schon bewußtlos, als Pater Eusebius sich erhob.

„Dietwald!" sagte Herr Heinrich. „Wahre das Allerheiligste!"

Mit zitternden Händen faßte Pater Desertus den Kelch, drückte die Lippen auf seinen Rand und deckte das Mäntelchen darüber.

Eusebius, der Priester, verwandelte sich in den Arzt; er tat, was seine Kunst an solchem Orte zu tun vermochte.

„Ist noch Hilfe?" fragte Herr Heinrich, schon mit Zweifel in der Stimme.

„Nicht mehr bei Menschen!" lautete die ruhige Antwort des Greises.

Mit matter Stimme rief Haymo einen der Knechte. „Nimm das ewige Licht!"

„Was ist dir, Haymo?" fragte der Propst er= schrocken.

„Mir ist schwindlig, Herr!"

Er hatte kaum ausgesprochen, als er ohnmächtig zu Boden sank.

Man hob ihn auf und labte ihn; er kam zu sich, aber die Füße wollten ihn nicht mehr tragen. Vom Seedorf waren zwei Knechte mit einem Kahn ge= kommen; es waren die beiden, aus deren Händen Gittli von Haymo erlöst worden war. Sie trugen den Jäger in den Nachen. „Schaffet ihn auf einer Bahre ins Kloster", befahl der Propst, „und schweiget von allem, damit nicht ein Unberufener dem armen Weib des Sudmanns die schlimme Botschaft zutrage." Und auf Wolfrat deutend, sagte er zu Pater Eusebius: „Diesen da vertrau ich deiner Pflege; bessere weiß ich nicht. Nimm ihn mit in die Klause, tue, was du vermagst, opfere deine Tage und Nächte, vielleicht läßt sein Leben sich noch erhalten."

Eusebius zuckte die Schultern, während die Knechte den Bewußtlosen achtsam in das Schiff hoben. „Er muß eine Natur haben wie ein Baum. Doch die Säge ist zu tief gegangen. Er kann noch Stunden, noch Tage ringen, aber —" Eusebius schwieg.

„Sollte er noch einmal sprechen können, so frag ihn um alles, was er weiß von seiner Schwester."

„Er wird nicht sprechen. Bevor ich ihn noch in die Klause bringe, wird das Wundfieber kommen. Oder das Ende."

„Herr!" stammelte Desertus. „Darf ich nicht mit ihm ziehen? Ich will wachen bei ihm, und wär es durch tausend Nächte. Und will harren auf ein Wort —"

„Nein, Desertus, du bleibst!" sagte Herr Heinrich, den Namen betonend, den er sonst nicht zu gebrauchen pflegte.

Der Kahn mit Haymo schwamm bereits der Seeklause zu, um Walti abzuholen. Nun stieß

332

auch der andere Nachen in den dunkelnden See, dessen Spiegel sich im sanft anhauchenden Abend= wind zu kräuseln begann.

Pater Desertus war auf einen Stein gesunken, erfüllt von wirbelnden Gedanken und stürmischem Empfinden. Herr Heinrich trat an das Ufer und blickte den ziehenden Schiffen nach. Da sah er auf dem Wasser einen dunklen Körper treiben. Es war die Leiche der Hel.

„Jetzt hab ich sie umsonst gebrannt!" murmelte Herr Heinrich — und sein Blick suchte den Nachen, der den todwunden Sudmann nach der Klause trug.

Einundzwanzigstes Kapitel

Desertus und Herr Heinrich waren allein. Sie mußten warten, bis das Schiff von Bartholomä zurückkam, um sie abzuholen.

„Komm, Dietwald, mir graut vor diesem Fleck Erde!" sagte Herr Heinrich und schritt dem Chor= herren voran der Klause zu. Schweigend folgte Desertus; immer wieder blieb er stehen und preßte die Fäuste auf seine Brust.

Nun saßen sie auf der Bank. Herr Heinrich seufzte: „Ein böser Tag! Ich glaubte ein Men=

333

schenleben gerettet zu haben, und nun ist es verloren."

„Und ein Mund geschlossen, der nur halb geredet!" sagte der Chorherr mit fiebernden Worten.
„Doch nein, nein, nein! Muß ich noch warten auf
dieses Mannes Rede? Es redet doch mein Herz!
Wie blind waren meine Augen, wie taub und
irrend meine Sinne, daß ich die Wahrheit nicht
ahnte, nicht gleich erkannte. Es ist mein Kind!
Und doch — was hätt ich nicht gegeben für ein
klares, unumstößliches Wort. Ach, Herr! Weshalb habt Ihr mich nicht gehen lassen mit diesem
Manne?"

„Weil du noch reisen wirst in dieser Nacht."

Desertus sprang auf. „Das könnt Ihr be-
gehren von mir? Jetzt? In dieser Stunde? Da
die Brust mir springen will vor Bangen und
Hoffen? Da ich in Sehnsucht die Arme strecke
nach meinem Kind?"

„Pater Desertus? Ein Mönch?" fiel Herr
Heinrich mit ernsten Worten ein. „Ich verstehe
deine Rede nicht. Ein Irrwahn ist aus deinem
Herzen gerissen, und schon droht dich ein neuer
zu verschlingen und dich vergessen zu machen, daß
mit der Stunde, da du in Gottes Haus getreten,
ein eisern Tor sich geschlossen hat zwischen dir
und allem, was in der Welt liegt. Ich trage selbst
die Schuld daran, denn ich hätte schweigen sollen
von dieser Ahnung, die auch jetzt noch keine Ge-

334

wißheit ist. Unterbrich mich nicht! — Und so
fühle ich doppelt die Pflicht, dich einem neuen
Kampf und Zwiespalt zu entreißen. Du wirst
reisen noch in dieser Nacht. Dein Propst be=
fiehlt es."

Desertus schlug die Hände vor das Gesicht.

Herr Heinrich zog sie ihm nieder. „Nun komm
und setze dich zu mir! Jetzt will Heinrich von
Inzing reden mit seinem Freunde Dietwald."

Desertus fiel auf die Bank und drückte die
Stirne an Herrn Heinrichs Schulter.

Eine Weile schwieg der Propst; dann sagte er:
„Höre mich ruhig an! Und wenn dein Herz nicht
verstummen will, so halte die Lippen fest! Ich gebe
zu: diese seltsame Ähnlichkeit und auch schon das
halbe Geständnis, das der nahende Tod diesem
armen Menschen entpreßte, das sind verführe=
rische Zeugen. Aber wie zweifelhaft sie auch wie=
der sind, das magst du daraus entnehmen, daß du
selbst ohne mein unvorsichtiges Wort mit keinem
Gedanken auf solchen Zusammenhang geraten hät=
test. Siehst du? Nun läßt du den Kopf wieder
hängen! Noch darfst du keine Gewißheit hegen.
Kaum eine zitternde Hoffnung! Die laß ich dir.
Denn ich kann sie dir nicht mehr nehmen. Aber
sie zittert, Dietwald! Wenn dieses Mädchen schon
nicht die Schwester des Sudmanns ist, muß es
deshalb die Tochter jenes Grafen Dietwald von
Falkenburg sein, der, wenn ich mich recht entsinne,

335

gestorben ist für die Welt? Kann das Mädchen nicht auch eines andern Vaters — Sprich nicht, Dietwald, denn ich muß dir weh tun, wenn die mögliche Enttäuschung dich nicht mit doppeltem Schmerz beladen soll. Muß deine Burg die Heimat dieses Kindes gewesen sein? In dieser mörderischen Zeit, in der man Burgen wirft wie Maulwurfshügel und Schlösser niederbrennt wie Flachs in den Kunkelstuben? Ist es in solcher Zeit ein so seltener Fall, daß sich ein Herrenkind in die Bauernhütte verirrt? Doch wer auch der Vater dieses Kindes sein mag — eines wissen wir gewiß: es ist ein Herrenkind, und ich will es seinem Stande zurückgeben, will ihm zu seinem Recht verhelfen. Auch hier, Dietwald, kann ich nicht wissen, nur hoffen, daß dieses Kindes Recht auch sein Glück sein wird. Schon morgen send ich das Mädchen in das Heim der Domfrauen nach Salzburg."

„Fort von hier?" stammelte Desertus.

„Ja, Dietwald! Fort vor allem! Aus einem zwingenden Grunde."

„Herr?"

„Das Mädchen liebt den Jäger."

Desertus erschrak. „Ein Kind?"

„Ein Kind, das ein Augenblick herzbrechender Angst zum Weibe machte. Noch weiß sie selbst nicht, daß sie aus Liebe tat, was sie getan. Ich hoffe von ihrer Jugend, daß dieses Gefühl noch

336

nicht so fest verwurzelt ist, um sich nicht wieder
zu lösen in langer Entfernung, unter neuen, über=
raschenden Eindrücken. Um meinen guten, treuen
Haymo ist mir leid. Er wird das Mädchen nie
vergessen. Er hat um ihretwillen getan, was er
nicht getan hätte um sein Leben; er hat seiner
Pflicht zuwider den Raubschützen verleugnet. Er
wird schwer gestraft, der arme Bursch."

„Daß doch keine Freude blühen kann, ohne
Schmerzen zu reifen!"

„Wir wollen sehen. Ich tue, was ich muß. Alles
andere liegt nicht in meiner Hand."

„Was meint Ihr, Herr?"

„Nichts!" sagte Herr Heinrich, wie aus Ge=
danken erwachend. „Morgen schicke ich das Mäd=
chen fort. Niemand darf erfahren, weshalb. Alles
soll erscheinen wie eine Laune von mir, die das
Glück dieses Kindes will. Wir dürfen sie in das
neue Leben nur langsam einführen, nur vorsichtig.
Oder aus diesem scheuen Häslein wird eine junge
Löwin, die sich wehrt. Es steckt Blut in diesem
Kind. Weißt du, was sie gesagt hat, als sie dem
Haymo von ihrer Begegnung mit einem Bären
erzählte, und der Jäger erschrocken fragte, was sie
getan haben würde, wenn der Bär sie angenommen
hätte? Sie sagte: ‚Ich weiß es selber nit, aber
wenn er gekommen wär, ich glaub wohl, daß ich
zugeschlagen hätt!'"

Desertus drückte die Fäuste auf seine Brust,

und es blitzte in seinen feuchten Augen. Das sollte sein Kind nicht sein?

„Und ich glaube, Dietwald, wenn du jetzt vor sie hintreten und ihr sagen wolltest, ein König wäre ihr Vater, eine Königin ihre Mutter — sie würde den Kopf schütteln, minder in Unglauben als in Unwillen. Selten noch hing ein Kind an seinen leiblichen Eltern mit solcher Liebe und Verehrung, wie dieses Mädchen an den Bettelleuten, die seine Pfleger wurden."

„Und seine Liebe genossen!"

„Nein, Dietwald, sage: seine Liebe verdienten, so sehr, daß die Stimme der Natur zum Schweigen kam und sich verwandelte. Es wird lange währen, bis mit diesem Kind von einem neuen Vater zu reden ist. Sie darf, daß sie ein Herrenkind ist, nicht erfahren, bevor sie sich nicht ans Herrenleben gewöhnt hat. Inzwischen, und während du fort bist, will ich forschen. Und wenn auch der Mund, den dieser Tag geöffnet und geschlossen, nicht wieder reden sollte — eine Fährte wird sich wohl finden lassen, der ich folgen kann. Und gebe Gott, daß ich dir gute Botschaft senden darf."

„Und dann, dann", stammelte Desertus, „wenn ich sie auch nicht halten darf in meinen Armen, wie ein Vater sein Kind, so darf ich mich ihrer doch freuen in verschlossenem Herzen, mich erquicken an ihrem sonnigen Dasein, darf bauen helfen an ihrem Glück!"

Es war Nacht geworden; hoch vom Himmel funkelte in die enge Schlucht hernieder ein heller Stern; der Wildbach rauschte, und plätschernd gingen die Wellen im See.

„Dietwald? Wie lang ist es her, daß wir so wie jetzt an dieser Stelle saßen? Damals schien die Sonne."

„Und es war Nacht in mir. Jetzt liegt die Finsternis um mich gebreitet, und eine Freude geht auf in meinem Herzen, hell wie ein Frühlingstag." Desertus stürzte auf das Knie. „Herr Heinrich! Mein Falter fliegt."

„So? lächelte der Propst. „Mir scheint, er liegt erst recht zu Boden. O du Mensch!" Zärtlich strich er die Hand über den Scheitel des Chorherren.

„Als ich den Bären jagte in meinem Forst, ward mir mein Dirnlein geboren. Als ich den Bären schlug in diesem Wald, ward mein Kind mir neu gegeben. O Wege Gottes!"

„Natürlich! Der liebe Gott muß eigens die Bären erschaffen und von ihnen die Menschen zerreißen lassen, nur damit du seine Wege erkennst! Du Fliege du! Gib acht, daß du dir die Flügel nicht versengst! Nun aber steh auf! Ich höre die Ruder klatschen. Es ist Zeit, daß du reitest und Arbeit findest. Und wiege dich nicht in der Hoffnung! Sie soll dich beleben! Du nimmst ein schweres Werk auf dich. Sie haben harte Köpfe, der Papst und seine Kardinäle. Aber schlage dich für deinen Kaiser, als trügest du noch die Rüstung und das Schwert. Und wenn du vor dem Papste stehst, so sei vorerst ein Mann! Vergiß aber auch nicht, daß du ein Priester bist. Und sollte der Papst dich fragen, weshalb sein ‚getreuer Kaplan‘ Heinrich von Berchtesgaden der Satzung zuwider die Kirchen offen hält und die Sakramente spendet, derweil der Kaiser im Bann ist, so sag ihm mit meinen ehrfurchtsvollsten Grüßen: erstens, weil meine Bauern und Lehensleute die Kirche und die Sakramente brauchen — zweitens, weil Heinrich von Inzing ein deutscher Kirchenfürst ist, und in hoc titulo steht das Deutsch vor der Kirche — und drittens — da kannst du wieder von vorne anfangen. Jetzt aber komm! Dort warten sie mit dem Schiff.“

Herr Heinrich schritt dem Ufer zu. Desertus eilte in die Klause; als er wieder ins Freie trat, hielt er Gittlis Veilchenkränzlein in den Händen; er drückte einen heißen Kuß auf die welkenden Blüten und barg sie an seiner Brust.

„Wie steht es mit dem Wolfrat?“ fragte Herr Heinrich.

„Er liegt in bösem Fieber“, sagte der Knecht, „und Pater Eusebius nähet an ihm, wie der Schneider an einer ledernen Hos. Der arme Teufel hat Löcher, daß man sieben könnt durch seine Haut.“

340

Sie bestiegen das Schiff. Schnell ging die Fahrt vonstatten. Als sie das Seedorf erreichten, sagte Herr Heinrich: „Fahret morgen zeitig hinüber zu der bösen Stelle und suchet meine Waffen zusammen! Ich weiß nicht, wo sie liegen."

„Und was soll mit dem Bär geschehen?"

„Streifet ihm die Haut ab. Den Leib soll man mit Steinen in den See versenken. Niemand soll davon essen!"

Einer der Knechte ging mit brennender Fackel voran, als Herr Heinrich und Desertus an der rauschenden Ache entlang die Wanderung durch das nächtige Tal begannen. In allen Hütten waren schon die Fenster dunkel, auch am Haus des Sudmanns, das sie nach einer Stunde erreichten. Pater Desertus blieb in tiefer Bewegung stehen.

„In dieser elenden Hütte lebte mein Kind!"

„Dein Kind?" lächelte Herr Heinrich. „Ach so! Du meinst das Herrenkind, dessen Vater wir finden müssen? Nein, Dietwald, da darfst du die Hütte nicht schelten. In keiner Burg hätte das Mädchen holder an Gemüt und Herz geraten können, als es in dieser Hütte geschah. Zum Dank dafür muß ich morgen Kummer und Schmerz unter dieses Dach tragen. Komm, Dietwald!" Er zog den Widerstrebenden mit sich fort.

Als sie vorübergingen, warf der Fackelschein eine falbe Helle durch das Fenster in die Stube.

341

Sepha richtete sich auf und lauschte.

„Noch allweil kommt er nit!" seufzte sie und ließ sich wieder zurücksinken.

Neben ihr schlief der Bub; er hatte Mimmi-datzis Plätzchen geerbt; immer wieder tastete Sepha zu ihm hinüber, ob er auch zugedeckt wäre. Dann lag sie wieder ruhig und starrte in die Nacht hinein. Draußen rauschte die Ache, und in dem Pfosten der Tür, die zu Gittlis Kammer führte, tickte ein Holzwurm.

Mit jeder verrinnenden Stunde der Nacht wuchs Sephas Angst. Freilich, sie hatte sich so recht von Herzen auch nicht freuen können, als Gittli in die Stube hereingestürmt war mit den Worten: „Seph, Seph, sie haben ihn freilassen müssen, der Haymo hat für ihn gezeugt." Der schwerste Stein war ihr wohl von der Brust gefallen: ihr Mann war frei. Aber getan hatte er's doch!

Nun lag sie und wachte, warf sich hin und her, wartete und lauschte, setzte sich auf und fiel zurück, weinte in die Hände und drückte die nassen Augen wieder in die Polster. Und die Sorge um ihren Mann wechselte mit dem Kummer um ihr ver-lorenes Kind.

Ach, solch eine Sorgennacht! Jede Minute wird zur qualvollen Ewigkeit. Jeder Kummer wächst dir ins Riesenhafte, ins Ungemessene. Wo-hin du in der Finsternis auch blickst, überall siehst

du ihn — das Dunkel hat keine Grenzen, und
so weit es reicht, so weit hin stehen die Gespenster
deiner Sorgen, eins am andern; sie drängen näher,
sie ziehen an dir vorüber, und jedes hält eine Weile
still, sieht dich an mit drohenden Glotzaugen und
drückt dir die knöcherne Faust auf die Brust, daß
dein Atem fast ersticken will. Ach, solch eine
Sorgennacht!

Sepha hielt es nimmer aus. Sie sprang auf,
kleidete sich an und machte Licht. Mit erhobener
Kerze leuchtete sie in Gittlis Kammer. Das Mäd=
chen lag mit offenen Augen — ein Bild, wie aus
Dietwalds Träumen herausgelöst: das weiße Ge=
sicht auf schwarzem Kissen, nein, das sind die ge=
lösten Haare, die um ihre Wangen gebreitet liegen
wie schwarze Seide.

„Gelt?" nickte das Weib. „Kannst auch nit
schlafen?"

· Gittli seufzte: „Wie ein Spinnrädl geht's mir
herum im Kopf und läßt mir keine Ruh nimmer."

„Machst du dir Sorgen um den Polzer?"

Verwundert blickte Gittli zu der Schwäherin
auf. „Um ihn? Warum denn? Sie haben ihn doch
freigelassen. Ich hab's doch selber gehört und ge=
sehen."

„Aber er müßt doch lang schon daheim sein."

„Geh, du! Ich hab dir's doch erzählt, daß er
noch was schaffen hat müssen für den Herrn. Er

343

wird halt lang gebraucht haben dazu und hat nimmer heim können vor der Nacht. Wirst sehen, er hat in der Almhütt geschlafen, und in der Früh ist er daheim, noch vor das Glöckl im Sudhaus läutet."

„Weswegen mußt du dich sorgen, wenn um den Bruder nit?"

Gittli schob die Hände unter den Nacken.

„Aber so red doch!"

„Geh! Tu mich du auch noch plagen!" Sie drehte das Gesicht gegen die Wand.

Sepha stellte das Licht in die Fensternische und ließ sich seufzend auf den Rand des Bettes nieder. Lange schwiegen sie.

Da begann an der Tür der Holzwurm wieder zu pochen.

„Hörst du ihn klopfen?" flüsterte Sepha, während ein Frösteln über ihre Schultern lief. „Das erstemal hab ich ihn gehört in der Nacht, in der über mein Kind der Krank gekommen ist. Jetzt weiß ich, was der Würbel[1]) selbigsmal hat sagen wollen!" Sie schlug die Hände vor das Gesicht.

Gittli richtete sich auf, legte den Arm um Sephas Schultern und tröstete sie mit herzlicher Rede. Sie hatte sich Wort um Wort alles gemerkt, was Herr Heinrich mit ihr von dem Kinde gesprochen. Als Sepha endlich ruhiger wurde,

---

[1]) Der Totenwurm.

344

begannen sie von Mimmidatzi zu plaudern. Sie
erinnerten sich an jeden heiteren Zug des Kindes,
an jedes verstümmelte Wort, das der kleine Mund
geplappert, an jede drollige Gebärde. Und Gittli
verstand es so gut, die Weise des Kindes nach=
zuahmen, daß zuweilen sogar ein schüchternes Lä=
cheln über Sephas Lippen huschte. Darüber ver=
ging ihnen Stunde um Stunde, so daß sie kaum
merkten, wie draußen der Tag zu grauen begann.
Sie wurden es erst gewahr, als das niedergebrannte
Talglicht mit hoher Flamme zu lodern begann.

„Schau, Seph, es taget schon!" sagte Gittli.
„Geh, tu dich noch für ein Stündl hinstrecken. Ich
mein doch, du tätst die Ruh brauchen."

Sepha löschte das qualmende Licht. „Jetzt muß
er bald kommen!" seufzte sie und wollte die Kam=
mer verlassen. Noch einmal kam sie zurück. „Du,
Gittli, sag, was ist das eigentlich mit dem Schatz?"

„Mit was für einem Schatz?"

„Der Polzer hat mir gesagt, du tätst einen
Schatz wissen, der zu heben wär, und du hättest
den Schlüssel dazu?"

Gittli schüttelte den Kopf zu dieser unverständ=
lichen Sache.

Durch das Fenster klang von der Straße her
der ferne Hufschlag mehrerer Pferde. An der
Achenbrücke zogen sie vorüber und lenkten auf den
Weg ein, der zur Grenzwarte des Klosterlandes,

345

zum festen Hallturm führte, und von dort hinunter in das Reichenhaller Tal, hinaus in das ebene Land. Zwei gewaffnete Knechte zu Pferd, jeder ein beladenes Saumpferd führend. Ihnen voran ritt Desertus auf einem Eisenschimmel, dessen violette Schabracke, fast auf der Erde schleifend, in jedem Zipfel das Wappen des Klosters zeigte. Desertus trug nicht mehr die weiße Kutte, sondern das festliche Kleid des Chorherren: das Pelzbarett, den mit Otterfell verbrämten Mantel, und darunter den seidenen Talar, der, für den Ritt berechnet, bis zum Gürtel geschlitzt war. Es klirrte bei jedem Tritt des Rosses. Über dem Talar trug Pater Desertus den Harnisch und das Schwert.

Ein Lächeln spielte um seinen Mund, und träumend blickten seine Augen in den erwachenden Tag.

Zweiundzwanzigstes Kapitel

Herr Heinrich kehrte von einem schweren Gang in das Kloster zurück. Welch eine Stunde des Jammers hatte er im Hause des Sudmanns erlebt! Mit zögernder Vorsicht hatte er dem armen Weibe den bitteren Trank gereicht — und doch, als Sepha das volle Unglück erkannte, stürzte sie bewußtlos nieder, wie von einem fallenden Balken auf die Stirn getroffen. Dazu das Mädchen in seinem ratlosen Kummer und das kleine Bürschl, das sich schreiend an die Mutter klammerte!

Was sollte nun weiter werden? Sepha war krank, ernstlich krank. Das hatte Herr Heinrich von ihren Wangen und Augen abgelesen. Hier war Hilfe nötig wie Feuer im Winter.

Als der Propst das Stift erreichte, ließ er die Oberin der frommen Schwestern rufen, die in einem freundlichen Kloster auf dem Nonnberg hausten. Er hatte mit ihr eine lange Unterredung, die, wie Herr Schluttemann mit Kopfschütteln bemerkte, hinter verschlossener Tür geführt wurde. Der Vogt war an diesem Morgen merkwürdig still; Frau Cäcilia hatte ihn zwar nicht sanfter behandelt als sonst; im Gegenteil, sie hatte in einer einzigen Stunde ausgegeben, was sie als gute Hausfrau während dieser Tage der Trennung zusammengespart hatte an spitzigen Dolchblicken und bitterscharfen Worten. In Herrn Schluttemann aber hatte die Predigt des Propstes nachgewirkt. Dazu reifte unter seiner gefurchten Stirne ein verwogner Plan. Mit rollenden Augen und gesträubtem Schnauzbart, die Arme verschränkt, wanderte er in seiner Amtsstube rings um den Tisch. Die Sache mußte wohl überlegt werden, denn sie konnte auch ein schiefes Ende nehmen.

Endlich war er mit sich im reinen. Er ließ einen Schreiber kommen und befahl ihm, den Gänsekiel

347

fein säuberlich zu spitzen und aus dem Pergament-
kasten das schönste Blatt hervorzusuchen. Als nun
der Schreiber zum Werk bereit war, stellte sich
Herr Schluttemann in kühner Haltung vor den
Tisch und begann zu diktieren: „Urteil — in
Sachen der zänkischen Hausfrau —" Er unterbrach
den hohen Ton und sagte: „Den Platz für den
Namen laß nur einstweilen frei, den Namen wird
Herr Heinrich einzeichnen, wenn er das Urteil
unterschreibt." Wieder diktierte er: „In nomine
Reverendissimi et Celsissimi Principis Praepositi
Henrici von Berchtesgaden wird anmit zu Rechtes
Kraft gesprochen: weil genannte Hausfrau das
Pagen und Reifen gegen den ihr von Gott zum
Herrn gesetzten Ehegatten gar nicht lassen will, so
soll ihr der Fronbot den Pagstein um den Hals
hängen und soll sie an hohem Feiertag nach der
Messe eine ganze Stund durch die Gassen führen,
im Wiederholungsfall aber zwei Stund, und so
immer deß mehr um eine ganze Stund."

Herr Schluttemann schnaufte. Er diktierte noch
die übliche Schlußformel des Urteils, dann fiel er
erschöpft in den Lehnstuhl.

Als nun Herr Heinrich die Oberin durch die
Vogtstube zur Treppe geleitet hatte und zurückkam,
wurde ihm das Urteil zur Unterschrift vorgelegt.
Er zeichnete den Namen der Frau Caeciliae
Schluttemanae in die Lücke ein und unterschrieb.
Herr Schluttemann warf sich stolz in die Brust;

348

der Propst aber lächelte, als er sagte: „Das wird Eurer Hausfrau einen gehörigen Schreck einjagen! Ich hoffe, Ihr werdet Ruhe haben für lange Zeit!"

Eine Stunde später traf die Oberin mit zwei dienenden Schwestern im Haus des Sudmanns ein. Sepha sollte, um gute Pflege zu genießen, in das Kloster auf dem Nonnberg verbracht werden. Stumpf und willenlos ließ das kranke, von Kummer gebrochene Weib alles mit sich geschehen, ohne Frage, ohne ein Wort. Gittli war ein Bild der Verzweiflung und Sorge. Was sollte mit Lippele geschehen? Der dürfe bei der Mutter bleiben. Und mit den beiden Ziegen, mit den Hennen? Und wer würde die Bienenstöcke und das Haus bewachen, den Garten mähen und den Klee schneiden? Sie selbst müsse doch ihre Zeit jetzt teilen: einen Tag bei der Schwäherin, den andern beim Bruder! Es hieß, sie möge sich beruhigen, Herr Heinrich hätte für alles gesorgt.

Auf einer Bahre wurde Sepha zum Nonnenkloster getragen und in einer kleinen freundlichen Stube untergebracht. Lippele versöhnte sich rasch mit seinem neuen Aufenthalt, da er den großen, sorgsam gepflegten Garten gewahrte, den eine hohe Mauer umzog. Als Sepha versorgt war und nach dem Buben fragte, war er schon verschwunden. Nach langem Suchen wurde er im Garten gefunden; er hockte am Ufer eines kleinen Teiches und

349

warf Steinchen nach den erschrocken hin und her
schießenden Forellen.

Auf Gittli wartete im Zimmer der Oberin eine
seltsame Überraschung. Sie sollte gleich zu Herrn
Heinrich kommen, hieß es; aber bevor sie ginge,
solle sie die neuen Kleider anziehen, die der Herr
Propst ihr geschenkt hätte.

„Aber schauet doch her, Frau Mutter", lispelte
das Mädchen, „ich hab doch eh schon mein gutes
Häs an. Ich brauch kein neues."

Weder durch freundliches Zureden, noch durch
ernste Worte war sie zu bewegen, die schönen
Kleider anzulegen. Sie schüttelte immer den Kopf,
wehrte mit den Händen, und Zähre um Zähre
perlte aus ihren angstvollen Augen.

Auch zu Herrn Heinrich, zu dem die Oberin sie
begleitete, ging sie nicht gern; sie wäre lieber bei
der Schwäherin geblieben.

Als sie dann im Zimmer des Propstes stand,
hob sie keinen Blick vom Boden und zitterte, als
stünde sie fröstelnd im Schnee. Herr Heinrich faßte
sie bei der Hand, zog sie an seine Seite und redete
zu ihr mit herzlich tröstenden Worten. Es wäre
freilich ein schweres Unglück, das über den Wolfrat und die Seph gekommen. Aber man dürfe die
Hoffnung nicht verlieren; die Seph würde ganz
gewiß in guter Pflege wieder genesen. Aber was
sollte inzwischen mit ihr selbst geschehen? Sie
könnte doch nicht allein im Lehen bleiben. Im Klo-

350

ster auf dem Nonnberg wäre kein Platz mehr, und in der Bartholomäer Klause wäre ihr nach kirch= licher Satzung der Eintritt verboten.

„Und sieh, mein Kind, da hab ich nun dem Wolfrat in seiner Not gelobt, daß ich sorgen will für seine Leute. Für die Seph hab ich's ja schon getan."

Ein dankbarer Blick traf ihn aus Gittlis Augen.

„Jetzt muß ich aber auch an dich denken. Und schau, da wüßt ich einen guten Platz für dich in Salzburg bei den Domfrauen."

Gittli erbleichte vor Schreck.

„Nun, was meinst du?"

„Ich bitt schön, Herr", stammelte sie mit ver= sagender Stimme, „lasset mich hierbleiben! Ich müßt sterben vor Angst, wenn ich nit alle Tag hören tät, wie's der Schwährin und dem Bruder geht."

„Das wirst du hören, jawohl. Es gehen viele Salzkarren vom Sudhaus weg nach Salzburg. Da schick ich dir täglich eine Botschaft, ich ver= sprech es dir."

„Ich bitt, Herr, bitt, lasset mich bleiben! Und wenn ich schon kein Heimatl mehr haben soll, schauet, ich tät mich gern eindingen bei einem Bauern. Meine Händ und Arm sind freilich ein lützel mager, aber ich kann deswegen doch schaffen wie eine richtige Dirn."

351

„So? Und was möchte dein Bruder dazu sagen? Er ist kein Höriger, sondern ein freier Mann. Soll er sich jetzt in seiner Not noch kümmern, wenn seine Schwester dienen muß?"

„Schaffen ist keine Schand, Herr! Er hat doch auch geschafft seiner Lebtag." Und da kam ihr plötzlich ein Gedanke, den sie in sprudelnden Worten hervorstürzte: „Herr! Aufs Almen tät ich mich auch verstehen, vielleicht nimmt mich der Eggebauer auf seine Alm in die Röt hinauf."

„In die Röt hinauf?" wiederholte Herr Heinrich mit wehmütigem Lächeln. „Nein, mein Kind, das ist zu harte Arbeit für dich. Und sieh, ich hab nun einmal deinem Bruder versprochen, daß ich für dich sorgen will. Oder willst du mich zum Lügner machen? Hab ich dir so viel Böses getan, daß du mir nicht vertrauen kannst?"

Gittli verstummte in ratloser Qual.

„Gelt, nein? Und sieh, wenn ich sorge für dich, will ich es so tun, daß es dir zum Guten ausfällt, zu deinem Glück! Ich bin dir zu Dank verpflichtet. Du hast für meinen Jäger so viel getan —"

Da schlug sie die Hände vors Gesicht und brach in Schluchzen aus.

Die Oberin wollte das Mädchen beruhigen. Herr Heinrich aber sagte: „Lasset das Kind nur, es soll sich ausweinen!"

Die Stille beängstigte Gittli; sie hörte zu schluchzen auf und ließ die Hände in den Schoß sinken.

352

„Schau, Gittli, wer Gutes getan hat, muß sich auch den Dank gefallen lassen. Wenn du dich wehrst dagegen, müßte der Haymo glauben, daß dich wieder reut, was du für ihn getan hast."

Mit zuckenden Lippen und nassen Augen blickte sie zu Herrn Heinrich auf.

„Gelt ja? Und nun wirst du mir auch folgen in allem?"

„Wenn es sein muß", lispelte sie, „in Gottes Nam!"

„So ist's recht, mein Dirnlein! Und jetzt sei tapfer, du gehst einer freundlichen Zeit entgegen. Wenn ich dich einmal besuche, wirst du lachend auf mich zukommen. Und jetzt sträube dich nimmer und laß dir auch die Kleider anlegen, die ich dir ge= schenkt habe!"

Verloren vor sich hinstarrend, nickte sie zu allem, was Herr Heinrich sagte. Sie fand auch kein Wort, als er ihr glückliche Reise wünschte, und ließ sich zur Tür hinausziehen, ohne recht zu wissen, daß es geschah.

Auf der Straße sagte die Oberin: „Warte hier ein Weilchen, ich habe Herrn Heinrich noch was zu fragen."

Gittli stand allein; die Knie zitterten ihr, daß sie sich kaum aufrecht zu halten vermochte; sie mußte sich auf den Eckstein neben der Tür niederlassen. Da spürte sie einen Puff an der Schulter. Er= schrocken blickte sie auf. Walti stand vor ihr.

23 R.-Jäger   353

Mit beiden Händen faßte sie ihn an der Brust. „Walti! Sag mir! Wo ist der Haymo?"

„Drin liegt er im Kloster. Es geht ihm wieder schlechter seit gestern. Was sagst du, was das für eine Sach mit dem Bär gewesen ist! Ganz schüt= teln tut's mich vor Grausen, wenn ich dran denk."

„Walti! Schau, ich tu dich bitten, führ mich nur grad zu ihm!"

„Zum Haymo? Bist du denn närrisch? Ins Kloster darf doch keine Dirn hinein."

„Ich muß, ich muß zu ihm!"

Walti zog die Brauen in die Höhe und schob das Käppl in die Stirn. Das tat er immer, wenn er schwer zu denken hatte. Dann guckte er sich for= schend um und flüsterte: „Seine Stub geht in den Garten hinaus, und das Fenster ist gar nit hoch. Aber — kannst du denn über die Mauer kraxeln?"

„Wenn sie so hoch wäre wie der Wazmann und seine Kinder", stammelte sie, „ich müßt hinüber!"

„So komm!"

Sie huschten um die Ecke und schlüpften durch das Gebüsch zur Klostermauer. Zwischen wirrem Gezweig kletterte Walti in die Höhe, setzte sich rittlings auf die Zinne der Mauer und half dem Mädchen mit beiden Händen empor. Von oben sprangen sie in den Garten hinunter. Walti spähte durch das offene Fenster. „Er ist allein!" tuschelte er, schwang sich auf die Fensterbrüstung und zog das Mädchen nach.

354

Es war eine kleine weiße Zelle, in welcher Haymo auf einem mit Wildschuren überdeckten Lager ruhte.

Als der Jäger das Mädchen erblickte, hob er sich erschrocken auf und starrte Gittli an, als könnte er seinen Augen nicht trauen.

„Ich geh an die Tür und paß auf, ob keiner kommt." Walti huschte zur Zelle hinaus.

Als Gittlis Augen dem Blick des Jägers begegneten, war es wieder zu Ende mit ihrem Mut. Zitternd strich sie mit der Hand über ihre Stirn. Weshalb war sie nur eigentlich hierhergekommen?

„Gittli? Bist du's wirklich?" stotterte Haymo. „Sag mir doch um Herrgotts willen, was ist dir denn eingefallen? Hast ja den Klosterbann gebrochen! Schau, in mir drin ist alles völlig kalt vor lauter Angst. Wenn einer käm und tät dich finden, sie täten dich ausweisen aus dem Klosterland."

„Ich muß eh fort!" lispelte sie mit gesenkten Augen.

Haymo schwieg und seufzte.

„Weißt du's vielleicht schon?" fragte sie und blickte zögernd auf.

Er nickte. „Vor einer Weil ist Herr Heinrich dagewesen und hat mir's gesagt."

Rasch trat sie auf Haymos Lager zu. Ihre Hände ballten sich, ihre Lippen wurden schmal, und

23*   355

ein funkelnder Blick erwachte in ihren Augen. „Ich will aber nit fort. Weil — weil ich bleiben möcht, Haymo! Bleiben!"

Seine Hände zitterten; er wagte nicht aufzuschauen.

Sie beugte sich flüsternd zu seinem Ohr. „Was meinst du? Wenn ich davonlaufen tät, jetzt gleich, und tät mich verstecken, daß mich keiner mehr findet? Und dir allein tät ich sagen, wo ich bin!"

Da griff er nach ihren Händen und stammelte ihren Namen. Dann wieder schüttelte er den Kopf und atmete schwer. „Sie täten dich allweil finden. Und — Herr Heinrich hat gesagt, daß es dein Glück sein wird. Dein Glück! Da tät ich mir lieber die Zung abbeißen, als daß ich eine Widerred dagegen hätt. Gar jetzt, wo ich durch meine Unsinnigkeit das Unglück über deinen Bruder gebracht hab!"

„Du? Über ihn?" flog es bebend aus ihr heraus. „Es ist halt gekommen, wie es kommen hat müssen. Wenn ich du gewesen wär, ich hätt das arme Hundl auch nit im Stich gelassen. Und wenn ich der Wolfrat gewesen wär, ich hätt auch zugegriffen und den Bär an der Drossel gepackt, wenn er mich gleich zerrissen hätt."

Haymos Augen blitzten, als das Mädchen so vor ihm stand: mit funkelndem Blick, die Fäuste vorgestreckt, die Lippen halb offen, daß man die übereinandergepreßten Zähne sah. „Gittli!" stam=

356

melte er, und ein Wort, das heiß empordrängte
aus seinem Herzen, kämpfte gegen den erlöschenden
Willen, der es unterdrücken wollte. Da stürzte
Walti in die Stube. „Dirn! Mach, daß du weiter=
kommst! Der Frater Küchenmeister hatschet den
Gang herauf, gleich wird er da sein!"

Haymo erblaßte. „Gittli! Fort! Fort! Fort!"
Mit beiden Händen drängte er sie vom Lager weg.

Bleich und zitternd stand das Mädchen, nach
Atem und Worten ringend. „Ja. Ich geh schon.
Aber sag mir, Haymo — oder ich kann nit gehen
— bist du mir noch allweil harb?"

„Ich? Harb sein? Dir?" stammelte er. „Wie
kannst du denn so was denken?"

Da lachte sie in Tränen, und von dem Buben
fortgerissen, schwang sie sich auf die Fensterbrüstung.
„Behüt dich Gott, Haymo!" Er streckte die Arme
nach ihr, sie zögerte. Aber Walti versetzte ihr einen
Puff, daß sie springen mußte. Draußen klang noch
die zischelnde Stimme des Buben, ein Rascheln
im Gebüsch. Und alles war still.

Haymos Augen hingen am leeren Fenster. „Jetzt
seh ich sie nimmer. Nimmer!" Er fiel zurück und
schlug die Arme über das Gesicht.

Die Tür begann zu zittern unter den schweren
Tritten, die sich näherten. Haymo biß die Zähne
übereinander. Der Frater Küchenmeister kam, um
seinem jungen Freunde den ersten Krankenbesuch

357

abzuſtatten. Als er ſich auf den Rand des Bettes niederließ, krachten die Bretter in allen Fugen.

„Schau nur, was man dir für eine Ehr antut im Kloſter!" lachte der Frater. „Das kracht ja wie ein Herrenbett!" Dann plauderte er weiter, rühmte die göttliche Vorſehung, die alles Böſe für Haymo zum Guten gewendet, und jammerte über das ſchlimme Ausſehen des Jägers, über den matten Blick ſeiner Augen. „Aber warte nur", ſagte er, „ich will dich ſchon wieder herausfüttern wie ein Hühnl, das den Zipf gehabt hat. Ja, und daß ich nit vergeſſe — vergelts Gott will ich dir auch ſagen. Der Knecht, der heut mit dem Saumpferd gekommen iſt, hat mir die Nieswurzen gebracht. Die ſollen mir ein hilfreicher Beiſtand werden in meiner unſeligen Atemnot. Mit dem Schnaufen geht's allweil härter bei mir, von Tag zu Tag. Oft iſt mir, als hätt ich im Hals einen Igel, der ſich einſpreizt und nimmer in die Höh will. Aber haſt du die Wurzen auch zur rechten Zeit gegraben? Hat die Schneeros völlig verblüht gehabt?"

Ein Erblaſſen ging über Haymos Wangen. „Ja, Frater, die Schneeros hat ausgeblüht. Für mich!" Da war ſeine Kraft zu Ende. Mit den Zähnen knirſchend, warf er ſich gegen die Wand, ſo daß der Frater erſchrocken die Hände ineinanderſchlug. —

Gittli hatte den Platz vor dem Tor der Kloſter-

358

vogtei gerade erreicht, als die Oberin zurückkam, von Herrn Heinrich begleitet. Der machte verwunderte Augen, als er das Mädchen gewahrte. „Ich hab's doch gewußt!" flüsterte die Oberin. Er nickte dem Mädchen einen freundlichen Gruß zu und trat in das Tor zurück.

„Denke nur, Dirnlein", lächelte die Oberin, „Herr Heinrich hat mich gescholten, weil ich dich allein ließ. Er glaubte wahrhaftig, du würdest davonlaufen."

Ein müdes Lächeln huschte um Gittlis Mund, und von der Mauerecke ließ sich ein leises Kichern hören. Die Oberin guckte, aber Waltis Nase war schon hinter der Mauer verschwunden.

Als Gittli das Nonnenkloster erreicht hatte, ließ sie alles mit sich geschehen, stumm und geduldig wie ein Lamm, das geschoren wird. Die neuen Kleider, die man ihr anlegte, weckten keinen Laut auf ihren Lippen. Sie schämte sich wohl, als sie das lange, blaue Gewand nach der Sitte der Zeit bis über die Schultern ausgeschnitten sah; aber sie sagte nichts, denn sie bekam auch gleich ein weißes, bis zu den Ellbogen reichendes Mäntelchen um den Hals. Ein Gürtel aus weißem Leder umspannte die schlanke Hüfte. Um die Stirn und das offene Haar wurde ein blaues Band geknüpft. Als sie die gelben Schuhe mit den scharfgespitzten, spannenlangen Schnäbeln an den Füßen hatte, staunte sie scheu an sich herunter.

359

Die Oberin und die beiden dienenden Schwestern
lachten, als Gittli so hilflos dastand, mit seitwärts
gestreckten Armen, als wage sie das Kleid nicht
zu berühren; sie zitterte und getraute sich keinen
Schritt mehr zu tun, denn wenn sie auftrat, knick-
ten die unheimlichen Schuhschnäbel gleich spitzigen
Dolchen in die Höhe. Und je lauter die anderen
lachten, desto näher kam ihr das Weinen. Plötzlich
stürzte sie auf die Tür zu, und als sie die Tür verschlossen fand, sank sie schluchzend zu Boden.

Man hob sie auf, man schalt und tröstete, man
säuberte das verstaubte Kleid, und dann wurde
sie zu Sepha hinübergeführt, damit sie von der
Schwäherin und dem kleinen Buben Abschied
nehmen und noch mit ihnen schwatzen könnte.

Vor der Mauer des Nonnenklosters wartete
eine Sänfte, die zwischen gegabelten Stangen von
zwei Maultieren getragen wurde. Man mußte
Gittli hineinheben; aus freien Stücken wäre sie
nimmer eingestiegen. Die Oberin setzte sich zu ihr.
Zwei Knechte führten die Maultiere, und ein
dritter, der gewaffnet war, ritt nebenher.

Die Leute auf der Straße blieben stehen, als sie
die Sänfte kommen sahen, und spähten neugierig
hinein; niemand erkannte die Schwester des Sudmanns; ihr schmales, blasses Gesicht verschwand
fast in der weißen, über dem Scheitel steif ge-
schnäbelten Haube, die man ihr für die Reise auf-
gesetzt hatte.

360

Da gingen zwei Mädchen vorüber; brennende Röte flog über Gittlis Wangen: die beiden, das waren die Zenza und eine Magd des Eggebauern.

„Du, da schau", flüsterte die Magd, „was ist denn das für ein Fräulen?"

„Ich kenn's nit", sagte die Zenza, „es muß ein Fremdes sein."

Die Sänfte war vorüber: wie ein Schwindel fiel es über Gittli, alles wirbelte. Die Häuschen an der Straße, das Salzhaus, dem sie sich näher= ten, die rauschende Ache mit Ufer und Bäumen, der Berg mit dem Kloster, alles, alles versank vor ihrem Blick, und es war ihr, als sähe sie eine weite, sonnige Alm; grasend, mit läutenden Glocken ziehen die Kühe, und in der Sennhütte singt eine Mädchenstimme; da kommt vom Bergwald ein Jäger über das Almfeld hergegangen, vor der Hütte steht er still, lehnt das Griesbeil an die Blockwand und stößt die genagelten Schuhe gegen die Schwelle; die singende Stimme verstummt, und der Jäger fragt: „Darf man einkehren, Sen= nerin?" Aus der Hütte klingt die lachende Stimme der Zenza: „Freilich, Haymo, komm nur her= ein!" —

Die Frau Oberin in der Sänfte war erschrocken aus ihren Gedanken erwacht; denn das Mädchen an ihrer Seite hatte sich mit gellendem Schrei die weiße Haube vom Kopf gerissen, war auf= gesprungen und wollte sich aus der Sänfte stürzen.

361

„Aber Kind! Kind!" stammelte die Oberin, Gittli mit beiden Armen umschlingend. Der gewaffnete Knecht kam herbeigeritten — verstört sah Gittli zu ihm auf, dann fiel sie in die Polster zurück und drückte die Fäuste auf die Brust, als wäre ihr das Herz zersprungen.

Ein paar Leute waren zusammengelaufen. Die Knechte trieben die Maultiere an, und immer rascher, immer weiter schwankte die Sänfte.

Dreiundzwanzigstes Kapitel

Am andern Morgen wandelte Herr Heinrich zu früher Stunde im Garten auf und nieder. Was war in diesen wenigen sonnigen Tagen alles gewachsen und erblüht! Bäume und Sträucher standen in vollem Grün, und jeder Windhauch war gewürzt mit dem Duft der jungen Blumen.

Frater Severin arbeitete an einem kahlen Beet. Um sich das Bücken zu erleichtern, stand er mit weitgespreizten Füßen und schnaufte wie ein Roß, wenn es schwer zu ziehen hat. Dicke Schweißtropfen perlten ihm von der Stirn.

„Guten Morgen, Bruder!" grüßte Herr Heinrich.

„Guten Morgen, Reverendissime!" Frater Se-

362

verin richtete sich auf und drückte, eine schmerzliche Miene ziehend, die Faust in den Rücken.

„Heute hält's wieder schwer mit dem Bücken, gelt? Hab schon gehört: gestern hat es wieder unchristlich lange gedauert im Kellerstübl."

„Nit durch meine Schuld!" stotterte Severin. „Aber der Vogt hat gestern gar nit weichen wollen."

„Haben ihn denn die Knechte der Frau Cäcilia nicht geholt?"

„Wohl, Herr, aber er ist nit gegangen, er hat ihnen ein Pergament mit heimgegeben und ist hockengeblieben."

„Und da habt Ihr ihm Gesellschaft leisten müssen?"

Frater Severin machte ein ehrerbietiges Gesicht. „Er ist der Vogt, Herr! Wer seiner Würde nit achtet, beleidigt das Kloster."

„Natürlich! Nur immer eine gute Ausrede! Ich werde dieser Höflichkeit einen Riegel vorschieben müssen. Aber sag, was machst du da?"

Der Frater atmete auf, als er das heikle Thema beendet sah. Eilfertig gab er zur Antwort: „Die Nieswurz reiß ich wieder aus."

„Die Nieswurz? Wie kam sie in den Garten?"

„Ich hab gemeint, ich könnt ein Beet mit Schneerosen anlegen, und da hab ich vergangen Jahr im Frühling ein paar Dutzend Wurzen her-

363

untergenommen von der Röt, hab sie hier eingelegt
und hab getan, was ich nur allweil gemeint hab,
daß es gut wär. Aber nit eine einzige hat getrieben
im Winter, und wie ich jetzt nachschau, find ich,
daß alle Wurzen vertrocknet sind. Schauet nur!"
Er nahm eine der ausgerissenen Wurzeln, brach
sie entzwei und zeigte dem Propst das dürre Gewebe. „Kein Tröpfl Saft mehr! Eine Schneeros
laßt sich halt nit verpflanzen. Die will Felsen,
Bergstürm und Lahnen. Die Luft im Tal und der
feine Boden tun ihr nit gut. Da kann einer machen,
was er will. Eine Schneeros laßt sich halt nit
verpflanzen." Er warf die dürren Strünke von
sich. „Schad um die Wurzen! Droben hätten sie
geblüht."

Herr Heinrich blickte sinnend vor sich hin; sein
Blick folgte der Straße im Tal, die über Schellenberg hinausführte gegen Salzburg. Er nickte. Und
wortlos ging er davon.

Als er eine Weile später sein Gemach betrat,
hörte er von der Vogtstube her das alte, polternde
Gewitter. Er ging den grollenden Lauten nach, und
als er die Tür öffnete, beförderte Herr Schluttemann soeben unter einem Hagelwetter von dröhnenden Scheltworten einen Zinsbauern zur Stube
hinaus. Da der Vogt den Propst gewahrte, wurde
er verlegen.

„Ist das die Wirkung des Urteils?" fragte
Herr Heinrich.

364

Vogt Schluttemann kraute sich hinter den Ohren.

„Man sagte mir doch, daß Ihr gestern Eurer Hausfrau das Urteil gesendet habt?"

„Das hab ich freilich getan, Reverendissime!" gab der Vogt kleinlaut zur Antwort.

„Nun? Und was sagte sie, als Ihr nach Hause kamt?"

„Nichts."

„Und heute früh?"

„Auch nichts! Aber —" Herrn Schluttemanns Nase begann zu brennen, „aber das Urteil hat sie mir um den Kopf gehauen. Was sagt Ihr, Reverendissime? Eine solche Mißachtung — des Gesetzes!"

Herr Heinrich verwand das Lächeln. „Das muß streng geahndet werden. Bringet mir das Urteil, ich will ihm die Wirkung verschaffen."

In heimlicher Schadenfreude rieb sich Herr Schluttemann die Hände, als der Propst die Stube verließ.

Eine Stunde später stieg Herr Heinrich zu Pferd, um nach dem See zu reiten. Als er den Hag des Eggehofes erreichte, sah er Benza beim Immenhäuschen stehen. Er rief das Mädchen zu sich heran.

„Bist du die Tochter des Bauern?"

„Wohl, Herr!" sagte sie, trotzig zu ihm aufblickend.

365

„Ist dein Vater daheim?"

„Wohl, Herr!"

„So ruf mir deinen Vater, ich habe mit ihm zu reden."

Benza ging davon. Der Eggebauer erschrak nicht wenig, als das Mädel mit dieser Botschaft kam; er saß gerade in Hemdärmeln am Tisch und löffelte die Morgensuppe. In der schreckhaften Eile warf er den Napf um, fuhr in den verkehrten Rock= ärmel und rannte mit dem Ellbogen an den Tür= pfosten. Keuchend lief er um das Haus herum; je näher er dem Propste kam, desto langsamer wurde sein Gang, desto scheuer sein Blick.

„Grüß Gott, Eggebauer!"

Der Bauer zog die Kappe.

„Ich höre, dein Weib war krank. Wie geht es jetzt?"

„Es macht sich, Herr, jawohl!" Der Bauer seufzte und strich mit der Hand übers Haar. „Der Bader meint, sie könnt in acht Tagen schon wieder aufstehen."

„So? Das hör ich gern." Herr Heinrich tät= schelte beruhigend den Hals des Pferdes, das ungeduldig mit den Hufen scharrte. „Ja, ja, Egge= bauer, du mußt gut angeschrieben stehen beim lieben Herrgott. Schau nur, dir schickt er Freude und Genesung ins Haus, und deinem Nachbar, dem armen Sudmann, hat er Not und Tod ge= schickt."

366

Der Eggebauer schlotterte an Händen und Füßen.

„Nun? Du fragst gar nicht, wie es dem Wolfrat geht? Ich höre doch, du wärst allweil sein bester Freund gewesen? Hast ihm doch an Ostern das Lehent geliehen?"

„Wohl, Herr, ja, das Lehent, ja, das hab ich ihm geliehen, weil — weil er so ein armer Hascher ist!" — lallte der Bauer. „Wohl! — Und — freilich, Herr, freilich — da möcht ich schon fragen, wie's ihm geht, dem Wolfrat?"

„Schlecht, Eggebauer! Der arme Teufel geht seinem letzten Stündl entgegen."

Der Bauer atmete auf; einer, der vor dem letzten Schnaufer steht, so dachte er, kann nimmer reden!

Herr Heinrich blickte auf den Sattelknauf und schüttelte nachdenklich den Kopf. „Was mag der Wolfrat nur getan haben, daß Gott eine so schwere Straf über ihn schickt? Er war doch allweil ein braver, redlicher Mensch. Wenn er was Übles getan hat", Herr Heinrich blickte auf, „da muß ihn ein anderer dazu verhetzt haben. Meinst du nicht auch, Bauer?"

„Wohl, Herr — allweil ist er ein braver Mensch gewesen — der Wolfrat — allweil!" Dem Eggebauer traf der kalte Schweiß auf die Stirn.

„Gelt, ja! Wenn ich nur den herausfinden könnt, der den Wolfrat auf dem Gewissen hat!

367

Dem wollt ich warm machen." Das Pferd bäumte sich, denn Herr Heinrich hatte die Zügel unsanft angezogen.

Erschrocken trat der Bauer zurück und fuhr sich mit dem Arm über die Stirn.

„Was hast du, Eggebauer?" fragte der Propst.

„Schwül, Herr — schwül ist mir. Ich mein, die Sonn wird heut noch richtig brennen."

„So? Meinst du?" Herrn Heinrichs Augen blickten hinüber nach dem benachbarten Gehöft. „Das ist doch das Haus des Sudmanns, gelt?"

„Wohl, Herr!"

„Jetzt liegt der arme Mensch verblutend in der Klause, und sein krankes Weib liegt droben bei den frommen Schwestern. Wer behütet jetzt das Lehen? Wer schaut auf Gras und Klee? Wer sorgt für die Hennen, für die Immen und für die Geißen?"

„Das könnt ich besorgen!" fiel der Bauer hastig ein. „Ich hab Leut genug im Haus."

„Brav, Eggebauer! Das will ich dem Wolfrat gleich erzählen, wenn ich in die Klause komm."

„Ja, Herr! Saget ihm nur, was ich ihm für ein guter Freund bin!" sprudelte es über die bleichen Lippen des Bauern. „Und — schauet, Herr — weil sich die armen Leut so fretten müssen — da hab ich schon oft so gemeint, man könnt an das Haus einen Stall anbauen? Und — ich könnt ihm eine Kuh hinüberstellen. Und ich tu's auch, meiner

368

Seel! Ja, Herr! Und saget es ihm nur gleich, was ich alles für ihn tu."

„Der Wolfrat wird nimmer viel davon haben. Aber doch sein armes Weib. Und das wird dem Mann ein Trost sein in der letzten Stund. Ja, Bauer, tu's nur! Und damit deine Kuh nicht einschichtig steht, stell ich eine andere dazu. Und weil es doch Klostergut ist, das du verbesserst, will ich auch mein Teil dazu geben. Das Holz, das du nötig hast zum Bau, kannst du in meinen Wäldern schlagen, und das Eisenwerk, das du brauchst, magst du in der Klosterschmiede holen. So bleibt dir nur die Arbeit zu leisten. Und wenn du schon grade dran bist, magst du auch gleich das ganze Haus ein wenig nachbessern, neue Dielen legen, im Dach die Lücken schindeln — was halt nötig ist. Gelt?"

„Wohl, Herr!" nickte der Eggebauer mit versagender Stimme, während ihm der Schweiß in dicken Tropfen herunterkollerte über die fahlen Backen. „Und saget es ihm nur gleich, was ich alles für ihn tu!"

„Das will ich ihm sagen. Fang nur gleich an zu schaffen! Und alles fest und gut, Eggebauer! Gelt? Ich werde nachschauen jede Woch."

Lächelnd, doch ohne Gruß, ritt Herr Heinrich davon.

Es schien, als wäre dem Eggebauer schwindlig geworden. Er griff in die Hecke. Mit starren Augen

blickte er dem Propſte nach, und als er ihn zwiſchen
den Bäumen verſchwinden ſah, wiſchte er ſich den
Schweiß vom Geſicht, trocknete die naſſen Hände
an der Hüfte und murmelte: „Da hab ich mir eine
ſchöne Supp eingebrockt! Jetzt friß, Bauer, friß!"

In friſchem Trab ritt Herr Heinrich durch das
frühlingsblühende Tal. Als er den See erreichte,
ſah er neben einer Fiſcherhütte die mit Stangen
ausgeſpreizte Bärenhaut zum Trocknen in der Zug-
luft eines ſchattigen Platzes ſtehen.

Das Pferd wurde verſorgt, und ein Knecht ruderte den Propſt im Einbaum nach der Bartholomäer Klauſe.

Stiller Friede atmete um die kleine ſteinerne
Kirche, die den hochgetürmten Wänden des Watzmann zu Füßen lag; ein Bröſelein Menſchenwerk
neben dem ewigen Rieſenbau des Schöpfers. Das
Sonnenlicht glitzerte über dem weißen Kiesgrund,
aber vom nahen Gletſcher der ‚Eiskapelle' wehte
eine kühle Luft. Weit draußen in der Wieſe ſang
ein Knecht, der am hohen Hag das von den Lawinen zerdrückte Flechtwerk beſſerte.

Nah bei der Kirche ſtand die aus Blöcken erbaute Klauſe, in welcher Pater Euſebius mit
einem Laienbruder und zwei Knechten hauſte.

Euſebius, der das Boot ſchon hatte kommen
ſehen, erwartete den Propſt am Ufer.

„Nun, wie geht es ihm?" fragte Herr Heinrich,
während ſie zur Klauſe gingen.

370

Der Pater zuckte die Schultern. „Er kann noch Tage, noch Wochen kämpfen. Seine Riesennatur wehrt sich gegen den anstürmenden Tod, wie im Bett des Wildbaches ein Felsblock gegen das anstürzende Wasser; aber das Wasser läßt nimmer nach, der Block muß weichen. Bis vor einer Stunde lag der Mann in wildem Fieber." Eusebius blieb stehen. „Wisset Ihr, Herr, daß der Mann eine schwere Schuld auf dem Gewissen hat?"

„Was meinst du?"

„Im Fieber hat er's ausgeredet: er war es, der den Haymo gestochen hat."

„Ich weiß es. Und du, Eusebius, bewahre, was der Mann dir im Fieber gebeichtet hat! Ist er jetzt bei Sinnen?"

„Ein Weilchen immer, bis die Schwäche wieder kommt."

„Und daß er das Fieber überstand, das gibt keine Hoffnung?"

Eusebius schüttelte den weißen Kopf. „Die größte Gefahr liegt dort, wo ich nicht hin kann mit meinen Händen, in der Brust. Drei Rippen sind gebrochen und in die Lunge gedrückt. Die äußerlichen Wunden hätte seine Natur vielleicht noch überstehen können. Freilich, die Schulter sieht bös aus! Alle Nervenstränge sind zerrissen, der Arm ist tot und die Schulter lahm."

24*   371

„Die Schulter? — In die Schulter hat er dem
Haymo das Messer gestoßen."

„Ja, ja", sagte Eusebius, während ein feines
Lächeln seinen welken Mund umspielte, „der liebe
Gott schickt mitunter merkwürdige Zufälle."

Herr Heinrich tat, als hätte er das Wort über-
hört.

Sie traten in die Stube, in welcher Wolfrat
gebettet lag; er ruhte auf blutigen Kissen, die Brust
mit wulstigen Verbänden umschnürt, die Arme ge-
schindelt und gebunden, damit er sie nicht rühren
könnte; das Gesicht war mit Leinwand überklebt,
so daß man kaum die Augen und den Mund erkannte.

Er war bei Bewußtsein. „Herr! Guter Herr!"
klang es mit leisem Stöhnen.

„Geh, Eusebius, laß mich allein mit ihm!" sagte
Herr Heinrich.

Eusebius verließ die Stube und setzte sich vor
der Klause auf die sonnige Bank. Drinnen klang
in Zwischenräumen die Stimme des Propstes; er
schien Frage um Frage zu stellen, auf welche Wolfrat mit matten Lauten Antwort gab. Eusebius
lauschte nicht. Mit verschränkten Armen saß er
an die Wand gelehnt, und seine klugen, forschenden
Augen schauten langsam umher, als läge die Natur vor ihm wie ein aufgerolltes Pergament: jeder
Baum ein Buchstabe, jeder Fels ein Wort.

37²

Da fühlte er ein leises Kribbeln auf der Hand; eine Ameise lief über seine Finger; er bückte sich und ließ das verirrte Tierchen von seiner Hand auf die Erde kriechen; hier fand es Gesellschaft, eine zweite Ameise kam eilig über den Kies gehuscht; auf einem flachen Steinchen trafen sich die beiden; sie stutzten voreinander, hielten erregte Zwiesprache mit den Fühlern, liefen ein wenig zurück, dann wieder vor, und plötzlich fielen sie sich kämpfend an.

„Es ist doch allweil das gleiche!" lächelte Pater Eusebius und tippte die Streitenden mit dem Finger an, daß sie erschrocken auseinanderfuhren. „So groß ist die Welt! Es könnt doch eins am andern vorbeigehen in Ruh und Fried. Aber nein, just nicht! Raufen müssen sie, beißen, schlagen und stechen."

Herr Heinrich trat aus der Klause. Eine tiefe Erregung sprach aus seinen Zügen und Augen. Mit eindringlichen Worten empfahl er den Sudmann der Pflege des Paters. „Und was ich dir sagen will: du brauchst den Mann nicht mehr zu fragen wegen seiner Schwester."

Mit raschen Schritten ging der Propst dem Ufer zu, um die Heimfahrt anzutreten.

Als er eine Stunde später am Haus des Sudmanns vorbeiritt, sah er den Eggebauern schon im verlassenen Gehöft umherspazieren, die Hände hinter dem Rücken, mit verdrossenen Augen das Dach und die Mauern musternd.

Der Bauer schien mit seiner Freundschaft für
Wolfrat große Eile zu haben; schon am folgenden
Morgen begann er die Arbeit, zum leifenden Ver-
druß seines Weibes, auf deffen scheltende Fragen
der Bauer nur immer die kleinlaute Antwort
wußte: „Es muß sein. Der Herr will's haben.
Frag ihn, warum!"

Tag um Tag verging.

Bei Sepha war eine schwere Krankheit zum
Ausbruch gekommen. Und die Nachrichten aus der
Bartholomäer Klause lauteten immer gleich: ein
zähes, doch nutzloses Ringen wider den Tod. Mit
den Salzfuhren aber ging täglich die freundliche
Botschaft nach Salzburg: Gittli möge sich tröften,
es stünde beffer. — —

Nach der zweiten Woche war Haymo so weit
genesen, daß er seinen Hegedienst in der Röt wieder
antreten konnte. Aber seine Wangen wollten sich
nicht wieder färben, seine Augen blieben trüb und
müde. Dieser heitere, lebensfrohe Bursch war ein
stiller, in sich versunkener Mann geworden. Mit
eisernem Fleiß versah er seinen Dienst. Das Bleiben in der Hütte war ihm eine Qual; und als
die Nächte wärmer wurden, legte er sich, wo der
Abend ihn überraschte, unter freiem Himmel schlafen. Lange Stunden saß er oft dem Kreuz in der
Röt zu Füßen und starrte die Nägel an, von denen
der Föhnsturm Gittlis Schneerosen hinausgeweht
hatte in die brausenden Lüfte. Wohin? Wohin?

374

Zwei weitere Wochen, und es war Almenzeit geworden. Die Niederalmen waren schon mit Jungvieh befahren; nun ging es mit den Milchkühen auf die Hochalmen.

An einem sonnigen Morgen war im Gehöft des Eggebauern Bewegung und Leben. Die freigelassenen Kühe rannten mit gestreckten Schweifen umher und brüllten, aber nicht laut genug, um die kreischende Stimme der Eggebäuerin zu übertönen, die seit Tagen schon das Krankenbett verlassen hatte und wieder in Haus und Hof umherfuhr — der Bauer pflegte zu sagen: wie der ledige Teufel.

Zwei Knechte standen vor einem Ziehkarren bereit, auf den das Almgerät geladen war. Auch Benza hatte sich schon zur Bergfahrt gerüstet, Hut und Griesbeil mit Blumen geschmückt.

Der Eggebauer sah brummend umher, bis ihm Benza zurief: „Was ist denn, Vater, wo bleibt der Hüter? Du wirst doch einen gedingt haben?"

„Wohl! Vor vier Wochen hat sich schon einer angetragen. Nur die Zehrung hat er verlangt, keinen Heller Lohn. Da hab ich ihn freilich genommen. Schau, da kommt er."

Benza blickte auf und sah den Kropfenjörgi das Gehöft betreten. Sie lachte zornig hinaus; aber sie sagte kein Wort.

Die Bergfahrer sammelten sich um die Bäuerin, die den Almsegen sprach und Menschen und Vieh mit geweihtem Wasser besprengte.

Dann begann die Almfahrt, mit Lärm und Geschrei, mit Brüllen und Läuten.

Spät am Abend wurde die Sennhütte in der Röt erreicht; am Morgen zogen die Knechte wieder ab, und am folgenden Tag war alles auf der Alm im Geleise.

Mit fahriger Verdrossenheit tat Zenza ihre Arbeit; über ihrem Wesen lag eine fiebernde Unruh, die sich steigerte von Tag zu Tag.

Eines Abends ging Haymo nah bei der Hütte vorüber. Zenza sprang mit brennendem Gesicht zur Tür. „Haymo! Willst du nit ein lützel einkehren?"

„Vergelts Gott, Sennerin! Ich hab keine Zeit." Er rückte die Kappe und stieg seines Weges weiter.

Erblassend trat sie in die Hütte zurück. Ihre Fäuste ballten sich. „Das war das letzte Wörtl, das ich ihm gegeben hab."

Der Kropfenjörgi kam; er erschrak, als er Zenzas Gesicht erblickte. „Was hast du, Sennerin?" fragte er. „Bist du letz?"

„Laß mich in Ruh, du Tapp!"

Er setzte sich in den Herdwinkel und starrte sie mit seinen glotzenden Augen an, bis sie ihn aus der Hütte jagte.

Tag um Tag verging, und Zenza wurde immer stiller und verdrossener. Der Kropfenjörgi hatte viel mit der Herde zu schaffen, aber in jeder freien Minute lief er hinter dem Mädel her wie ein

376

Hund hinter seinem Herrn. Mit dem Spürsinn der Eifersucht fand er bald heraus, wo die Ursach ihrer schlimmen Laune zu suchen wäre. Zenzas Augen blickten nie so finster, als wenn Haymo auf seinem Hegergang in die Nähe des Almfeldes kam.

„Sennerin? Hat dir der Jäger was getan?" fragte der Kropfenjörgi zu dutzend Malen.

Zenza hatte immer die gleiche Antwort: „Laß mich in Ruh!"

Eines Abends trat ihr der verschlossene Zorn doch auf die Lippen. Da saßen sie am Herdfeuer. Draußen ging ein Schritt vorüber. Zenzas Augen flammten, und ihre Hände zitterten.

Jörgi schlich aus dem Winkel hervor. „Senne= rin?" fragte er mit heiserer Stimme. „Sag mir's! Hat dir der Jäger was getan?"

„Ja. Einen Schimpf hat er mir angetan, an dem ich erstick! Und jetzt laß mich in Ruh und frag nimmer!"

Jörgi trat vor die Hütte. Ringsumher, mit leise klingenden Glocken, lagen die wiederkäuenden Rin= der im Gras. Sie hatten alle den Kopf nach dem Jäger gewendet, der in der sinkenden Dämmerung über den Almhang emporstieg. Jörgi ballte die Fäuste.

„Wart du! Wir zwei, wir wachsen zusammen!" Sein funkelnder Blick folgte der Gestalt des Jä= gers, bis sie im schwarzen Schatten des Waldes verschwand.

377

Vierundzwanzigstes Kapitel

Zwei Monate waren seit dem Ostertag vergangen, und es kam der Abend vor dem Sonnwendfest.

Walti hatte am Morgen dem Jäger frische Zehrung gebracht. Auf die Botschaft, daß Herr Heinrich dem Jäger gestatte, am Tag nach Sonnwend, am Fronleichnamsfeste, in das Kloster zu kommen, um dem feierlichen Umzug beizuwohnen, hatte Haymo kopfschüttelnd erwidert: „Ich kann nit fort, das Hochwild ist in der Setzzeit, ich muß auf die jungen Kälber achthaben, daß mir keiner drüberkommt, der vier Füß hat oder weniger." Dann hatte er die Armbrust hinter den Rücken genommen und war hinausgewandert in die vom Sonnenduft des Morgens umflimmerten Berge.

Müde, aber mit Augen, die sich nach keinem Schlummer sehnten, kehrte er abends in die Hütte zurück. Er bereitete sich den Imbiß, löschte das Feuer und zog gewaffnet, wie er gekommen, wieder hinaus in die sinkende Nacht.

Nicht allzu fern von der Hütte, auf einer Felskuppe, die das weite Steintal beherrschte, ließ er sich nieder. Das war ein Lieblingsplatz seiner schlummerlosen Nächte.

Tausend Sterne funkelten über ihm, aber ihr Glanz erblaßte schon vor dem Schimmer des steigenden Mondes, dessen Scheibe voll und groß

378

emporschwamm über die wie mattes Silber glänzenden Firnen des Steinernen Meeres. In zartem
Grau, als wären sie nicht körperlich, sondern gebildet aus erstarrtem Nebel, hoben sich alle Grate,
Zinnen und Kuppen der Berge mit duftverschwom-
menen Linien in den mondbleichen Himmel, und
über sie alle hinaus ragte der Wazmann mit seinem
schneebedeckten Haupt, wie ein greiser Ahn inmitten
seiner Kinder.

Haymo saß, die Arme um die aufgezogenen Knie
geschlungen, das Haupt an den kühlen Fels gelehnt. Mit heißen Augen blickte er über die Berge,
weit, weit in die verschleierte Ferne, wo zwischen
Göhl und Untersberg das finstere Tal gegen das
ebene Land hinauskroch wie eine schwarze, riesige
Schlange. Dort draußen konnte Haymo, wenn es
Tag und reiner Himmel war, die Türme von Salzburg blinken sehen. Jetzt aber zeigte ihm die Ferne
nichts als ein unentwirrbares, eintöniges Grau, in
das der steigende Mond weder Helle noch Schatten
brachte. Doch nein — je länger Haymo in die
Ferne starrte, desto deutlicher sah er ein sanftes
Leuchten, wie von zwei Sternen, die ein dünner
Nebel umflossen hält; und immer näher schienen
sie zu kommen, immer heller wurde ihr Glanz, und
nun schimmerten sie vor ihm: zwei große, schöne,
rätselhafte Augen in einem schmalen, blassen Gesicht, das ihn anlächelte, selig und traurig zugleich.

„Gittli!"

Er schrie den Namen in die Nacht hinaus und vergrub das Gesicht in die zitternden Hände.

Stunde um Stunde verging. Es mochte Mitternacht vorüber sein, als ein Geräusch den Jäger lauschen machte. Aus dem Steintal klangen Schritte, die immer aussetzten und nach einer Weile, gedämpft und näher, sich wieder hören ließen. Da kam einer emporgestiegen, der für seinen Schritt die grasigen Stellen des Pfades zu suchen schien; er mußte Gründe haben, nicht gehört zu werden.

Lautlos glitt Haymo über den Hang und barg sich im schwarzen Schatten eines Gebüsches. Da sah er einen dunklen, unförmigen Klumpen langsam durch das Tal emporschwanken. Haymo vermochte lange nicht zu erkennen, was es wäre; endlich sah er: es war ein Mensch, der einen gewaltigen Pack von dürrem Reisig auf dem Kopfe trug; nun erreichte er den freien Platz, auf dem die Hütten standen, und legte vorsichtig den Pack zu Boden. Da erkannte ihn Haymo im Mondlicht. Es war Zenzas Hüter, der Kropfenjörgi.

„Was will der Unverstand?" murmelte Haymo und sah kopfschüttelnd zu, wie Jörgi die Schuhe von den Füßen streifte und auf die Jägerhütte zuglitt. Der Bursche lauschte an Tür und Fenster, dann schleppte er einen Felsbrocken herbei, holte einen zweiten, einen dritten, und so türmte er lautlos einen dicken Steinwall vor der Tür empor.

380

Das Reisig verteilte er um die Blockwand und kauerte sich mit leisem Kichern auf die Erde nieder. Ein Schwefelfaden leuchtete bläulich auf, und aus dem Reisig züngelte eine helle Flamme. Jörgi schlich davon und rief mit häßlichem Gelächter gegen die Hütte zurück: „Du wirst der Zenza keinen Schimpf mehr antun!"

Da traf ihn ein Faustschlag, daß er bewußtlos zu Boden stürzte.

Haymo eilte auf die Hütte zu, riß das brennende Reisig auseinander und zertrat die Flammen.

Jörgi kam zur Besinnung; er wollte sich erheben, aber der Jäger warf sich über ihn, und da half es dem Burschen nichts, ob er auch um sich schlug, ob er biß und kratzte wie ein Tier; ein kurzer Kampf, und Jörgi lag mit geknebelten Händen.

„Steh auf!" sagte Haymo.

Jörgi erhob sich.

„Geh voran!"

Der Bursch trottete gesenkten Kopfes auf dem Steig dahin. Mit geschultertem Griesbeil ging Haymo hinter ihm her.

Es war Morgen geworden, als sie die Alm erreichten. Die Kühe zogen schon läutend über das Feld; aber an Zenzas Hütte war die Tür noch geschlossen. Haymo stieß das Griesbeil gegen die Bohlen. „Sennerin! Mach auf!"

Man hörte in der Hütte eine stammelnde Stimme, ein Geräusch, dann wurde die Tür aufgerissen, und Zenza erschien, mit ungeordnetem Haar und nackten Schultern, den Jäger anstarrend mit erschrockenem Blick.

„Da bring ich dir deinen Hüter!" sagte Haymo. „Er hat mich in meiner Hütt verbrennen wollen. Damit ich dir keinen Schimpf mehr antu!"

Zenza wurde kreidebleich, dann wieder schoß ihr brennende Zornröte in die Wangen. Mit heiserem Schrei stürzte sie auf Jörgi zu und schlug ihm, ehe Haymo es hindern konnte, die Faust ins Gesicht. Jörgi wankte, sein Gesicht verzerrte sich, aber kein Laut kam über seine Lippen, und mit gläsernem Blick hingen seine Augen an dem Mädel.

Haymo war davongegangen. Da kam ihm Zenza nachgerannt und umklammerte seinen Arm.

„Haymo! Haymo! Ich tu dir schwören bei allem, was heilig ist im Himmel und auf der Welt: ich hab's ihm nit geschafft. Ich hab nichts gewußt davon."

„Das weiß ich, Zenza."

„Schau, Haymo, wenn's geschehen wär, ich selber hätt sterben müssen."

Er sah sie mit traurigen Augen an, löste ihre Hände von seinem Arm, nickte einen Gruß und ging seiner Wege.

382

Wie zu Stein verwandelt stand das Mädel und
starrte ihm nach. Sie strich den Arm über die Stirn
und kehrte müd zur Hütte zurück. Mit einem
Messer zerschnitt sie den Strick an Jörgis Händen. „Geh, sag ich, und komm mir nimmer unter
die Augen!"

Der Bursch glotzte sie an und rührte sich nicht.

„Mach fort, sag ich! Und wenn du hinunter-
kommst, dann richt meinem Vater aus, er soll mir
einen anderen Hüter schicken."

Jörgi stand unbeweglich; nur ein Zittern lief
über seinen Körper, als Zenza in die Hütte trat;
dann atmete er schwer, rieb die Knöchel seiner
Hände, faßte die Geißel, die an der Hüttenwand
lehnte, und begann seinen Hüterdienst.

Als es Mittag wurde, sah ihn Zenza die Kühe
zum Stall treiben. „Du bist noch allweil da?"
rief sie mit zornbebender Stimme.

Ein funkelnder Blick traf sie aus seinen Augen.
„Ich geh nit, Sennerin! Und wenn einer mit
zehn Rossen käm und tät mich fortziehen wollen,
ich bleib."

Sie trat auf ihn zu, riß ihm die Geißel weg
und hob sie zum Schlag.

„Willst du gehen?"

„Hau zu! Ich wehr mich nit. Aber bleiben tu
ich."

Klatschend fuhr ihm die Schnur der Geißel ins

383

Gesicht und zeichnete einen blauroten Striemen über Stirn und Wange. Jörgi rührte sich nicht; das Wasser lief ihm aus den starren Augen.

Wieder fragte sie: „Willst du gehen oder nit?"

Er biß die Lippen übereinander und schüttelte den Kopf.

Sie wollte schlagen. Ein Gefühl des Ekels über= kam sie — und sie wußte nicht, war es Ekel vor sich selbst, oder Ekel vor diesem menschenähnlichen Tier. Sie warf ihm die Geißel vor die Füße und ging der Hütte zu.

Zitternd hob Jörgi die Geißel auf, ließ die Schnur durch die Finger gleiten und machte sich wieder an seine Arbeit.

Gegen Abend wurde es lebendig auf der Alm. Eine Schar junger Burschen kam; mit ihnen ein Sackpfeifer und ein Zitherschläger. Die Spielleute begannen eine lustige Weise, während die Bur= schen singend und jauchzend den Holzstoß zum Sonnwendfeuer rüsteten. Dann wurde die Bahn für das Scheibenspiel geebnet. Auf dem untersten Hang des Almfeldes baute sich eine grasige Kuppe über den steil zum See abfallenden Bergwald hin= aus; man mußte schwindelfreie Augen haben, um von dieser Stelle furchtlos hinunterzublicken in die gähnende Tiefe, in welcher der See gebettet lag. Ein geflochtener Zaun umschloß den Platz, um das grasende Vieh vor der gefährlichen Stelle zurück= zuhalten. Diesen Zaun entfernten jetzt die Bur=

384

schen, und mit Holzpflöcken stampften und schlugen sie den sacht ansteigenden Grasboden der Kuppe glatt, um eine ebene Bahn für die rollenden Scheiben zu gewinnen; das machte ihnen nur wenig Mühe, denn der Boden war noch glatt vom vergangenen Sommer her. Es wurde auf dieser Kuppe, die der ‚Feuerpalfen‘ [1] hieß, seit grauen Zeiten, Jahr um Jahr, das Sonnwendspiel gehalten.

Lange, biegsame Stangen wurden zugerichtet, eine mächtige Fichte wurde gefällt, der Stamm mit der Säge in Scheiben zerschnitten, und aus jeder dieser Scheiben wurde das Mark herausgebohrt.

Der Abend dämmerte schon, als alle Vorbereitungen getroffen waren. Der Gäste wurden immer mehr; ein Bursch um den anderen kam aus dem Tal emporgestiegen, mit hellem Jauchzer sich ankündend; von allen Almen her, oft viele Stunden weit, kamen die Sennerinnen, und jede brachte ein mit geweihtem Wasser besprengtes Scheit zum Sonnwendfeuer und eine lange Kienfackel, um die heilige Flamme heimzutragen durch die finstere Nacht.

Als am dunklen Himmel die Sterne blinkten, wurde Feuer an den Stoß gelegt. Alle standen schweigend im Kreis umher, um achtzuhaben, wie hoch die erste Flamme emporzüngle: denn so hoch würde der Flachs geraten in diesem Jahr.

---

[1] Palfen = Felsen.

25 K.-Jäger

Mit Knistern und Prasseln wuchs das Feuer,
und es währte nicht lang, da loderte es baumhoch
empor mit rauschenden Flammen, die sich durch=
einander ringelten wie hundert glühende Schlangen.
Und da begannen auch in der finsteren Ferne, auf
allen sichtbaren Gebirgsstöcken, auf den Latten=
bergen und dem Wazmann, auf dem Göhl und
Untersberg die Sonnwendfeuer aufzuleuchten, daß
es anzusehen war, als hätte der Himmel seine
Sterne als feurige Flocken heruntergeschüttet auf
die Berge.

Die Pfeife klang, die Zither fiel ein, jeder
Bursch faßte sein Mädel um die Mitte, und
in geschlossenem Reigen wirbelten die jauchzenden
Paare rings um das Feuer, bis der Holzstoß zerfiel
und die Flammen zu schrumpfen begannen. Da
stellten sich die Paare in langer Reihe auf.

„Springet, Dirnen und Buben", rief der Zither=
schläger, „daß euch beim Traidschneiden das Kreuz
nit weh tut!"

Und der Bursch, der zuvorderst in der Reihe
stand, warf seinen Hut in die Luft und sang dazu:

> „Unterm Kopf, überm Kopf
> Tu ich mein Hütl schwingen!
> Dirndl, wie lieber mich hast,
> So höher mußt springen." ·

Lachend reichte ihm sein Mädel die Hand, in
gleichem Schritt begann das Paar den immer flin=

ler werdenden Anlauf. „Hupp auf!" ſchrien alle anderen. Und in hohem Schwung flog das Paar über die breite Glut hinweg und durch die züngelnden Flammen. Jauchzender Zuruf folgte dem glücklichen Sprung, und der Burſch halſte das Mädel: „Schatz! Wir haben uns ein glückſelig Jahr erſchwungen!"

Paar um Paar ſprang über das Feuer; mißglückte der Sprung, dann regnete es ſpottende Scherze über die Ungeſchickten, die mit verdroſſenen Geſichtern hinter die Reihe zurücktraten, um den Sprung ein zweites Mal zu verſuchen.

Zenza ſtand mit verſchränkten Armen unter der Hüttentür und ſchaute finſter dem fröhlichen Treiben zu.

Da trat ein Burſch zu ihr. „Zenza, willſt du dich nit ſchwingen mit mir?"

Sie blickte auf; es war Ulei, der Bildſchnitzer. Sie gab ihm keine Antwort; nicht einmal den Kopf ſchüttelte ſie; ſchweigend trat ſie aus der Tür, wandte dem Burſchen den Rücken und wanderte langſam in die Nacht hinaus.

Das letzte Paar war glücklich über das Feuer geſprungen, und nun begann das Scheibenſpiel. Ein Burſch um den anderen faßte mit langer Stange eine der durchlöcherten Scheiben und hielt ſie ins Feuer, bis ſie zu glühen begann; dann ſagte er den altherkömmlichen Scheibenſpruch, ſetzte das

glühende Rad auf eine ebene Bahn und begann
gegen den Feuerpalsen zu laufen; nahe vor dem
Abgrund ließ er die rollende Scheibe mit kräftigem
Schwung von der Stange gleiten, daß sie funken=
sprühend hinausflog in die Luft und verglimmend
in die Tiefe sank. Auch hier gab es Lob und Spott,
je nachdem der Wurf gelang. Unter den Scheiben
war eine, mit welcher keinem Burschen der
Schwung gelingen wollte; die Scheibe war zu
plump und schwer geraten; bald wollte sie nicht
richtig glühen, bald brach unter ihrem Gewicht die
Stange, bald wieder rollte sie seitwärts davon,
noch ehe der Feuerpalsen erreicht war. Am Ende
ließ man sie liegen und hielt sich an die leichteren
Scheiben, die sich flink und lustig treiben ließen.
Wohl eine Stunde währte das fröhliche Spiel,
das sich wundersam ausnahm in der finsteren
Nacht.

Da kam noch ein später Gast zum Sonnwend=
feuer: Haymo, der Klosterjäger. „Schenket mir
auch eine Scheib!" sagte er zu den Burschen, die
ihn mit herzlichem Willkomm empfingen.

„Schad, Jäger, du bist zu spät gekommen. Die
Scheiben sind all schon vertrieben."

„Dort liegt noch eine."

„Die will sich nit treiben lassen."

„Sie muß!" Der Jäger packte den rußigen Klotz
und warf ihn ins Feuer. Als die Scheibe um und

388

um glühte, hob er sie mit der Stange aus den Flammen und sagte mit bebender Stimme den Spruch:

> „Eine Scheiben
> Will ich treiben
> Meiner Herzallerliebsten zu Ehren!
> Will's einer wehren?"

Mit jähem Ruck setzte er den brennenden Klotz auf die verkohlte Grasbahn, fing zu laufen an und wirbelte die Scheibe, daß die Funken empor= stoben wie aus einer Esse. Dicht vor dem Absturz hielt er inne. „Gittli, ich tu dich grüßen!" Das schrie er mit zitterndem Ruf in die Nacht hinaus. Und von mächtigem Schwung getrieben, surrte das feurige Rad in weitem Bogen über den Ab= grund.

Alle rannten zum Feuerpalfen. „Schauet nur, schauet", riefen die Mädchen, „so hat noch keiner eine Scheib getrieben!"

Inmitten der Lärmenden stand Haymo und blickte stumm seiner Scheibe nach, die einer fallen= den Sonne gleich in die Tiefe sank und immer noch keinen Grund erreichte.

„Schauet, schauet", rief es rings um ihn her, „sie fallt hinunter bis in den See!"

Tiefer und tiefer sank das kreisende Feuerrad, es wurde kleiner und kleiner, nun glich es schon einem winzigen Stern, und jetzt — die Scheibe

389

mußte auf einen Fels gefallen und zersplittert
sein — jetzt sprühte der Stern in hundert Funken
auseinander, die sacht erloschen.

Schwer atmend schloß Haymo die Augen. So
war sein leuchtendes Glück zerbrochen, versunken
und erloschen.

Er wand sich aus dem jubelnden Kreis und trat
in die Finsternis des Waldes. Dort stand er im
schwarzen Schatten der Bäume und starrte nach
dem erlöschenden Sonnwendfeuer, dessen zuckende
Flammen vor dem Licht des steigenden Mondes
erblaßten. Er sah, wie eine Sennerin nach der
andern zum Feuer trat, um die Kienfackel zu ent-
zünden. Paarweis zogen sie davon, bergab oder
seitwärts über die Halden, jede Dirn mit ihrem
Buben. Grüße, Jauchzer und Jodler hallten von
allen Pfaden durch die mondhelle Nacht. Und vom
Steig herauf, der hinunterführte ins Klosterdorf,
klangen noch die gurgelnden Töne der Sackpfeife.
Bald waren die letzten Gestalten der Heimwärts-
ziehenden im Dämmerschein der Mondnacht ent-
schwunden, und man sah auf allen Wegen nur
noch die Fackeln ziehen, gleich gaukelnden Sternen,
und jeder von diesen Sternen leuchtete einem heimlichen Glück, zärtlichem Geplauder und endlosen
Küssen.

Haymo wollte aus dem Wald hervortreten. Da
sah er noch einen letzten zu dem erlöschenden Feuer
treten. Jörgi war es; er steckte ein Bündel Späne

in die Glut, und als sie Feuer fingen, trug er die heilige Sonnwendflamme in Zenzas Hütte.

Haymo wollte ihm nicht begegnen; im Schatten des Waldes schritt er langsam dahin. Als er dann quer über das Almfeld wanderte, hörte er plötzlich in seiner Nähe ein bitterliches Weinen. Unter einer einsam stehenden Fichte sah er Zenza auf der Erde sitzen; sie hielt das Gesicht mit den Händen bedeckt, ihr ganzer Körper schauerte von Schluchzen. Sie hörte seinen Schritt nicht; erst als er, leis ihren Namen nennend, die Hand auf ihre Schulter legte, blickte sie erschrocken auf. „Was willst du von mir?“

„Ich hab dich weinen hören. Das hat mir weh getan. Und ich möcht dir's abbitten, wenn ich dir etwas Ungutes angetan hab. Schau, Zenz, ich kann nichts dafür.“

Sie lachte zornig.

„So mußt du nit sein, Zenza! Es kann doch keines was dafür. Es hat halt nit sein mögen, daß wir zwei uns zusammenfinden in Freud und Fried. Schau, Zenz, so laß uns zusammenstehen und gute Kameradschaft halten im Herzleid! Könntest du nur hineinschauen in mich, wie's ausschaut da drin. Ich weiß, du tätst mir nimmer zürnen, sondern tätst ein Erbarmen mit mir haben.“

„Haymo!“ stammelte sie und zog ihn an ihre Seite. „Komm, schau, tu dich vor mir nit scheuen!

391

Vor mir kannst du alles reden. Was hast du für ein Herzleid? Sag's, Haymo!"

In heiß quellendem Schmerze rang es sich aus seiner Brust: „Ich kann das Mädel nit vergessen. Ich würg mich und plag mich und zwing mich, und ich kann sie halt nit vergessen. Wo ich hinschau bei Tag und Nacht, überall steht ihr Gesicht und schaut mich an. Jedes Lüftl im Wald, jedes Wasser, das ich rinnen hör, alles hat dem Mädel seine Stimm. Jedes schlachtige[1]) Bäuml, jedes Blümel tut mich mahnen dran. Und den See, den darf ich schon gar nimmer anschauen. Und nienderst hab ich kein Bleiben nimmer. Bin ich draußen, so treibt's mich heim, und bin ich daheim, so treibt's mich wieder fort. Das ganze Herz brennt's mir zusammen wie ein dürres Scheitl Holz. Ich spür's, Zenza, ich muß versterben dran!"

„Haymo! Jesus, Maria! Du mein lieber Bub!" Sie verstummte. Dann sprach sie weiter, mit ruhiger, fester Stimme: „Weswegen sollst du das Mädel vergessen müssen? Tut dich vielleicht die Gittli nit mögen? Aber geh, so eine dumme Frag! Wie soll dich eins nit liebhaben? Ich weiß schon — ich hab's gehört, man hat sie fortgeschafft, gelt?"

„Ja, Zenza!"

„Warum denn?"

---

[1]) Fein, schlank.

„Ich weiß nit. Es hat geheißen, man tät ihr Glück machen."

„Glück?" murrte das Mädel. „Das Glück, das die Herrenleut für unsereins übrig haben, das geb ich keiner Kuh zu fressen. Aber sag, wo ist sie denn hingekommen?"

„Nach Salzburg zu den Domfrauen."

„Was tut sie denn da? Schafft sie im Stall oder in der Küch?"

„Ich weiß es nit."

Zenza blickte sinnend vor sich hin. Dann sprang sie auf. „Schau, es muß schon mitternächtige Zeit sein, das Mondmanndl steigt schon hinunter über die Berg. Geh, Bub, steh auf und mach, daß du heimkommst. Schau, du bist so müd und über-nächtig, daß du dich schier nimmer auf den Füßen halten kannst. Da hast du dein Käppel und dein Griesbeil! So! Und jetzt schau, daß du heim-kommst, und leg dich schlafen! Gut Nacht, Bub!"

„Gut Nacht, Zenza!" sagte Haymo mit ver-sunkener Stimme. „Und Vergelts Gott für den Haimgart!"

„Wohl! Kehr nur wieder einmal zu auf meiner Alm! Morgen bin ich nit daheim. Aber über-morgen, da findst du mich wieder." Ein schmerz-liches Lächeln zuckte um ihren Mund. „Und jetzt schau, daß du heimkommst! Und schlaf auch! Gelt?"

393

„Wenn ich's fertig bring. Gute Nacht, Zenza!"

„Gute Nacht, Haymo!"

„Vergelts Gott!"

„Und Glück auf Sonnwend!"

„Glück? Möcht wissen, wo's herkommen soll?"

Müden Ganges stieg Haymo über den Almhang empor.

Zenza blickte ihm nach, bis seine Gestalt im
Zwielicht der Mondnacht zerfloß. „Nein, Bub",
stammelte sie, „versterben sollst du mir nit, solang
ich noch eine Zung hab und Füß am Leib!"

Sie eilte der Hütte zu. Als sie zur Türe kam,
sah sie ein Feuer auf dem Herd; Jörgi kauerte im
Winkel und glotzte in die züngelnden Flammen.
Mit leisem Schritt entfernte sich Zenza wieder.
Als sie den Steig erreichte, der in das Klosterdorf
hinunterführte, begann sie zu laufen.

Der helle Mondschein leuchtete auf ihrem stillen
Weg.

Fünfundzwanzigstes Kapitel

Bei grauendem Morgen erreichte Zenza das
Dorf. Sie rastete nicht. Eilenden Ganges wanderte
sie auf der Straße weiter; sie hatte den Rock ge-
schürzt und führte in der Hand einen Stecken, den
sie im Bergwald gebrochen. Noch stieg keine

Rauchsäule aus den Dächern, und Stille herrschte über allen Feldern und Wiesen. Es war Fronleichnamstag[1])! Das höchste Fest des Jahres! Viele Häuser waren schon mit Birkenbäumchen und Laubkränzen geziert, und vor anderen Gebäuden, die noch ungeschmückt waren, lagen die Birken haufenweise bereit. Niemand begegnete ihr; die Leute schliefen noch; nur manchmal fuhr kläffend aus einem Gehöft ein Hund hervor, der ein schweres Scheit Holz an den Hals geknebelt trug, das ihn hindern sollte, in den Klosterwäldern ein kleines Jagdvergnügen aufzusuchen.

Zwei Stunden tüchtigen Marsches, und Benza erreichte den Markt Schellenberg. Hier waren die Leute schon munter; Erwachsene zierten die Häuser, Kinder bestreuten die Straßen mit Blumen, die Salzknappen schmückten das Sudhaus und bauten einen Altar.

Benza hungerte. Sie trat in die Taferne. „Grüß dich Gott, Leutgeb!" sagte sie zum Wirt. „Kennst du mich?"

„Wenn ich recht mein, bist du dem Eggebauer seine Tochter?"

„Wohl!"

„Wo gehst du hin in aller Früh?"

„Auf Salzburg hinein."

---

[1]) Zweiundzwanzig Jahre vor Beginn unserer Geschichte war die Fronleichnamsfeier vom Papst Johannes XXII. als allgemeines Fest der Christenheit eingeführt worden.

395

„Willst du dir den Umgang anschauen?"

„Wohl! Und ich bin überhops von meiner Alm davon und hab vergessen, daß ich einen Zehrpfennig mitgenommen hätt. Willst du mir Essen und Trinken geben? Mein Vater zahlt schon, wenn er vorbeikommt. Und wenn du noch ein übriges tun magst, gib mir zwanzig Heller auf den Weg!"

Die Tochter des reichen Eggebauern hatte ein leichtes Fordern; hätte sie nicht zwanzig Heller, sondern zwanzig Schillinge begehrt, der Leutgeb hätte einen Katzenbuckel gemacht und wär' gesprungen, um den Kasten aufzutun.

Zenza schob die Münzen in die Tasche, den Stutzen Rotwein leerte sie auf einen Zug, Brot und Selchfleisch nahm sie in die Hand und begann zu essen, während sie weiterwanderte.

Abermals zwei Stunden, und der Untersberg lag hinter ihr. Weit und eben, noch von den zarten Nebeln des Morgens überflossen, dehnte sich das Grödiger Moos. Bald verwehte ein frischer Wind den grauen Duft, der über der Landschaft gebreitet lag, und im Glanz der Morgensonne, stolz und schön, winkte ihr die leuchtende Stadt entgegen. Auf den ragenden Zinnen der Hohensalzburg, auf dem steilen Dach des Domes zu St. Peter, auf dem schlanken, zierlichen Turm der Franziskanerkirche, auf jedem Herrenhaus, überall wehten die weißen und roten Fahnen des Festes.

Als Zenza das Nonntaler Tor erreichte, be-

396

gannen schon alle Glocken zu läuten. Der junge
Torwärtel hielt ihr die Hellebarde vor und wollte
die Maut von ihren Lippen erheben; statt eines
Kusses zahlte sie mit einem Nasenstüber, schlug
den Spieß beiseite und rannte durch die enge Gasse,
im Strom der Leute verschwindend, die zum Dom-
platz eilten. Zenza überließ sich dem schiebenden Ge-
dränge, ratlos, was sie beginnen sollte. Das Heim
der Domfrauen würde sie wohl bald erfragen
können. Aber wie sollte sie ins Kloster gelangen?
Wie sollte sie Gelegenheit finden, Gittli ohne Zeugen zu sprechen? Während sie grübelte, wurde sie
gedrückt und geschoben; vom Hall der vielen
Glocken begannen ihr die Ohren zu singen; und in
dem hundertstimmigen Lärm, bei dem klappernden
Getrappel der Pferde, bei dem Geschrei der vor
den Hufen Flüchtenden wurde ihr völlig wirr und
taub zu Sinne.

Schließlich stand sie mitten in dichtem Menschen-
gewühl auf einem großen Platz; ringsum Kirchen
und ragende Gebäude, alle reich geziert mit Fahnen,
Bildern, kostbaren Teppichen und Stickereien, mit
Birkenbäumchen, Laubgewinden und leuchtenden
Blumen.

Das Geläut der Glocken hatte ausgesetzt; nun
begann es wieder, mit ihm vermischten sich, aus
einer nahen Gasse schallend, die schmetternden
Klänge der Posaunen, die hellen Töne der Zinken, die dumpfen Wirbel der Pauken, dazu ein

397

mächtig anwachsender Gesang von Kinder-, Frauen-
und Männerstimmen, die durcheinanderflossen wie
brausende Wellen. Vor Zenzas Augen, deren Herz
erzitterte in frommem Schauer, entwickelte sich mit
funkelnder Pracht die heilige Prozession. Voran
auf weißen Rossen die Herolde in goldgestickten
Wappenröcken, dann die bunt gewandete Truppe
der Posaunenbläser, Zinkenisten und Pauker, eine
Schar Kriegsknechte, ein rasselnder Reitertrupp,
die Fronboten und alles Gesinde des erzbischöflichen
Hofes, die Ritter im Scharlachkleid, die Räte in
schwarzen Talaren und mit schweren Goldketten;
auf tänzelnden Pferden die Lehensritter in funkelndem Harnisch und mit blanken Schwertern, welche
blitzten in der hellen Sonne; eine schier endlose
Reihe von Mönchen und Laienpriestern, flackernde
Lichter tragend; zwischen allen Gruppen wehende
Kirchenfahnen und gaukelnde Laternen, heilige
Statuen und Reliquienschreine; und jetzt der Baldachin, strotzend von Gold, mit nickenden Feder-
büschen auf jeder Stange, behangen mit Bändern
und Goldschnüren, deren Quasten in den Händen
schmucker Edelknaben ruhten, umgeben von gepan-
zerten Wächtern, umwallt von duftenden Weihrauchwolken; und unter dem schwankenden ‚Himmel‘ die Domherren im goldschweren Levitenkleid,
in ihrer Mitte Herr Heinrich von Pirnbrunn, der
neuerwählte Erzbischof von Salzburg, die weiße,
goldgebänderte Inful auf dem Haupt, um die

398

Schultern den von edlen Steinen blitzenden Rauch-
mantel, in den Händen die strahlende Monstranz.

Es stockte der Zug, der Erzbischof bestieg die
Stufen des unter freiem Himmel erbauten Altars,
der Gesang verstummte, die Posaunen und Zinken schwiegen, das Geläut der Glocken setzte jählings aus, über dem von Farben, Silber, Gold
und Sonne leuchtenden Platz lag atemlose Stille.
Da schrillten die Klingeln, die Weihrauchwolken
wallten, es hob sich die Monstranz, alles Volk
sank auf die Knie, und an jede von Ehrfurcht und
heiligem Schauer erfüllte Brust schlug dreimal
die zitternde Faust: „Mea culpa, mea culpa, mea
maxima culpa!"

Einen Augenblick — und alles war wieder Bewegung und Gewoge, Gesang und Tönen, Klang
und Geläut, Funkeln und Geflimmer.

Du stiller, träumerischer Zauber der heidnischen
Sonnwendnacht, wie hättest du nicht erblassen
sollen vor dem Glanz und der Glorie dieses
Tages, welchen Papst Johannes zum höchsten Fest
der Christenheit erhoben hatte, um die „Herrlich-
keit der Kirche auch vor den Augen ihrer Gegner
zu offenbaren und deren Seelen zu erschüttern und
zu gewinnen!" —

Der Baldachin war an Zenza schon vorüber-
gezogen, aber sie hatte immer noch zu schauen
und zu staunen in Hülle und Fülle. Da kamen in
prächtigen Gewändern die Edelherren und Edel-

399

frauen, eine lange, lange Reihe. Dann wieder
Mönche und Priester, singende Knaben und Mäd=
chen. Und jetzt —

Durch Zenzas Herz zuckte ein heißer Schreck,
und mit brennenden Augen starrte sie in den Zug.

„Das sind die Domfrauen", sagte ein Weib an
ihrer Seite, „und die adeligen Fräulen."

Voran ging die Oberin mit sechs Schwestern,
in schlichten blauen Gewändern, die blassen Züge
überschattet von weißen Hauben, am Gürtel den
Rosenkranz aus roten Korallen. Ihnen folgte,
einem wandelnden Blumengarten vergleichbar, eine
blühende Mädchenschar, alle gleich gewandet, in
weißen, schleppenden Kleidern, die entblößten Schul=
tern und Arme von zarten Schleiern überfallen,
weiße Rosenkränzlein im gelösten Haar. Und von
den Schönen die schönsten, sechs an der Zahl, tru=
gen auf duftender Blumenbahre ein liebliches
Marienbild.

An einer dieser Trägerinnen hing Zenza mit er=
schrockenen Augen. Als die Bahre vorüber war,
fuhr sie auf, wie aus einer Betäubung erwachend.
Mit stoßenden Ellbogen drängte sie sich aus dem
Knäuel der Menschen hinaus in die freie Gasse.

Der Zug hatte gewendet und zog nun an sich
selbst vorüber. Es gab ein wirres Gedräng, bei
welchem es niemand auffiel, daß eine neugierige
Bauerndirn fast mitten in die Schar der adeligen
Fräulein hineingestoßen wurde. Aus nächster Nähe

spähte Zenza in das Gesicht der Marienträgerin, über deren schmächtige Wangen eine brennende Röte flog.

„Kennst du mich?" flüsterte Zenza, während in der vorüberziehenden Spitze des Zuges die Posaunen schmetterten und die Zinken klangen.

„Kennst du mich, Gittli?" wiederholte sie und flüsterte weiter: „Deinetwegen bin ich gekommen. Du mußt davonlaufen aus dem Kloster! Noch heut! Ich wart vor dem Klostertor. Den ganzen Tag! Und wenn's sein muß, die ganze Nacht! Aber kommen mußt du. Du mußt! Der Haymo stirbt."

Zenza hatte kaum ausgesprochen, als ein Stadtknecht sie mit unsanftem Arm zurückstieß in das Gedräng.

Der Zug geriet in Stockung. Eine der Marienträgerinnen war ohnmächtig geworden, und als sie niedersank, konnten die hinzuspringenden Mädchen nur mit Mühe noch das heilige Bild vor dem Sturz bewahren.

„Jetzt hat sie's gar umgeworfen!" murmelte Zenza, während sie neugierig den Kopf über die Schultern der vor ihr stehenden Leute reckte. „So eine klebere Zetzen[1])! Und an so eine hängt sich ein solcher Bub!" Fast war es Schadenfreude, was aus ihren Augen blitzte, als sie sah, wie Gittli

---

[1]) Ein unscheinbares, kraftloses Ding.

von zwei Domfrauen an den Armen gestützt und fortgezogen wurde.

Es währte noch eine volle Stunde, bis die Feier vorüber war und das Gedräng der Menschen sich löste. Von Gasse zu Gasse fragte sich Zenza bis zum Heim der Domfrauen. Auf einem Eckstein kauerte sie sich nieder und wartete, bis die Domfrauen mit ihren Pfleglingen in das Kloster zurückkamen. Gittli war nicht dabei. Zwei Schwestern hatten sie schon nach Hause geführt und zu Bett gebracht; die Ohnmacht wurde dem Staub und der Hitze zugeschrieben, und man legte es als Schwäche aus, daß Gittli auf keine Frage Antwort gab. Geduldig ließ sie alles mit sich machen, nahm die stärkenden Tropfen, die man ihr reichte — und nun lag sie in ihrem Nest, von einer Schwester behütet, und starrte mit angstvollen Augen ins Leere. Wohl war es ihre erste Regung gewesen, auf den Knien und mit aufgehobenen Händen zu betteln: „Lasset mich heim!" Aber das hatte sie seit jenem Tag, der sie ins Kloster brachte, schon zu hundert Malen nutzlos getan. Sie mußte schweigen und den günstigen Augenblick zur Flucht erwarten. Den Weg für eine solche Flucht hatte sie sich längst schon ausgesonnen, doch immer hatte ihr der Mut gefehlt, ihn zu betreten. Jetzt aber mußte sie fort, sie mußte. „Der Haymo stirbt." Dieses Wort hätte ihr den Mut gegeben, sich durch Feuer und Wasser hindurchzuschlagen.

402

„Der Haymo stirbt." Immer, immer hörte sie nur dieses eine Wort. Das Herz schlug ihr wie ein Hammer, und dennoch rann das Blut so kalt wie Eis durch ihre Glieder. „Der Haymo stirbt." War er denn nicht genesen? Hatte Herr Heinrich gelogen, als er diese Botschaft sandte, diese erste und einzige Freude, die sie hier zwischen den dumpfen, ihre ganze Lebensfreude erdrückenden Mauern erfahren durfte? Oder war Haymos Wunde wieder aufgebrochen? Hatte ihn ein neues Unheil getroffen? War er auf seinen gefährlichen Wegen gestürzt? Hatte ein Raubschütz, ein wildes Tier ihn angefallen? Quälende Bilder stiegen vor ihren Augen auf, und aus jedem dieser Bilder schrie ihr eine jammernde Stimme zu: „Der Haymo stirbt! Der Haymo stirbt!"

Fröhlicher Lärm unterbrach sie in ihren marter=vollen Gedanken. Etwa zwanzig Mädchen stürmten in den großen Schlafsaal, um die Kleider zu wechseln und sich vom Straßenstaub zu reinigen. Rings um die Wände standen die weißen Betten, jedes neben einem schmalen Schrein; die freie Mitte des Saales nahm der riesige Waschtisch ein, dessen Innenraum, einem gewaltigen flachen Trichter gleichend, mit blankem Kupfer ausgeschlagen war; rings auf dem breiten Rand war für jedes Mäd=chen ein Krug mit Wasser in Bereitschaft gestellt. Das gab ein liebliches heiteres Bild, wie sich die Mädchen um den Waschtisch drängten, mit ge=

löſten Haaren, im kurzen Unterkleid, mit nackten
Armen und Schultern, plaudernd und kreiſchend,
lachend und kichernd, mit Waſſer ſpritzend und
plätſchernd, die Augen leuchtend, die Wangen bren=
nend. Und daneben Gittli in den Kiſſen, ſtumm und
bleich, verzehrende Angſt in jedem Blick, in jedem
Herzſchlag zitternde Furcht und heiße Sehnſucht.

Den ganzen Tag über blieb Gittli kaum ein
Viertelſtündchen allein; ſie hatte ſo viele Freun=
dinnen, als das Heim der Domfrauen an jungen
Mädchen barg. Zu Anfang hatten dieſe anderen
das ſcheue, unbeholfene Ding mißachtet, verſpottet
und gehänſelt wegen ſeiner bäueriſchen Sprache
und ſeines furchtſamen Weſens. Aber das Ge=
heimnis, das um die kleine ‚Brigitte von Dorfen‘
gebreitet ſchien, reizte die Neugier; ihre ſtille, träu=
meriſche Schwermut weckte das Mitleid; und
ſchließlich bezwang Gittlis natürlicher Liebreiz auch
das widerſpenſtigſte dieſer jungen Mädchenherzen.
Sie nahm die zärtlichen Freundſchaften hin wie
etwas Aufgezwungenes; ſie lebte nur in ſich ſelbſt,
und ſo war ihr alles, was ſie hier umgab, an
dieſem letzten Tage noch ſo fremd und bedrückend,
wie es ihr am erſten Tag geweſen. Sie kam ſich
vor wie in einem Faſtnachtsſpiel, darin man ihr die
Rolle der verwunſchenen Prinzeſſin wider Willen
aufgezwungen hatte. Und wenn ſie jetzt um Hay=
mos willen in Angſt und Bangen der Stunde ent=
gegenzitterte, die ihre Flucht ermöglichen würde,

404

mischte sich in ihre beklemmende Marter auch ein Aufatmen, ein tröstendes Vorgefühl ihrer Erlösung aus diesen schrecklichen Mauern.

Als es zu dämmern begann, blieb Gittli, während im Refektorium die Abendmahlzeit gehalten wurde, eine halbe Stunde allein. Zitternd erhob sie sich und zog das Gewand an, das neben dem Bett noch auf dem Sessel lag: das weiße, ausgeschnittene Schleppkleid und die gelben Schnabelschuhe. Ein Mäntelchen, das sie aus dem Schrein hervorholte, versteckte sie unter dem Kissen. So angekleidet, legte sie sich nieder.

Jetzt kamen Stunden quälender Angst; kaum hatte sie die Decke bis an das Kinn gezogen, da brachte ihr eine dienende Schwester das Abendessen. Zuerst stellte sie sich schlafend; als sie geweckt wurde, beteuerte sie unter Stammeln und Tränen, daß sie nicht ein ,lützel‘ Hunger hätte. Um zu essen, hätte sie sich aufrichten und dabei verraten müssen, daß sie angekleidet im Bette lag. Die Schwester ging, aber gleich wieder kam eine neue Gefahr: die Frau Oberin erschien, um sich nach Gittlis Befinden zu erkundigen.

„Dank der Nachfrag, ehrwürdige Mutter“, stammelte das Mädchen, „mir ist schon völlig wieder gut. Aber schläfrig bin ich. So viel gern schlafen möcht ich.“

„So schlaf, mein Kind! Aber mummel dich nicht

405

so in die Decke! Da muß dir heiß werden, und dann wirst du dich in der Nacht erkälten."

„Wenn mich aber so viel frieren tut!" wehrte Gittli mit versagender Stimme und hielt die Decke krampfhaft fest.

„Frieren, Kind? Du wirst doch kein Fieber haben?" sagte die Oberin erschrocken. „Komm, gib deine Hand her, ich will den Puls fühlen."

Ein ganz klein wenig schob Gittli die zitternde Hand unter der Decke hervor.

„Ach, du armes Kind! Deine Hand glüht wie Feuer, und dein Puls hämmert." Die Oberin eilte zur Tür und zog an der Schellenschnur. Die dienende Schwester, die erschien, wurde um eine fieberstillende Arznei geschickt. Und wie Gittli sich auch sträubte — sie mußte schlucken. Ein naß= kaltes Tuch wurde um ihre Stirn gebunden; aber das ‚Fieber‘ wollte nicht weichen, die Glut der zitternden Hände nicht erkühlen.

Die Oberin schickte die dienende Schwester um Essig fort und richtete an Gittli eine besorgte Frage um die andere. In der quälenden Angst vor der drohenden Entdeckung verwirrten sich die Antworten des Mädchens immer mehr, so daß es wahrhaftig den Anschein gewann, als spräche aus ihr das sinnverwirrende Fieber.

„Kind, Kind! Du wirst mir doch nicht ernstlich erkranken!" jammerte die Oberin. „Gib die Decke

406

weg, ich höre die Schwester schon kommen, wir müssen dich mit Essig waschen."

Gittli schluchzte und bettelte; aber es half ihr nichts; die Oberin löste ihr die Hände und nahm die Decke fort. Trotz der tiefen Dämmerung, die schon im Raume herrschte, erkannte die Oberin sofort, daß das Mädchen völlig gewandet und mit den Schuhen im Bette lag.

„Brigitte? Was soll das heißen?"

Gittli hatte sich aufgerichtet, die Füße unter das Kleid gezogen und hielt die zitternden Arme über der Brust verschlungen, mit verstörten Armen zur Oberin aufblickend.

Da half keine Ausrede mehr; nun mußte man ihre Absicht durchschauen, man würde ihre Flucht verhindern — und „der Haymo stirbt, der Haymo stirbt!"

Sie mußte fort, jetzt, gleich auf der Stelle, und wenn es ihr Leben gälte! Sie sprang aus dem Bett, riß mit jähem Ruck das Mäntelchen unter dem Kissen hervor, warf es um die Schultern und stürzte der Türe zu, als eben die Schwester mit der Essigschüssel eintreten wollte. Ein Schrei, ein Klatsch auf den Dielen, und vorüber an der taumelnden Nonne, welche die Schüssel hatte fallen lassen, rannte Gittli in den dunklen Säulengang hinaus. Hinter ihr her die beiden Frauen mit lautem Geschrei. Im Spielsaal verstummte der fröh=

407

liche Lärm, die Tür wurde aufgerissen, und mit er-
schreckten Gesichtern kamen die Mädchen herbeigelaufen.

„Was gibt es? Was ist geschehen?" So rief
es mit zwanzig Stimmen durcheinander.

Die beiden Nonnen konnten sich dem Ring, der
sich um sie gebildet hatte, kaum entwinden; Gittli
gewann einen weiten Vorsprung, verschwand um
die Ecke des Ganges, und während hinter ihr der
Lärm der Stimmen verhallte, rannte sie Trepp auf
und ab, durch dunkle Korridore, bis sie die Kloster-
kirche erreichte. Laut kreischte die eiserne Tür in
den Angeln. Ein Schauer faßte Gittlis Herz, als
sie zwischen den Säulen der Krypta den Schein
des ewigen Lichtes schimmern sah; ein stammeln-
des Gebet auf den Lippen, eilte sie der finsteren
Turmhöhle zu und hastete über die steile Treppe
hinauf, bis sie das erste unvergitterte Fenster er-
erreichte. Es lag über der Erde fast so hoch wie
der Giebel an ihres Bruders Haus. Sie zögerte
— „Der Haymo stirbt!" schrie es in ihr — und da
sprang sie. Der harte Sturz betäubte sie fast, aber
nur einen Augenblick währte ihr Taumeln, dann
rannte sie an der öden Mauer entlang und schrie
mit gellender Stimme: „Zenza! Zenza!"

Wie ein Wiesel kam das Mädel herbeigeschos-
sen. „Bist du endlich da? Ich hab mir die Seel
schier herausgewartet."

„Fort, fort, Zenza", stieß Gittli aus keuchender

408

Bruſt hervor, „oder ſie kommen und holen mich
wieder."

Zenza faßte die Wankende am Arm und riß ſie
mit ſich fort. Sie erreichten das Nonntaler Tor
und huſchten hinaus, gerade bevor es geſchloſſen
werden ſollte.

Als ſie aus dem dunklen Schatten der die
Straße geleitenden Bäume hinausgelangten auf das
offene Grödiger Moos, blieb Gittli ſtehen. „Ich
kann nimmer laufen, das dumme Häs kommt mir
allweil unter die Füß."

„Ja", ſpottete Zenza, „fein hat man dich auf=
geputzt, das muß ich ſagen! Wie die Gredl¹) in
der Kirch!"

„Gelt?" jammerte Gittli, faßte das Kleid, riß
um den ganzen Saum herum eine handbreite Borte
mitſamt der Schleppe weg und warf ſie in den
Straßengraben.

Dann fing ſie wieder zu laufen an. Und im Lau=
fen fragte Gittli mit zagender Stimme: „Zenza,
mein Gott, ſag mir doch, was fehlt ihm denn?"

„Was ſoll ihm denn fehlen?" lautete die mur=
rende Antwort. „Du fehlſt ihm."

„Zenza!" ſtammelte Gittli, und weiter brachte
ſie kein Wort mehr über die Lippen; nur ein er=
ſtickter Laut quoll aus ihrer Kehle, als wolle ihr
das ſchwellende Herz die Bruſt zerſprengen; und

---

¹) Hölzerne Puppe.

sie fing zu laufen an, daß Zenza ihr kaum zu folgen vermochte.

Noch ehe sie Schellenberg erreichten, waren die
feinen Schnabelschuhe zertreten und die dünnen
Sohlen durchgelaufen. Gittli ließ sich auf einen
Straßenstein nieder und zerrte die zerfetzten Schuhe
von ihren Füßen.

„So ein Gelumpert!" brummte Zenza. „Aber
was machst du jetzt?"

„Barfuß lauf ich. Komm nur, komm!"

Und weiter ging es, immer weiter auf der
mondhell gewordenen Straße.

Sechsundzwanzigstes Kapitel

Bald nach dem Ostertag war im Berchtes-
gadener Klosterland ein neues Sprichwort auf-
getaucht. Wenn Sturm und Regen sich über
Nacht in einen sonnigen Tag verwandelten, dann
hieß es: „Das Wetter hat sich gewendet wie der
Klostervogt." Und in der Tat, Herr Schluttemann
war kaum mehr zu erkennen; die Leute wußten es
nicht genug zu rühmen, wie gut und freundlich der
Vogt sie jetzt behandle. Mit rechten Dingen könne
das nicht zugegangen sein; darüber waren sie alle
einig. Und es verbreitete sich die Märe: Herr
Schluttemann hätte an der Wand seiner Amts-

410

ſtube einen ‚Zauber wider die Galle‘ hängen; wenn immer nur ein Fünklein Zorn in ihm aufſtiege, dann täte er ſchnell einen Blick nach dem un= heimlichen Ding an der Wand und wäre plötz= lich verwandelt in die leibhaftige Sanftmut.

Der ‚Zauber‘ hing unter dem Bilde, das den heiligen Georg im Kampf mit dem Drachen dar= ſtellte, und ſah einem zierlich beſchriebenen, unter geſchnitztem Rahmen verwahrten Pergamentblatt zum Verwechſeln ähnlich.

Als Herr Schluttemann in der Woche nach Oſtern eines Morgens ſeine Amtsſtube betrat, gewahrte er den ‚Zauber‘ an der Wand. Er trat mit verblüfften Augen näher, fuhr mit glühender Naſe zurück und rannte wutſchnaubend in das Gemach des Propſtes.

„Reverendiſſime! Alles kocht in mir.“

„Weshalb?“ fragte Herr Heinrich lächelnd.

„Man hat mich beſchimpft. Man hat mir einen ſchmählichen Poſſen angetan. Das Urteil, Re= verendiſſime, das Urteil wider meine Haus= frau —“

„Das hat ſie Euch an den Kopf gehauen?“

„Ja! Das hat man in meiner Amtsſtub auf= gehangen. Aber ich will nimmer ſchlafen, bis ich den gefunden, der mir das angetan hat.“

„Da braucht Ihr nicht lang zu ſuchen. Das hab ich ſelbſt getan.“

411

„Re... Re..." Herr Schluttemann wollte sagen: „Reverendissime!" Der Schreck lähmte seine Zunge.

„Eurer Klugheit mag es überlassen bleiben, herauszufinden, weshalb es geschah. Wenn Euch das aber nicht gelingen sollte —" Herr Heinrich machte eine bedenkliche Pause. „Ihr wißt, mein Vogt im Pongau ist gestorben. Ich muß einen anderen an seine Stelle setzen. Es ist ein böser, mühsamer Posten. Aber — wenn Ihr drüben im Pongau mit den Leuten umschreiet, dann hör ich es nicht." Herr Heinrich trat zu seinem Pult und begann in einem aufgeschlagenen Buch zu lesen.

Wie ein begossener Pudel ging Herr Schluttemann davon. Draußen in der Amtsstube stand er lange mit gespreizten Beinen und verschränkten Armen vor dem ‚Zauber'. Dann plötzlich stülpte er den Hut über das borstige Haar und rannte nach Hause, wie ein angeschossener Dachs in seinen Bau. Da ging nun ein Spektakel los, daß die Leute auf der Straße zusammenliefen und lauschend stehenblieben. Eine geraume Weile hörte man z w e i Stimmen; dann nur noch e i n e : die donnernde Stimme des Vogtes. Frau Cäcilia hatte zum erstenmal in ihrem Leben den kürzeren gezogen.

Herr Schluttemann ließ sich den Vorteil dieses ermutigenden Sieges nicht wieder entschlüpfen. Das merkte man ihm deutlich an, wenn er am

Morgen behäbigen Ganges zur Amtsstube wanderte, gründlich ausgeschlafen, mit lachendem Gesicht. Frau Cäcilia versenkte sich in stummen Groll; da sie aber schließlich merkte, wie wenig ihr das Grollen eintrug, spielte sie die Klügere und gab nach. Am Morgen des Fronleichnamstages wurde die Versöhnung geschlossen, und bei der feierlichen Prozession schritt Herr Schluttemann Hand in Hand mit seiner ‚getreuen Hausehre‘ — wie er jetzt zu sagen pflegte — hinter dem Baldachin einher.

Als er anderen Tages seine Amtsstube betrat, war der ‚Zauber‘ verschwunden. Er stürzte in das Gemach des Propstes.

„Reverendissime! Das Ding ist weg von der Wand.“

„So?“ lächelte Herr Heinrich. „Da mag es wohl einer weggenommen haben, der gefunden hat, daß es nimmer nötig wäre.“

Herr Schluttemann wollte zu einer langen Rede ausholen; aber da kam Frater Severin atemlos über die Schwelle gestolpert. „Herr! Herr! Pater Desertus ist heimgekehrt!“

„Wo ist er?“ rief der Propst in Freude.

„Da kommt er schon!“

Von Staub bedeckt, wie er vom Pferd gesprungen, erschien Desertus unter der Türe. Sein Haupthaar, auch der lange, schwarze Bart, war

413

leicht ergraut, aber seine Augen blickten hell und frei, und frische Lebensfarbe lag auf seinem sonnverbrannten Antlitz.

„Dietwald!" Herr Heinrich umschloß mit beiden Armen den Heimgekehrten.

Frater Severin und der Vogt verließen das Gemach.

„Rede, Dietwald! Wie ist es dir ergangen? Aber ich frage noch! Und die Antwort steht in deinen Augen, auf jedem Zug deines Gesichtes."

„Wie hätt es mir übel ergehen können? Trost und Freude zogen mit mir. Sagt, Herr, wie geht es dem holden Kind?"

„Ich meine, gut. Die Kleine ist wohl aufgehoben bei den Domfrauen. Aber mir scheint, das neue Kleid will ihr noch immer nicht sitzen." Herr Heinrich lächelte. „Die Berichte der Oberin laufen von Jammer über wie heiße Milch. Bis heute hat das Mädchen im Kloster nicht m e h r gewonnen als alle Herzen."

Die Augen des Chorherren leuchteten. Dann faßte er die Hände des Propstes. „Ihr habt mich knapp gehalten mit Botschaft."

„Ich schrieb dir, was ich schreiben konnte. Der Sudmann weiß weder Ort noch Namen. Aber du selbst magst alles von ihm hören."

„Er lebt?" fragte Desertus mit ungläubigem Staunen.

414

„Zwei Monate lag er in schwerem Siechtum. Als ich ihn das letztemal besuchte, schien es mir, als begänne Eusebius zu hoffen. Wir wollen morgen zu ihm."

„Nein, Herr, heute noch, ich bitte!"

„Kann ich dir die erste Bitte versagen? Aber nun rede, erzähle! Wie hat dich der Kaiser aufgenommen?"

„Wie einen Sohn!"

„Und konntest du ihm diese Liebe vergelten? Wie ist deine Sendung ausgefallen?"

Das Gesicht des Chorherren verdüsterte sich. „Wir wurden abgewiesen."

Herr Heinrich nickte vor sich hin, als hätte er diese Antwort erwartet. „Wer zog mit dir?"

„Heinrich von Virneburg, der Mainzer. Einundzwanzig Tage währte unser Ritt. Wie staunte ich, als wir Avignon erreichten!"

„Du fandest einen weltlichen Hof, schwelgend in allen Freuden des Lebens?"

„Und inmitten dieses Taumels sitzt der Papst, ein williger Höfling Frankreichs, das den Streit zwischen Ludwig und der Kirche schürt und sich dabei durch Länderraub auf Kosten Deutschlands zu bereichern sucht. Wenn der Papst auch den Frieden mit Deutschland wollte, er darf ihn nicht wollen. Frankreich erlaubt es nicht." Mit zornigem Lachen hatte Desertus die letzten Worte begleitet.

4I5

„Laß nur gut sein, Dietwald! Für alles kommt eine zahlende Zeit." Herr Heinrich erhob sich. „Du wirst müde sein. Erhole dich einige Stunden! Dann magst du mir alles erzählen, während wir dem See entgegenreiten."

Desertus wollte nichts wissen von Ruhe. Er ging nur, um das Kleid zu wechseln. Dann ritten sie zum Klosterhof hinaus. Vor Mittag erreichten sie Bartholomä.

„Nun? Wie geht es deinem Kranken?" fragte Herr Heinrich.

Eusebius lächelte. „Sagt, Herr, habt Ihr schon einmal einen Stein in die Höhe fallen sehen und ein Wasser bergauf laufen? Nein? Dann passet nur auf, Ihr seht es gewiß noch! Denn der Mann wird gesund. Freilich, den lahmen Arm muß er sich gefallen lassen."

Herr Heinrich und Desertus traten in die Klause. Auf reinlichem Lager ruhte Wolfrat, abgemagert bis auf Haut und Knochen. Brust und Arme lagen noch im Verband; die Rißwunden im Ge= sicht waren geheilt und hatten kaum merkliche Narben zurückgelassen.

Wolfrats Augen leuchteten auf, als er den Propst in der Tür erscheinen sah. „Grüß Gott, Herr! Gelt, ich darf schon gleich fragen: wie geht's meiner Seph?"

„Ein paar Wochen noch, Wolfrat, und dein Weib ist wieder kerngesund."

416

„Vergelts Gott, lieber Herr! Und mein Bub?"

„Der ist kugelrund geworden. Freilich", Herr Heinrich lachte, „er war in Klosterkost."

Desertus trat in mühsam verhehlter Erregung an das Lager des Sudmanns.

„Jetzt kenn ich Euch erst, Herr Pater!" sagte Wolfrat mit schwankender Stimme. „Euch muß ich ein festes Vergelts Gott sagen. Hättet Ihr selbigsmal nur ein kleines Weil später zugestoßen, dann wär's aus gewesen mit mir."

„Sieh, Wolfrat", fiel Herr Heinrich ein, „da kannst du deinem Retter gleich ein Liebes erweisen! Pater Desertus möchte hören, wie es kam, daß Gittli deine Schwester wurde. Erzähl es ihm!"

„Wohl! Setzet Euch nur her!"

Desertus ließ sich neben dem Lager auf einen Sessel nieder, und Wolfrat begann: „Wisset, Herr, ich bin im zweiundzwanziger Jahr bei dem Salzburger Erzbischof als Reisiger gestanden und hab den Ampfinger Tag mitgemacht. Auf der feindlichen Seit. Gewurmt hat es mich freilich, daß ich hauen und stechen soll gegen meine eigenen Landsleut. Aber was hab ich machen können? Ein Eid ist allweil ein Eid. Ich hab meine Pflicht getan als richtiger Soldat. Aber ungern hab ich's nit gesehen, wie der Kaiser obenauf gekommen ist, und wie die Unsrigen auf den Abend das Laufen angefangen haben. Da hat keiner mehr stehen kön=

nen, einen jeden hat's mitgeriſſen. Wer nit laufen hat wollen, hat laufen müſſen. Vier, fünf Tag iſt es allweil hergegangen um unſer Leben, keiner hat die Gegend gekannt, und die bayriſchen Reiter ſind hinter uns her geweſen wie die ledigen Teufel. Ich hab mich mit ein Stücker vierzig von den Unſrigen zuſammengehalten. Und da war's in einer ſtürmiſchen Nacht. Da ſind wir in einen Markt gekommen."

„Wie hieß der Markt?"

„Ich weiß es nit. Aber ich beſinn mich noch, daß gleich bei der Tafern eine Kirch geſtanden iſt. Die hat hint und vorn einen Turm gehabt und ein ebenes Dach."

„Pfarrkirchen war es!" ſagte Deſertus in latei= niſcher Sprache zu Herrn Heinrich. „Zwei Weg= ſtunden von meiner Burg."

„Die Tafern war geſteckt voll mit flüchtigem Volk. An die dreihundert ſind da beiſamm ge= weſen. Es war ein fürchtiges Gejammer, was man jetzt anfangen ſoll, und wo man Zehrung her= nimmt? Und da war einer unter uns, ein Salz= burger Rottführer, Klees hat er geheißen —"

„Klees?" ſtammelte Deſertus; und lateiniſch ſagte er zu Herrn Heinrich: „Der Mann hat einen Monat in meiner Schar gedient. Ich hab ihn fortjagen müſſen, weil er mich beſtahl."

„Der Klees iſt auf den Tiſch geſprungen und

418

hat geschrien: er wüßt ein Mittel, daß man die
Säck vollstopfen könnt. Nit weit vom Markt wär
ein reicher Herrensitz. Der tät einem Ritter gehören, der in der Ampfinger Schlacht mit dem
Flamberg unter uns herumgehauen hätt wie der
Mähder mit der Seges¹) im Traidfeld. Die
Handvoll Leut auf der Burg könnt man leicht
überrumpeln. Wie er das gesagt hat, da hat's
einen Höllenlärm gegeben, und die meisten sind
gleich dabei gewesen, daß man den Handstreich
wagen sollt. Ein paar haben freilich dawider geredt. Ich selber auch. Aber da hat's geheißen:
man wär in Feindsland, und Krieg wär Krieg.
Wer sich noch lang gewährt hätt, ich glaub, den
hätten die anderen niedergeschlagen. Der Klees hat
Wein anfahren lassen, und wie wir heiße Köpf
gehabt haben, da ist der Klees zum Hauptmann
ausgeschrien worden. Und da hat er auch gleich
die richtige Stund ausgenutzt. Noch in der Nacht
sind wir fort aus der Tafern, und allweil durch
Wald ist der Weg gegangen, den der Klees uns
geführt hat. Ich muß schon sagen, die Sach hat
mir nit gepaßt. Aber wie der Mensch ist! Wo
hundert laufen, da lauft man mit. Und der Wein
hat uns allen die Köpf dumper gemacht. Ich
glaub, der Klees ist der einzig gewesen, der gewußt
hat, was es gilt. So um die zweite Morgenstund
muß es gewesen sein, da sind wir aus dem Holz

¹) Sense.

27*

4¹9

ins Feld gekommen, und ganz schwarz sind die
Burgmauern vor uns aufgestiegen in der Nacht."

Desertus drückte die Fäuste auf seine Brust.

„Beherrsche dich, Dietwald!" mahnte Herr
Heinrich in lateinischer Sprache. „Der Mann soll
nicht wissen, wie nahe dich berührt, was er erzählt." Und zu Wolfrat sich wendend, sagte er:
„Sprich nur weiter!"

„Der Klees hat uns halten lassen. Keinen Laut
und keinen Tritt hat man gehört. Dann ist der
Klees bis an den Burgwall hingegangen und hat
den Torwart angeschrien. Ich hab's nit recht
hören können, ich bin einer von den letzten gewesen.
Aber ich mein, er hat dem Torwart zugeschrien,
daß er eine Botschaft brächt vom Burgherrn, und
die Sach hätt Eil. Hat der Klees die Losung gewußt, oder war der Torwart so ein guter Hascher,
der gleich das erste Wörtl geglaubt hat? Ich
hab noch kaum gemerkt, was los ist, da war die
Zugbrück schon herunt, eine Hauerei und ein fürchtiges Geschrei ist losgegangen, und bis ich nach
einer Weil mit den letzten hineingekommen bin in
den Burghof, sind die paar Herrenknecht schon im
Blut herumgelegen, die Unsrigen haben schon alle
Türen eingedrückt, und die brennenden Pechkränz
sind in alle Fenster geflogen. Da bin ich nüchtern
geworden. Wie ein steiniges Manndl bin ich gestanden und hab mir an den Kopf gegriffen. Und
gegraust hat mir in der tiefsten Seel. Hätt mich

420

einer am Ampfinger Tag niedergeschlagen, mir
wär wohler gewesen. Ich hab freilich keinen Fin=
ger gerührt und keine Hand gestreckt. Aber dabei
gewesen bin ich halt doch! Und die ganzen Jahr
her, sooft was Unguts über mich und meine Heim=
leut gekommen ist, allweil hab ich an dieselbige
Nacht denken und mir sagen müssen: Jetzt mußt
du zahlen dafür!"

Wolfrat schwieg, und Stille herrschte in der
Klause. Das Gesicht des Chorherren war bleich,
seine Augen irrten ins Leere.

"Wie die Flammen herausgeschlagen sind aus
jedem Dach, da haben sie's drunten im Dorf ge=
merkt, was vorgeht, und haben die Sturmglock
geläutet. Haufenweis sind die hörigen Leut aus
dem ganzen Burgbann herbeigelaufen, die einen
mit Schwert und Spieß, die andern mit Dresch=
flegeln und Segesen. Da ist die Hauerei aufs
neu wieder angegangen. Ich hab mir gedacht, ich
will mit einer so schiechen Sach nichts mehr zu
schaffen haben. Aber wie ich beim Tor hinaus=
schleichen und abschieben will, hör ich ein Gejammer
von einer Weiberstimm. Und wie ich aufschau,
steht auf dem Turmaltan, mitten im Feuer, eine
junge, schöne Frau. Ein kleines Bübl ist bei ihr
gestanden, und auf dem Arm hat sie ein Kind im
Wickel gehalten. ,Jesus Maria!' hab ich geschrien
und bin zugesprungen und hab gemeint, ich könnt
noch hinauf in den Turm und helfen. Derweil tut's

421

schon einen fürchterlichen Krach. Das ganze Spar=
renwerk ist eingefallen, und als wär die Höll zer=
sprungen, so fliegt der Turm auseinander in lauter
Feuer."

Am ganzen Körper erzitternd, schlug Desertus
die Fäuste vor die Augen.

„Gelt, Herr? Das greift einem ans Herz!" mur=
melte Wolfrat. „Ich bin gestanden, als wär in
mir drin alles ein Eisbrocken worden. Und wie
mich das Grausen wieder aufschauen laßt — von
dem armen Weiberleut und dem Bübl hat kein
Aug mehr was zu sehen gekriegt — aber auf einem
spitzigen Balken, der aus dem Gluthaufen heraus=
gestanden ist, hab ich das Kindl hängen sehen, das
sich am Wickel verfangen hat. Da hab ich keine
Glut und kein Feuer gescheut und bin hinein=
gesprungen und hab das schreiende Würml ge=
packt. Und das Glück hat's wollen: ich bin heraus=
gekommen. Da springt der Klees auf mich zu.
‚Gib her', schreit er, ‚hörst ja, das Kindl weinet
nach seiner Mutter.' Er will mir's wegreißen, aber
ich hab ihm mit der Faust eins übers Gesicht ge=
wischt, daß er hingeschlagen ist wie ein Ochs. Der=
weil hat's schon geschienen, als täten die hörigen
Leut Herr werden über die Unsrigen. Der Klees
ist wieder aufgesprungen und auf mich zu mit der
blanken Wehr. Und wie's der Zufall will, springt
ein scheues Roß gegen mich her. Ich erwisch es bei
der Mähn, komm in einem Schwung hinauf, und

422

zum Tor hinaus geht's in einem Sauser, gleich über zwanzig Köpf weg!"

„Kein Zweifel mehr!" rief Desertus mit bebender Stimme. Mühsam seine Erregung beherrschend, stammelte er in lateinischer Sprache: „Das war mein Weib! Das ist mein Kind! Mein Kind!"

Erschrocken sah der Sudmann zu ihm auf und warf einen fragenden Blick auf den Propst.

„Sprich weiter, Wolfrat!" sagte Herr Heinrich.

„Ich bin auf dem scheuen Roß gehangen wie der Frosch auf dem Mühlrad und hab nur allweil das Kind an mich hingedruckt. Und das Roß ist fortgesaust, fort und fort, bis weit hinter mir das brennende Schloß untergesunken ist in der finsteren Nacht. Wie der Tag gegrauet hat, sind dem Roß die Kräft ausgegangen. Eine Weil ist es stehengeblieben und hat den Grind hängen lassen. Dann ist es wieder fortgetrabt. Das Kind hat geschlafen, und ich hab's auf dem Arm gehalten und hab nit gewußt, was ich anfangen soll. Ich hab die Gegend nit gekannt, und in ein Dorf hab ich mich nit hineingetraut. Ich hab gemeint, es müßt alle Welt schon wissen, was in der Nacht geschehen ist. So bin ich allweil zu und zu geritten, weil ich nichts anderes gedacht hab, als grad das einzig: schau nur, daß du weit, weit fortkommst von dem Fleck! Auf Mittag hab ich einen Einöd-

423

hof gefunden mitten drin im Holz. Einer Dirn hab ich ein Reindl Milch abgebettelt für das Kind. Und so bin ich weitergeritten, allweil zu, bis ich auf die Nacht an ein Wasser gekommen bin und bald darauf in einen Markt. Da hab ich mich ausgekannt: das Wasser ist die Vils gewesen, und der Markt hat Velden geheißen. Und von da sind's keine drei ganzen Stund mehr in mein Heimatl gewesen. Wie hätt mir ein anderer Weg einfallen sollen! Ich bin geritten und geritten, bis ich daheim war. Meiner Mutter hab ich das Kind auf den Arm gelegt. Aber wie ich dazu ge= kommen bin, das hab ich verhehlt. Ich hab mich gescheut vor Mutter und Vaters Aug. Dabei ge= wesen bin ich halt doch!"

Wolfrat vermochte kaum mehr zu sprechen, seine Stimme zitterte vor Schwäche.

„Die Nacht drauf bin ich wieder fort. Aber das Kriegshandwerk hab ich satt gehabt bis an den Hals. In Landshut hab ich mich eingedingt als Flößer. Es hat lang gedauert, bis ich die schieche Sach in mir hab geschweigen können. Ich hab mir freilich allweil fürgesagt, daß ich ein Unrecht tu, wenn ich das Kindl um Recht und Namen bring. Aber ich hab mir nit getraut, daß ich umfrag und red. Da hätt's mir leicht an den Kragen gehen können, wenn ich mich verschnappt hätt. Sein Bröckl Leben hat jeder gern. Und wie ich wieder heimgekommen bin nach Dorfen und gesehen hab,

424

daß meine Mutter mit ganzer Seel an dem lieben Kindl hängt, da hab ich erst recht nimmer reden können und hab mir gedacht: laß halt alles gehn, wie's geht, in Gottesnam!"

„Und niemals", fragte Desertus, „niemals wieder hast du von jener furchtbaren Nacht gehört? Nie den Namen jener Burg erfahren?"

Wolfrat schüttelte den Kopf.

„Aber es muß doch ein Bild jener Burg in deiner Erinnerung haften?"

Wolfrat schien sich zu besinnen. „Mein, es hat halt ausgeschaut, wie es ausschaut in einer Burg. Türm und Mauern, ein weiter Hof und ein großmächtiges Haus!" sagte er mit matter, kaum noch verständlicher Stimme. „Aber — wohl, Herr, auf eins besinn ich mich noch. Über dem Tor und über der Turmtür hab ich im Feuerschein ein gemaltes Wappen gesehen."

„Sprich, Wolfrat, sprich!" klang es mit erstickten Lauten.

Wolfrat bewegte lallend die Zunge; man verstand nicht mehr, was er sprach: die Erregung hatte seine schwachen Kräfte völlig erschöpft, er schien einer Ohnmacht nahe.

„Sprich, Wolfrat, sprich!"

Mit erlöschenden Sinnen rang Wolfrat nach Sprache: „Das Wappen — war — ein weißer Falk — im blauen Feld."

425

„Das Wappen meines Hauses!" schrie Deser=
tus. Sich erhebend schlug er die Hände vor das
Gesicht, wankte hinaus, als erdrücke ihn der enge
Raum, und ließ sich niedersinken auf die Haus=
bank.

Herr Heinrich eilte ihm nach. Im gleichen
Augenblick legte ein Boot mit zwei Schiffern
und einem Reisigen am Ufer an.

„Dietwald, ermanne dich!" flüsterte der Propst.
„Es kommen Leute!" Er ging dem fremden Kriegs=
knecht entgegen. „Wen suchst du?"

„Herrn Heinrich von Inzing, den Propst."

„Wer bist du?"

„Ein Salzburger Fronbot. Die Oberin der
Domfrauen schickt Euch diese Botschaft." Er
reichte dem Propst ein versiegeltes Pergament.

Herr Heinrich las; er erschrak nicht; nur ein
Lächeln glitt um seinen Mund. „Du kannst heim=
kehren!" sagte er zu dem Boten. „Man soll dir
im Kloster den Botenlohn reichen und dich kösti=
gen." Der Knecht ging zum Ufer zurück. Herr
Heinrich wartete, bis das Boot abgestoßen war,
dann wandte er sich zu Desertus. „Willst du
lesen, Dietwald? Eine Botschaft von deinem
Kind!"

Mit hastigen Händen griff der Chorherr zu
und entfaltete das Pergament. Er erblaßte. „Mein
Kind? Aus dem Kloster entflohen?"

426

„Entflohen? Weshalb das hohe Wort?" meinte Herr Heinrich lächelnd. „Sag lieber: davongelaufen!"

Desertus faßte die Hand des Propstes. „Herr! Ich bitt Euch! Lasset uns gleich zurückkehren! Im Seedorf stehen unsere Pferde. Wir wollen nach Salzburg reiten."

„Nach Salzburg? Nein, Dietwald, ich weiß einen näheren Weg, um dein Kind zu finden. Wir wollen hinaufsteigen in die Röt."

Desertus erschrak. „So meint Ihr — nein, nein! Es ist unmöglich! In dieser einen Nacht sollte das zarte Kind einen Weg bezwungen haben, der die Kräfte eines rüstigen Mannes erschöpfen würde?"

„Omnia vincit amor!" lächelte Herr Heinrich. „Komm, Dietwald!"

Schweigend folgte Desertus dem Propst an das Ufer. Ein Knecht holte zwei Bergstöcke, der Einbaum wurde ins Wasser geschoben, rasch war die schmale Wasserzunge übersetzt, und die beiden stiegen empor durch den sonnigen Bergwald.

Ungeduldig eilte Pater Desertus voran.

Herr Heinrich rief ihm lachend zu: „Dietwald, willst du nicht hinter mir gehen? Weißt du, ich möchte mit ganzer Lunge droben ankommen."

427

Siebenundzwanzigstes Kapitel

Am Morgen, noch vor Tag, hatte Haymo die Jagdhütte verlassen, um die Grenzen seines Bergreviers zu umwandern. Nahe den Funtensee-Tauern traf er mit dem Jäger Renot zusammen, der am Grünsee hauste. Unter den steilen Wänden saßen sie eine Stunde lang beisammen: das jubelnde Glück neben der Schwermut.

„Haft du meine Gundi nie gesehen?" fragte Renot.

Haymo schüttelte den Kopf.

„Zwei Jahr lang bin ich ihr schon um den Weg gegangen. Und da war's in der letzten Mondzeit, da komm ich einmal hinauf zum Funtensee und hör auf den Halden das Almvieh läuten. Denk ich mir: jetzt muß ich doch schauen, was für eine Sennerin der Bauer geschickt hat. Ich geh auf das Hüttl zu, und wie ich hineinschau, steht die Gundi vor mir. Vor lauter Seligkeit hab ich einen Luftsprung getan, daß ich mir an der Tür das Hirnkastl angeschlagen hab. Und, du — ein Sommer ist das jetzt! Jeder Tag eine Freud, die vom Himmel fallt. Gelt, das hast du doch auch schon gespürt: es gibt nichts Lieberes auf der Welt, als wenn zwei junge Leut zusammenhalten mit Herz und Hand. Und auslassen tu ich nimmer. Bis der Frühling kommt, wird Hochzeit gehalten. Und Kindstauf gleich dazu! Juhuuu!"

428

Von allen Wänden klang das Echo des hallenden Jauchzers.

Lachend schaute Renot in Haymos Gesicht. Da verstummte sein Lachen, und erschrocken fragte er: „Bub, was ist dir denn?"

Haymo sprang auf und schüttelte den Kopf; er konnte nicht sprechen.

„So red doch, Bub, was hast du?"

Wortlos nickte Haymo einen Gruß und ging seiner Wege.

Renot sah ihm betroffen nach. „Mir scheint, dem ist die Lieb überzwerch gelaufen."

Als Haymo zum Saum des Lärchenwaldes kam, hörte er den am Fuß der Felswand hinsteigenden Jäger singen:

„Der Winter ist zergangen,
In Bluh steht alle Heid,
Da kam zu mir gegangen
Gar süße Augenweid,
Mir war das Herzl froh,
Zum Schätzl sprach ich so:
Gelt, du bist mein? Nein, ich bin dein:
Der Streit, der muß wohl allweil sein!
    Jo ho!
    Jo ho!
So blank allsam ein Härmelein[1]
Sind ihre nackten Armelein.

---

[1] Wie ein Wiesel.

429

Mein Schätzl, das ist fein und schmal,
Gar wohl geschaffen überall.
Jo ho!
Jo ho!
Mein Herzl, das ist froh!'"

Lang war die jubelnde Stimme schon verhallt,
und immer noch klang es wie quälender Spott an
Haymos Ohr: „Jo ho, jo ho! Mein Herzl, das
ist froh!"

Er hatte die Landtaler Wand erreicht, über
deren schroff bis zum See abfallende Felsen ein
schmaler Wildsteig hinwegführte. Einzelne Steine
lösten sich unter den Schuhen des Jägers und
stürzten prasselnd in die Tiefe; mit heißen Augen
sah Haymo ihnen nach; er konnte ihre sausenden
Sprünge mit dem Blick verfolgen, bis sie nahe
dem See auf dem schräg verlaufenden Griesbett
liegenblieben.

„Da drunten findet jeder seine Ruh! Ein jeder!"

Nun löste er absichtlich Stein um Stein und
lauschte, wie ihr Fall, der mit lautem Lärm be=
gann, immer leiser und leiser wurde. Und jeder
fallende Stein redete zu ihm: „So könntest du
dein schreiendes Herzleid auch geschweigen. Wirf's
hinunter! Es tut keinen Laut nimmer, wenn es
drunten liegt."

Mit der Hand an einem Felszacken sich an=
haltend, beugte er sich vor, daß sein ganzer Kör=

430

per über dem Abhang schwebte. Die verwitterten Schrofen, die aus dem steilen Gewände ragten, waren anzusehen wie tausend steinerne Arme, die sich streckten nach ihm. Und in der gähnenden Tiefe lag der Obersee wie ein großes, rundes Auge; es blickte herauf zu ihm, und dieser Blick hatte Sprache: „Ich seh dich. Komm nur! Schau, ich warte."

Immer weiter beugte Haymo sich vor, ein Frösteln überlief seine Glieder, seine Knie begannen zu zittern, an der Hand, die den Felszacken umklammert hielt, zuckten schon die Finger, als wollten sie sich öffnen.

Da tönten linde, schwebende Klänge durch die Luft empor. In der Bartholomäer Klause läutete die Glocke zur Frühmesse.

Haymo richtete sich erblassend auf und fuhr sich mit der Hand über die Stirn, wie um einen bösen Traum zu verscheuchen. Aufatmend bekreuzte er sich und stieg mit ungestümer Eile über die Wand hinweg. Es schien ihm erst wieder wohl zu sein, als er den Bergwald erreichte, um dessen Wipfel der erste Glanz der steigenden Sonne schimmerte.

Schon aus weiter Ferne hörte er das Gebrüll des Almviehs.

„Was die Rinder nur haben mögen?" fragte er sich. Vielleicht missen sie die Sennerin, meinte er. Sie wird wohl tags zuvor hinuntergegangen sein

431

in das Klosterdorf, um dem heiligen Umgang bei=
zuwohnen. Aber das hätte sie doch dem Hüter
sagen müssen. Wohl an die hundertmal hatte
Haymo am vergangenen Tag, bald im Gewänd,
bald auf den Almen, bald im Bergwald den
Hüter schreien hören: „Zenzaaah! Hoidoooh!"

Als Haymo die Alm erreichte, sah er die Kühe
unruhig um die stille Hütte traben, brüllend und
mit den Schweifen schlagend. Ihre Euter strotzten.
Und die Tiere litten Schmerzen; sie hatten das
Milchbrennen. Langsam kamen dem Jäger, da er
sich der Hütte näherte, die Kühe entgegen, streckten
keuchend die Köpfe, und eine Blessin fuhr ihm mit
der rauhen Zunge über die Hand. Er kraute ihr die
Stirn, und mit läutender Glocke lief sie ihm nach
bis zur Hütte. Er trat in die Tür. Die Hütte war
leer. „Zenza!" rief er. Keine Antwort kam. Er
lehnte das Griesbeil an die Wand, legte die Arm=
brust ab und setzte sich auf den Herdrand. In der
Asche lagen noch glimmende Kohlen; er stöberte sie
zu einem Häuflein zusammen, legte Späne dar=
über und blies in die Glut. Eine Flamme züngelte
über das Holz, die Späne knisterten und krachten,
und als das Feuer wuchs, legte Haymo, in träu=
mende Gedanken versunken, Scheit um Scheit in
die Flammen.

Er hörte nicht mehr das Brüllen und Läuten
der Kühe — immer summte es in seinen Ohren:
„Jo ho, jo ho! Mein Herzl, das ist froh!"

432

Weit drüben, in der Sennhütte am Funtensee, flammte jetzt wohl auch ein Feuer auf dem Herd, und Renot saß bei seiner Gundi und hielt sie umschlungen und zog sie an seine Brust und lachte: „So blank allsam ein Härmelein, sind deine weißen Ärmelein —"

Haymo schlug die Hände vor die Augen, als möchte er das Bild verscheuchen, das mit seinem jauchzenden Glück ihn quälte und verhöhnte, ihn und sein brennendes Leid, seine dürstende Sehnsucht.

Ganz in sich verloren saß er und hörte nicht, wie draußen die Kühe läutend zusammendrängten nach einer Stelle; er merkte nicht, daß ihr lautes Brüllen jäh verstummte; er hörte die raschen Schritte nicht, die sich der Hütte näherten; es war ihm nur, als hätte sich plötzlich die Tür verfinstert. Mit müden Augen blickte er auf. Und da traf es ihn wie ein Blitz. Er schnellte in die Höhe, streckte mit ersticktem Laut die Arme und stand wieder wie versteinert. War es Wirklichkeit oder nur ein Traum? War sie es wahrhaftig, die vor ihm unter der Türe stand, über und über mit Staub bedeckt, im weißen Rock, dessen zerfetzter Saum über die Knöchel der nackten, vom Gestrüpp zerkratzten Füße hing, ein weißes Mäntelchen um die schmalen Schultern, die gelösten Haare um den Hals geknotet, mit erschöpften Zügen, aber mit lachendem Mund und leuchtenden Augen?

Jetzt rührte sie die Lippen. „Haymo!" stammelte sie.

„Gittli!" schrie er. Und sie flogen einander entgegen, hingen Mund an Mund und hielten sich mit zitternden Armen umschlungen, fest, als wollten sie sich nimmer lassen.

„Haymo!"

„Gittli!"

Das war alles, was sie sprachen zwischen Küssen und Küssen.

Und als wäre das Glück über sie hergefallen, so groß und erdrückend, daß sie es nicht mehr zu tragen vermochten auf ihren schwachen Schultern, so sanken sie auf den Herdrand nieder. Und da streichelte Gittli Haymos Gesicht mit beiden Händen und lispelte: „Gelt? Jetzt tust du mir nimmer sterben?"

„Sterben? Vor Freud!" Was er weiter noch stammeln wollte, erstickte wieder in einem heißen dürstenden Kuß.

Zenza stand in der Tür, mit geballten Fäusten und kalkweißem Gesicht. Sie konnte den Anblick dieses taumelnden Glückes nicht ertragen. Heiser auflachend wandte sie sich ab, rannte wie eine Wahnsinnige hinaus über das Almfeld, schlug die Fäuste an ihre Stirn und schrie: „Gibt's auf der Welt noch einen Narren, wie ich einer bin! Erschlagen hätt ich sie sollen heut in der Nacht! Ins

434

Wasser werfen! Und ich selber hab sie hergeholt.
So ein Narr! So ein Narr, wie ich einer bin!"

Unter einer einsam stehenden Fichte warf sie
sich auf die Erde nieder, grub die Nägel in den
Rasen und schluchzte.

Dann sprang sie wieder auf. „Da heroben
bleib ich keine Stund nimmer!" Ihr heißer Blick
spähte über das Almfeld, während sie mit gellen=
der Stimme schrie: „Jörgi! Jörgi!" Der Ruf
verhallte, keine Antwort ließ sich hören. Eine
Weile wartete sie. Und wiederholte den Ruf.
Alles blieb still. Nur die Kühe trabten ihr brül=
lend entgegen. „Meinethalben! Mag alles hin
sein, das Vieh und alles! Ich bleib und ich bleib
nimmer."

Sie ging dem Steige zu. Die Kühe zogen ihr
nach. Mit Steinwürfen trieb sie das Vieh zurück.
An der Stelle, wo der Pfad sich in den Wald
verlor, blieb sie stehen und blickte, zornig auf=
lachend, noch einmal zurück nach der Hütte. „So
ein Narr, wie ich einer bin!" Immer wieder lachte
sie, während sie dem talwärts ziehenden Pfade
folgte.

Über eine Stunde war sie schon gewandert, als
sie, schwer ermüdet, auf einen Steinblock sank.
Die zwei durchwachten und durchwanderten Nächte
hatten ihre Kraft erschöpft. Sie schluchzte und
lachte, immer eins ums andere. Lang ertrug sie das
ruhige Sitzen nicht. Während sie weiterlief, raffte

28*

sie einen dürren Stecken auf und zerschlug mit zornigem Hieb jeden grünen Zweig, der über den Pfad hereinhing.

Schon hatte sie den tieferen Bergwald erreicht. Da hörte sie eine rufende Stimme, halb erstickt vom dumpfen Rauschen des nahen Wildbachs.

„Zenza! Zenza! Hoidoooh!"

Es war ein wild kreischender, angstvoller Ruf.

Lauschend blieb sie stehen. Da klang es wieder, ein wenig näher schon:

„Zenza! Zenza! Hoidoooh!"

„Mir scheint, er sucht mich? Der Tapp!" knirschte sie zwischen den Zähnen. Und weil der Ruf nun abermals erklang, flammte eine dunkle Röte über Zenzas Gesicht, und ihre Fäuste ballten sich. „Der! Der ist schuld an allem! Hätt er den Jäger in Fried gelassen, so wär der Haymo nit zu mir gekommen, ich hätt mich nit scheuen und schämen müssen vor ihm, er hätt nit geredet mit mir, sein Herzleid hätt mir nit die Seel umgedreht im Leib, ich wär nit hinein auf Salzburg und müßt jetzt nit einen Zorn in mir haben, daß ich mich selber zerreißen könnt. Der! Der ist schuld an allem!" So schrie es in ihr; alles, was Jörgi verbrochen hatte, stand vor ihren Augen, wie mit Geißelschlägen ihren Zorn schürend; nur an eines dachte sie nicht: an jene Stunde, in der sie beim Ostertanz den von allen Verachteten, ihn und sich

440

selbst verhöhnend, hervorgezerrt hatte aus seinem dunklen Winkel.

Nun sah sie ihn um die Wendung des Pfades biegen, in keuchendem Lauf, mit brennendem Gesicht, mit verstört umherspähenden Augen. Und zwischen ihr und ihm lag das breite Bett des mit reißenden Wassern steil abstürzenden Wildbaches.

„Zenzaaah —“ Der Laut erstickte. Jörgi hatte die Sennerin erblickt. Mit jauchzendem Geschrei, mit Stammeln und Schluchzen kam er gerannt, stieß das lange Griesbeil in das Wasserbett, warf sich hinüber mit hohem Schwung, brach in die Knie, raffte sich auf, und den Stock beiseite schleudernd, umschlang er Zenza mit beiden Armen.

Zornig aufkreischend, schlug sie ihm die Fäuste in das von Schweiß überronnene Gesicht. Und als er die Hände sinken ließ, gab sie ihm einen Stoß vor die Brust, daß er rückwärts taumelte und niedersank, mit dem halben Körper in das Wasser klatschend. Er wollte sich aufraffen. Eine Sturzwelle packte ihn, er drehte und überschlug sich, verschwand im Wasser und tauchte halb wieder auf.

„Jesus, Maria! Jörgi!“ schrie Zenza. Sie stürzte dem steilen Ufer zu; es gelang ihr, die eine Hand des Versinkenden zu erfassen, mit der anderen haschte er nach ihrem Rock und klammerte sich an. Brausend schlugen die Wellen über ihn her und drückten ihn nieder. In schreiender Todes-

437

angſt wollte Zenza von ſeinen Händen ſich los-
reißen. Während ſie kämpfte mit dem ganzen
Aufgebot ihrer müden Kraft, wich der brüchige
Grund unter ihren Füßen, und ſie ſtürzte vorn-
über mit dem Geſicht in den Wildbach.

Welle rauſchte über Welle, eine warf ſich auf
die andere, mit drängender Eile und zorniger
Wucht. Aus allem Rauſchen hörte man das Rollen der Steine, die der Wildbach auf ſeinem
Grunde trieb. Über ſteile Gehänge warf er ſich
hinunter, tobte zwiſchen verwaſchenem Geſtein hindurch, hinweg über gebrochene Bäume, und ver-
ſchwand in einer Schlucht, ſo eng und tief, daß der
Himmel in der Höhe nur noch ſchimmerte als ein
dünner, blauer Streif, während auf dem Grund
der Schlucht alles grau war, ohne Farbe, einzig
weiß nur das ſchäumende Waſſer. Dünne Quellen
rieſelten in die Schlucht hinunter, und die frei
fallenden Tropfen leuchteten ein wenig, als möchte
jeder von ihnen ein Stäubchen Sonne aus dem
hellen Tag mit hinunterſtehlen in die Finſternis.

Brauſend ſchoß der Wildbach aus der dunklen
Schlucht wieder hervor in ein breites Bett, um-
ſchleiert von Waſſerſtaub, jede Welle bedeckt mit
flockigem Schaum. Die Uferwände ſenkten und
erweiterten ſich. Blühende Büſche neigten ſich über
den Rand der Felſen und griffen wie mit hundert
kleinen Fingern in den blauen Himmel. Buntfarbi-
ges Moos und üppiges Flechtwerk ſpann ſich um

alles Gestein, an dem der Wildbach vorüberrauschte,
und die tanzenden Wellen spielten mit dem nieder=
hängenden Gezweig, bis sie breit und ruhig hinaus=
flossen in den stillen, sonnigen See.

Von Bartholomä einher kam langsam ein plum=
per Nachen geschwommen, beladen mit kleinen
Blöcken von Ahorn= und Zirbenholz. Ein alter
Mann führte das Ruder. Im Bug des Schiffes
saß Ulei, der Bildschnitzer. Er hatte sich neuen
Vorrat für seine Werkstätte geholt. In der Hand
hielt er ein Klötzchen Holz und bosselte daran mit
einem kurzen Messer. Gewandt und sicher führte
er jeden Schnitt, und immer deutlicher trat aus
dem Holz ein weiblicher Kopf hervor.

Da sagte der Alte: „Ulei? Was liegt denn da
drüben im Wasser?"

„Wo, Vater?"

„Wo der Wildbach ausläuft."

Ulei deckte die Hand über die Augen.

„Wohl, jetzt sehe ich es auch."

„Es schaut sich an, als tät ein Gewand im
Wasser liegen."

„Vielleicht hat einer was verloren. Geh, Vater,
fahr hinüber!" Ulei steckte das halb vollendete
Schnitzwerk mit dem Messer in die Tasche und
erhob sich.

Der Alte drehte den Kahn und steuerte dem
Ufer zu.

„Mein Gott, Vater", stammelte Ulei, „da hat's

439

ein Unglück gegeben! Das ist ein Weiberleut. Du lieber Herrgott! Was muß da geschehen sein?"

Sie kamen näher. Von den Wellen des Wildbaches seitwärts getrieben, lag die Leiche auf seichtem Grund, überdeckt von durchsichtigem Wasser, auf dem das Kleid und die bleichen Hände schwammen.

Uleis Augen wurden starr, und sein Gesicht erblaßte; er sprang aus dem Nachen und riß den leblosen Körper empor. „Vater, schau nur, schau! Die Zenza!" Die Worte erstarben ihm. Wie versteinert blickte er auf die Entseelte nieder, deren Haupt mit triefendem Haar, mit geschlossenen Augen und blutlosen Lippen in den Nacken hing. Aus dem Mieder und unter den zerrissenen Zöpfen sickerte Blut in dünnen Tropfen hervor. Das Gesicht war unentstellt; jeden Zug von Trotz und Wildheit hatte der Tod verwandelt in stillen Frieden.

Taumelnd watete Ulei an das Ufer, bei jedem Schritte keuchend unter seiner Last.

„So ein Unglück!" jammerte der Alte. „Das arme Ding! So ein junges, lebfreudiges Mädel! Ulei, bleib bei ihr! Ich fahr davon und lauf ins Ort hinein." Er hatte schon den Kahn gewendet und trieb ihn mit hastigen Ruderschlägen über den See.

Ulei war auf einen Steinblock niedergesunken. Mit beiden Armen preßte er den entseelten Körper

440

an seine Brust, als könnte er die Kälte des Todes
noch verscheuchen durch die Wärme seines eigenen
Lebens.

Von Kind auf war sie ihm lieb gewesen. Immer
gingen ihre Wege an ihm vorüber. Sein Herz
geduldete sich und hoffte. Wenn er in seiner Werk=
statt bei der Arbeit saß, stand es immer vor ihm
wie ein Traum, der sich einst noch erfüllen müßte:
daß er sie umschlungen hielte und dürfte sie herzen
und küssen.

Jetzt hatte sein Traum sich erfüllt. Nun lag sie
in seinen Armen. Scheu neigte er das Gesicht und
drückte seine Lippen auf ihren kalten Mund. Sie
duldete seinen Kuß und wehrte sich nicht.

„Du mein Schatzl!" Seine Hand zitterte, als
er das blutige Haar von dieser blassen Stirne
strich. „Und wenn ich hundert Jahr alt werd, ich
bleib dein treuer Bub! Gelt ja!"

Auf blumigen Rasen legte er sie nieder, ordnete
ihr Haar und schob ihr seine Joppe als Kissen
unter den Kopf. Einen Zweig mit blühenden
Alpenrosen, den er von der nahen Felswand holte,
legte er in ihre Hände.

Auf den Knien sprach er ein Gebet. Dann setzte
er sich neben der Toten auf die Erde und zog aus
seiner Tasche das hölzerne Köpfchen und das
Messer hervor. Vor jedem Schnitt, den er führte,
hing er mit langem Blick an dem stillen, weißen
Gesicht.

441

Zwei Stunden vergingen. Dann kam ein Schiff mit Leuten; unter ihnen der Eggebauer. Als er mit schlotternden Knien an das Ufer stieg, mußten ihn zwei Männer stützen.

Achtundzwanzigstes Kapitel

„Wo nur die Zenza bleibt?"

So fragten sie immer wieder, wenn sie für kurze Weile aus ihrem wortlos träumenden Glück erwachten.

„Wo nur die Zenza bleibt?"

Sie traten vor die Hütte und riefen Zenzas Namen über das Almfeld und gegen den Bergwald. Alles blieb still.

„Wirst sehen, sie kommt nit. Und ich mein, ich weiß warum!" flüsterte Haymo.

Gittli sah ihn fragend an; dann schüttelte sie den Kopf. „Sie wird halt müd gewesen sein und hat sich an einem stillen Platzl schlafen gelegt."

„Meinst du?" sagte er. „Aber gelt, du wirst auch selber müd sein?"

„Nit ein lützel! Ich mein völlig, ich hätt tausend Jahr lang geschlafen und wär mit einmal aufgewacht, und derweil ist alles anders geworden, und ich selber bin eine andere!"

„Was? Eine andere bist du? So, schön, jetzt

442

hab ich gar zwei Schäßlen. Ich weiß nur nit, welches ich lieber hab: dasselbig, das du gewesen, oder dasselbig, das du geworden bist." So scherzte Haymo und wollte sie umfangen. Sie schlüpfte in die Hütte und wehrte ihn ab, als er folgen wollte. Er mußte sich auf die Bank setzen und warten. Und bevor sie ihn nicht riefe, dürfe er beileib nicht kommen.

Er saß kein Vaterunser lang, da fragte er schon: „Darf ich noch allweil nit hinein?"

„Jesus! Untersteh dich!" hörte er sie erschrocken stammeln.

Nun wartete er geduldig, sah mit leuchtenden Augen hinauf ins Blau und lauschte jedem leisen Geräusch, das sich in der Hütte vernehmen ließ.

Jetzt trat sie kichernd aus der Tür. Er machte zuerst große Augen, dann schlug er mit glückseligem Lachen die Hände ineinander. Gittli stimmte in sein Lachen ein. „Ich hab ein lützel in der Zenza ihrer Truh gekramt. Meinst, sie wird harb sein? Gelt nein? Sie hat ja selber allweil über das dumme Häs gescholten. Was sagst du, wie ich ausschau!" Sie hob die Arme und drehte sich. Er wollte kaum aus dem Lachen kommen. Gittli sah aber auch gar zu drollig aus. Das weiße, bis an den Hals ge= schlossene Hemd und der kurze Rock hätten ihr leid= lich gepaßt. In dem schwarzen Mieder aber hätte ihr schlankes Persönchen noch ein zweites Mal Platz gefunden, und jeder Fuß stak in dem plumpen

443

Schuh wie ein Spatz im Hühnerkorb. „Was
sagst du, wie ich ausschau?"

„Aber lieb! So lieb!" Er haschte sie mit beiden
Armen und zog sie auf die Bank. „Da hast du
einen gescheiten Einfall gehabt. Ich hab mich
ehnder schier nit getraut, daß ich dich anrühr."

Wie sehr ihm jetzt der Mut gewachsen war, das
fühlte sie aus dem ungestümen Kuß, mit dem er
ihre stammelnden Lippen schloß.

So saßen sie in der Sonne, bald still versunken
in ihr zärtliches Glück, bald wieder in heiterem
Geplauder. Kein Wort, das sie sprachen, kein Ge=
danke, den sie dachten, ging über den Augenblick
hinaus. Sie fragten nicht, was vor diesem Tag
gewesen, fragten nicht, was nach diesem Tag
kommen sollte. Eine selige Stunde war ihnen
vom Himmel gefallen, wie Sonnenschein nach Un=
gewitter, und sie freuten sich ihrer als zwei Glück=
liche, die zusammengehören, weil der liebe Herrgott
sie füreinander geschaffen hat. Ihr Glück war so
still zufrieden wie eine Blume, die in dem Augen=
blick, da ihr Kelch sich dem warmen Licht erschließt,
doch auch nicht fragt, wer ihren Samen in die
Erde legte, oder wer sie brechen wird in der näch=
sten Stunde. Sie blüht und freut sich.

Endlich löste Gittli sich aus den Armen des
Jägers. Ihre Wangen glühten wie zwei Rosen.
Mit zitternden Händen strich sie das Haar von
den Schläfen zurück.

„Schau, Haymo, die Sonn steht über Mittag. Hast du denn keinen Hunger?"

Er schüttelte lachend den Kopf.

„Aber ich!" sagte sie kleinlaut.

Erschrocken sprang er auf. „So komm doch, Schatzl, komm! Es wird in der Hütt wohl ein lützel was zu finden sein. Und die Zenza wird's schon verlauben."

„Was die aber lang ausbleibt! Völlig bangen tut's mich, daß ich ihr ein Vergelts Gott sagen möcht. Aber gelt, wenn sie kommt, da müssen wir gut sein mit ihr. Sie hat's verdient um uns."

Haymo nickte. Dann traten sie in die Hütte. Mehl, Salz und Butter fanden sie im Überfluß. Als aber Gittli auf dem Herd das Feuer schüren wollte, faßte Haymo ihre Hände. „Nein, Schatzl, heut darfst du nit schaffen, heut mußt du schon mir die Sorg lassen. Da wirst du schauen, was ich dir aufkoch! Und du", er hob sie mit beiden Armen empor und legte sie sanft auf das Heubett nieder, „du tust derweil ein lützel rasten! So, Schatzl! Gelt, da liegst du gut?"

Erst war sie ein wenig erschrocken, dann aber ließ sie ihn lächelnd gewähren, und als sie in das weiche, duftende Heu versank, schlang sie die Arme um seinen Hals und zog sein Gesicht an ihre heiße Wange. „Gelt, Haymo, wir zwei tun nimmer voneinander lassen?"

„Nimmer, Gittli, nimmer, nimmer!"

445

Eine Weile saß er auf dem Rand des Bettes. Schweigend hielten sie sich bei den Händen. Plötzlich sprang er auf. „Jetzt muß ich aber schaffen, sonst tust du mir am End noch verhungern, du Hascherl, du arms!"

Sie schob die gefalteten Hände unter die Wange, schmiegte sich tief in das duftende Heu, und während Haymo auf dem Herd das Feuer schürte, blickte sie unter halb gesunkenen Lidern hervor, mit dankbar zärtlichen Augen jede seiner Bewegungen verfolgend. Flüsternd strömten ihre tiefen Atemzüge über die leicht geöffneten Lippen. Ihr war so wohl! Sie hätte sich für das ganze Leben nichts anderes mehr gewünscht, als nur immer so liegen zu dürfen, so weich zu ruhen, mit dieser sanften Wärme im Herzen, mit diesem süßen Gefühl: daß treue Liebe ihre Ruh behüte, treue Liebe für sie sorge und schaffe.

Immer wieder nickte Haymo ihr lächelnd zu. Er ging auf den Zehen und suchte jedes Geräusch zu vermeiden, während er alles herbeitrug, was er zur Bereitung der Mahlzeit nötig hatte. Auf dem Herde knisterten die brennenden Späne, leis rauschten die züngelnden Flammen, durch die Lücken des Schindeldaches fielen einzelne Sonnenstrahlen gleich goldig schimmernden Fäden, und der dünne Rauch, der sich langsam zwischen dem berußten Sparrenwerk verzog, umspann alle Balken mit bläulichem Duft.

Immer tiefer ſanken über Gittlis Augen die ſchwarzen Wimpern, und ſacht, unmerklich floſſen ihre Träume aus dem Wachen hinüber in einen tiefen Schlaf.

Haymo ließ die Arbeit ruhen; er wäre mit ſeinem Werk in einer Viertelſtunde zu Ende geweſen, und dann hätte er Gittli wecken müſſen. Doch er ſah, wie wohl ihr der Schlummer tat. Leiſe trug er einen Holzpflock neben das Heubett, ließ ſich nieder, ſchlug die Hände um die Knie, lehnte den Kopf an die Kante des Lagers und betrachtete das Geſicht der Schlummernden.

Sie lag und regte ſich nicht; nur manchmal bewegte ſie ein wenig die Lippen, als ſpräche ſie im Traum; dann zuckten auch die Wimpern, die gleich dunklen Sicheln auf den ſanft geröteten Wangen lagen; und bei jedem tieferen Atemzuge hob ſich die junge Bruſt unter dem weißen Leinen. Haymo ſtreckte die Arme — es war, als möchte er aufſpringen, als möchte er ſie aus dem Schlaf emporreißen an ſein Herz. Doch ſcheu und leiſe duckte er ſich wieder auf den Holzpflock nieder, um die Schlummernde nicht zu wecken.

Stille Stunden verrannen.

Als Haymo meinte, daß Gittli nun doch bald erwachen würde, ging er zum Herd. Sie ſollte nicht warten müſſen auf die Mahlzeit. Als die heiße Butter in der Pfanne zu ziſchen begann, be-

447

wegte sich Gittli, schlug die Augen auf, lächelte —
und schlief wieder ein.

Haymo übte sein Küchenamt mit peinlichster
Sorgfalt. Vor Aufregung, ob die Speise auch
wohl geraten würde, zitterten ihm die Hände. Doch
als er einmal kostete, schien er nicht unzufrieden mit
seinem Werk. Und während er die Pfanne wieder
über das Feuer setzte, begann er mit halblauter
Stimme zu singen:

"Der Winter ist zergangen,
In Bluh steht alle Heid,
Da kam zu mir gegangen
Gar süße Augenweid."

Immer lauter wurde sein Lied, bis es endete mit
klingendem Jauchzen:

"Jo ho, jo ho,
Mein Herzl, das ist froh!"

Da brauchte er Gittli nicht mehr zu wecken; sie
saß im Heu, lachte ihn an mit hellen Augen und
streckte die Arme.

Als wär sie eine Feder, so schwang er sie in die
Höhe und drehte sie im Kreis. Kichernd zappelte
sie mit den Füßen. Aber auf die Erde kam sie nicht
wieder; sie saß auf Haymos Schoß und wußte
nicht, wie das gekommen war. Mit dem einen Arm
hielt er sie an sich gedrückt, mit dem anderen zog
er die Pfanne herbei. Und weil sich in der Hütte

448

nur ein einziger Holzlöffel vorgefunden hatte, mußte Gittli dulden, daß Haymo ihr jeden Bissen zwischen die lachenden Lippen schob. Sie wehrte sich wohl, aber nur, weil ihr Sträuben das zärtliche Mahl verlängerte. Und wie sie jeden Bissen lobte! Haymo wurde stolz auf seine Kochkunst. „Ja, du", sagte sie, „das schmeckt einem! Weißt du, da drin", sie machte einen Deuter mit dem Kopf und meinte das Heim der Domfrauen in Salzburg, „da drin hab ich Sachen essen müssen, daß einem hätt grausen mögen. Was die Herrenleut manchmal für einen Geschmack haben! Ich begreif das nit."

Er lachte und hielt ihr den vollen Löffel hin.

„Halt! Der gehört wieder dir!" schalt sie, denn sie wachte sorgsam darüber, daß die Teilung redlich vollzogen würde: erst sie einen Löffel, dann er einen Löffel — und dazu einen Kuß als Merkzeichen.

Als die Pfanne leer war, sagte sie erschrocken: „So, schön! Jetzt haben wir der Benza gar nichts übrig lassen. Aber was sagst du! Jetzt ist die noch allweil nit da! Komm, wir müssen uns ein lützel umschauen nach ihr." Sie lief zur Tür hinaus und rief mit heller Stimme: „Benza, Benza!" Ringsumher hörte sie nur das dumpfe Brüllen der Kühe und das ruhelose Gebimmel der Almglocken. Als Haymo zu ihr trat, sagte sie: „Wirst sehen, die hat sich im Wald verschlafen. Aber wart nur, ich find sie schon!" Mit klappernden Schuhen lief sie gegen den Bergwald. Haymo haschte sie, und nun wanderten sie langsam, eins ans andere geschmiegt, dem Schatten der Bäume entgegen, den die sinkende Sonne schon dunkel und lang über das Almfeld warf. Als sie den Waldsaum erreichten, hatten sie schon wieder vergessen, was sie hierhergeführt. Wo sie gingen, blühten mit dunklem Rot die Almrosen. Sie pflückten die schönsten der blühenden Zweige, und nach einer Weile prangte ein Strauß an Gittlis Mieder, ein anderer auf Haymos Kappe. Er legte den Arm um ihre Schulter, sie lehnte die Wange an seine Brust, und so wanderten sie dem Feuerpalfen zu, aus dessen verbranntem Rasen schon wieder die grünen Grasspitzen hervorlugten.

„Hast du nit daherdenken müssen in der Sonnwendnacht?" fragte er leis.

Sie nickte errötend. „Und wie ich eingeschlafen bin, da hab ich geträumt."

„Was denn?"

„Daß du mir eine Scheib getrieben hättst!"

„Aber, Narrerl, du liebs! Das hab ich ja doch getan!" lachte er. „Die allergrößte hab ich getrieben für mein kleines Schatzl. Und geflogen ist sie, als wär die Sonn heruntergefallen."

Sie umschlangen und küßten sich, als fänden sich ihre Lippen zum erstenmal. Kein Wunder, daß sie dabei die näherkommenden Schritte zweier Männer

450

und einen stammelnden Ruf überhörten, der vom Saum des Waldes herklang.

Nun standen sie aneinandergeschmiegt und blickten still hinunter in die gähnende Tiefe. Glatt und schwarzgrün lag der See zwischen seinen felsigen, schon von dunklen Schatten umwobenen Ufern.

„Schau, Haymo", lispelte Gittli, „siehst du das Schiffl im See?"

„Wo, Schatz?"

„Dort, wo der Wildbach auslauft wie ein weißes Band."

„Wohl, jetzt seh ich es auch."

„Das muß ein großes Schiff sein, es schaut sich schier an wie ein Scheit."

„Wohl, ich mein' auch, es müßten viel Leut drin sein. Schau nur, und hinter ihm kommt ein anderes!"

„Ein kleins, wie ein winziges Hölzl!"

Sie schauten den beiden kaum merklich gleitenden Schiffen nach, die hinter einem steil in den See abfallenden Waldrücken verschwanden.

„Geh, Haymo, komm", sagte Gittli tief aufatmend, „jetzt müssen wir die Zenza suchen. Mir tut schon völlig bangen."

Sie wollten den Feuerpalfen verlassen. Als sie sich vom Absturz wandten, fuhr ihnen der jähe Schreck in alle Glieder; sie erblaßten und waren wie versteinert; nur ihre Hände suchten sich noch und schlossen sich fest ineinander.

Herr Heinrich und Desertus standen vor ihnen.

Eine Weile wurde kein Wort gesprochen. Ernst betrachtete Herr Heinrich das Paar, während Desertus, mit heißem Glanz in den Augen, nur Gittli zu sehen schien.

„Es schattet, Haymo, und ich finde dich hier?" sagte Herr Heinrich ruhig. „Hast du meines Gewildes ganz vergessen? Und deiner Pflicht?"

„Herr!" stammelte Haymo, während brennende Röte über seine Stirne flog. Kein zornig scheltendes Wort hätte ihn eingeschüchtert; aber diese freundliche Mahnung brachte ihn um den letzten Rest seiner Fassung. Mit ratlosem Blick suchte er Gittlis Augen. „Ich muß gehen. Ich muß."

Da erwachte sie aus ihrer Erstarrung. Sie umschlang ihn mit beiden Armen, schmiegte den schlanken Leib an ihn, als möchte sie mit ihm in eins verwachsen, und drückte das bleiche Gesicht an seinen Hals: „Ich laß dich nimmer und ich laß dich nimmer!"

Verstört sah Haymo zu Herrn Heinrich auf. „Schauet, Herr! Wir haben uns lieb."

„Und ich laß mich nimmer wegschaffen", fiel Gittli mit bebender Stimme ein, die fester klang von Wort zu Wort, „und ich laß mich nimmer wegreißen von ihm. Da darf kommen, wer mag. Ich laß mich nimmer wegreißen. Ich weiß nit, was man allweil von mir will? Ich hab doch

452

keinem was getan, ich bin doch ein braves Leut,
und keiner hat ein Recht an mich, als der einzig,
den ich liebhab." Sie hatte sich aufgerichtet, ihre
Augen blitzten, eine wilde Entschlossenheit ver=
schärfte ihre Züge. „Und eh ich mich wieder weg=
reißen laß, eh spring ich lieber da hinunter, wo's
am tiefsten ist. Komm, Haymo!" Sie klammerte
die zitternden Hände um seinen Arm und zerrte ihn
gegen den Abgrund. „Komm! Da haben wir Ruh
und bleiben beieinander!"

„Kind!" schrie Desertus erblassend. Auf Gittli
zustürzend, umfing er sie mit beiden Armen und
riß sie vom Rand der Felsen zurück. Gittli wehrte
sich gegen ihn mit zorniger Kraft, er aber ließ sie
nicht mehr. „Kind! Du Kind!" Und die Lippen
zu ihrem Ohr neigend, flüsterte er, nur ihr allein
verständlich: „Es will dich niemand wegreißen von
ihm!" Da erlahmte ihr Widerstand. Scheu er=
schrocken blickte sie zu ihm auf, und als sie seine
Augen sah, diese zärtlich leuchtenden Augen, fiel
es in ihr gemartertes Herz wie eine Offenbarung:
hier ist Hilfe, hier ist einer, der es freundlich meint.
„Herr, guter Herr!" stammelte sie. „Stehet mir
bei in meinem Leid! Ihr habt doch auch eine liebe
Frau gehabt und liebe Kinder. Schauet, ich hab
ihn halt so lieb, so lieb!"

Haymo stand mit blassem Gesicht. Sein Atem
ging keuchend, und unstet blickten seine Augen. Er
sah, wie Desertus die Arme um Gittli geschlossen

453

hielt und ihren schlanken Körper an sich drückte. Haymos Fäuste ballten sich. Um gewaltsam zu bezwingen, was sinnverwirrend in ihm aufstieg, packte er mit den Fäusten die eigene Brust.

Herr Heinrich ging auf ihn zu. „Haymo! Was hast du aus diesem Kind gemacht?"

„Ich, Herr?"

„Hast du nicht gehört, was sie gesprochen hat?"

„Es hat halt in ihr das Herz geredet, wie in mir das meinige. Wenn Euch das nit gefallt, Herr, dann müsset Ihr rechten mit Eurem Herrgott!"

„Mit meinem Herrgott? Hast du einen anderen? Oder gar keinen?"

„Wohl, Herr, ich hab schon einen. Das ist ein guter. Es ist derselbig, der das in uns zwei hineingelegt hat, daß es keiner nimmer herausreißt. Und wenn Ihr meinet, daß es doch geschehen könnt, so habt Ihr einen andern."

„So?" lächelte Herr Heinrich.

„Ja, und dann verträgt sich auch der meinig mit dem Eurigen nimmer." Haymos Stimme verlor sich in dumpfes Murmeln. „Und wir zwei taugen auch nimmer zueinander!"

„Du sagst mir den Dienst auf?"

Haymo senkte den Kopf, ein Schauer rüttelte seinen Körper, er blickte wieder auf und suchte mit irrenden Augen das Gesicht des Propstes; aus seiner Kehle wollte kein Laut.

454

„Gut! Ich kann dich nicht zwingen!" sagte Herr Heinrich. „Du bist kein Höriger, du bist ein freier Mann. Aber ich laß dich ungern ziehen. Ich war dir gut, denn du hast mir treu gedient. Und so gerne wie dir hab ich noch keinem den Spruch gesagt: ‚Wehr ohne Scharf und Fehl, graden Sinn ohne Hehl, treues Herz ohne Wank'. Was hast du? Wolltest du etwas sagen?"

Haymo würgte nach Worten und schüttelte den Kopf.

„Gut also! Wenn du es nicht anders willst. Am Michelstag bist du deines Dienstes enthoben. Als Klosterjäger!" Ein Lächeln spielte um Herrn Heinrichs Mund.

„Am Michelstag also! Am Michelstag!" raunte Haymo vor sich hin, während er sich mit der Hand über das Haar strich. „Wohl, am Michelstag, da geh ich. Wenn ich gleich mein halbes Leben dahint laß. Und daß ich bis selbhin meine Pflicht tu, ich mein', Herr, dafür kennet Ihr mich." Er wandte sich zu Gittli, die blaß und zitternd dastand. „Behüt dich Gott! Es schattet, und ich muß nach dem Gewild schauen. Das ist Jägerpflicht, die ich beschworen hab. Behüt dich Gott derweil!"

„Haymo!" stammelte sie; aber nur eine ihrer Hände ließ Pater Desertus frei, und diese Hand streckte sie dem Jäger hin, der sie mit festem Druck umfaßte.

„Ich muß gehen", sagte er mit schwankender

455

Stimme, „aber am Michelstag, da bin ich mein
eigener Herr, da komm ich und such dich wieder.
Was die Herrenleut von dir wollen mögen, ich
weiß es nit. Aber ich komm und such dich, da kannst
du dich verlassen drauf. Und wenn ich dich nimmer
find, so mein' ich wohl, daß man auch mich wird
suchen müssen. Unter der Landtaler Wand ist ein
Fleckl. Da geht einer nit irr, der mich suchen
mag."

„Haymo, Haymo!" schluchzte Gittli und klam=
merte die Finger um seine Hand. Er riß sich los
und stürzte der Hütte zu.

Herr Heinrich blickte ihm nach und schüttelte
den Kopf. „Amantes amentes!"

Desertus schlang die Arme um Gittli, zog sie
an seine Brust und flüsterte: „Laß ihn doch, du
Närrlein, er kommt schon wieder!"

Als Haymo die Hütte erreichte, riß er die Arm=
brust von der Wand und faßte das Griesbeil. Auf
einer Holzbank sah er das übelzugerichtete weiße
Kleid und das Mäntelchen liegen, packte beides
mit zornigem Griff und warf es in die glühenden
Kohlen. Eine Flamme loderte auf, und im Hui
war das dünne Gewebe in Asche zerfallen.

Er trat ins Freie. Drüben über dem Almfeld
wanderte Gittli langsam, mit gesenkter Stirne, den
Waldsaum entlang, zwischen Herrn Heinrich und
Pater Desertus, der sie an der Hand führte.

„Der! Und allweil der!" stammelte Haymo.

456

In wirren Gedanken blickte er den dreien nach, bis sie im Wald verschwunden waren. Dann stieg er den höheren Bergen zu, mit so ungestümer Eile, daß er bald den Atem verlor und rasten mußte.

Fünf lange, bange Stunden währte der Weg, auf dem er kreuz und quer sein ganzes Revier durchwanderte. Er suchte die steilsten Gehänge und die gefährlichsten Pfade, um durch die Erschöpfung des Körpers seine Gedanken und sein Herz zu betäuben.

Als er zu den Hütten kam, lag über den Bergen schon die tiefe sternhelle Nacht. Aus der halboffenen Tür des Herrenhauses leuchtete ein matter Feuerschein. Haymo wollte zur Jägerhütte gehen. Da rief ihn Herr Heinrich an. Der Propst und Desertus saßen vor dem Herrenhaus auf der Bank. Haymo spähte und lauschte, aber von Gittli war nichts zu sehen, nichts zu hören.

„Nun? Wie ist der Pirschgang ausgefallen?" fragte Herr Heinrich. „Hast du Wild getroffen?"

„Wohl, Herr", erwiderte Haymo, sich gewaltsam zur Ruhe zwingend, „unter den Wänden ist eine Fahlgeiß mit ihrem Kitz gestanden, Gemsen hab ich zweiunddreißig gezählt, und auf dem Kreuzwaldlahner ist ein guter Hirsch ausgezogen, dem das Geweih bald reifen wird. Die Kolben zeigen schon die vierte Kron."

„Brav, Haymo, den wollen wir uns holen in der Brunft." Herr Heinrich stockte. „In der

457

Brunft? Ach so, ich vergesse! Die gute Brunft beginnt um den Sankt Pelagitag. Und eine Woche früher fällt schon der Michelstag. Schade! Schade!"

Haymo erzitterte, als hätte er einen Stoß vor die Brust erhalten.

„Aber jetzt geh, Haymo, koch dir ein Nachtmahl und dann leg dich schlafen! Du mußt morgen wieder zeitig auf den Beinen sein."

Ein paar heisere Laute würgte Haymo zum Gruß heraus und wollte zur Jägerhütte gehen.

„Nicht dort!" rief ihm Herr Heinrich nach. „In deiner Hütte schläft das Mädchen. Du mußt dich für heute mit dem Heuboden begnügen. Drinnen auf dem Herde findest du, was für deine Mahlzeit nötig ist."

Haymo trat in die Herrenhütte, schürte das erlöschende Feuer und begann seinen Imbiß zu bereiten. Er tat es nur, weil Herr Heinrich gesagt hatte: Koch dir dein Nachtmahl! Noch eh' er damit zu Ende war, kamen die Herren in die Hütte. Der Propst ging in die Stube, Desertus blieb unter der Tür mit verschränkten Armen stehen und wandte keinen Blick seiner stillen, warm leuchtenden Augen von Haymo. Dem Jäger wurde unter diesem forschenden Blick unheimlich schwül zumut. Der Schweiß trat ihm auf die Stirn. Aber er tat, als sähe er den Chorherren nicht, hockte sich mit der Pfanne in einen Winkel und würgte

458

Bissen um Bissen hinunter. Das Mittagsmahl
hatte ihm besser geschmeckt! Mit einem tiefen
Atemzug sprang er auf. Als er über die Leiter
emporsteigen wollte, trat Desertus auf ihn zu,
streckte ihm die Hand hin und sagte lächelnd:

„Gute Nacht, Haymo!"

„Gute Nacht, Herr!" murmelte der Jäger. Die
gebotene Hand übersah er. Droben warf er sich
über das Heu und grub das Gesicht in die Arme.

Als er nach einer Weile wieder ruhig wurde,
hörte er die Herren in der Küche noch miteinander
reden. Dann wurde alles still.

Leise strich der Nachtwind über das Schindel=
dach. Haymo wachte mit klopfendem Herzen. Als
er meinte, daß Mitternacht schon vorüber wäre,
streifte er die Schuhe von den Füßen, stieg lautlos
über die Leiter hinunter und tappte durch die Fin=
sternis zur Hüttentür.

Sie war versperrt. Der Schlüssel war ab=
gezogen.

Fast eine Stunde stand Haymo zitternd auf
einem Fleck. Als er sich endlich wieder zu rühren
wagte und zum Heuboden hinaufstieg, knarrte auch
noch die Leiter.

Draußen war der Mond aufgegangen; sein
bleicher Schimmer quoll durch die Lücken im Dach.
Haymo lag schlaflos; er hielt die Hände unter dem
Nacken verschränkt und starrte mit brennenden
Augen auf eine der hellen Lücken.

459

Als er meinte, daß der Morgen zu grauen begänne, erhob er sich und stieg in die Küche hinunter. Dabei machte er Lärm und hustete. An der Türe rüttelte er, als wüßte er noch nicht, daß sie versperrt wäre.

Er trat in die Stube.

„Haymo?" fragte Herr Heinrich in der Schlafkammer.

„Wohl, Herr! Ich kann nit hinaus. Es muß einer die Tür versperrt haben."

„Komm her zu mir!" Herr Heinrich griff unter das Lederpolster und zog den Schlüssel hervor. „Da nimm! Und kannst auch gleich am Fenster den Laden aufstoßen. Ich mein', der Morgen wird schön."

Haymo tat, wie ihm geheißen war. Nun trat er ins Freie. Das graue Licht des Morgens kämpfte mit dem Mondschein. Still und dunkel lag die Jägerhütte. Als Haymo ihr entgegenschritt, schlug ihm das Herz bis an den Hals hinauf. Trotz der Dämmerung sah er mit seinem Falkenaug, daß am Fenster der Laden offen stand. Aber ein offenes Fenster war auch hinter ihm.

„Wart nur", murmelte er und raffte ein Steinchen von der Erde, „so gescheit wie die Herrenleut bin ich auch noch!"

Als er die Hütte erreichte, warf er, fast ohne die Arme zu rühren, das Steinchen ins Fenster.

Ein leiser Schrei klang aus der Stube. Haymo lehnte das Griesbeil an die Blockwand und bückte sich, als müßte er die Schuhriemen fester knüpfen.

„Gittli!" flüsterte er.

„Haymo!" klang es in der Stube mit zitterndem Laut, und gleich darauf erschien ein weißes Gesicht am Fenstergitter.

„So, jetzt kann er meinetwegen zuschauen, wie er mag!" Mit flinkem Satz sprang Haymo auf das Fenster zu. Das war nun freilich ein beschwerlicher Kuß, denn die Lücken des Fensters waren eng, die eisernen Stäbe dick — aber ein Kuß war es doch.

„Laß dich nur nichts verdrießen, Gittli! Tu nur festhalten, gelt?"

„Wie ein Astl am Baum!"

Wieder fanden sich ihre Lippen.

„Behüt dich Gott, Schatzl!"

„Behüt dich Gott tausendmal, mein lieber, lieber Bub!"

Haymo faßte das Griesbeil und taumelte davon, das Herz zum Springen voll von Leid und Freude.

Hinter dem offenen Fenster des Herrenhauses standen der Propst und Desertus.

„Es eilt, Dietwald, es eilt!" sagte Herr Heinrich lächelnd.

„Das merk ich, Herr! Wenn ich nicht das Elend meines Kindes will, muß ich flink die Hände rühren zu seinem Glück."

461

Haymo war schon hinausgewandert in die Dämmerung. Er kam an diesem Morgen mit seinem Hegergang so rasch zu Ende wie noch nie. Als die Sonne über die Berge emportauchte, war er schon wieder auf dem Heimweg. Von der Kreuzhöhe sah er die Hütten; sie waren geschlossen. Spähend blickte er über die Täler, die der Pfad durchschnitt. Nahe dem Bergwald sah er die Herren mit Gittli gegen die Almen wandern; sie verschwanden unter den Bäumen und kamen auf dem Almfeld wieder zum Vorschein. Aus der Sennhütte lief ihnen ein Mädel entgegen. Das mußte wohl die Zenza sein? Eine Weile standen die viere beisammen. Dann gingen sie der Hütte zu, und trotz der weiten Ferne meinte Haymo zu erkennen, daß Gittli von den Herren gestützt und geführt wurde.

„Lieber Herrgott", stammelte er, „sie wird doch nit letz geworden sein!" Über Felsen und Buschwerk stürmte er hinunter ins Tal.

Als er nach einer halben Stunde atemlos die Alm erreichte, trat ihm unter der Hüttentür eine fremde Person mit verweinten Augen entgegen.

Er starrte sie an. „Sind die Herrenleut schon wieder fort?"

„Schon lang wieder."

„Wo ist die Sennerin?

„Die bin ich selber. Oder weißt du noch nit, was geschehen ist?" Weinend erzählte sie.

Haymo sank erblassend auf die Bank.

„Gestern um Mittag hat man das arme Leut gefunden. Und der Jörgi geht ab. Seit der Früh schon sucht man nach ihm."

„Suchen?" stammelte Haymo. „Wo?"

„Beim Wildbach drunten."

Sich bekreuzend und ein Vaterunser betend, stürzte Haymo davon, um sich den Suchenden anzuschließen.

Neunundzwanzigstes Kapitel

Es war Herbst geworden. Von den Buchen fiel das welke Laub, und in den kühlen Nächten begannen schon die Hirsche zu röhren.

Wieder erwachte ein Morgen über dem See. Ein grauer, schwerer Nebel lagerte über dem Wasser und flutete um die Bartholomäer Klause. Man konnte kaum auf zwanzig Schritte sehen. Die Tür der kleinen Kirche war offen, und im Dämmerlicht der schmalen Halle stand Pater Eusebius neben dem Altar. Auf den Stufen kniete Wolfrat. Als er sich erhob, schlug er das Kreuz mit der linken Hand; der rechte Arm, den der Ärmel umhüllte wie einen dürren Stecken, hing in einer ledernen Schlinge.

Schweigend traten sie ins Freie und gingen zum Ufer.

463

„Schau, Wölfi, da wartet schon das Schiffl!"
sagte Pater Eusebius und legte seine Hand auf die
Schulter des Sudmanns. „Jetzt schau halt, daß
du gut heimkommst. Und sei gescheit und mach
keinen Streich mehr!"

Wolfrat schüttelte den Kopf und tappte nach
der Hand des Paters. Die Augen gingen ihm über.
„Vergelts Gott für alles, Vergelts Gott tausendmal!" So stammelte er und quetschte dabei die
Hand des Paters, als wäre sie eine Nuß, die er
knacken müßte.

„So hör doch auf!" stöhnte Eusebius und befreite seine rotüberlaufenen Finger. „Der Kerl
druckt noch mit e i n e r Hand wie ein anderer mit
zwei Fäusten. Jetzt aber mach, daß du weiterkommst! Oder hast du an den fünf Monaten da-
herin nicht genug gehabt? Geh, Wolfrat! Wenn
der Schnee fallt, komm ich auch hinaus, und dann
schau ich schon einmal, wie's geht bei dir daheim."
Er schob den Sudmann in das Schiff, in dem ein
Knecht schon das Ruder bereit hielt.

Wolfrat konnte nicht sprechen, er nickte nur
und winkte mit der Hand. Ein Ruck des Schiffes
warf ihn auf den Sitz nieder. Schon nach wenigen
Ruderschlägen war das Ufer im Nebel verschwunden. Wolfrat starrte in die grauen Schleier, die
ihn umhüllten, ihn und das dunkle Los, dem er
entgegenfuhr. Sein Herz dürstete nach Weib und
Kind. Aber wie durfte er sich freuen, da ihm das

Schwerste noch bevorstand. Mit dem lieben Herrgott war er vielleicht auf gleich gekommen; aber der Vogt hatte auch noch ein Wort zu reden. Und wenn die Strafe überstanden war, wie sollte er dann schaffen für Weib und Kind, mit seinem lahmen Arm? Im Sudhaus war es vorbei mit der Arbeit; da brauchte man Leute, die ihre ganzen, gesunden Glieder hatten. Mit der Bauernarbeit war es auch nichts; noch weniger mit Holzen und Flößen. Vielleicht aber fand sich etwas für ihn im Bergwerk? Auf einen Häuerdienst durfte er freilich nicht rechnen; aber einen guten Schlepper[1] gäbe er wohl noch ab; so schwer möchte niemand den „Hund‘ laden, daß er ihn nicht vom Fleck brächte. Ein Schlepper also!

Er seufzte tief und strich mit der linken Hand über den dürren Arm.

Da blies ihm ein frischer Wind in den Nacken; der See begann sich zu kräuseln, und der Nebel kam in Bewegung. Wie in Streit und Kampf wallten die grauen Massen durcheinander, wirbelten in drängender Eile über das Wasser, rissen entzwei, zeigten für einen Augenblick einen blauen Fleck des Himmels und eine sonnig schimmernde Bergzinne, schlossen sich wieder und flossen wogend durcheinander. Immer dünner wurden die grauen Schleier. Bald waren sie nur noch an-

---

[1] Ein Bergknappe, der die geförderten Erze auf einem kleinen Wagen (Hund) hinwegschafft.

zusehen wie bläulicher Duft, durch den der Glanz
der Sonne schon herunterquoll auf das Wasser;
jetzt teilten sie sich mit einem klaffenden Riß über
den ganzen See hin, legten sich an beiden Ufern
mit fließenden Falten über den steilen Bergwald
und schwammen langsam in die Höhe, spurlos zer=
rinnend in der leuchtenden Luft.

Welch ein schöner Morgen! Mit trinkenden
Augen blickte Wolfrat umher in dieser farbigen
Pracht des Herbstes: tiefblau der Himmel, weiß=
glänzend alle Kalksteinfelsen der hohen Wände,
die Nadelwälder saftig grün, alles Laub so feurig
gelb und rot, als stünde jede Buche und jeder Ahorn
in Flammen. Und über dem ganzen See, auf all
den kleinen laufenden Wellen blitzte der Wider=
schein der Sonne mit tausend gaukelnden Lichtern.

Der Nachen fuhr ans Land. Wolfrat stieg aus,
reichte dem Knechte wortlos die Hand und ging
mit raschen Schritten davon. Er atmete freier; es
war etwas in seine bedrückte Seele gefallen wie
ein Trost. Wo er auch ging, überall Glanz und
Licht. Die braunen Wiesen im Tau, die von
Spinnwebnetzen überzogenen Stoppelfelder, die
welken Hecken und Bäume, die weiße Straße, die
fliegenden Fäden in der Luft — alles schimmerte.
Aus Höfen und Hütten, das weite Tal entlang,
stieg in geraden Säulen der blaue Rauch. In der
Ferne, zwischen schlanken Fichtenwipfeln, funkelten
die vergoldeten Kreuze auf Turm und Dach des

466

Stiftes, und dahinter, gleich einem riesenhaften Grenzstein des Klosterlandes, erhob sich der Untersberg, über dessen höchste Felsen schon ein dünner Schnee gefallen war, so zart und duftig, als hätten die roten Marmorstöcke weiß geblüht.

Nicht weit von der Seelände blieb Wolfrat verwundert stehen. Da war ein neues stattliches Haus aus der Erde gewachsen; es stand zwischen Bäumen auf einer Wiese, die von einem frischgeflochtenen Hag umschlossen war. Der Unterstock gemauert, der Oberstock aus gefächertem Sparrenwerk gebildet. Auf dem Giebel des weißen Schindeldaches war, die Vollendung des Hauses kündend, ein mit bunten Bändern geschmücktes Tannenbäumchen errichtet. Dem Haus zur Seite stand ein zweiter Bau: Stall und Scheune. Eine Schar von Arbeitern tummelte sich, um den Bauplatz zu räumen; aus allem Lärm klang immer wieder eine befehlende Stimme, die der Sudmann zu kennen meinte.

„Wohl, das ist er schon!" murmelte er und folgte mit sinnendem Blick dem Chorherrn, dessen weißer Talar bald hier, bald dort, an allen Ecken und Enden auftauchte und wieder verschwand in treibender Geschäftigkeit.

Auf der Straße stand ein Wagen, der mit dem Abrat des Baues beladen wurde. Einen der Knechte, die Gebälk und Bretter zum Wagen trugen, fragte Wolfrat: „Wem gehört das Haus?"

„Dem Kloster. Um Sonnwend ist kein Stein

noch geſtanden, und jetzt ſchau das Haus an!" Der
Knecht maß ihn mit zwinkernden Augen: „Wer
biſt denn du?"

Wolfrat ging ohne Antwort davon; hinter ſei=
nem Rücken hörte er den Knecht noch ſagen: „Mei=
ner Seel, das iſt heilig der Sudmann, den der
Bär in der Arbeit gehabt hat!"

Je näher Wolfrat dem Kloſterdorf kam, deſto
heißer wurde ihm ums Herz. Von weitem ſchon
ſuchte er den Giebel ſeines Lehens; er fand ihn
nicht. Ein quälendes Bangen beſchlich ihn, als er
neben dem Dach des Eggehofes, dort, wo ſonſt der
moosbehangene Giebel ſeines Hauſes hervorgelugt
hatte, einen Firſt von friſchen Brettern leuchten
ſah. Immer größer wurden ſeine Augen, je näher
er kam. War denn das noch ſein Lehen? Die Lehm=
wände weiß getüncht, das Dach geſchindelt, kein
ſchiefer Laden mehr, überall neue Bohlen und
Bretter, das ganze Haus um ein Doppeltes ge=
wachſen: denn aus dem niederen Schuppen war
ein Stall und eine Scheune geworden. Und das
Rote im Garten? Was war denn das? Herr Gott,
das waren zwei graſende Kühe!

Wolfrat wurde bleich und zitterte. Jetzt wußte
er, wie es ſtand. Das Lehen war an einen anderen
gefallen, der ſich das Neſt ſchön warm und ſauber
gerichtet hatte.

Taumelnden Ganges folgte er der Straße. Da
ſah er das Totenbrett ſeines Kindes.

468

„Schau, das hat er doch stehen lassen?"

Aber schief stand es, als wär es von einem Wagenrad gestreift worden. Wolfrat richtete es gerade und stampfte den Rasen fest, in dem es stak.

„Mariele!"

Er starrte die Zeichen des Namens an, von denen der Regen fast die ganze Farbe gewaschen hatte.

Dann ging er mit hängendem Kopfe weiter. Er machte einen Umweg, um nicht am Sudhaus vorüber zu müssen.

Nun stand er am Fuß des Nonnberges, vor der Gartenmauer des kleinen Klosters, und zog den Glockenstrang. Eine dienende Schwester öffnete.

„Was willst du?"

„Ist die Seph noch da? Die Polzer-Seph? Ich möcht reden mit ihr."

Die Schwester nickte und schloß die Tür. Er hörte die Nonne auf dem knirschenden Kies davongehen. Nach einer Weile näherten sich langsame Schritte, und Seph erschien auf der Schwelle. Sie erblaßte vor Schreck und Freude. Wortlos reichten sie sich die zitternden Hände und sahen sich an.

Endlich atmete Sepha tief auf. „Grüß dich Gott, Polzer!"

„Grüß dich Gott auch, Seph!"

„Weil du nur wieder da bist! Mein Gott, ist das eine schieche Zeit gewesen!"

469

„Gelt ja?"

Er zog sie sanft von der Türe weg. Der Mauer zu Füßen setzten sie sich auf den welken Rasen und ließen die Füße in den Straßengraben hängen.

Sie sah ihn kummervoll an. „Haft du auch völlig den Gesund wieder?"

„Wohl! Bis auf den da halt!" Er streifte mit einem Blick seinen lahmen Arm. „Der wird nimmer anders. Den muß ich haben."

Ein Schauer rüttelte ihre Schultern, als sie mit den Fingern über den schlotternden Ärmel streifte und den leeren Knochen fühlte. Eine stille Weile verrann.

„Aber du?" sagte er. „Wie geht's denn dir? Ich mein', du tust noch ein lützel blasseln?"

„Da mußt du keine Sorg haben. Ich bin lang wieder richtig beieinander und kann wieder schaffen wie eh. Aber jetzt halt, weißt, ich schau nur so aus, weil — weil halt —" Sie wurde rot. „Merkst du es nit?"

Er warf einen Blick über ihre Gestalt. „Seph! Seph! O du lieber Herrgott!" stammelte er und drückte sie an seine Brust. So saßen sie schweigend und blickten ziellos in den schimmernden Morgen.

„Jetzt kommt's mir erst doppelt schwer an!" murmelte er.

„Das wird wohl ein Schmerzenskindl werden, das arme Würml!"

470

„Und der Bub? Was macht der Bub?"

Da huschte ein Lächeln über ihre Züge. „Den wirst du schier nimmer kennen! Wie er ausschaut! Wie's helle Leben! Und gut hat er's. Die besten Bröcklen schieben ihm die Schwestern zu. Überhaupt, Polzer, wie man da gut ist mit uns, das kann ich dir gar nit sagen." Die Tränen stürzten ihr aus den Augen. Sie fuhr sich mit dem Ärmel über das Gesicht. „Wart, ich hol dir den Buben, daß du doch auch eine Freud hast!" Sie erhob sich und wollte zur Tür.

Er schüttelte den Kopf und hielt sie zurück. „Laß ihn, Sepp, bis ich wiederkomm!"

„Wo gehst du hin?" Da sah sie den verstörten Ausdruck seiner Züge und stotterte: „Was hast du denn?"

„Zum Vogt muß ich. Und muß mich angeben."

„Polzer!" schrie sie und sah sich erschrocken nach allen Seiten um. Die Sprache versagte ihr; nur mühsam brachte sie noch die Frage heraus: „Es muß wohl sein?"

Wolfrat nickte. „Komm, Seph, machen wir's kurz! Behüt dich Gott derweil!"

Sie umklammerte seine Hand; es kam kein Laut mehr über ihre Lippen.

Er machte sich los und ging davon. Als er nach einer Weile zurückschaute, stand Sepha noch unter der Tür. Langsam schritt er weiter. Bei der

471

Wendung der Straße blieb er wieder stehen. Sepha stand noch immer auf dem gleichen Fleck.

„Geh, Sepha", rief er, „geh doch hinein!"

Da wandte sie sich und verschwand in der Tür.

Aufatmend schritt er dem Markt entgegen. Einige Leute sprachen ihn an; er nickte nur einen Gruß und ging vorüber. Bald erreichte er das Stift. Die Wartestube des Vogtes war überfüllt. Eben schob Herr Schluttemann zur Tür ein altes Bäuerlein hinaus, das unter stotterndem Dank einen Bückling um den andern machte.

„Ja, Mannderl, ja, ist schon gut!" sagte der Vogt. „Und wenn du wieder was brauchst, nach= her komm nur gleich, gelt?!" Da gewahrte er den Sudmann: „Grundgütiger Herrgott! Seh ich denn recht? Wolfrat! Du? So komm doch!" Er packte ihn bei der Hand und zog ihn hinter sich her in die Stube.

Wolfrat riß Mund und Augen auf und starrte Herrn Schluttemann an wie ein heiliges Wun= der. Eh' er noch wußte, wie ihm geschah, saß er schon in einem Lehnstuhl, und vor ihm hockte Herr Schluttemann mit schlenkernden Beinen auf dem Tisch. Lachend und immer die Hände reibend has= pelte der Vogt ein Dutzend Fragen herunter, ohne die Antwort auf eine einzige abzuwarten. Er= schrocken hielt er inne, als Wolfrat sich plötzlich aufrichtete mit aschfahlem Gesicht.

„Was haſt du, Wolfrat, was haſt du denn?"

„Reden muß ich was! Fürs erſte aber will ich noch ein Vergelts Gott ſagen für alles, was man an meinem Weib und Kind getan. Und nachher will ich ſagen —"

„Was denn? Was denn? Was denn?"

„Von wegen dem Jäger. Derſelbig, der ihn geſtochen hat — ich bin's geweſen!"

Herr Schluttemann verlor die Faſſung. „Du Menſch, du", ſtammelte er, „aber das iſt ja doch gar nicht möglich!"

„Wohl, ich bin's geweſen."

Der Vogt ſtarrte den Sudmann an, griff ſich an den Kopf und rannte davon, hinein in die Stube des Propſtes.

Herr Heinrich erhob ſich von ſeinem Schreib= pult; die Tür blieb offen ſtehen, und Wolfrat konnte jedes Wort vernehmen.

„Reverendissime! Denket! Jetzt kommt dieſer Wolfrat und gibt ſich an und ſagt, daß er es doch geweſen iſt, der den Haymo geſtochen hat."

„Der Wolfrat?" Herr Heinrich ſchüttelte den Kopf.

„Ja, der Wolfrat! Ich hab auch den Kopf ge= ſchüttelt. Aber der Mann iſt da und ſagt, er hat's getan."

„Der Haymo hat aber für ihn gezeugt. Und ein Jäger hat gute Augen,"

473

„Vielleicht hat er Erbarmen gehabt?"

„Der Haymo lügt nicht. Ja, Vogt, Ihr habt dem Wolfrat damals unrecht getan."

„Aber meiner Seel", stotterte Herr Schluttemann, „er steht doch draußen und sagt, er hat's getan!"

„Das ist mir unbegreiflich. Aber wißt Ihr, was ich meine? Der Mann trägt es Euch nach, daß Ihr ihm unrecht getan habt. Jetzt will er Euch den Streich heimzahlen und kommt und spielt Euch einen Possen und bindet Euch einen Bären auf, zur Heimzahlung für den, der über ihn gekommen ist."

„Da soll ihn doch gleich —" Herr Schluttemann zog mit der Faust aus, um der Tischplatte eins zu versetzen; aber er besann sich noch rechtzeitig.

„Ich muß gestehen, das ist ein keckes Stück!" lächelte Herr Heinrich. „Der Mann geht zu weit. Das greift hart an Eure Würde, Vogt! Das dürft Ihr Euch nicht gefallen lassen."

„Und ich laß es mir auch nicht gefallen! Da soll ja doch —" Herr Schluttemann stürmte mit purpurrotem Gesicht hinaus in die Amtsstube. Er war seit Monden zum erstenmal wieder in hellem Zorn.

Wolfrat stand mit weit aufgerissenen Augen, zitternd am ganzen Leib, bei jedem Atemzug die Farbe wechselnd.

474

Herr Schluttemann hielt ihm die Fäuste unter die Nase und schrie: „Gelt? Jetzt steigt dir das Grausen auf! Wart, du Gauner, du schwollkopfiger, dir will ich die Späßlein noch austreiben! Du sag mir noch einmal, daß du's gewesen bist! Gelt? Jetzt verschlagt's dir die Red! Wart nur! Wart! Den Vogt uzen! Wart nur!" Herr Schluttemann stürzte auf die Wand zu und riß am Glockenstrang; ein Fronbot trat in die Stube. „Pack den Kerl! Marsch in den Block mit ihm! Und nur fest hinein!"

Der Fronbot faßte den Sudmann, der wie ein Trunkener zur Türe schwankte.

Herr Schluttemann tat einen Pfiff, und als der Fronbot zurückkam, tuschelte er ihm zu: „Aber gib ein lützel Obacht auf seinen lahmen Arm!"

Der Fronbot nickte und packte den Sudmann wieder beim Kragen. Eine Weile später saß Wolfrat im Hof des Klosters auf der Erde, mit Arm und Füßen an den Block gefesselt. Warm schien die Sonne auf ihn nieder. Ein Finkenweibchen kam herbeigeflattert, guckte ihn neugierig an und flog wieder auf das Dach. Aus dem offenen Fenster einer hochliegenden Zelle klang das sanfte Spiel einer kleinen Orgel.

Stunde um Stunde verging. Wolfrat rührte sich nicht; wohl brannten die Knöchel, und sein Rücken schmerzte; aber er saß wie ein Träumender, und seine Augen glänzten.

475

Als die Glocke zu Mittag läutete, kam Frater Severin mit einer Holzbitsche und hielt sie an Wolfrats Lippen. „Da trink!"

In langen Zügen schlürfte der Sudmann den Wein, bis ihm der Frater die Bitsche wegnahm mit den Worten: „Halt aus ein lützel, mußt nit alles auf einmal schlucken! Sonst kriegst du am End noch einen Rausch!" Er stellte die Bitsche auf die Erde, stemmte die Fäuste in die Hüften und schnaufte. Wahrlich, Frater Severin hatte in diesen Monaten sein möglichstes getan, um das ‚vollgedrückte Maß', das ihm Gott der Herr gegeben, in unversehrter Fülle zu erhalten. Die paar Pfunde, die er auf den Bergfahrten verloren, hatte er reichlich wieder zugesetzt.

„Viel Schweiß hat's freilich gekostet, ui jei!" sagte er. „Aber schön ist's da droben doch allweil gewesen! Jetzt hat's ein End mit dem Bergsteigen. Weißt du, jetzt muß ich Tag um Tag in der Küch stehen. Von der Hitz geht der Mensch auseinander wie der Teig in der Pfann." Er verschränkte die Hände über seinem wölbigen Bäuchl. „Ein Kreuz! Ein rechtes Kreuz! Lieber wär ich in meinem Garten geblieben. Aber weißt du, ich hab die Herdregentschaft erben müssen, seit Frater Friedrich, der Küchenmeister, am Lachen gestorben ist."

Wolfrat hob verwundert die Augen. „An was?"

„Am Lachen!" sagte Frater Severin ernst.

„Sonst macht das Lachen die müden Leut lebendig. Kann eins denn sterben am Lachen?"

„Leichter als an der Sorg. Mit dem Bruder Friedrich ist's gegangen, so schnell, ich weiß nit wie." Eine wehmütige Trauer war noch in Frater Severins Augen, als er das Gesicht hinüberdrehte zu den offenen Küchenfenstern, aus denen zarte, wohlduftende Dämpfe sich herauskräuselten. Je länger Severin diese grauen Flatterfähnchen seines ererbten Reiches betrachtete, um so fröhlicher wurden seine Augen; nun fing er leise zu lachen an, und auf dem strebsamen Hügel seiner Nabelstätte machten die verschlungenen Hände hurtighüpfende Bewegungen. Dabei sagte er: „Eigentlich ist's ein schandbar Ding, daß man beim Gedenken an eines guten Menschen gottseliges Sterbstündl so lustig wird. Aber das ist gewesen wie ein Fastnachtspiel, so übermütig, daß es der keckste von allen Klosterpoeten nit spaßiger hätt ersinnen können."

Er wischte die Lachtränen aus den kleinen Augen. Und während der Sudmann aller drückenden Pein des Blockes zu vergessen schien, fing Frater Severin zu erzählen an.

Daß der tonnenrunde Küchenmeister Friedrich vor Lachen sterben mußte, das geschah in der Woche nach Sankt Jakobi. Schon seit Beginn des heißen Sommers hatte es den schwerbefrachteten,

477

an Luftnot und Aderverhärtung leidenden Bruder
— wie Frater Severin sich ausdrückte — ‚arg
beim Zwickel‘. Jeder Schnaufer wurde ihm zu
einer so harten Mühsal, wie wenn man ein gewichtiges Essigfaß heraufziehen muß über die steile
Kellertreppe und es quieksen beim Rutschen die
Dauben und Reifen. Seit einigen Tagen wollte
ihm auch der Marksaft der Schneerosenwurzel
nimmer richtig helfen, den gedrosselten Atem nicht
mehr erleichtern. Dennoch harrte er, wie eine arme
Seele auf den Himmel wartet, an jedem Morgen
auf die Mittagsstunde, in der ihm nach sparsamer
Krankenkost die ‚zwei Tropfen‘ gereicht wurden.
Wollte die Erleichterung dann nicht kommen, so
bettelte er hundertmal wie ein krankes Bübl:
„Noch! Noch!“ Hätte man es ihm nicht gewehrt,
er hätte den Nieswurzgeist geschluckt wie Rech-
berger Auslese — Frater Severin sagte: ‚wie des
liebreichen Himmels allerhöchste Gnad‘. Immer
mußte jemand bei dem Kranken sitzen und ihm
den Weg zum Fenster versperren, wo die kleine
Phiole mit dem wasserklaren Schneerosenblut in
der Sonne stand, um die belebende Kraft des Heil-
saftes in der firmamentischen Wärme zu steigern.

„Und da bin ich am Freitag nach Sankt Jakobi
neben seinem Lehnstuhl in der Küchenzell gesessen.
In seiner schmerzhaften Sehnsucht hat er mit den
eingesunkenen Durstaugen allweil hinübergeschaut
zum Fenster, hat allweil die Hand gestreckt, die so

478

rund gewesen ist wie ein Butterkrapfen. Und endlich hat das Stündl geschlagen, wo ich das Fläschl hab holen dürfen. Sein Gesicht, ui jei, das ist gewesen wie eine mondgewordene Menschenfreud. Und derweil ich fürsichtig die zwei Tröpflen hineinfallen laß in seinen gewässerten Metbecher, geht draußen in der Küch ein Bubengelächter los, daß man meinen hätt können, der Teufel hätt seinen Schwanz verloren. Ich stell das Fläschl auf den Tisch und spring zur Tür hinüber, will gucken, was da draußen geschehen ist — und da seh ich die Küchenbrüder und Laufburschen herumstehen um die Anrichttafel. Und jeder von ihnen muß sich vor Lachen zusammenbiegen, muß die gespreizten Händ heben oder ein Hockerl machen. Und der Walti schreit wie ein lustiger Narr: ‚Mirakel, Mirakel, der Frater Küchenmeister hat —‘ Er kann vor Lachen nit weiterreden. ‚Was hat er?‘ frag ich. Und der Walti kudert: ‚Ein Kindl hat er gekriegt! Das schaut ihm gleich wie ein grünes Johannisbeerl dem Kürbis!‘ Ich will dem Buben wegen seiner ehrfurchtswidrigen Red eine Gesunde hinter die Ohren hauen. Aber kaum ich hinguck auf die Anrichttafel, da muß ich selber lachen — ui jei, schau her, ich kann schier nimmer reden, so tut mir das Lachen weh!"

Frater Severins runde Mitte wackelte so hurtig, als wäre die Erinnerung für ihn zu einer Wirklichkeit geworden, die er abermals erlebte. Auch Wolf-

rat in seinen Schmerzen mußte schmunzeln und
sagte: „Ich hätt mir im Leben nit denken mögen,
was für ein kurzweilig Ding das sein kann, im
Block sitzen." Und weil der Frater in seinem fröh=
lichen Erinnern noch immer schweigsam blieb, fragte
der Sudmann: „Sag? Warum ist's in der Klo=
sterküch am selbigen Freitag nach Jakobi so lustig
zugegangen?"

Einer von den Küchenjungen hatte einen Buben=
scherz getrieben, um den sich so viel Heiterkeit ent=
spann, daß die Lachenden nicht merkten, wie grau=
sam er war.

Halb aufrecht, mit den unbehilflichen Zappel=
händchen in der Luft, saß inmitten der großen An=
richttafel ein winziges, drollig entstelltes, weiß=
grünes Geschöpf, wie ein kugelförmiger Märchen=
zwerg — ein Laubfrosch, den der Küchenjunge mit
einem Strohhalm aufgeblasen hatte. Weil das
Tier bei der prallen Rundung seines silberweißen
Ränzleins nimmer auf alle viere kam, mußte es
aufgerichtet sitzen gleich einem gläsernen Männ=
lein Steh=auf. Bei der geringsten Bewegung geriet
es ins Kollern und überrollte sich ein paarmal,
bis es sich mit den Hinterpfoten wieder an der
Tischplatte festsaugen und zu dieser Predigerstel=
lung aufrichten konnte, die von unwiderstehlicher
Komik war.

„Ist kein neuer Spaß gewesen, Gott bewahr",
sagte Frater Severin, „die Unsinnigkeit der jungen

Menschenleut ist ein ewiges Ding, und jeder Laus-
bub lernt es vom andern. Man hätt sich ärgern
sollen in Barmherzigkeit. Aber das kürbisfeiste
Fröschl hat ausgeschaut — meiner Seel, es hat
grad so ausgeschaut als wie —" Er mußte wieder verstummen, weil ihn die lustige Erinnerung
aufs neue überwältigte.

Wie der kleine, um das Vielfache seines Um-
fanges ausgedehnte Frosch so inmitten der großen Tafel saß, glich er in seiner vorderen, milch-
weißen Hälfte einem drastisch geformten Augusti-
nerpüppchen. Und mit der straffgedunsenen Trom-
mel, mit den hilflos tappenden Händchen, die
immer zu verlangen schienen: „Noch!", und mit
den weißen Schlotterbacken unter dem klagend
verzogenen Mundschnitt hatte das Fröschl mit
dem leidenden Frater Küchenmeister in seiner weißen rundgepolsterten Kutte eine so flink erkenn-
bare Ähnlichkeit, daß jeder vom Gesind der Klosterküche bei diesem Anblick brüllen mußte, ob er
wollte oder nicht.

„Und derweil wir alle so kudern, hören wir gählings hinter uns ein Lachen, als tät einer mächtig
herumklopfen auf einem hohlen Faß. Wir guk-
ten wie die Narren. Und was sagst du — der
Frater Küchenmeister, der seit Wochen schier nimmer aus seinem Lehnstuhl gekommen ist, steht fest
und munter vor uns da! Kann schnaufen wie ein
Gesunder! Und lacht und lacht, ui jei, ich sag dir,

in seinen Augerln ist's gewesen wie neuvergoldeter Lebensglanz. Und er muß auch gleich gemerkt haben, was uns alle so lustig macht. „Hoi', sagt er, streicht wie ein Schwimmer die runden Händ auseinander, schupft zur Linken und Rechten einen Laufbuben davon — ‚hoi', sagt er, ‚so lasset mich doch ein lützel hingucken zu meinem Ebenbild!' Und da muß er lachen, daß er nimmer hat reden können! Und buckelt sich mit Brust und Armen über die Tafel hin. Und lacht und lacht, als hätt er so was Viehnärrisches im Leben noch nie gesehen. Und wie wir alle vom Brüllen schon müd geworden sind, und es ist ein lützel stiller um die Tafel gewesen, da hören wir ein feines, langgezogenes Tönlein — piiiiiii — als tät ein Spielmann lindhändig über die Fiedel streichen. Erst haben wir gemeint, der Frater Küchenmeister hätt so geschnauft. Aber Gott bewahr! Das ist die Luft gewesen, die dem Fröschl wieder entronnen ist. Und wie ihm so langsam das Bäuchl schwindet, und wie wir das Fröschl so als Singvogel in contrario haben schrumpfen sehen zu der neidhaften Magerkeit, die der liebe Gott bei Erschaffung der Welt den Laubfröschen gegeben hat — ui jei, das kannst du mir glauben, Sudmann, das ist von allem das Allerlustigste gewesen."

Frater Severin mußte Atem holen.

„Wir brüllen noch alle, derweil das Fröschl munter und vergnügt schon auf der Anrichttafel

482

herumhupft und einen Ausweg sucht. Da merk
ich gählings, daß der Frater Küchenmeister nim=
mer lacht. ‚Bruder, was ist dir?‘ frag ich. Und
wie ich ihn anrühr beim Ellbogen, rutscht er lang=
sam von der Tafel auf den Boden hin. Und ist
ein maustoter Mann gewesen! — Freilich, der
Tod schaut allweil aus wie ein trauriges Ding.
Aber am Lachen sterben? Ist das nit besser, als
sterben an der Pest?"

Wolfrat nickte. „Ich wollt, ich tät das Lachen
schon wieder können!"

Eine Weile schwieg der Frater. Dann sagte er
ein bißchen verdrießlich: „Mir hat man selbigs=
mal den Fürwurf gemacht, ich hätt nit Obacht
gegeben auf das Fläschl mit dem Nieswurzgeist.
Zehn Tropfen, heißt es, machen tot. Aber ich laß
mir ein Ding, das mich reuen müßt, nit ein=
reden. Das Fläschl wird umgefallen sein, und
das Schneerosenblut ist ausgeronnen und verdun=
stet." Er lächelte schon wieder. „Und denk, das
Fröschl hat keiner mehr gesehen. Möcht wissen,
was geschehen ist mit ihm. Und ob's noch lebt?"

Der Sudmann murrte: „Möcht lieber wissen,
wer den Kuchlbuben bei den Ohren genommen
hat?"

„Freilich, ja!" Frater Severin nickte nachdenk=
lich vor sich hin. „Aber —" Sein fettes Rund=
gesicht bekam den Ausdruck tiefster Philosophie:
„Wer blast denn uns so auf?" Langsam strich er

31*   483

mit den Händen über sein ,vollgedrücktes Maß'.
Und weil ihm Wolfrat keine Antwort gab, hob
er die Bitsche von der Erde und hielt sie dem Sudmann an den Mund: „Komm! Schluck wieder
ein lützel!"

Wolfrat trank.

„Der liebe Herrgott soll's gedeihen lassen!"
seufzte Frater Severin, sog den Rest aus der
Kanne und ging davon. „Auf den Abend komm
ich wieder."

Er hatte da ein Versprechen gegeben, das er
nicht halten konnte. Denn als die Sonne von den
Dächern geschwunden war, als es zwischen den
hohen Mauern schon zu dämmern begann und
Wolfrat einmal aufblickte, stand Herr Heinrich
vor ihm.

„Nun? Wird's dir schon bald zu lang?"

Wolfrat schüttelte den Kopf. „Ach, lieber, guter
Herr! Ich sitz mit Freuden, bis ich umfall. Das
ist doch keine Straf."

„So? Meinst du?" Herr Heinrich setzte sich auf
den Block. „Dann muß ich raiten mit dir. Hast
du nicht Sünde mit Reue, Blut mit Blut bezahlt? Hast du für das Leben, das du dem Jäger
nehmen wolltest, nicht dein eigenes Leben schier hin-
geben müssen? Hat dich nicht einer, der klüger ist
als alle Richter der Welt, ein halb Jahr lang in
den Block gelegt? Trägst du nicht ein Merkzeichen
davon für deine Lebzeit? Und den Steinbock hast

484

du teuer genug erkauft: mit dem letzten Blick deines Kindes. Hätt ich dich härter strafen können?"

Wolfrat ließ den Kopf sinken.

„Schau, noch keiner hat, wo er Böses gesät, eine volle Ähre geschnitten. Einen wachsenden Kern hat nur das Gute. Man muß nur nicht allweil gleich die eigene Scheuer damit füllen wollen, muß auch säen können, wo andere ernten."

„Wohl, Herr, das muß heilig wahr sein. Was wär denn jetzt mit mir, wenn's nit gute Leut auf der Welt gäb!"

„Ja, Wolfrat, das sag dir nur allweil, dann wirst du auch nimmer vergessen, daß man zusammenhalten muß und gut sein mit den anderen, hart nur gegen sich selber. Ich mein', du hast es doch gespürt, wie schwer und finster das Leben ist, und wie es über einem oft liegen kann, als wäre es ein ganzer Berg. Wenn du so einem begegnest, dann mußt du halt auch flink zuspringen. Wirf nicht einen Stein noch drauf, sondern hilf ihm tragen! Wirst sehen, dann kommt ihr beide zu einem sonnigen Fleck, wo man rasten und ausschnaufen kann für den weiteren Weg!"

„Wohl, Herr!" Wolfrat blickte mit feuchten Augen zu Herrn Heinrich auf. „Aber wie soll ich noch etwas helfen können in der Welt? Ungrade Finger greifen schlecht."

„Nützen und zum Guten helfen kann einer auch

485

mit halben Armen. Wenn nur ein ganzes Herz
dabei ist! Und schaffen wirst du wohl auch noch
können für Weib und Kind. Man muß halt ein
richtiges Geschäftl suchen für dich."

„Vergelts Gott, Herr, Vergelts Gott!" stam=
melte Wolfrat. „Schauet, da hab ich halt so für
mich gemeint: einen Schlepper im Salzberg tät ich
allweil noch abgeben."

„So? Hast du denn schon einmal im Berg ge=
fördert?"

Der Sudmann schüttelte den Kopf.

„Da wird's schwerhalten! Alles will gelernt
sein. Ich mein', du wirst im Sudhaus bleiben
müssen. Mit dem Feuern und Sieden hat's wohl
ein End. Aber Aufschau halten und in die Pfan=
nen lugen und Kerbschneiden¹) wirst du allweil
noch können. Da verdienst du auch ein lützel mehr
dabei. Der alte Rottmann²) will sich zur Ruh
setzen. Was der gehabt hat, wirst du ja wissen.
Und jetzt komm, steh auf!"

Herr Heinrich erhob sich und öffnete den Block.
Wolfrat aber blieb sitzen und rührte sich nicht; er
starrte immer den Propst an und würgte nach
Worten. Herr Heinrich mußte ihn am Arm fassen
und aufrichten.

---

¹) Jede Schicht eines Arbeiters wurde in zwei aneinander=
gelegten Stäben durch eine Kerbe verzeichnet; den einen Stab
behielt der Aufseher, den anderen der Arbeiter.
²) Aufseher.

486

„Geh, Wolfrat! Deine Seph wartet daheim, sie wird sich ängstigen, wenn du so lange bleibst. Streck dich! Und geh heim!"

Wolfrat stand mit gebeugtem Rücken; das Sitzen im Block hatte ihn ganz steif gemacht; aber das schien er nicht zu fühlen.

„Heim? Heim?" stotterte er mit halb erstickten Lauten. „Wo bin ich denn daheim? Jetzt saget nur gleich: im Himmel — und ich glaub's!"

„Später einmal!" lächelte Herr Heinrich. „Für jetzt noch in deinem Lehen. Wo denn sonst? Nun aber geh und behüt dich Gott!" Er führte den Wankenden zum Tor und schob ihn auf die Straße.

Ein paar Schritte taumelte Wolfrat vorwärts. Als er hinter sich das Tor ins Schloß fallen hörte, stammelte er erschrocken: „Jesus Maria! Ich hab vergessen —" Er sprang zurück und schlug mit der Faust an die Bohlen. „Herr, Herr! Lasset mich doch hinein! Lasset mich doch ein Vergelts Gott sagen."

„Dank einem anderen!" klang die Stimme des Propstes, während seine Schritte sich entfernten.

Wie ein Berauschter schwankte Wolfrat auf die Straße und starrte in der Dämmerung umher, als wär' es eine neue Welt, die ihn umgab. Da sah er die Mauer des Friedhofs und hinter ihr die steinernen Kreuze. Er trat hinzu und fand

487

auch hier ein geschlossenes Tor. Am eisernen Gitter streckte er den Arm durch die Stäbe, als könnte er hineingreifen bis zum Grab seines Kindes.

Auf dem Turm begann die Glocke zu läuten. Sanft hallend schwebten ihre Klänge über das weite Tal, zu Ruh und Frieden mahnend. Wolfrat bekreuzte sich und murmelte den Mariengruß. Dann rannte er davon.

Keuchend erreichte er sein Lehen. In der Stube brannte schon das Licht. Unter der Türe trat ihm sein Weib entgegen.

„Seph! Seph!"

Mehr brachte er nicht heraus. Er wankte, und sie mußte ihn stützen. Als er in die Stube trat, streckte er die Hand, wie um mit einem einzigen Griff alles zu fassen, was ihn umgab. Sepha ließ ihn auf die Bank sinken, und da saßen sie nun und hielten sich wortlos umschlungen, bis von draußen ein aufgeregtes Stimmchen tönte:

„Mutter! Mutter! Alle zwei sind hinein in den Stall, ganz alleinig!"

Wie eine Hummel kam Lippele in die Stube gesurrt und stand erschrocken still.

„Bürscherl?" fragte Wolfrat mit schwankender Stimme. „Kennst du mich nimmer?"

„Jöi, der Vater, der Vater!" schrie der Bub in Freude, kletterte auf Wolfrats Knie und drückte und küßte, daß ihnen beiden fast der Atem verging.

488

„Aber Seph! Wo ist denn die Dirn?"

„Ich weiß nit, was da sein muß! Jetzt hat man sie wieder im Klösterl gehalten. Und die ganze Zeit her —"

Sepha konnte nicht weitersprechen. Denn Lippele drückte ihr die Hand auf den Mund und gebot: „Sei still, Mutter, ich muß dem Vater was zeigen!" Und von Wolfrats Knien auf die Erde niederrutschend, schrie das Bübl mit brennendem Gesicht: „Schau, Vater, schau, was ich schon kann!"

Im Hui hatte der kleine Kerl das Jöppl heruntergerissen; er warf es auf den Boden, duckte sich, und schwupp, stand er kerzengerade auf dem Kopf. Freilich plumpste er gleich wieder auf die Seite; aber das tat dem Stolz keinen Eintrag, mit dem er sich erhob.

„Und das hast du im Klösterl gelernt?" staunte Wolfrat.

„Wohl! Aber nit von den Klosterfrauen."

Seph und Wolfrat sahen sich an und mußten lachen.

Wie lange war es her, seit diese Stube das letzte Lachen vernommen hatte!

Und dieses neugefundene Lachen war gesünder als jenes, an dem der Frater Küchenmeister hatte sterben müssen.

489

Dreißigstes Kapitel

Am andern Morgen, zu früher Stunde schon, verließ Desertus das Stift und ging dem Klösterlein der frommen Schwestern zu.

Einige Stunden später wanderte Herr Heinrich nach dem See. Als er am Eggehof vorüberkam, sah er beim Hag, der das Gehöft vom Polzerlehen trennte, den Eggebauer mit Wolfrat beisammenstehen. Der Bauer ließ den Kopf hängen. Wolfrat hatte ihm den Einarm um die Schultern gelegt und schien dem Bekümmerten herzlich zuzusprechen.

Mit sinnendem Lächeln schritt Herr Heinrich dahin unter dem welkenden Laubdach der die Straße geleitenden Bäume. „Wieder einer, der im Schatten die Sonne fand! Freilich, nur einer! Aber laß einen einzigen Tropfen in den See fallen, er zieht doch immer seine Wellen und rühret hundert andere!"

Nach einer Stunde erreichte Herr Heinrich die Seelände. Die beiden Fischerknechte, die mit dem Spannen der feuchten Netze beschäftigt waren, zogen die Kappen und traten ihm entgegen.

„Habt ihr den Jäger nicht herkommen sehen über den Steig?"

„Den Haymo? Nein, Herr!"

„Dann habet acht eine Weil! Er wird wohl kommen. Doch braucht ihr ihm nicht zu sagen,

490

daß ich nach ihm fragte. Saget ihm nur: wenn er mich etwa sprechen wollte, dann fänd er mich beim neuen Haus."

Herr Heinrich ging, und die Knechte glotzten ihm nach.

Es währte nicht lang, so hörte man auf dem Steig ein Griesbeil klirren und klappernde Schritte näher kommen.

Haymo tauchte unter den Bäumen auf. Sein Gang war langsam und müde; das Gesicht sah verhärmt aus, obwohl es gerötet war, denn er hatte schwer getragen; die Armbrust war um seinen Hals gehängt, und der Rücken mit einem vollgestopften Bergsack beladen.

„Was tragst du da?" fragte einer der Knechte.

„Mein Sach!" erwiderte Haymo mit zuckenden Lippen.

„Was ist denn? Es liegt doch allweil noch kein Schnee droben? Ziehst du schon ab von der Röt?"

Der Jäger nickte.

„Mußt du in ein anderes Revier? Auf den Roint oder auf den Griesberg hinauf?"

Haymo schüttelte den Kopf.

„Wo willst du denn hin jetzt?"

„Ins Kloster hinein zum Herrn."

„Den kannst du näher haben. Grad ist er zum neuen Haus hinaufgegangen."

„Zum neuen Haus?" Haymo sah verloren auf

491

und tat einen schweren Atemzug. „Kann ich bei euch derweil meinen Sack einstellen?" Ohne eine Antwort abzuwarten, ging er in die Fischerhütte, legte den Bergsack in die Stube, nickte den Knechten einen Gruß zu und folgte der Straße.

Das ‚neue Haus' war leicht zu finden. Über die goldig schimmernden Baumwipfel leuchtete das weiße Schindeldach herüber mit dem bändergeschmückten Tannenbäumchen. Als sich Haymo zögernd dem Tor näherte, das den frischgeflochtenen Hag durchbrach, blieb er stehen, wie von freudigem Schreck betroffen. Es war ihm, als hätte er aus einem der offenen Fenster ein klingendes Lachen gehört. Er lauschte. Alles blieb still. Ein bitteres Lächeln zitterte um seinen Mund. War ihm das in diesen langen, bangen Wochen nicht zu hundert Malen geschehen? Wenn er durch den stillen Bergwald gestiegen, oder gipfelwärts über ödes Gestein, versunken in seine träumende Sehnsucht, dann hatte er plötzlich diese liebe, klingende Stimme gehört, bald wie aus weiter Ferne, bald wieder, als wäre sie dicht an seinem Ohr. Und hatte er sich mit stockendem Herzschlag umgewandt, so waren rings um ihn her nur die leeren Lüfte gewesen, der stille Wald und die schweigenden Felsen. Und wenn er in dunkler Nacht auf der Wolfshaut lag, vor Ermüdung fiebernd an allen Gliedern, wenn nach martervollem Sinnen und Grübeln der Schlaf ihm die Lider schwer

492

machte, daß sie sanken, dann klang es plötzlich hell und weckend in seinen Schlummer: „Haymo!" Und er fuhr in die Höhe, strich die zitternde Hand über die Stirn und lauschte, und fand sich allein, umgeben von tiefer Finsternis, und nur seine Seufzer klangen in der stummen Hütte.

„Es geht mir überall nach!" murmelte er, während er mit irrem Blick das stattliche Haus überflog.

Zögernd betrat er den Hofraum und erbleichte, als er, einer alten Ulme zu Füßen, auf einem moosigen Steinblock, Herrn Heinrich sitzen sah.

„Haymo? Du?"

Der Jäger zog die Kappe, und während er sie zwischen den Händen zerknüllte, trat er näher mit gesenktem Kopf.

„Grüß Gott, Herr!"

„Wie kommst du da her? Was hat dich ins Tal geführt?"

„Herr!" Die Stimme des Jägers schwankte. „Heut ist der Michelstag."

„Der Michelstag?" sagte Herr Heinrich erstaunt. „Richtig, der Michelstag! So, so! Der Michelstag? Und deshalb kommst du herunter?"

„Wohl! Ich hätt nimmer bleiben dürfen, auch wenn ich mögen hätt." Immer leiser wurde Haymos Stimme. „Heut geht mein Dienst aus."

„Richtig, richtig! Von heut an hab ich um

493

einen Klosterjäger weniger. Und weniger um den besten. Und nun bist du gekommen und willst mir Behüt Euch Gott sagen, gelt? Und dann willst du dir einen neuen Herrn suchen?"

Haymo knüllte an der Kappe, verdrehte den Kopf, als quäle ihn ein Krampf im Nacken, und zog die Brauen zusammen wie einer, der auf der Folter liegt und doch keinen Schmerzenslaut will hören lassen.

„So rede doch, Haymo, schau mich an!"

Nur noch tiefer senkte Haymo den Kopf, während er mit heiserer Stimme Wort um Wort vor sich hinstieß: „Ich bitt, Herr, daß Ihr es kurz machet! Wenn's mich auch gleich nimmer fortlassen will — von Euch — fort muß ich doch."

„Mußt du? So? Und was willst du jetzt?"

„Was ich wollen muß! Ein einziges halt! Grad noch ein einzigs im Leben! Allweil das einzig! Und ich weiß kein Straßl nimmer, wo ich's find. Ich hab mich verschuldigt, jetzt muß ich's büßen. Und wenn ich gleich einmal noch hinlauf an mein Glück — es bleibt nur ein halbes." Er wandte sich ab.

„Haymo!"

Der Jäger erzitterte bei dem warmen, herzlichen Klang seines Namens.

„Hab ich recht gehört? Du möchtest gern bleiben bei mir?"

494

Haymo sagte nicht Ja und nickte nicht mit dem Kopf; er wandte sich nur noch mehr von Herrn Heinrich ab und drückte das Kinn an die Brust.

Der Propst betrachtete ihn eine Weile mit leisem Lächeln. „Also bleiben möchtest du? Schau, Haymo, das merk ich gern, daß ich dir lieb geworden bin als Herr. Schade! Warum hast du nicht früher gesprochen? Denn jetzt — jetzt wird es zu spät sein. Heut ist der Michelstag. Du bist nicht mehr mein Klosterjäger."

Ein schwerer Atemzug erschütterte die Brust des Jägers.

Immer fröhlicher lächelte Herr Heinrich. „Wer weiß, wir zwei hätten vielleicht noch können auf gleich kommen miteinander."

Haymos Augen streiften den Propst mit einem scheuen Blick.

„Aber Pater Desertus hat im letzten Kapitel einen Antrag gestellt, und der ist durchgegangen. Das Stift hat einen Wildmeister ernannt, von heut an. Der soll über die ganze Jägerei des Klosters gesetzt sein. Er ist ein weidgerechter und strenger Jäger. Wie ich ihn kenne, wird er seine Leute fest an der Schnur halten. Und mit einem, der aus Mutwill oder Narretei seinen Dienst aufsagt, mit solch einem wird er sich schwer befreunden. Meinst du nicht auch? — Was hast du denn? Schaust du dir das Haus dort an? Ein schmuckes Haus, gelt? Da soll der neue Wild=

495

meister wohnen. Über vier Wochen hält er Hochzeit.
Schau, Haymo, dort unter der Tür, das ist sein
Bräutl."

Haymo, dem die Kappe entfallen war, stand
mit zitternden Händen und wankenden Knien. Jetzt
erblassend, dann wieder die Wangen überflogen
von brennendem Rot, riß er Mund und Augen
auf und starrte nach der Tür, aus welcher Pater
Desertus trat, Gittli an seiner Hand. Wie hold
und schmuck war das Mädchen anzusehen! Ein
roter Rock umfloß in weichen Falten ihre schlanke
Gestalt, aber er war nicht kurz geschnitten nach
Bauernart, sondern reichte, wie bei einem Fräulein, bis auf die Fußspitzen; schneeweißes Linnen
umbauschte die Schultern und Arme, und knapp
spannte sich ein dunkelgrünes, mit Silber ver-
schnürtes Mieder um die junge Brust. Gittlis
Augen leuchteten, wie glühende Rosen lag es auf
ihren Wangen, und gleich einer schwarzen Krone
schmückten die straff geflochtenen Zöpfe ihre Stirn.

Haymo lallte mit schwerer Zunge. Aber da
hatte ihn Gittli schon erblickt und kam auf ihn
zugeflogen mit freudigem Schrei. Stammelnd und
schluchzend hing sie an seinem Hals, während
Haymo, durch das über ihn herstürzende Glück
um alle Besinnung gebracht, noch immer mit den
Händen ins Leere tappte. Gittli nahm sich nicht
einmal die Zeit zu einem Kuß. Hastig löste sie
sich wieder von Haymos Brust, und mit der einen

496

Hand seinen Arm umfassend, griff sie mit der anderen nach der Hand des Paters.

„Gelt, Herr Pater, gelt, ja? Ich darf ihm gleich alles zeigen?"

Desertus nickte mit frohen Augen. Und da zog sie den Stammelnden mit sich fort, unter sprudelnden Worten: „So schau doch, Haymo, schau! Was sagst du? Schau dir das schöne Haus an! Da sollen wir wohnen miteinander, hat der gute Pater gesagt! Und schau nur, das steinerne Bankl vor der Tür! Da können wir sitzen und Haimgart halten auf den Abend, hat der gute Pater gesagt. Und er selber wird manchmal kommen, hat er gesagt. Wie der uns mögen tut, ich sag dir's, ein Vater kann seine Kinder nit lieber haben. Und schau, Haymo, schau, in das leere Nischerl über der Tür, hat er gesagt, da kommt ein Muttergottesbild hinein. Das tut unser Haus hüten und unser Glück! Aber schau nur, das Anwesen da drüben, das hast du noch gar nit gesehen! Da kommen zwei Pferd hinein, hat er gesagt, und vier Küh, daß wir Milch haben, grad was wir brauchen. Und, du —" Sie schlug die Hände ineinander, und ihre Augen gingen über vor Entzücken. „Du! Das Kucherl muß ich dir zeigen! Ich sag dir, da glänzet alles vor lauter Kupferzeug! So komm doch, komm —"

Mit beiden Händen faßte sie seinen Arm und zog ihn zur Tür hinein.

Im dämmerigen Hausflur stand er still und preßte die Fäuste auf die Brust.

Noch immer begriff er nicht. Aber eines schien er doch endlich zu glauben: daß wirklich und leibhaftig sein Mädchen vor ihm stand. Und plötzlich, unter stammelndem Laut, umschlang er Gittli mit heißem Kuß.

Draußen stand der Propst neben dem schweigsamen Chorherren.

„Komm, Dietwald!" sagte Herr Heinrich lachend. „Den Kuß warten wir nicht ab, bis er ein Ende nimmt. Komm, laß uns gehen! Sie sollen diese Stunde für sich allein haben. Wenn sie so weit aus ihrem seligen Rausch erwachen, um nach einem Dritten fragen zu können, dann suchen sie dich schon."

Noch lange hing Desertus mit den Augen an der Tür, bis er sich loszureißen vermochte, um dem Propst zu folgen. Zwischen goldig leuchtenden Hecken schritten sie der Straße zu. Weiß glänzte ihnen im Sonnenschein der See entgegen.

Desertus legte die Hand auf Herrn Heinrichs Arm.

„Ich will Euch ein Rätsel zu lösen geben! Was ist wärmer als diese Sonne, lichter als dieser Tag, reiner als dieser klare See?"

„Deines Kindes Glück. Und deines Herzens Freude. Ja, Dietwald, du hast recht getan! Ich

498

habe dir meinen Rat nicht aufgedrängt. Hier mußte dein eigenes Herz die richtige Sprache finden, ganz allein. Und du hast sie gefunden."

„Hätt ich mich besinnen sollen? Nur einen Augenblick? Was wollte ich mehr als meiner Tochter Glück? Jeder andere Weg hätte Weh und Elend über sie gebracht, hätte ihr Leben zerstört und alle Blüten abgestreift von ihrem holden Dasein. Und kein Rang und Name, nicht Glanz und Reichtum hätte sie dafür entschädigt. Ist das Leben noch Leben, wenn ihm die Sonne fehlt, das Glück? Hätte mich in jener finsteren Nacht, die mir alles nahm, das Schicksal vor die Wahl gestellt: willst du bleiben, was du bist, oder willst du ein Bettler werden und nur das Glück deines Herzens mit hinübertragen in die arme Hütte? — glaubt Ihr, ich hätte mich besonnen? Und hätt ich nun anders wählen sollen für mein Kind? Was sie um ihres Glückes willen verliert? Entbehrt sie es denn? Würde sie den Geliebten ihrer Liebe werter halten, wenn er den Schild am Arm und die Helmzier über den Locken trüge? Und ich?" Desertus lächelte. „Haymo ist ein freier Mann. Und verwahrt er auch keinen Adelsbrief in seinem Schrank, er trägt auf seiner Stirn den Adel tüchtiger Mannheit und eines treuen, redlichen Gemüts. Ich lieb ihn. Er ist mein Sohn."

„Und väterlich hast du für ihn gesorgt!" lachte Herr Heinrich. „Wäre der Propst von Berchtesgaben nicht dein treuer Freund, und hätte er nicht selber seine Freude an diesem jungen Glück, er hätte böse Augen gemacht zu dem tiefen Griff, den du in den Klostersäckel getan. Ich vermute, es war noch lange nicht der letzte. Aber sag —" Die Stimme des Propstes wurde ernst. „Du hast auch heute nicht mit ihr gesprochen?"

„Nein, Herr! Ich konnte nicht."

„Und das Mädel hat genommen und genom= men? Und mit keinem Gedanken ist es ihr auf= gefallen: woher kommt das alles?"

„Wäre ihr Glück denn voll und ganz, wenn sie fragen könnte: warum?"

Herr Heinrich nickte, und schweigend schritten sie weiter.

Immer wieder blickte Desertus zurück nach dem hellen, zwischen schimmerndem Laub verschwinden= den Dache. „Oft lag mir das klärende Wort auf der Zunge", sagte er nach einer Weile, „aber wenn ich sah, wie dieses große kleine Herz so über= voll war von Liebe, dann schwieg ich wieder. Hätt ich sie schrecken und betäuben sollen mit Neuem, Unerwartetem? Jetzt? Kommt sie in ihrem Glück erst wieder zu Atem, dann wird sich von selbst die Stunde finden, in der sie mich als Vater er= kennen und Vater nennen wird. Es dürstet wohl mein Herz nach dem süßen Laut von meines Kin= des Lippen. Aber ich will mich gern gedulden. Vaterliebe, das heißt nicht: nehmen, sondern: geben!

Und bin ich nicht schon reich geworden nach aller Armut meines Herzens? Tag und Nacht darf ich sinnen und schaffen für meines Kindes Glück, an seiner Freude darf ich mitgenießen, darf mich erquickt und getröstet fühlen durch seine Nähe." Desertus blieb stehen und faßte den Arm des Propstes. „Seht, Herr, wie freundlich das Heim meines Kindes herschimmert durch die Bäume!"

„Ein schönes Bild! Komm, wir wollen rasten!"

Aus dem Fuß eines Hügels, der dicht an die Straße reichte, schob sich eine Felsplatte gleich einer Bank hervor. Hier ließen sie sich nieder. Kleine Schatten und große Lichter zitterten auf der Erde, denn durch die halb entlaubten Bäume fand die Sonne fast freien Weg. Ein leichter Windhauch raschelte durch alles Gezweig, und langsam, wie in gaukelndem Spiel, fielen die welken Blätter. Mit stillen Augen betrachtete Desertus ihren lautlosen Fall.

Herr Heinrich fragte: „Stimmt es dich trübe, daß die Blätter fallen?"

„Nein, Herr, der Winter kommt nur, um den Frühling zu bringen!"

„So? Es gab eine Zeit, da du sagtest: der Sommer blüht nur, damit seine Blust vom Winter verschüttet werde unter Schnee und Eis!"

Desertus preßte die Hände auf seine tiefatmende Brust. „Mein Auge ist sehend worden. Ich fühle

501

die Sonne wieder, und Schatten um Schatten weicht von mir. Vor dem holden Antlitz meines Kindes löst sich aller Jammer meines Lebens in süßen Trost, und in Verklärung schweben die Gestalten der Verlorenen um mich her."

Herr Heinrich lächelte. „Ist alles Geschehene denn anders geworden?"

„Nein, Herr, aber ich seh es mit anderen Augen. Glaubet mir, so tief, wie ich, hat noch kein Mensch erfahren, daß wir nicht leben können, wenn wir die Sonne nicht suchen, und daß uns zum Leben so nötig, wie Luft und Brot, noch ein Drittes ist: „Das helle Sehen!"

„Eine schöne Wahrheit, Dietwald! Aber sie ist nicht neu. Das hat vor mir und dir schon ein anderer gesagt, der allen Schmerz des Lebens fühlte und dennoch die Liebe nicht verlor. Besinne dich: Matthäus, 6. Kapitel, 22. Vers!"

Mit leiser Stimme sprach Pater Desertus die Worte der Bergpredigt vor sich hin: „Dein Auge sei deines Lebens Leuchte. Ist nur dein Auge lauter, so wird auch dein Leben in der Helle wandeln. Ist aber die Finsternis in dir, und dein Auge sieht finster, so wird auch die Finsternis dich umgeben auf allen Seiten." Er faßte die Hände des Propstes und stammelte: „Herr! Nehmet meinen Namen von mir! Ich will nicht länger Desertus heißen."

„So heiße Pater Theophilus¹)!"

---

¹) Theophilus = der Gottliebende.

Sie saßen schweigend. Über Tal und Höhen leuchtete die warme Sonne des Herbstes, und die sinkenden Blätter in ihrem schimmernden Gelb waren anzusehen wie fallende Feuerzungen.

Plötzlich streckte der Chorherr in Erregung den Arm. „Sehet, Herr!"

Ein weißer Falter gaukelte vorüber.

„Das ist wohl der letzte!" sagte Herr Heinrich. „Auch er wird sterben. Aber er war mit der Sonne gut Freund und darf nun einen Tag genießen, den Tausende seinesgleichen nicht erlebten."

Sie sahen dem Falter nach. Er folgte mit seinem Flug dem Lauf der Straße, flatterte um die weißen Steine, hob sich empor zu den Wipfeln der Bäume, gaukelte zurück auf die niedere Hecke, aus deren Gezweig der Wind die silbrig blitzenden Spinnfäden wehte, und bald sich verhaltend, bald wieder eilig weiterfliegend, erreichte er die große Wiese vor dem neuen Haus. Hier suchte er jede verspätete Blume auf und sog aus dem welkenden Kelch noch einen Tropfen Seim.

Dann flatterte er an der weißen Mauer empor, und lange, lange gaukelte er um das mit Bändern geschmückte Tannenbäumchen auf dem First.

Hand in Hand, mit brennenden Gesichtern, traten Haymo und Gittli aus der Tür.

„Wo sind sie denn?!" stammelte Gittli. „Schau nur, Haymo, sie sind nimmer da!"

507

Suchend blickten die beiden umher. Da näherten sich langsame Schritte dem Tor. Ulei, der
Bildschnitzer, betrat das Gehöft. Er trug auf den
Armen eine hohe Figur, die von grüner Leinwand
umhüllt war.

„Das soll ich abgeben, hat's geheißen. Es gehört über die Tür hinauf!" sagte er.

Ulei stellte die Figur auf die Steinbank und
löste mit zitternden Händen das Tuch.

„Haymo, schau nur! So was Liebes und Schönes! Wie wenn's lebig wär und tät uns anschauen!"

Leichte Röte huschte über Uleis bleiche Züge.
Das Lob hatte ihm Freude gemacht. Wortlos
wandte er sich ab und verließ das Gehöft. Haymo
und Gittli merkten nicht, daß er ging. Sie standen
schweigend aneinandergelehnt und betrachteten das
mit Farben bemalte Schnitzwerk.

Der Sockel stellte eine graue Wolke dar, umringelt von einer Schlange, auf deren Kopf das
Bildnis mit beiden Füßen stand. Ein blaues Kleid
verhüllte mit eng gereihten, strengen Falten den
ganzen Körper; die schlanken Finger hielten einen
Lilienstengel; das weiße Gesicht mit den blauen
Augen war leicht geneigt, und gleich einem Mantel
fiel das gelöste Blondhaar um die Schultern. Die
Stirne schmückte ein Kranz aus blühenden Schneerosen.

„Haymo! Schau doch ihr Gesicht an!" flüsterte
Gittli. „Merkst du nit, wem es gleich schaut?"

Er nickte und stand in den Anblick des Bildes
versunken.

Gittli faltete die Hände, und während glitzernde
Tropfen über ihre Wangen rollten, sprach sie leise
ein Gebet.

„Was meinst du?" sagte Haymo. „Wenn ich's
gleich hinaufstellen tät? Die hütet unser Haus.
Die schon!"

Er wälzte einen hohen Pflock herbei, und während er das Bildwerk achtsam emporhob in die
Mauernische, eilte Gittli davon; sie suchte und
suchte, aber sie fand nur welkende Blumen. Da
sah sie das rankende Immergrün, das sich neben
dem Hoftor um den Stamm der alten Ulme spann.
Sie brach alle Ranken, und Haymo flocht sie um
den Sockel des Bildes.

Nun standen sie wieder Seite an Seite, eines
den Arm um den Hals des andern gelegt, und
blickten zu dem Bild empor.

„Gelt?" flüsterte Haymo. „Die soll die ersten
Blumen haben all Jahr!"

„Allweil die schönsten. Und wenn es lenzen tut,
steigen wir miteinander hinauf in die Röt. Und
da kann der Schnee haustief liegen. Wir holen
einen Rosenstrauß herunter, gelt?"

Sie reichten sich die Hände.

505

Nach einer Weile sagte Haymo, tief atmend: „Komm, Schatz, wir müssen die Herren suchen! Mein Gott, sag nur, wie sollen wir so viel Guttat heimzahlen können?"

„Gelt, ja?" lispelte Gittli. Eine bessere Antwort wußte sie nicht.

Haymo sperrte die Tür und zog den Schlüssel ab. Als sie das Hoftor schon erreicht hatten, fragte Gittli: „Hast du auch richtig zugesperrt? Und zweimal umgedreht?"

„Wohl!"

„Schauen wir lieber nochmal hin!"

Sie gingen zur Tür zurück, und eins nach dem anderen rüttelte an der Klinke.

Nun machten sie sich auf den Weg. Beim Hoftor blieben sie noch lange stehen, betrachteten das Haus, und immer wieder kehrten ihre Blicke zu dem Bild über der Tür zurück.

Haymo schüttelte immer wieder den Kopf. Plötzlich zog er das Weidmesser aus der Scheide und drückte die scharfe Spitze in den Rücken seiner Hand.

„Jesus, was treibst du denn!" stammelte Gittli erschrocken.

„Spüren möcht ich, ob ich wach! Allweil mein' ich, daß ich träumen tu und müßt aufwachen mit jedem Augenblick!"

„Geh! Wie du einen ängstigen kannst!" Gittli klammerte die Arme um seinen Hals.

Er küßte sie — wieder und wieder — und schien dabei doch endlich die Überzeugung zu gewinnen, daß er völlig wach wäre.

Langsam gingen sie zwischen den Hecken dahin. Sie mußten sich dicht aneinanderschmiegen, denn der Pfad war schmal.

*

Herr Heinrich hatte wahr prophezeit. Über vier Wochen hielt der neue Wildmeister Hochzeit. Pater Theophilus legte die Hände des jungen Paares ineinander; als er den Segen sprach, schwankte vor freudiger Bewegung seine Stimme, daß sie bei jedem Wort zu erlöschen drohte. Gittlis Augen waren leuchtend zu ihm emporgerichtet. Seit dem vergangenen Abend wußte sie, daß es ihr Vater war, dem sie alles Glück verdankte.

Bis auf den letzten Platz war die Kirche gefüllt. Zuvörderst im Herrenstuhl, neben Herrn Heinrich, kniete der Vogt, in dessen nicht gar feierlichem Antlitz eine merkwürdige Erregung zuckte. Er zwirbelte den dicken Schnauzbart und schielte immer wieder zu Herrn Heinrich auf. Die Hochzeit des Haymo mit der Schwester des Wolfrat hatte ihm ein Licht aufgezündet.

. Als die Trauung vorüber war, wurde das junge Paar von Glückwünschenden umdrängt. Nur Seph und Wolfrat fehlten. Weshalb nur waren sie nicht gekommen?

507

Als einer der letzten trat Herr Schluttemann zu dem Paar. Er machte einen Bückling vor der errötenden Braut und faßte Haymos Hand. „Also Herr Wildmeister, viel Glück fürs Leben! Und einen guten Rat will ich Euch geben dazu: lügen, Herr Wildmeister, lügen müßt Ihr nimmer!"

„Herr Vogt?" fragte Haymo lachend. „Wie meint Ihr das?"

„Schon gut, schon gut! Ich weiß, was ich weiß!"

Stolz erhobenen Hauptes stapfte Herr Schlutte= mann davon. Er war wohl auch zum Brautmahl geladen; aber er wollte zuvor noch in der Vogtstube Nachschau halten. Als er das Kloster betrat, klan= gen von der Kirche herüber die Hörner der Jäger, die das junge Brautpaar mit schmetterndem Weid= mannsgruß empfingen.

Herr Schluttemann fand in der Wartestube nur wenige Leute vor, die er eilig abfertigte. Schon wollte er die Vogtei verlassen, da kam noch einer mit polterndem Eilschritt herbeigerannt.

„Herr Vogt! Herr Vogt!"

Beim Klang dieser Stimme spitzte Herr Schlutte= mann die Ohren.

„Was? Der traut sich noch herein zu mir?"

Er runzelte die Brauen und stemmte die Fäuste in die Hüften, als er seine Vermutung bestätigt sah und den Rottmann Polzer erkannte.

Wolfrat blieb an der Tür stehen und stützte sich mit dem Einarm an den Pfosten, keuchend vom

508

raschen Lauf, das lachende Gesicht von glitzerndem Schweiß überronnen.

„Was ist denn das schon wieder für eine Narretei?" donnerte Herr Schluttemann. „Will man vielleicht den Vogt wieder uzen? Wart nur, jetzt will ich dir aber zeigen —"

Weiter kam Herr Schluttemann nicht, denn Wolfrat, der die Worte des Vogtes gar nicht zu hören schien, sagte mit Lachen: „Herr Vogt! Nehmet nur gleich das Leutbuch her! Und schreibet hinein: wir haben ein Kindl gekriegt — ein Dirnl, Herr Vogt, ein liebes Dirnl! Blaue Augerl hat's und bluhweiße Löcklen! Und Mariele soll's heißen — Polzer Mariele! Schreibet, Herr Vogt, schreibet! Ich muß zum Pfarrer laufen —"

Da rannte er schon davon, lachend und keuchend.

Herr Schluttemann stand noch immer mit gespreizten Beinen, die Fäuste in die Hüften gestemmt. „Natürlich!" knurrte er. „Nur allweil Kinder, allweil Kinder, daß nur die Lugenschüppel nicht minder werden auf der Welt! Aber wart nur! Du kommst mir schon wieder! Dann sollst du merken, daß ich mich nur ein Mal hab anschmieren lassen!" Er hob die Fäuste gegen die Stubendecke. „Doooh! Die Menschen sind doch schlechte Leut!" Zornig riß er an der Glocke. Der Fronbot trat ein. „Geh hinüber in die Küch und nachher zum Kellermeister, laß dir einen richtigen Korb voll Freßzeug geben und einen Krug Wein — trag alles hinunter

509

zum Rottmann Polzer und sag: Das schick ich ihm
zur Kindstauf! Dem Gauner!"

Mit vollen Backen blasend, ging Herr Schlutte=
mann auf den Schrank zu, nahm das in Schweins=
leder gebundene Leutbuch heraus, schlug es bedäch=
tig auf, tauchte brummend die Gänsefeder ein und
schrieb:

„Den 26. des Anderherbst, a. d. 1338, dem Rott=
mann Wolfrat Polzer ein Dirnlein geboren, heißt
Mariele."

„Punktum!" sagte Herr Schluttemann und
spritzte die Feder aus.

Durch das offene Fenster klangen jauchzende
Stimmen und die schmetternden Klänge der Jagd=
hörner.

CPSIA information can be obtained
at www.ICGtesting.com
Printed in the USA
LVHW101351101222
734930LV00003B/27